主编◎江 岚

故乡是中国

——海外华人作家散文精选

江西高校出版社

JIANGXI UNIVERSITIES AND COLLEGES PRESS

图书在版编目（CIP）数据

故乡是中国:海外华人作家散文精选 / 江岚主编. —南昌：江西高校出版社,2019.5

ISBN 978-7-5493-7901-9

Ⅰ.①故… Ⅱ.①江… Ⅲ.①散文集—世界—现代 Ⅳ.①I16

中国版本图书馆 CIP 数据核字（2018）第 239795 号

故乡是中国——海外华人作家散文精选

江岚 主编

出 版 发 行	江西高校出版社
责 任 编 辑	邓玉琼 李建华 黄 楚
社 址	江西省南昌市洪都北大道 96 号
总编室电话	(0791)88504319
销 售 电 话	(0791)88517295
网 址	www.juacp.com
印 刷	江西千叶彩印有限公司
经 销	全国新华书店
开 本	700 mm × 1000 mm 1/16
印 张	22.25
字 数	270 千字
版 次	2019 年 5 月第 1 版
印 次	2019 年 5 月第 1 次印刷
书 号	ISBN 978-7-5493-7901-9
定 价	48.00 元

赣版权登字-07-2018-1282

序

　　散文,从先秦、唐宋到五四新文学革命时期,都曾经担负着"载道"重任,是中国文学传统的重要文体。新时期以来,随着小说、报告文学、影视文学的迅速崛起,散文在自我弱化中逐步退居国内文坛的边缘。但在海外华文的范畴中,由于海外作者们创作时间有限,与时下文学风潮接触较少,创作状态较少受到外界客观因素的影响和制约,散文作者的群体、创作的数量都远高于其他文体。《故乡是中国——海外华人作家散文精选》经过一年间数次筛选,将44位华人作者的50篇散文佳作结集成书。作者们的旅居地遍及北美、欧洲和亚洲的11个国家,旨在借一个侧面,集成性地展示海外散文创作的真实现状。

　　"故乡是中国"的选题,诚然只是便于结集的一个切入点。然而故园家国从来都是中国文学的传统母题,于漂洋过海移居异国的人们而言,更是牵连不断的血浓于水。相关内容的作品不仅在数量上要远远高于其他主题,甚至在相当长的一个时期内是海外华人文学的一个必然标签。书中收录了赵淑侠、赵淑敏的佳作,这一对文学姐妹是海外文坛的宿将,从她们温润饱满的笔触间不难见到清晰的时代烙印和前辈海外文学才女的特有文风,以及早期留学生文学乡愁抒写的独到之处。在她们姐妹而外,入选篇目的大部分作者都当归于"新移民作家"的队列之中。

他们大多为二十世纪五六十年代出生,趁着改革开放的潮头选择到海外发展并定居,是为"新移民"。和前辈海外作家们类似,他们的基础教育普遍在中国完成,专业背景各不相同,出国之前人生观已基本成型。在海外经历了思想观念与人生态度等方面的变化,而生命之原初基因始终扎根在汉文化的土壤里。和前辈们不尽相同的地方在于,"新移民作家"们大多非文学科班出身。他们被自我经验驱动,自发的、半路出家的业余创作多是有感而发,有感才发。既没有功利心,便运笔自由,不受时下的文学风潮左右,同时也不大重视投稿。因此他们的作品便少见于国内主流纸媒,不容易为当代文学界,尤其是评论家们所关注。但坚持不懈在异国用母语写作的他们,是构筑海外华人文坛的基础力量。随着时代的发展,中国在全球格局中地位的不断提升,"新移民"作者们笔下游览、重返、怀念祖国故乡的文字已不限于"往来长恨阻归期"的无奈与怅惘,也不仅仅是"天涯方叹异乡身"的文化孤寂与焦虑,而呈现出更多对中国当代发展现状的观察、期待和祝愿,对世界文化多元共生的生命体验和反思,对自身新文化身份的认同和观念的转变,以及继承、发扬中华优秀历史文化的使命感和高度自觉。

散文的创作,不仅需要包括"感兴"在内的形象思维能力,更需要反复审视、不断体味客观世界的逻辑思维能力。加上文体自身对文字符号系统的依赖,散文的艺术功能便被定位在"叙事"、"说理"加"抒情"之上,它的审美取向顺势成为凭借语言叙事和说理所可能达到的,遣词造句的形象性、生动性以及条理清晰、叙说简练、表达流畅。当行文满足议论表述的准确性、记事的真实性和抒情的丰富性三者归一的要求,做到要言不烦而言之有物,散文的"美"便成立了——或者说,非如此不足以成立。这也是此书编选过程中在数百篇来稿间决定最终取舍的标准。

无论是以"唐宋八大家"的文学理论来衡量,还是用雅典时期杰出的散文家希罗多德与修昔底德的作品来参照,来源于现实生活中的原始素材往往是模糊的半成品,必须经过创作者的主体审美过滤与艺术加工,才会呈现出文学性的光芒。整体上来看,海外华人作者的散文水平参差不齐,自生自发的群体创作状态存在一些先天的局限性。比如完整纪实之余议论不够充分,真情感发之余缺乏昂扬的个性,明显存在主旨趋同、表现手法陈袭的倾向,文字上的瑕疵也时有所见。

入选本书的篇目虽未见得能充分呈现海外华人散文的较高水平,但它们的作者的确是眼下活跃在海外华文文坛上的佼佼者,都有多年的创作积累,其中不少作者先后多次在全球华人散文大赛中获奖。携带着汉语言文化传统深刻的烙印,他们立足于跨文化的交叉点上看待祖国与世界、自己与众生,内容不脱离现实生活,也没有陷入"原生态"的陷阱;行文间情感自然饱满,又不夸大不炫示,也不缺乏从个体的生命经验出发的思考与体悟。换言之,他们并未受到今天充斥于报刊媒体的碎片化、低俗化的快餐性文字的影响,只用自然之手写自由之心,从而坚守住了散文的文体审美底线。

傅抱石先生曾言:"欲得文艺之高境,当一手伸向传统,一手伸向生活。"将生活的现象、经验或状态置于更宏阔的社会生活中去拷问,更丰满的文化语境中去提炼,然后以一种更从容、更冷静、更客观的姿态,突破狭隘的"私人叙事"框架,超越个体经验的局限和文化差异的表象,到更深广的场域中展现情感的体积、精神的重量,这值得每一位具有进取心与基本社会责任感的作家去探求、去挖掘,这也是"新移民"散文创作真正具有张力,真正能标注出自身独特价值的发展空间。

感谢江西高校出版社的鼎力支持,感谢此书诸位编委的辛劳。是为序。

江　岚

2018 年 11 月 8 日于邕城碧园

目录

谭绿屏

德国知名华人艺术家，新移民文学早期知名作家。世界微型小说研究会欧洲理事，德中文化交流协会会长。绘画和文学作品曾多次获奖。

迷断太仓汉堡客

太仓，对于出生和成长在南京的我，只闻其名而并不见其实。总以为太仓徒有华贵地名，其实不过乡野村镇而已。直到近年，远在千山万水之外的我，在德国出人意外地常读到有关太仓的种种报道，才知道越来越多德国公司去太仓"插队落户"，太仓几乎变成了德国企业的"东方根据地"！啊，奇异的太仓，谜一般的太仓！2011年12月4日，我和欧美作家一行八人入"仓"了，我得以有幸一解久存心中的"仓谜"。

太仓城内，没有富裕之地通常具有的人声喧哗，没有嘈杂的竞拍叫卖，没有流窜街头的游手好闲者。一切显得那么安静有序、不骄不躁，堪比德国许多美丽静谧的小城。难怪太仓会被众多德国企业相中，投资建立起德国人理想中的"第二故乡"。

太仓港口尚在扩建中，近看很像我在德国的家附近的汉堡港。似乎哪天郑和下西洋的船队来到汉堡，我就可以在家门口上船直接到达太仓，随时随地领略纵横古今的中国传统文化了！

观访太仓的郑和纪念馆使我们豁然开朗。15世纪初，正值明朝永乐盛世，中国国势日趋强盛，远远超越当时的很多国家。郑和（1371—1433）扬帆起航的太仓港,即为其时最大的国际港口之一。仪表堂堂、才智过人的郑和统率海船 200 余艘、船员 2 万多人,远航西太平洋、印度洋30 多个国家和地区。七下西洋的二十八年间(1405—1433),明代海洋文明的发展达到中国历史的最高峰。可叹的是,紧接的闭关锁国铸成了中华民族的千古遗憾。俱往矣,21 世纪的今天,世界走过动荡战乱、改革求新,中国走过郑和下西洋之后的几个世纪,富强起来的中华民族正在重新发扬儒家思想、借鉴古训,力求建立"同享太平之福"的天下格局。

世界当代著名物理学家、"东方居里夫人"吴健雄(1912—1997)的墓园,合葬着与之同为华裔美国物理学家的丈夫袁家骝(1912—2003)。墓园傍依于浏河镇她父亲创办的明德高级中学紫薇阁,此处青松翠柏、花木环抱。吴健雄诞生于浏河,小名紫薇。她父亲亲手栽种的紫薇树已有百年高龄,葱茏披戴。墓园外围圆形石砌水池中有一双巨大的石球,球顶高低不等,漫涌着淘淘流水,两球呈互反的方向被水流推动翻滚。石球代表她 β 衰变实验中两个左右对称的钴核子,水流代表 β 衰变过程中其实并不对称的电子分布,揭示并纪念这位出类拔萃的物理学家"宇称不守恒定律"的实验原理。而在我眼中,石球和水流天高地远,象征着生命的自强不息、永无止境。

被誉为"东南十八乡、沙溪第一乡"的沙溪古镇享有 1300 多年历史。在各市各地横扫性的大拆迁中,沙溪古镇依然保留着完好的明清传统建筑群。经过改善民生,以及力保原汁原味良策下的旧房改造、修复开发,呈现在我们面前的三里古街古朴沧桑、修旧如旧。石坊、牌楼、门市、民居,处处是我们童幼时期五六十年代记忆的再现。

穿越古风伟岸的三门四柱石牌坊,拓宽的古街陈列着一批真人般大小的市井人物铜塑像,他们补着锅,修着鞋,磨着刀,拉着黄包车,挑担卖馄饨,给小男孩打油。我联想到汉堡久负盛名的城市代表雕像———尊肩担水桶的挑水夫,挑水是19世纪中叶消亡的职业,挑水夫也绝对是位市井小民。汉堡、太仓两地心有灵犀般地共同记录了已经逝去或正在凋零的历史陈迹,共同寓意着人类社会的平等尊严,不论职位高低。

街旁挂牌的补锅手艺人恰巧正在埋头补锅,这个画面令我怦然心动——小时候他常来我家院落,妈妈请他给烧坏了的锅打补丁或者换锅底。一个盛夏的中午他又来了,妈妈交给他一口烧坏了的大号钢精锅请他换底。看着他汗流浃背的辛苦模样,我回家三口两口吃完饭,就拿了把大葵扇、端了个小板凳坐在他旁边,一边为他摇扇,一边瞧他补锅。他侧脸看了我一眼,那眼中的温和至今还在眼前。

明末文学家、社会活动家张溥(1602—1641)故居被修复为"张溥博物馆",并对外开放。空旷幽深的明代"尚书府第"建筑保留完善,高宅大院内似乎可听闻当年张溥广交天下学士延及朝廷官宦结"复社"(初始于1624)、评时政,大义凛然、忧国忧民的鼎沸人声。我高中时在课本上读过张溥执笔的《五人墓碑记》(1626),压轴于明代精选的散文教材《古文观止》(1695)。那篇文章字字珠玑、铿锵有力,像洪钟大吕般震撼人寰。素以为是"老学究"的力作,不承想作者时年仅二十出头。从来没注意过张溥是哪里人,进入太仓才知道,张溥原来是太仓人。

惊异中见到沙溪古镇老街有家叫"梅村客栈"的兼住宿餐馆。"梅村"之名旨在纠正300多年来的偏见,重看明末清初杰出的太仓诗人吴梅村(1609—1672)。他是张溥的门生,"复社"骨干,娄东诗派的开创者。他遗诗千余,独有千秋,殊显气势恢宏、表彰忠良、抵制暴虐,成就独巡清代以史实入诗的宏幅巨篇。然而,此处令我惊愕且无处可逃,亦因另外一根敏感神经被牵引。

我外婆家在无锡市乡下,也叫"梅村"。进入"梅村客栈"竟然好像梦游外婆家,外婆家的摆设这里几乎一应俱全,只差外婆坐在太师椅上念佛。外婆家早已烟消云散，我默默悼念，追忆那无处可寻的断肠乡情。

沉迷于漫步，我发现不少人家闭门之锁竟然统统系老旧的木门穿上老旧的铁环，套上老旧的锁。能不怀疑这把老锁还是否管用？看起来我徒手都能拧下来的小小扣锁上还刻着"吉神"二字。沙溪古镇真的是吉神管太平，太平胜过了我在汉堡的家。我在汉堡的家不久前还有小偷光顾寻外快，而沙溪古镇的自行车、摩托车都可以不上锁。

不曾见任何虚张声势的标语口号，也没有汉堡烦人的恶作剧般的满墙满窗的涂鸦乱画，无愧于"中国历史文化名镇"的称号。沉静、理智，小桥流水、枕河人家神话般古朴幽眇。那日正是"天朗气清，惠风和畅"，诗情画意、影影绰绰，虽演不成曲水流觞，然七浦河边江南民间现代诗歌馆请我们留言，我也兴笔写下"沙沉诗出歌满溪"。

远眺窗外美景，筑起一幕遐想：来生我的画室坐落在太仓古街的河畔，推开画桌旁雕花的古雅木窗，现实中墨趣绮丽的石桥亭台婉约迎面。源起太仓的"江南丝竹"二胡、琵琶悠扬回响，雾色中有人垂钓，雨水中有人撑船，草坪上有人习武，阳光下孩子上学。而这"中国长寿之乡"的老人们正在摩拳擦掌、对弈上阵，铺纸磨墨、挥毫书画。

我们品饮了太仓人自酿的坛装酒弇山红，此极品黄酒取自太仓的别称弇山。太仓有江、河、湖、海交汇中的源头活水，特产"太仓三宝"——鲥鱼、刀鱼、河豚。美味诱人的红烧排骨、手工小点心，堪比德国的烤猪肘、杏仁糖，还可作礼品捎带。太仓的美食融合了东西南北的精华，贴心难忘。

出神入化的太仓"天工艺术馆"，其命名来自明朝一部综合技术的百科全书《天工开物》（1637）。无数优秀建筑因"天工艺术馆"拔地而起。而在金融危机、欧债困局长期冲击下的德国乃至欧洲，久已难有新的大型艺术作品问世。汉堡不少画廊在画家的叹息声中相继关门大吉。占主流地位的现代艺术往往停留在有限的精神层面。反之，中国的传统艺术作为国粹成为全体国民的骄傲,中国的艺术家正持久走在盛唐以来登峰造极的艺术辉煌时代,他们是当今世界最幸运的艺术家群体。

我们的汽车奔驰在宽阔整洁的大街上,车窗外常见德国的国旗一闪而过,不由得感受到一种特别亲切的心情。然而另一股生于斯长于斯、主人般的自豪感,也同时在心底油然升起、再升起,直至热泪盈眶。

夏青青

旅德华人。在德国接受中学教育，慕尼黑大学经济学硕士，现在德国媒体从事专业咨询工作。作品以散文为主，散见于欧洲华文报刊。散文集《天涯芳草青青》由中国文联出版社出版。

故园之恋三部曲

一、毛毛草和太阳花

从小生长在华北平原的一个小乡村，可是离开家乡在欧洲的大都市生活快三十年了，在异国他乡，我时时关注故乡，关注改革开放的大潮给农村带来的变化。听说儿时伙伴纷纷"跳出农门"，在县城、市里（省会）落脚，买房买车，不胜欣喜。欣喜之余，却也暗问故乡是否无恙。如此一想，便不敢迈开归乡的脚步。

离开的时间愈久，思念愈浓，归乡的脚步愈加沉重。无数次辗转反侧，终于在去年暑假，下定决心踏上归程。行前心中忐忑，不知道等待我的故乡是什么模样。

在约好的日子，住在市区的堂弟开车来接我们，一进村口，最先看到毛毛草。毛毛草就是狗尾巴草。一丛丛毛毛草，时断时续地出现在大街两旁。来不及细看，车子已经向叔叔的新家开去。那是一片新盖的住宅区，进门打个招呼，寒暄两句，便匆匆去探访故居。

走近故居所在的小巷，一片绿色晃眼而来。一棵棵毛毛草，在空旷的小巷里随风摇曳。小巷中很久没有人走动，或许是微风，或许是小鸟，把毛毛草的种子撒落在此，于是小巷中长起毛毛草。不是茂密的一丛丛，而是低矮的一棵棵。一棵毛毛草只有三四片叶子，太小了吧。看不见茸茸的绿毛。小小的毛毛草随意地生长在小巷，没有勾肩搭背地长成一片，而是和伙伴们略微保持距离。但是远远望去，疏淡的毛毛草给小巷穿上一层绿衣。

站在小巷入口，注视微风中的毛毛草，轻轻抚摸故居斑驳的墙壁，被岁月模糊的童年恍然走来，一棵棵低矮的毛毛草那是一个个小小的脚印，一个个小小的身子留下的小小的脚印。抬头看去，一个小小的身影端着一大盆猪食走出门来，走两步，放下歇一歇，走走停停，一步步走往小巷深处。注目小巷尽头，那个小小的身影张开双臂抱着一大捧棉花秸走过来，棉花秸挡住了正前方的视线，小小的头偏过来伸长脖子从侧面看向前方。眨眨眼，那个小小的身影背着书包走出来，不，不是书包，是一个农村很少见的箱子。很多人簇拥着那小小的身影走向停在大街上的一辆汽车，然后汽车开走了，载着箱子，载着身影，远走了。

身影远去，人群散去，小巷中只留下一个个小小的脚印，随着小小的毛毛草在风中起伏。我站在巷口，凝视一棵棵毛毛草，凝视绿色的小巷，良久不敢迈步。

在故居流连再流连，终于转身走出绿色的小巷，来到大街上，入目的又是毛毛草，长在大街两旁。一两尺高的毛毛草，碧绿的草叶，茸茸的毛毛，一丛丛沿着大街两边延伸下去，仿佛两条绿色丝绦从大街的肩头披落。记得上次回老家，看到村中的主要干道铺过柏油硬化了，显得干净宽阔。现在柏油路上却长起毛毛草，心中惊讶，询问堂弟。堂弟告诉我，壮劳力都到城市打工去了，街道没人清理打扫，路旁堆积垃圾，或者就近在路边种点蔬菜，年长日久逐渐长起各种杂草，最多的就是毛毛草。

我们默然前行，空旷的大街上不见人影，只有路边的毛毛草张开手臂在欢迎我。茫然地走下去，走下去……

走下去,坑坑洼洼的街道热热闹闹。午饭时间,一缕缕炊烟升空飘散。放学了,一群孩子在街上你追我赶。"某某,回家吃饭了!"远远地有人在喊贪玩的孩子回家。嗖,一个身影猛然超速向家中跑去,差点撞到我,身后微微扬起尘土。"汪,汪!"路边的大门里一条大黄狗向我跑来。打个激灵,怎么,狗要咬我?哦,不,这是一个老同学家的狗,认出我,在叫我进去呢。随着狗叫声走出门来的老同学,惊喜地叫着我的名字:"你回来了!快进来吧。今儿个晌午吃饸饹,记得你喜欢,赶紧进来,就要下锅了。"我笑着抬腿迈步。"姐姐,你上哪儿呀?门锁着呢,没人!"堂弟扯住我说。没人?的的确确,街门上横着一把铁锁。

继续走下去,走下去,转过街角,同样是空阔的街道,只是风向改变,一丛丛毛毛草转向他方,离我而去,绿色的身影渐渐隐没在目不可及的远方。

"往回走吧,这里没什么人了。就是有人,现在也不在家。"堂弟提醒我,"往回走吧,到当年的村外,现在的新住宅区看看。"新住宅区很漂亮,一栋栋两层小楼,红砖院墙,高高的台阶,气派的大门,几乎家家如此。

"这不是堂兄的家嘛,我们去看看。"看到一栋大门虚掩的小楼,认出是一个堂兄的家,我敲敲门环推门进去。高高的砖墙围着幽静的院落,整齐的青砖铺地,不像过去一样在院子里养鸡,因而显得特别干净。听到有人进来,堂兄堂嫂迎出来。来到屋里坐下,看着兄嫂满足的笑容,不用细问也可知道他们生活幸福美满。

聊了一会儿,走出屋来在院子里合影。取景时,看到角落里一棵青枝绿叶的葡萄树,葡萄树前是一丛花圃,花圃里一种似曾相识的植物吸引了我的目光。长得不高,单层花瓣,嫩黄的花心,艳黄的花蕊,衬着暗红的花梗,肥厚细长的叶子。红色、紫色、黄色、橙色的花朵,不甚大,不名贵,却色彩艳丽,透着勃勃生气。这不是过去常常采来喂猪的一种野菜马齿苋嘛。难道马齿苋也会开花?看到我吃惊的样子,堂嫂笑着说:"这可不是马齿苋,叶子比马齿苋细长,这种花叫'太阳花'。"太阳花不挑地方,也耐干旱,兄嫂常住市里,没人浇水也没关系,所以种了一些。太阳花能够自播繁衍,不用撒种,不用移栽秧苗,不需要打理,只要阳光充足,就长得好。

"只要有太阳,就长得旺,开得好。"堂嫂在阳光下笑成一朵花。

告别兄嫂,我回到叔叔家,和亲友们欢聚一堂。下午离开的时候,我站在门口再次回首,留意到叔叔家的花圃里也盛开着艳丽的太阳花。现在的故乡似乎流行种植太阳花呢。

时隔十二年重回故乡,在故乡我看到了茂盛的毛毛草,我也看到了艳丽的太阳花。

二、绿

溪水急着要流向海洋,浪潮却渴望重回土地。

——席慕蓉《七里香》

人生是一本厚厚的书,童年是这本书的序章。因为过于期待荡气回肠的精彩故事,序章往往被匆匆翻过。直到阅尽千帆,疲惫的心才想起那平静舒缓的序章。在宁静的夜晚打开来,用粗糙的手指轻轻抚摸,抚摸那泛黄的书页。

人生是长长的一条路,故乡是这条路的起点。站在起点眺望远方,天边的风景如梦如幻,于是迫不及待地踏上旅途,奔向前方。路上疲累时,不经意地回首,才恍然发现起点的风景是那么悦目怡然,才听到起点的声声呼唤,才常常驻足远望,远望那走不回去的起点。

人到中年,人生的书翻过一半,人生的路走到半途。多少次跋涉迁徙,多少次随风飘荡,真实的故乡越来越遥远,梦里的故乡越来越清晰。我为人母后,看着孩子一天天长大,一点点回忆起自己的童年,带孩子回故乡寻根的愿望越来越强烈,在时隔多年后终于踏上归途。

启程前日,午饭后,我们坐在花园里静静地喝咖啡。蓊蓊郁郁、四季常青的篱笆隔绝了外界的喧嚣,绿茵茵的草地刚刚割过,短短的草茬散发出浓郁的青草气息,身旁的薰衣草把周围染成紫色,对面的月季花用数十朵粉红装扮一身绿装,不大的花园里花香浮动、草香弥漫。

我放下咖啡杯,坐到旁边的秋千上,漫无目的地注视遥远的天际,蓝得发白的天空上,一两丝淡到几乎看不见的白云在悄悄游移。深深呼吸,荡动秋千,长椅式秋千发出轻微的吱扭声,在阳光下摇晃,摇晃。

"妈咪,你在想什么呢?"孩子从客厅里走出来坐到身边。

"在想老家,妈咪小时候住过的地方,这次我们一起去看看。"我回过神来报以微笑。

"你住过的地方是什么样呢?"澄澈的眼睛里写满好奇。

"妈咪小时候住的不是楼房,是平房,只有一层,比我们现在住的地方要小。小时候家里穷,为了养活一家人,姥爷姥姥忙于工作。妈咪也要帮忙做很多事情,像你这么大的时候,每天喂猪、喂鸡、打扫屋子、为一家人做饭,放学回来就在家里忙。"

"那里也有花园吗?"

"没有,没有像这样种草种花的花园。那里有一个院子,三面房子一面墙壁围成一个长方的院子,在院子里种树、养鸡。天气热的时候,我们在院子里吃饭,就好像我们坐在花园里喝茶喝咖啡一样。"

"呐,那院子漂亮吗?"

"那院子漂亮吗?漂亮……"我眼睛稍稍眯起,注视天边淡淡的白云,良久后,低声自语:"不,不能说漂亮。那里不是很宽敞,不是很漂亮,可是安静温暖,那是妈咪的家,姥爷姥姥给妈咪的家。妈咪在那里出生,在那里第一次开口说话,第一次迈步走路,在那里跟着姥爷姥姥学习做人做事。那里是妈咪的人生开始的地方。离开好多好多年了,不知道那院子那房子现在怎么样了。"

坐在秋千上,我的心飘向远方,远方。

终于,终于踏上故乡的土地,再次踏上曾经那么熟悉的街道,走向那无数次梦中归来的地方。

多少年没来过了! 阒无人踪的小巷,没有记忆中那么长,没有记忆中那么宽,却比记忆中显得空旷。踏入小巷,扑面而来的竟是一片绿色!

一片碧绿铺满小巷。长久没人走动,小巷里长起一片绿草,一棵棵小小的毛毛草零零落落地撒满小巷。每一棵小草不甚高,不甚大,几片细长单薄的绿叶,在微风中轻摇。

"妈咪,这里也种草嘛! 就是种得少,草离得远。"耳边响起孩子惊讶的声音。

"这不是种的,是……野草,自己长的野草。"我迟疑片刻后回答。

"过去这里没有草,每天有人走动,不会长草。妈咪每天早上背着书包出去上学,下午背着猪草回来喂猪,傍晚把巷子打扫干净,黄土路扫得泛白,不可能长草。"

我看过去,看向小巷的尽头,那泛白的小巷哪里去了? 是从什么时候,从什么时候起,小巷里长满了绿草? 我们曾经在小巷里奔跑,在小巷里嬉闹,曾经无数次进进出出,留下无数个脚印。是否,是否当年的脚印化作了眼前的绿草? 化作一棵棵小草,化作一片片绿叶,化作眼前碧绿的小巷?

我默默无言,小心避开一棵棵毛毛草,缓缓推开小院的大门,走进儿时生活的院落,迎接我的竟然又是一片绿色!

一片墨绿染得小院生机勃勃。小院里长满了高高矮矮的香椿树,一棵棵舒展着青枝绿叶,亲亲热热地挽起手臂,站立在角落里的大树周围,在微风中额首微笑。

我迈开的脚步惊讶地停在空中,这真是我生活过的院落吗? 香椿树非常不易栽种繁殖,当年试图再移栽一棵,几次都没有成功,现在香椿树竟然自己长满了小院,一棵棵小树在院子里拍手欢笑。小小的院落里,处处绿色,处处生机。

　　"这里好多好多树! 一院子树!"孩子惊呼出声。

　　"这……这些小树是妈咪离开后长出来的,是角落里这棵大树的孩子。"我边说边指给孩子看。

　　我仔细打量东南角落里的香椿树:墨绿的叶子,修长的树干,比过去更加茂盛茁壮了。我情不自禁地踮起脚尖,想看看能否抓到香椿树枝。哦,还是不行,香椿树长得更高了。

　　"看见这棵最大的香椿树了吗? 妈咪小时候它就长在这里了。春天,香椿树开始发芽后,我们一天看几遍,总在想香椿为什么长得这么慢,还要等多久才能吃上香椿呢? 终于一天早上,姥爷说'扒香椿吧',大家就一齐挤上去抢着扒香椿。舅舅吐口唾沫到手心,搂住树干往上爬。大阿姨抢过绑着铁钩的长竹竿,毫不费力地伸向树枝。二姨顺着梯子爬到墙上,再手脚并用沿墙爬到树上,伸手去折。妈咪不会爬树,也不会爬墙,所以站在树下捡起掉落在地上的香椿芽。嫩芽收集到一起,放到一个盆子里,刚烧开的水浇上去,灰绿色的香椿嫩叶变得翠绿,香椿的香气随着水汽飘浮在空中。然后那天就有香椿炒鸡蛋吃,可好吃了! "

　　我下意识地耸起鼻子,淡淡香气氤氲飘散,春天的太阳照得身上暖洋洋。

　　我把目光移向小院中间——几棵小树挤在一起的地方。

　　"看见这里吗? 夏天太阳落山后,妈咪把青菜切碎了,拌上草糠喂过鸡,把鸡赶进鸡窝,挡好,在院子里洒上水,打扫干净,搬过吃饭的小方桌,放在这里。周围摆好小板凳,我们坐在这里吃晚饭。姥爷姥姥一人坐在一角,靠南屋的角落是妈咪固定的位置。那时候我们吃饭只有一盘青菜,过年过节才有肉,另外有汤有馒头等。饭菜比现在简单,吃的时候却一样热闹。晚上不赶着上学,不赶着工作,大家抢着讲话,讲一天中发生的事情,讲有趣的事情、好笑的事情,边说边笑。好多次住在附近的小伙伴问妈咪,为什么我们吃饭的时候那么热闹。"

晚饭时的欢声笑语在耳边回荡,我不禁唇角浅浅弯起,看看身边的孩子,仿佛当年的自己,下意识地拉起孩子的小手,回过头去看小院门口,可有父亲夹着书或是母亲扛着农具走进来?

"看,这是北屋,在北屋里,妈咪听姥爷讲了很多很多故事,比妈咪给你们讲的童话故事还要多。西屋是厨房,妈咪跟着姥姥学会做饭,以后妈咪也要教你们烧饭烤蛋糕,男孩子也要学会自己做饭。南屋是妈咪住的地方,每天在那里读书学习,可从来没有要姥爷姥姥费一点心。"

依次看过去,看过去:微红的油灯,八仙桌上微红的油灯忽闪忽闪,小板凳上小女孩的眼睛忽闪忽闪,盯着墙上被放大的父亲的影子,透过影子,穿过墙壁,一个神秘的世界在招手。红红的火苗,灶膛里红红的火苗映红木墩上女孩的面颊。女孩右手拿书,左手拉风箱,一边拉动风箱,一边借着灶火看书,不小心火苗呼地从灶膛里窜出来,差点烧着手里的书。殷红的对联,门口殷红的对联墨迹方干,上面写着"书山有路勤为径;学海无涯苦作舟"。屋里女孩坐在书桌旁学习,书桌上那打开的课本从来不曾合上。

拂去灰尘,翻看童年故事;掀起面纱,探访旧时模样。一点点移动目光,一遍遍四处打量,我这才注意到院子东北角落里仍然放着一副梯子,而那梯子竟然也是绿色的!

鲜艳的葱心绿沿着梯子通向屋顶,那春天般新鲜的绿色吸引我走近细看。虽然摆放的位置相同,过去的木梯却换成了一副金属的梯子,一种类似爬山虎的爬藤植物缠绕着梯子一路向上。顺着藤枝往下看,那爬藤的根从窄窄的墙缝里探出头来，柔弱的藤枝挺起纤细的腰肢顽强地往上爬，沿着梯子爬上去，几乎爬到屋顶。一片片鲜亮的葱心绿开放在梯子上，手掌似的绿叶遮盖住暗红色的斑斑锈迹。一副生锈的铁梯被新鲜的绿色覆盖着，变成一道奇特的风景。

"妈咪，那是什么？上面长着什么东西？那绿色好漂亮呢。"孩子跟随妈妈的目光看向那个角落。

"那是梯子，小时候妈咪常常爬上屋顶做事情，玩耍。那上面长的好像是爬山虎。"

"妈咪想到屋顶上看看，你们没爬过这样的梯子，不要跟着过来了。"那梯子触动久远的回忆，我叮嘱一番后放开孩子的小手，走向梯子。

"妈咪小心！"孩子关心地喊。

"放心，小时候姥爷姥姥教过妈咪爬梯子。"心头一热，回头冲孩子微笑。

多少年了？多少年前，站在梯子下面畏缩不前，抬头看那么高的屋顶，似乎永远也爬不到的样子，两级梯阶间相隔那么远，怎么跨过去呢？

"不要怕，大胆迈步往上走，要胆大心细，手抓紧梯子，脚找准地方了，再放下去。跟我来，慢慢爬，不怕慢，只要不停，就能爬到顶上。"父亲对我说着，率先爬上梯子。母亲站在下面，看我战战兢兢地跟随父亲往上爬，然后，第一次站在屋顶上咧嘴笑。

后来，多少次，我站在形形色色的梯子下面，感到胆怯的时候，想起父亲的话，就鼓足勇气迈步踏上去，胆大心细，一路不停。

站在梯子下面，不期然地停下脚步，抬头往上看，似乎没有记忆中那么高呢。微微一笑，伸手扶住梯子，迈步踏上去。

爬上梯子。

麦收时节，父亲偏过头，扛着一袋粮食，踏上木梯。右手攀住绑起来的

14

布袋口,左手扶梯,稳稳地抬起脚,落下去,又抬起脚,落下去。伴随着轻微的咯吱声,木梯的梯阶微微弯下去,弯下去。父亲没有听见咯吱声,没有停下脚步,一步步爬上去,一次次把一家人的口粮背到屋顶,摊开来晾晒。我跟随父亲的脚步来到屋顶,负责照看晾晒的粮食,赶走飞来啄食的小鸟。

爬上梯子。

夏日的午后,母亲端着一个洗脸盆,踏上木梯。左手扶梯,右手紧紧勾住洗脸盆的边沿,洗脸盆的另外一边抵在母亲腰间。盆里盛满刚刚打好的糨糊,厚厚的糨糊随着母亲的脚步晃动,母亲小心地不让糨糊洒出。我右手抱着一包碎布头、旧衣服,跟在母亲身后爬到屋顶上。避开树荫,母亲在阳光直接照射下来的地方,放下洗脸盆,拿起一块块碎布头,剪开旧衣服,一层布片一层糨糊地打"夹纸"。"夹纸"是给一家人做鞋底用的,要趁天热的时候打好晒干。我蹲在旁边,把一块布头递给母亲,或者接过母亲手里的剪刀,更多的时候,我看着一滴滴汗水从母亲的发迹处沁出来,沿着鬓边滴落。

爬上梯子。

多少年后,在一个夏日的午后,踏上铁梯。在孩子的注视下,踏着父母的足迹,手脚并用一级一级爬上去。追随父亲的背影爬上去,把梯阶踩弯;追随母亲的背影爬上去,让汗水滴落。爬过一节节藤枝,留下一个个攀登的足迹;拂过一片片绿叶,问候一个个闪亮的日子。

终于爬到高处,抬脚登上房顶。

站在高处,我再次打量那奇特的梯子,刚刚被我一步一步踩在脚下,助我爬到屋顶上来的梯子,暗红的锈迹,点点斑斑,无声无息地站在角落里,默默奉献自己的身躯,托起一片片绿叶,无怨无悔。鲜绿的叶子带来鲜活的生命,可是那生命不属于梯子,鲜绿的叶片也无法抹去岁月,抹去沧桑。一代新鲜的生命沿着梯子爬上来了,而那梯子在慢慢老去,无可挽回地老去。

心中蓦然一紧。

"妈咪,我们在这里!"孩子在下面大声喊,边喊边挥手。

我笑着答应,向孩子招手。院子里,孩子站在香椿树苗旁,抬头仰望妈妈,目光一如当年我仰望自己的父母。现在他们站在人生的起点,有一天他们也会离开父母奔向远方。而我,我现在站在父母当年的位置。我想,或许多年以后,他们也会回到起点,带着他们的孩子回到起点,追寻童年的点点滴滴。

一代又一代,年轻的生命成长起来,奔向远方,然后在某一天会再回来,回来寻访童年的足迹。总有那么一天。

站在屋顶,站在我出生的房间顶上,看下去,童年的生活在小院里摊开来,一览无余。没有精彩万分,没有荡气回肠,可是有满院绿色,满院郁郁葱葱。那是父母为我谱写的绿色童年,是我一生绿色的序章。而我呢,是否也给了孩子绿色的童年?

再次环顾周围,环顾我一生的起点。墨绿的小院、葱心绿的梯子和院外碧绿的小巷,深深浅浅的绿色融合交汇,汇成一条绿色的道路,通向遥远的天边。

天边,那是我要继续走下去的路。疲累的时候,我会休息片刻,静静回望这一路绿色。

三、故乡的路

少小离家,在国外生活多年,和所有的他乡游子一样,多少次闭上眼睛踏上回家的路,沿着田野间的土路,走向那熟悉的村落。乡村的街道,不甚宽阔,行人的脚步带起些许尘土。哪家的小狗跑过来,摇着尾巴嗅来嗅去。谁家的母鸡下了蛋,咯咯哒叫着报告主人。四五个孩子笑着闹着,风一般地卷过街道。路上碰到的邻居含笑打招呼,问:"吃过了吗?"巷口的椿树长得越发高了,浓荫如盖。走进小巷,我轻轻推开老家的大门。

多少次这样踏上故乡的路，在白天，在夜里。可是真的回到故乡的时候，为了探访更多亲友，总是来去匆匆，不曾这样徒步踏上故乡的路，切身亲近故乡，难免遗憾。

离乡三十年了，第二次回老家的时候，下定决心安排一天时间，和童年挚友兰约好，由她骑电动单车带我，我们一起再次切身走过故乡的路。

夏末秋初，上午我们从我落脚的故乡省会出发，选择乘公车回到故乡县城，绕到兰在县城的家里，放下东西，再打出租车到她婆家的村庄王庄。

王庄也在故乡附近，可是距离稍远，小时候我们没有走路去过。出租车出县城，上公路，再向东转向一个偏僻的村庄，那就是王庄了。

前几天刚刚下过雨，村里的道路一片泥泞，偶然路过的汽车留下宽宽深深的车辙，摩托车、三轮车、单车留下窄窄细细的车印，老少行人留下大大小小的脚印。这和三十年前的故乡相似，在意料之中。让我惊奇的是，道路中间一条一两米宽的水沟，水沟边的斜坡上杂草蔓延、灌木丛生。沟里浅浅的积水并不流动，积水里零星的水草，一个白色的塑料袋浮在水面，仿佛一艘搁浅的小船。

兰指挥出租车小心地开到一条小巷，在一家门口停下来。迎面朝南一个黑漆大门虚掩着，房屋旁沿着墙壁垫高了一溜土，劈成小小的菜地。边缘的泥土被雨水冲到街上，踩成一片泥泞。一片绿色爬上墙头，绿色中开着几朵小小的黄花，几条带刺儿的黄瓜和细细的丝瓜垂落下来，旁边还有几棵四季豆，一串串紫色的小花在风中颤动。兰留意到我惊诧的目光，说，现在都不留菜地了，也不常住这里，所以在路边随意种一点，菜不够再买。

进门坐了一会儿，兰推出电动单车，开始我们的漫游之旅。兰骑到车上，我坐到后座上抓住座位架子，颠簸着骑出小巷，骑出村子。时近中午，我们选择的第一站是离故乡一里地的赵庄镇。那是一个比较大的村子，以前的公社所在地，准备到那里吃午饭，再尝尝故乡的饸饹。

骑出王庄,转上公路,宽阔的柏油路非常平坦。公路上交通不是很繁忙,我请兰骑慢一点,我可以看看故乡的风光。

公路两旁茂盛挺拔的白杨树洒下浓密的绿荫,树叶哗啦哗啦在拍手欢迎我们。

"树长这么高了!这还是我们小学时种的吧?你还记得吧,学校组织植树,全校的老师和学生们刨坑的刨坑,栽树的栽树。你和我,我们一起抬水浇树。"

"咳,早过时了!我们种的树早长大刨掉了,这是后来另外种的。这条公路也是后来加宽重修的。"

"长得好好的,为什么刨了?"我惊讶。

"卖树赚钱呀。"兰奇怪我如此问。

一路上两边清一色的玉米地,密密实实的青纱帐一眼看不穿,墨绿的叶子哗啦作响,暗红的缨穗飘动,路旁田头杂草丛生蔓延开去。打量一片片杂草,悄悄回想这些草的名字。小时候每天放学后,和小伙伴们背着草筐砍草喂猪,杂草长不成片。当年养的猪最喜欢吃什么草呢?摇摇头,说不上来了。

一路向前,公路左边一个村镇在望,兰转弯向那里骑去。路口一个高大的牌楼映入眼帘,殷红的柱子,暗红的瓦片,飞檐翘角,上面三个大字告诉我"赵庄镇"到了。

骑车穿过新修的牌楼,面前一条宽阔的街道,应当是镇上的繁华大街,两旁全是两层楼房,各种各样的店铺一字排开。午饭时分,街道上热热闹闹,很多人从道旁的饭馆进进出出。

我们下车,兰在寻思哪家饭店看起来干净,我四处打量着曾经非常熟悉的小镇。房子高了,大了;店铺多了,热闹了;街道直了,宽了。这里或许就是过去的大街吧,当年唯一的供销社在路的右边,我曾在那里花了"大笔"

钱,我攒了好久的零花钱,买下期盼很久的红发卡,小心地接过来,不舍得戴到头上。

我唇角微翘,四处搜寻,还能找到那个小女孩的足迹吗?张望间,这才发现宽阔的街道竟然是阴阳脸:右边一半是硬硬的柏油路;左边一半比右边低不少,有些路段铺了石子,有些路段是土路。下过雨,积水的地方满是泥浆,无法下脚,隔不远有一条木板从路的这边搭到另外一边,行人踩着木板走过去。看到我诧异的目光,兰说,这条路要拓宽,修了一半,经费没到位,停下来了,另外一半还没修呢。等过两年我再回来,这条街道会更宽阔更热闹。

我们停下来的地方,在低洼的一边,有一个小小的活动的烧饼摊位。色彩鲜艳的塑料顶棚有些天没洗了,顶棚下简易的铁架子支起案板,旁边一个炉子,一对中年夫妻围着还算干净的白围裙在后面忙活着,两个人各占一头在擀烧饼,一块块小面团放在手边,擀好的烧饼放在前边,等着上芝麻然后进炉。案板前面另外支着一个架子,上面堆着已经出炉的烧饼。

就到那家吧,没来得及细看,兰已经选好饭馆。我们踩着木板走到对面一家饸饹店,去吃老家有名的饸饹。饭后走出来,站在饭馆门口再次打量街上的景象。浓郁的烤芝麻的香味飘过来,把我的目光再次引向那对烤烧饼的夫妻。一炉烧饼烤好了,炉盖打开来,那女人铲出一个烧饼,转身放到前面的架子上,再回身铲出另外一个烧饼,一个接一个。架子上的烧饼多了起来,男人抬头看看烧饼,再抬头看看街上,面容平静,不悲不喜,看看妻子,继续低头擀烧饼。

芝麻烧饼可是我小时候难得吃到的东西,多少年没见过的景象了,下意识地走近那个烧饼摊。简陋的设备,平凡的夫妻,他们站在低洼的地段,不停地工作着,重复单调的动作,制作简单的食品。金黄的烧饼,一粒粒黑色的芝麻黏附在表面,那是世界上最诱人的"麻脸"。我取出手机拍照,那对夫妻发现了,抬起头来看看我,憨厚地笑笑。古铜色的面庞上,有风雨,更有阳光,像烧饼一样温暖。"买两个吧,吃不下,就带走。"

告别那对夫妻,骑上电动单车,兰说要带我去张庄看看,那是故乡西边的邻村,去看南水北调工程。

离开小镇,我们在田野间穿梭。这是儿时几千次几万次走过的地方,我竭力辨认这是哪块田地,过去属于哪个小队,曾经种过什么。看来看去,不得要领。到处是一片片玉米地,道旁胡乱堆积的土堆上长着密密的杂草。道路不同了,建筑物不同了,完全没有可以辨认的标志。

和来时路上一样,一片又一片的玉米地,看不到记忆中大片大片的棉花,我忍不住询问。

兰没有回头,说:"棉花需要管理,活太多。现在都外出打工,就剩老人和孩子在村中,种玉米省事,种下不管了,随便它长。"

"哦,所以地头这么多草,也没有人拔草。"

"现在谁还拔草啊?拔草是多少年前的老皇历了。"

我默然不语。

穿过又一片玉米地,墨绿的田野中蓦然耸起一条庞然大物,一条土黄的"巨龙"蜿蜒而来,却没有腾飞而去,而是戛然而止。

"巨龙"把我们面前的道路截断,我们下来推车绕到一头。走近看,黄土堆成的堤岸高出地面很多,中间是又宽又深的河沟。我们站立的地方黄土松松地堆积着,不知道是午休还是停工了,没有人在干活。庞大的"巨龙"穿过田野,穿过村庄,这就是正在兴建的南水北调工程的中线。我站在那里,默想若干年后这条"巨龙"会是什么模样,会给故乡带来什么变化。

离开"巨龙",按照计划我们应该向东回老家村里看看。兰显然也好久没来了,骑上车子向前走,找不到记忆中的道路,在旁边村里绕来绕去。路旁的房屋有平房,有小楼,家家都是高高的围墙、高大气派的油漆大门。一排排房屋中,夹杂着缺口,一户人家搬走了吧?没有盖房的房基地上,随意堆着积土,土堆上或长着一片茂密的杂草,或种着几畦蔬菜。

一路走一路看,一片开花的植物突然映入眼帘。一块闲置的房基地,高低不平的土堆,上面不高的植物,墨绿的叶片宽宽的,红色、白色、黄色的花朵点缀其间。这不是棉花吗?停下来走近细看,久违了,三十年没见过的棉花!不大的房基地,没有平整过,一棵棵棉花随意生长,不像过去一样是笔直的一行行排列整齐。棉花的花朵开得正好,还没到摘棉花的时候呢。恐怕再也看不到很多人围着围腰,穿梭在一行行的棉花中采摘棉花的盛况了,嘻嘻哈哈的笑声似乎在耳边回响。

沉思冥想时,一位老太太走过,兰很不好意思地打听我们村该怎么走。

顺着老太太指的路,继续向前,穿过一块块农田,终于故乡在望。从村西进村,那是我老家所在的一部分。村口两棵槐树、三棵柳树、四五棵杨树,我一点印象都没有,都是我走后新栽的吧。穿过陌生的小巷,前边道旁摆着一张小桌子,四五个中年妇女坐在旁边。看年龄应当是认识的人,如果叫不上名字辈分来那可尴尬,我悄悄跟兰说,让她提醒我一下。

越来越近了,看清楚那几个妇女在哗啦哗啦打麻将,头都没有抬,根本没有注意过路的陌生人。兰好像也没有看到熟人,没有停下来打招呼。我们继续向前,沿着故乡的大街向前。没有小狗摇着尾巴跑过来,没有母鸡咯咯哒叫,没有孩子风一般地"卷"过街道,没有熟悉的邻居问"吃过了吗"。静悄悄的街道,两旁杂草丛生。新崭崭的房屋,家家掩门闭户。

顺着大街向前,我知道前边不远,向右转,几天前刚来过的老屋一定还在那里,还在等着我。向前,老屋隐约在望。

傍晚,告别兰,兰的女儿要去省城办事,和我做伴直接打出租车回省城。我们走另外一条国道,车辆比上午多多了,很多运输的大卡车把道路塞得满满当当。暮色中只见一条长龙一字排开,暮色苍茫,尾气弥漫,看不清前面的路况。

　　车子半天没动,司机不耐烦地回头张望,嘀咕着能否退出去走其他路。我回头看,一排车队紧紧尾随,后退无路;往前看,一条长龙蜿蜒蠕动,被卡在中间只能向前走,向前走。

　　我转头看看身旁兰的女儿,小女孩高中毕业,马上上大学了。浓眉大眼,圆脸盘,酷似三十年前的兰,可是一头长发随意拢在脑后,没有编辫子。身上的T恤牛仔裤,也是三十年前不可想象的打扮。手里拿着手机,手指轻巧地移动,在发短信吧。

　　三十年过去,故乡成长起来的新一代,似曾相识,却又完全陌生。

　　我仰头靠在座椅背上,闭上眼睛,面前出现故乡干干净净的黄土路,沿着土路走下去,向故乡走去。巷口椿树绿荫如盖,我轻轻推开老家的大门。

子初

本名魏青,现居德国。中欧跨文化协会会员,撰稿人、专栏
作者。美国伊利诺伊大学香槟工商管理学院访问学者。曾在日
本、美国、加拿大工作和生活。近年尝试写作,文章散见于国内
及德国刊物。

兵马俑奇缘

中国的秦兵马俑以"世界第八大奇迹"之美誉蜚声中外,不过恐怕鲜有
人知中国在海外唯一的兵马俑复制品永久陈列展,是在德国图林根州瑙姆
堡(Naumburg)附近的一座小城威尔堡市(Weilburg)。那么,中国的兵马俑何
以会落户在这样一个名不见经传的德国小城呢? 这背后有一段鲜为人知的
故事。

2015 年春季的一天,正在访问瑙姆堡的我,听说附近的威尔堡有一个
著名的火车模型展,就特地安排了时间拐去 40 公里以外的小城威尔堡。这
虽然是一个私人展馆,却号称世界上最大的火车模型展,占地 12 000 平方
米。从外面看去,其规模好似一座工厂,却不似厂房般简陋。我们边走边看,
忽然,出现在展馆外墙上的"兵马俑"三个大字吸引了我的注意,咦,这里怎
么会有兵马俑呢? 堂堂中国兵马俑又如何会屈尊现身于一所私人展馆呢?
百思不解的我还是先进去看个究竟。

花了 10 欧元买了门票后我就进入了第一展厅,只见半个足球场大的展
厅里,满满地布置了山川、河流、城市、田野和村庄的仿真模型,小小蒸汽火
车冒着白色蒸汽,鸣响着长长的汽笛,一路穿行在仿真模型所营造的景物

之中,奔驰在道路、桥梁、盘山路上,穿行在隧道里,火车的每节车厢里竟然还亮着灯,还有像子弹头一样的高速火车。在城市景观里,有火车站、商业区、居民住宅区、教堂、学校、城堡,应有尽有,非常逼真。随着行驶的火车,我走过一个又一个展厅,也走过世界各地的知名景观景物,纽约的自由女神像、伦敦的大本钟、巴黎的埃菲尔铁塔、洛杉矶的好莱坞、英国和法国的港口城市多佛(Dover)和加来(Calais),还有柏林、布达佩斯、伊斯坦布尔、维也纳以及图林根火车站,等等,行驶的火车模型将这些分布在世界各地的景观和城市串联起来,蔚为壮观,而每一个景观又是如此惟妙惟肖,令人叹为观止,据说这就是这个展馆与柏林和汉堡的火车模型展的不同之处。这里不愧是车模爱好者的世界,他们从德国各地来到这里,专门来看他们为之着迷的各类火车和铁路模型。这些模型不仅陈列而且出售。

穿过前面几个展厅,一路找寻着兵马俑的踪迹,当我来到第五展厅时,大厅门口几个显眼的汉字映入眼帘——兵马俑。我快步上前准备走进去。正当此时,一位六十多岁骑在一辆三轮车上的男子,正回头向我张望。我向他点头微笑,心想一定是少见亚洲面孔而新奇吧。走进展厅,发现这是一个复合展厅,里面完全是中国风的装潢布置,墙面和屋顶屋檐都是绛红色的。中间有一个六角亭,亭子里的高台上挺立着一条栩栩如生的蛟龙,正面黄色的背景墙前竖立着一座真人高的秦始皇塑像;左边两座秦俑竖立在打了灯光的玻璃镜框内,前面有一排雕刻精美的木质护栏,旁边立着两块木雕屏风;右边绛红色背景前站立着一座彩陶俑,一座蹲姿的陶俑立于高台上,旁边是一扇雕花板中间镶嵌刺绣的屏风;屋顶上挂着几个中式灯笼,角落里一个柜台上售卖来自中国的工艺品,后面的货架上,摆放着各种尺寸、各种姿势的小兵马俑;最里面是设有几排座椅的放映区,电视里滚动播放着一部译制纪录片——《秦始皇》。

眼前这一切景象顿时使我感到格外亲切。进入主厅,我果然看到了一大片兵马俑布满了巨大的长形展厅,走上前仔细观看,只见一行行一列列整齐阵列的秦兵马俑,还有那著名的驷马铜车。那一瞬间我的眼眶湿润了,透过模糊的视线,我看到那些身着盔甲、表情严肃、神态各异的陶俑按阵式列队而立,构成了规模宏伟的阵容。这分明是西安秦兵马俑的缩小复制版,虽然无法与原版媲美,但仍然不失其壮观与震撼之势。作为来自兵马俑故乡的中国人,不期然地在异国他乡见到此情景时,还是不能不为之动容。感动之余,我心中不免疑惑,在这样默默无闻的小地方,何以会有中国的兵马俑呢?

正想着,却发现刚才那位骑三轮车的男子不知何时已经出现在了身后,他静静地观察我许久了。我们攀谈起来,原来他是展馆的主人斯迪克勒先生,他告诉了我下面的故事。

斯迪克勒先生原来经营一家汽车商行,专营沃尔沃和福特轿车。退休后他卖了车行,热爱车模的他投资建了这个火车模型馆,之后数年里不断增添内容和扩大完善。2007年的一天,馆里来了一位亚洲面孔的男士,他在这里逗留了几个小时,在各厅转来转去,反反复复地观看,其认真劲儿引起了斯迪克勒先生的注意。他上前询问才得知这位先生是个中国人,说一口流利的德语。使斯迪克勒先生感到奇怪的是,他似乎对于展馆一切详情都很感兴趣,一一询问打听,而问得最为多的是:"您有什么发展计划吗?""您不想在今后几年里再扩大吗?"

斯迪克勒先生当然想扩大自己心爱的展馆,他希望自己的展馆更具特色,内容更丰富,他有一系列想法,然而有些想法他自知不能实现,因为资金和条件局限,要等待适当时机和条件成熟。而此刻他却被眼前这位中国人"纠缠"着,非要弄清他的发展规划不可,他有些不耐烦了,于是随口说出:"如果可能的话,我倒是希望能有像中国的兵马俑那样规模宏大的展品。"说完这话后,他自己也觉得不可思议,本以为会吓着这位中国人,可没想到他却眼前一亮,无比兴奋地上前一步说:"您想有中国的兵马俑,是这样吗?"斯迪克勒先生看他这样子又听了他的问话,感到哭笑不得:"我是说……当然,可是那怎么可能……"而此时这位男士却兴奋不减,他掏出一张名片递给斯迪克勒先生,郑重地说:"我会联系您的,您等着。"说完转身大步流星地走了。斯迪克勒先生看着他的背影感到莫名其妙,再低头细看名片时,才知道此人是中国驻德国大使馆文化馆馆员 G 先生。

两周后斯迪克勒先生收到了 G 先生的邮件,他写道:"关于兵马俑事宜,我已与中国有关部门取得了联系,我们很钦佩您对中国历史和文化的了解与热情。对于您希望展出中国秦兵马俑的愿望,我们很感兴趣,为了商谈有关事宜,我谨代表中国文化部盛情邀请您访问中国北京和西安……"读过邮件后,他惊诧不已,感到既兴奋又意外,直到现在他仍然仿佛在梦中一般,对于这突如其来从天而降的惊喜毫无准备。因为对古文物的爱好,他关注了中国的秦兵马俑,他看过关于兵马俑的纪录片和图片介绍,深深地为2500 多年前中国古人的这一恢宏浩大的工程和艺术造诣所折服、所震撼。想不到如今,自己竟然也与这个举世无双的历史文物连上关系,接下来将是怎样的情形,他完全不得而知,于是他感到有些忐忑不安。之后他与 G 先生有了多次沟通,在 G 先生的帮助下很快取得了中国签证,一个月后启程飞往中国北京。

在北京首都机场,一位举着写有他姓名的牌子的年轻人迎接了他,然后开车直接送他到了入住的饭店。一路上他新奇地向车窗外张望,看到了宽阔的公路、车水马龙的街市、摩登大厦。说实话,他对现代中国的了解仅限于画报、杂志上刊登的图片和报道文章,以及电视里极为有限的新闻报道,而且大多数是负面的。当晚他走出酒店,信步在街上走走看看。他来到一个热闹的步行商业街,商店林立,店里各色商品琳琅满目,街上熙熙攘攘,人们扶老携幼,年轻人朝气蓬勃,人们脸上洋溢着欢愉,他们像是生活得很富足。他从不曾想到中国竟然这般繁华、发达,这里的人民生活这般美满,一派欣欣向荣的景象,这一切颠覆了他对中国的印象。

第二天早餐后,年轻人来饭店接他去一座漂亮的办公大楼,他被引进一间敞亮的会议室,紧接着七八位西装革履的中国官员鱼贯而入。一位长官做派的官员上前与他亲切握手,翻译说这是中国文化部的官员。之后其他官员跟随其后一一与他握手,并整齐地坐在了一张长长的会议桌后面。此时他感到格外"势单力薄",因为长桌的这一侧只有他一个人。

会议开始,长官讲话,通过翻译他了解到中国文化部的有关部门对他的火车车模展馆很感兴趣,中国文化部的官员们也了解到他有意引进中国的兵马俑在其展馆展出,他们很重视。接着他对兵马俑做了一番介绍,然后他们对他的展馆提出了一系列问题。被问得最多的问题是:为什么他想要在自己的展馆中展出中国的兵马俑?他回答说,他对兵马俑很感兴趣,他讲了十几年前自己如何偶然看到画报上的兵马俑图片和介绍,并且第一次知道了兵马俑就对它产生了极大的好奇和兴趣,后来又观看了兵马俑的纪录片,他感受到兵马俑的神奇伟大。作为2500多年前的历史文物,秦兵马俑承载了中国丰富的历史文化,是世界上罕见的文化奇观。他热爱中国,也热爱这一中国文物,如果能在他的展馆展出兵马俑,不仅可以传播中国文化,也会增进中德文化的交流与两国友好关系。

会议结束后,斯迪克勒先生被邀请与这一队中国官员共进午餐。他们是如此盛情,各种美味五彩缤纷,大盘小碟摆满了桌子,他被一再劝说多吃点、多吃点。而从未吃过中餐的他有点吃不惯。当天下午,一名翻译带着他游览了长城。之后的两天,几乎是同样的程序每天重演一遍,上午是他与一队中国文化官员的会议,中午是丰盛的中餐,下午是游览故宫、天坛、颐和园。在会议上,他还是被反复地问究竟为什么他这么想要展出中国的兵马俑。对于这么反复的追问,他既不理解,也渐渐地失去了耐心,他对中国官员说:"我已经回答很多次了，希望这个问题已经结束，可以翻过这一页了。"

第四天，斯迪克勒先生被那位年轻人开车送到机场，登上了前往西安的飞机,在那里他被当地中国方面的接待人员带领着参观了秦兵马俑。尽管他在此前阅读了很多有关文章,看过很多图片和纪录片,可当他亲身站在一号坑高台上,俯身向下看到那军阵庞大、规模宏伟、气势恢宏的秦兵马俑时,还是被深深地震撼了。他仔细地观看,认真地聆听了所有的介绍,他对兵马俑有了更全面、深入的了解。

第六天,回到北京,继续开会。在会上,斯迪克勒先生一反常态地率先发言说:"先生们,我很感激你们邀请我来北京和西安访问,我看到了一个完全不同的中国,一个发展得很好、人民很幸福美满的中国。在西安,我亲眼看到了秦兵马俑,它给我的震撼和感受是我一辈子也不会忘记的,我对中国历史和文化也有了更多的认识,很钦佩你们为保护文物所做的努力。我感到我的展馆现在的规模和资历都还不够,对于陈列和展出兵马俑,我不抱希望,不过我还是非常感谢你们。"

这时中国文化部的长官讲话了:"这些天来,我们已经研究过您以及您展馆的情况,我们认为您的展馆很适合展出我们的兵马俑,我们已经决定在您的展馆展出秦兵马俑复制展品。恭喜您!"这时的斯迪克勒先生有点摸不着头脑,他不相信自己的耳朵,难道这是真的吗? 长官接着说:"说实话,我们做出这个决定是非常慎重的,您可能也已经感觉到了,我们经过反复考察、推敲、筛选才做出了这个决定。对于展出兵马俑的展馆,我们有一系列的要求,而最重要的是您对于兵马俑的热爱和关注,以及您展馆的知名度,您在这两点上都达到了我们的要求,其他方面也都符合要求,所以我们认为您的展馆最适合永久展出秦兵马俑复制品。后面还有一系列工作,希望我们双方密切合作,把工作做细做好,预祝您成功展出兵马俑!"听了长官的这一番话,斯迪克勒先生终于长舒了一口气,这场马拉松式的谈判终于落下帷幕。这些天来被没完没了地追问,曾使他一度丧失了信心。

接下来双方就所议事宜达成意向并签订了合约。他了解到作为中国文化部的一项文化交流项目,这是秦兵马俑复制品首次在中国以外的地区永久性展出。直到现在他似乎才明白为什么当初中国驻德国大使馆的G先生在他的展馆流连忘返,又为什么在与他的谈话中屡屡问起他是否有进一步的发展计划,以及这次在北京连续几天的会议中为什么中国官员总是反复在问同一个问题——"为什么您想要展出中国秦兵马俑",所有这些,现在都有了答案。

斯迪克勒先生在中国访问期间,一直不适应中餐,以至于他竟然患了胃病住进医院,出院后他立刻返回了德国。在之后的时间里,双方就各种相关技术问题进行了反复沟通和磋商,兵马俑复制品的制作需要三个多月,期间他筹集资金,扩建展厅,为即将到来的展品做准备。半年后,来自中国西安的几个集装箱运抵了德国码头,又经过陆路运输后,这些中国的兵马俑复制品不远万里、跨洋越海、浩浩荡荡地来到了小城威尔堡。又经过了三个多月的拆装、整理、就位、布置等一系列工作,这些来自中国的秦兵马俑复制品终于在这里展出了,包括780个与原版1:2.5比例的兵马俑,6个与原版1:1比例的将军俑,一个与原版1:1比例的秦始皇塑像以及驷马战车。

这些形神兼备、神态各异的陶俑,构成了一个整体静态的军事阵地,车兵俑、步兵俑、骑兵俑,还有驾车的御手俑,排列成各种阵势,武士俑们扬眉张目、肃然而立,神态坚定而勇敢。有冲锋陷阵的锐士;有手持弓弩的弓箭手;有短兵相接的甲士;有一手牵马一手提弓的骑士,机警地立于马前,一旦令下便飞身上马驰骋疆场;还有身材魁梧、气度非凡的将军;那一匹匹曳车的陶马,两耳竖立,双目圆睁,张鼻嘶鸣,跃跃欲试。这几百个栩栩如生的陶俑官兵,好似整装待发,又好似临战之前,目视前方,待命而发,昂首挺胸,巍然伫立,再现了 2500 多年前秦军奋击百万、气吞山河的磅礴气势。

兵马俑展出后,在当地引起了不小的反响,许多人慕名而来。不仅是普通民众,一些知名人士也纷至沓来。中国驻德国大使夫妇曾以普通人的身份造访,智利驻德国大使和夫人专程前来参观,继而有美国大使造访。一日,斯迪克勒先生在展馆里看到一位有着亚洲面孔、身材小巧玲珑的女子,只见她久久地在兵马俑馆里流连,不肯离去。斯迪克勒走过来询问时,看到她脸上的泪痕。原来这是一位在德国居住十几年的中国女孩,兵马俑激起了她对家乡的思念。

斯迪克勒先生不无自豪地告诉我:"你知道吗? 这可是在中国以外唯一的兵马俑复制品永久性陈列啊!"据我所知,在美国休斯顿郊区的一个名为"紫金苑"的中国主题公园,曾经陈列过 6000 个与原版 1:3 比例的兵马俑复制品,但后来因修建高速路的缘故公园关闭,就地甩卖了所有的兵马俑复制品,引发了附近人们前来排队购买的狂潮。至今,兵马俑复制品在海外永久性陈列展出的,独此一家。

斯迪克勒先生感慨地说,若不是出于他对中国文化的热爱和了解,当初在受到 G 先生的"纠缠"时,他就不会冲口而出地说出希望展示中国兵马俑这样的话,自然也就不会有后来的故事和今天的兵马俑陈列。因此,每当人们问起他怎么会想起要展出中国的兵马俑时,他会神秘地笑着回答,这是源于他与兵马俑前世今生的奇缘。

缪玉

笔名颜如玉。2000年开始发表文章,以随笔、散文、游记、短篇小说散见于南非《华侨新闻报》、美国《侨报》《世界日报》、福建《闽声》杂志、菲律宾《商报》和《人民日报》海外版。现在中国驻菲律宾大使馆工作。

关 东 情 深

大江南北,国内国外,我曾去过很多个国家,走过无数个城市,但最让我想念和搁不下的,却是一座不为很多人所知的东北城市——吉林市。

吉林市因为与所在的吉林省重名,因此不为很多人所知,似乎它的美丽光环被吉林省替代了。

吉林原名"吉林乌拉",古代满人居住地,满语的意思是"沿江的城池"。

吉林市地处中国大陆的东北部,是一个依山傍水非常秀美的城市,环绕的群山和回转的松花江水,使吉林形成"四面青山三面水,一城山色半城江"的天然美景。我生长在吉林市,喜欢吉林市的气候与美景,总愿意把所走过的城市与吉林市相比较,也总感觉无论怎样比,吉林市都是我心目中不可取代的完美城市。

要说我最喜欢的当属它的气候,四季分明。冬季的吉林市白雪皑皑,银装素裹,为北国风光之最。吉林雾凇以其"冬天里的春天"般诗情画意的美被誉为奇观。隆冬时节,冰封大地,滔滔的松花江水却不畏严寒,依旧畅流不息,绵延百里,江面上雾气蒸腾。两岸的雾凇,玉树琼花,银雕玉砌,千姿百态。吉林市的冬天,那才叫个冷得刺骨,寒得透彻。滑雪橇、溜冰、堆雪人、看冰灯、打雪仗,是我挥之不去的最美好的童年记忆。

吉林人懂得如何利用美好的资源。他们举办了十余年的"雾凇冰雪节"享誉世界。每到三九严寒时节,来自世界各地的游客成群驻留在这里,看十里长堤银白的树挂,赏晶莹剔透五彩的冰灯,无不交口称赞人间奇景。

吉林市的春天总是让我无限向往。清明一过,吉林大地立刻换上了嫩绿的颜色,蜿蜒的松花江水携带着春天的朝气穿过吉林市区,带给吉林市人民崭新的生机。那时是我们盼望了一个冬天的踏青时节,青山绿水间,到处可以看到踏青的人们。万物复苏,我们最喜欢做的是采野菜,漫山遍野是刚刚破土而出的蕨菜、野葱、荠菜和蒲公英,这些都是绝对的无污染绿色食品,吃到嘴里爽口宜人,东北的名菜"大丰收"就是由这些菜组合而得名。

夏季的吉林市骄阳似火,可奇怪的是,无论白天怎样炎热,到了晚上都凉风徐徐,让你免去了酷暑的煎熬。这是因为吉林市特殊的自然环境,群山环抱,绿树屏障,加上潺潺的松花江水,已经帮我们调节到最舒适的温度了。由此,吉林市已成为全国著名的夏季避暑胜地。

秋天,哦,对了,我还要说我同样也喜欢吉林市的秋天。吉林市的秋天可以说是万山红叶,层林尽染,风景如画。当秋风吹过,缤纷中虽有三分凄冷,却有七分高洁。吉林市的秋天瓜果飘香,处处充满着丰收的喜悦。至今我还忘不了吉林特产香瓜的味道,形似哈密瓜,却比哈密瓜小巧,黄灿灿的,香气袭人。

吉林市是个靠山吃山的城市,特产享誉全国。秋季,如果我在国内,无论在哪个城市,一定尽量赶回去,因为这时可以吃到最饱满的榛子、松子、核桃、葵花子,还有数不尽的山果子。那是一种情愫,是一种生活的享受。

秋,给我的记忆不仅仅是满目红叶和馨香的果实,还有逃不掉的秋季大储备。

东北人的整个秋天都是在为过冬做储备,就如同所有生活在寒带的动物一样，为过冬的储备而忙碌，这是北方生活的一大奇景。一个冬天需要储存很多食品，尤其那些年是计划经济，如果在秋天不按照国家计划，买够过冬的蔬菜水果，还有取暖做饭的煤等，那么将是个不可想象的饥寒交迫的冬天。

在秋菜买到家之前，最先要做的是挖菜窖，其实菜窖在北方很多地方都适用，东北更是必需无疑。记得那时，我们家因为只有姐妹没有兄弟，所以，每年都要求别人帮忙，跟我父亲一块完成这个巨大的工程。

我很不喜欢那个菜窖，每次到下面取菜时，都有一种掉进深渊的感觉，好像与整个世界都隔绝了。那个时候没有冰箱，也从没听说过什么是冰箱，但那时我却有过无数次的假想，我想象着要是能把这样一个既防冷又防热的大洞安放在我家厨房，那该多好呀。

立秋以后，过冬的蔬菜开始陆续上市，最先上市的菜都是拿来做咸菜的。东北人对咸菜情有独钟，餐餐离不开，按照我母亲的说法，那是"站岗菜"，每顿饭必在餐桌上出现。东北的咸菜味道很好，五花八门，任何东西都能用来腌制。

勤快的主妇能把家里所有的窗台都摆满酱菜坛，可以想象每天开饭时的情景，那是怎样一场其乐融融、幸福的家宴啊。

咸菜进了坛子，接下来便是东北人的当家菜上市了，白菜、萝卜、土豆……卖菜的队伍壮观，买菜的人群更是一景。

古话说："兵马未动，粮草先行。"这比喻在那时我的家乡，真是太形象了。

记得那时所有的卖菜商店门前都堆满着像山一样的大白菜，那边还没有卖完，这边已有几辆从农村开来的拖拉机在卸车，买菜卖菜都在"挑灯夜战"。

那年代，尽管物资匮乏，但物价却很低，一斤大白菜才几分钱，土豆萝卜也都是几分钱，家家户户没什么贫富差距，过冬菜也基本相同。从头年的十月下旬,到第二年的清明节前,东北人全靠这些秋储的食物来打发大雪封冻的日子。

许多人都知道,东北有一道名菜,叫"酸菜氽白肉",非常好吃,那好吃的背后却隐藏着烦琐又繁重的工作。先是把选好的白菜精心修理,然后放进刷了又刷、擦了又擦的大号缸里,一棵棵摆平,一层层撒盐,直至把缸填满,像个小山包,再用选好的大菜帮盖在上面,最后压上一块重重的大石头。

酸菜的制作是一门工艺,说说简单,其实很复杂,这之后还要加水,清缸,观察温度等,好吃的酸菜是靠经验腌制出来的。所以说程序一样,但不同的家庭腌制出的味道却不同。

东北的秋天是短暂的,却又像是漫长的,人们手脚不停地一直忙到大雪落地,秋才算结束。而这种结束又像是强迫的,因为,如果没有这第一场大雪的到来,勤劳的东北人们还不知要忙多久,这就是民间所说的"三春不如一秋忙"的道理吧。

繁忙已经变成了永远的记忆锁进脑海里,时代巨变,如今再也看不到那些为冬而忙碌的储备大军。在秋,人们可以尽情享受金色的季节,旅游、拍照,省去了把那些丰收食物搬回家的烦恼,也不必再为冬季的食物而发愁。所有的必需品,或是去商场购买,或是在网上购买,无论哪个季节,只要你需要,便可轻松地运回家。

我喜欢吉林市,不仅仅是喜欢它的自然环境和景观,更喜欢它的历史韵味、民族韵味。走进吉林市就如同走进了一座历史博物馆,随处可见历史留下的印记。清朝初期吉林市已是政治、军事、经济和交通中心。康熙皇帝曾先后两次东巡吉林视察水师,并即兴写下了《松花江放船歌》,其中一句是"连樯接舰屯江城",从此"江城"又成为钦定的吉林代称。现今,在松花江大桥边,可以看到一座摇橹人的巨型塑像,那便是《松花江放船歌》鲜活的写照,此造型也成为吉林市的市标。

吉林市是满族人的发祥地之一,乌拉街满族乡至今还保持着满族文化原汁原味的风俗习惯,在吉林市你也可以吃到地道的满族菜肴。最有名气的当属"八大碗",不是因为我的偏爱,它的美味的确名不虚传。

吉林市的历史与文化底蕴深不可测,就在今年我回国探亲才知道,中国的国粹艺术京剧的第一个科班是在吉林市,创始人是吉林市的富商牛子厚。他在1908年出资开办的"喜富连成科班"为我国的戏剧事业培育了一大批艺术大师,有梅兰芳、马连良、谭富英、周信芳、袁世海等。他把中国京剧艺术的发展推向了一个前所未有的新高峰,在中国戏剧史上留下了光辉的一页,为中国京剧艺术做出了巨大贡献。2004年,在吉林市纪念喜富连成社一百周年的庆典上,京剧大师梅兰芳之子梅葆玖先生专程从北京赶来,盛赞喜富连成社是"中国京剧界的北大、清华"。

让我想不到的是,吉林市这个所谓俗文化"二人转"的产地,竟然是有着"阳春白雪"美称的京剧艺术的第二故乡呀!我耻笑自己的孤陋寡闻,才疏学浅。

说到"二人转",自然还要说说火辣辣的关东文化,这也是最让我动情的。

人人都知道吉林有三宝,人参、貂皮、鹿茸,还有人说有乌拉草,是一种冬天取暖的草。其实在吉林,宝贝何止这三种、四种,可称之为宝贝的东西实在是数不胜数啊。

有了三宝还有三怪,那就是:窗户纸糊在外、十八岁的姑娘叼个大烟袋、养个孩子吊起来。这三宝和三怪是最具特色的关东文化标志。

吉林市是一块宝地,有"铜帮铁底"之称,无灾无难,当年许多闯关东的人都是慕名而来。这里人杰地灵,白山松水养育了吉林儿女,使这里的人形成了自己独特的豪放性格。热情好客,大碗喝酒,大口吃肉,无论走到哪里,都能找到他们身上不变的豪气。

吉林人爱听"二人转",爱唱"二人转",我记得有这样一句老话:"宁舍一顿饭,不舍'二人转'。"这话一点不夸张,我每次回去探亲都要买票看上几场,清朗上口的唱腔,加上说唱、歌舞身段,浓郁乡土气息和鲜明地方特色,着实让人酣畅淋漓,过足了瘾。如今"二人转"已经红遍大江南北,唱到了宝岛台湾,这是东北人的骄傲,也是咱吉林人的骄傲呀。

吉林市啊,实为让人着迷、留恋的城市。它的神秘与神奇、瑰丽与丰赡,说不尽,品不完,烙在我的脑海中,沉淀在我的心里,流淌在我的笔端。

丘彦明

原籍福建上杭,生于台湾,现居荷兰。《深圳商报》文化副刊《万象》专栏版专栏作家,台湾《艺术家》杂志、《艺术收藏+设计》杂志特约海外撰述作家。曾任《联合文学》杂志总编辑、《联合报》副刊编辑、《中国时报》记者与编辑。出版《人情之美》《浮生悠悠》《荷兰牧歌:家住圣安哈塔村》《踏寻凡·高的足迹》《在荷兰过日子》《我的九个厨房》等书。

故 乡 幽 兰

一、深圳一瞥

停留深圳数日,纯粹为了访友;心想一个经济特区,应无甚可观。

清晨走出旅馆,眼前一亮:十字路树木夹道,双线街道浓绿叶荫蔽天;一个路口子上,农民沿街摆开装蔬果的箱盒,路人弯腰拣选、购买;另一口子上立着深圳商报报栏,不少人凝神看报,我凑过去阅读。接听手机,传来溶冰的声音:"你很悠闲嘛!"笑答:"是啊,正在领略深圳人的生活。"

登莲花山,溶冰在树林间深呼吸道:"城市里能有一座绿色小山,每天就近运动,呼吸新鲜空气,还是挺幸福的。"至山顶俯瞰城市,虽然高楼耸立,但绿色植被缭绕。

下山后,去台湾老友威宁、明君夫妇家。公寓位于一幢大厦的五楼,室内敞亮,客厅窗外绿树逶迤,五六十米宽,居室犹如飘浮于舒软绿云之上;立于阳台凭栏,迎面是个长型大花园,侧斜出去与其他楼房距离均有十多二十米,视野宽阔。几日内,我特别留意路经的所有大厦,都能看到这样尊重居民呼吸空间的城市住宅规划。

威宁、明君刻意领我行经立交桥下马路,散步至中心书城。不单道路两旁绿色宽广起伏,立交桥下绿意盎然,甚而书城东西两边有四个面积各一万平方米的公园,南北两区有一方一圆两处露天庭园,引接自然光栽植绿色植物。书城上的屋面除步行轴外,布满植物,屋顶覆土铺设草坪、培养树木。

中心书城是日本建筑师黑川纪章的作品,对这位认真平实、恭谨寡言的建筑师和他的作品,我印象极深。我们曾在阿姆斯特丹梵谷美术馆相会甚欢,他特别送我一本签名本用作留念。怀想 2007 年去世的他,欣慰能在深圳看见他留下的自然与人文共生的建筑作品。

从中心书城穿越中心广场,过到相对应的深圳图书馆与音乐厅。辽阔的广场,在夜灯下除了散步者,还有街头艺人,或绘人像,或做表演。日本建筑师矶崎新的设计,造型、精神与黑川纪章的朴素风格完全不同,结构充满象征与音乐性的后现代感。走进灯火通明的图书馆,全开放、无间隔的"模数式"布局里,坐满了埋首阅读的男女老少,书香迷人。

溶冰建议,该看看 OCT-LOFT 华侨城创意文化园。去到原本印刷厂厂区改造成的部分,园区郁郁葱葱,洋紫荆树花繁美娇媚,枝上团团红紫,地下落英缤纷;书屋、手工艺品坊、新潮家具店、画廊、艺术家工作室、时装设计店、餐饮酒吧,散置于重新装潢的老厂房及老建筑中,并展现各自风格。这种形式并不新,纽约的苏荷区、伦敦的南村,甚至北京的"798",早汇聚了各色前卫文化艺术工作者。但,我眼中深圳的创意文化园极具特色,在于它浓得化不开的绿与空旷的悠闲感,带出了清新可喜的气象。

一天夜晚,我与杨涛、小多欢聚,我们沉浸于蛇口的海洋乐园一带。越入夜越热闹,华洋杂处,酒精在空气中散射奔放,颓废不羁的气氛自由流动,站立其中恍惚身在化外之地。

最后一日近午,应约去威宁、明君家品好茶,决定从旅馆走路前往。步行仅需二十多分钟的距离,却东张西望走了三小时:踏入景田市场、香梅市场,细看,感受物资丰裕的民生。福田区图书馆最令我惊讶:四层楼软硬件设施完善,居民满座,静默安详。图书馆建筑旁设置书柜,提供24小时自动借书服务,借取程序方便,书籍分类用心齐全。仅仅是城市中的一个区块,竟能有这样传播文化的关注,怎能不让人动容?

临别,溶冰对我歉歉然说:"城市新,都是外来人口,住得挺好,可惜就是缺点文化。"

短暂停留几日,虽然只见到深圳一角,我摇头笑道:"别忘了,多年来你们大家在这里播下了文化的种子,发芽、成长。你们自己没看见,而我看见了。"

二、在北京逛书店

七年没去北京,独自进京九天,临行,唐效问:"除了办事与探亲访友,还想做些什么?"想了想,回答:"逛逛书店,看看书、买买书吧!"

唐效留在荷兰上班,我去旅行玩乐,未免太对不起他了,风花雪月之事还是留下分享。身为书痴,我独自在一个城市逛书店,心安理得。

我一向迷恋胡同结构及四合院建筑。北京之行,特意选择城中心胡同区里的一家旅馆,简单干净而安静,推窗即能俯视胡同人家的生活,几日穿梭于胡同与居民朝夕共处,庆幸能亲近老北京的生活。

旅馆距离三联书店韬奋图书中心、中华书局灿然书屋、商务印书馆涵芬楼都不远,散步即可达,一有空暇就走过去翻阅几小时。这些书店没跟风流行,而是保持各自风格,在里面可以静心惬意地选书、读书。很自然地,每次拎一摞书回旅馆,都感觉非常富足。

印象中记得Flavorwire网站当年选出世界二十家最美的书店,亚洲仅占四家,北京拥有两家:名列第六的"老书虫书吧"与排名第八的"北京蒲蒲兰绘本馆"。

张荷陪伴我造访。

"北京蒲蒲兰绘本馆"位于建外 Soho 建筑群中的一幢楼里,外观毫不起眼。正值重新装潢,油漆味浓重,但没能影响我们参观的兴致。

入门,底楼沿墙设计了几层矮阶梯的彩色空间,孩子们可以在此观看表演及进行活动。楼梯铺上厚厚的彩虹地毡,延伸至一楼书店,缤纷的色彩,营造出鲜活的生气。彩虹既是地毡的颜色,也蜿蜒在中间低矮长形、圆形、拱形等书架的表面,更弯转向上高达天花板。进入陈列儿童读物及绘本书的空间,如同徜徉于笼罩彩虹的世界里。有圆玻璃窗可张望外界,有楼梯可爬高取书,有凹下的半圆坑洞可窝着看书休息,还有沿窗的长椅、散置的各型小椅子,可自由选坐,形成一个美丽温馨的小小世界。

张荷与我各自选书、翻阅,我们仿佛很快返回童年,忘了时间。

踏着彩虹阶梯离开书店,张荷用她轻柔的语调告诉我,阅读她最感动的一册绘本:描写一个跳舞的女孩,从小到大每次舞蹈时,父亲如何在旁默默引领,为她鼓掌。我回馈自己最钟爱的故事:父亲背着小男孩行走,不嫌儿子身体沉重,并说"有爱就不重"。男孩长大背起年老力衰的父亲,因而深深体会到"有爱就不重"的力量。

絮絮闲谈着,张荷突然眼睛发亮,说道:"走,回头去买跳舞女孩那本书,送我爸,表达感谢他的心意。"书包装好,她又忍不住去取出我讲的那册绘本:"这本送给儿子。"她儿子大学毕业刚进入职场。

我微笑着看她付钱,书装入袋,心想:多美好别致的礼物,童书并非孩子们的"专利"。

随后,我们转往位于三里屯的"老书虫书吧",英籍女主人正在柜台忙碌。高挑的开放式空间,设计以木制品为主,装饰极简、朴素,一看便是西式风情——中心为咖啡座,书架并列靠墙,几乎顶至天花板。共约 14 000 册藏书,其中 8000 册英文小说。拥有如此多外文书的书店,在中国自然极其特殊。可惜,我觉得室内装潢没有什么特别的美感,匆匆一瞥而过。

离开北京时,花几百元将大多数书海运邮寄。再过十日搭机飞离成都时,行李大半仍是书。抵达荷兰史基浦机场正遇铁路修复,手上拉着、背上扛着沉重的书籍,转换车站、月台,折腾到家,人几乎累瘫了。

唐效心疼:"不是提醒过你,书要花钱邮寄吗?"

"可是,有好些书想马上读呀!"

这两年,全世界电子媒体迅速蚕食纸张平面媒体。当传统媒体人正为此忧心忡忡时,中国的许多大城市反倒陆续开张各式大小书店,如春笋破土、百花齐放般地各显特色,甚至结合餐饮、艺术工坊、文具、花卉、讲座、表演、展览,逛书店,因而转变成一种时尚,气质的熏染,对人们充满吸引力。

因此,我获得更多的机会,欢喜地游走于国内各个不同大小、新旧书店间,欣赏别致的设计理念。但是,书店的功能再多,我只管享受书香——无穷无尽好书的陈列,寻求买书阅读的喜乐。

为书,我总是心甘情愿。

三、参观上海光源

唐效受聘为海外专家,我随行,如愿去到上海光源(Shanghai Synchrotron Radiation Facility,缩写 SSRF)参观。

运气好,正遇到上海光源年度机械保养,所有设备停止工作两星期,于是得以进入隧道内参观同步辐射装置最细密完整的装备。

参观完,像走了一遍科幻电影中的外层空间世界——规模大、设备好、效率高,让我震惊万分。高科技能达到世界第一流的顶尖水平太不容易,因此对中国科技的未来,我有了非常大的信心。

上海光源拥有中国自主研制的第一台第三代同步辐射装置。现今全世界最顶尖的同步辐射装置只有十多台,而上海光源能量居世界第四。它的全波段波长范围宽,从远红外光至硬 X 射线,连续可调;利用不同波长的单色光,可揭开其他光源无法得知的科学秘密。总功率 600 千瓦,这样的高强度和高通量,为缩短实验数据获取时间、进行条件难控制的实验及医学、工业应用等提供了可能。光耀度达到最强 X 光机的上亿倍,高亮度为突破性科技提供高空间分辨、高动量分辨及超快时间分辨的条件。脉冲宽度、相邻间隔的精微调适,能为研究化学反应动力过程、生命过程、材料结构变化过程、大气环境污染过程,提供正确可信的数据。因插入件引出的高耀度光具有部分相干性,为众多前沿学科的显微全息成像分析开辟了道路。它在电子轨道平面上放出的同步光完全线极化,离开电子轨道平面方向发射的同步光椭圆级化,这样的高偏振性能,成为研究具旋光性生物分子、药物分子、双色性磁性材料的有力工具。

自 2009 年始,上海光源首批 7 条光束对外开放,如今有 13 条光束线站投入运行,免费提供给海内外不同学科、领域的科学家、工程师,他们运用光与物质相互作用的科学原理,在分子和原子尺度上观察微观物质世界。不到十年时间,在全球第一流科学杂志发表的论文数量,已跃居世界第一。

参观时,工程师们正在组装全新的光束线站。接续下来二期新工程:线站方面,在原有装置的基础上新建 16 条光束,预计 2020 年 40 条线站建成开放。我注意到大建筑体内不少地面、墙上,用笔记标注了特殊符号。原来是为布线准备:原本大建筑结构体的隔壁,第四代软 X 射线自由电子激光用户装置,同步建设 2 条波荡器和 5 个实验站,以及活细胞结构和功能成像平台建设,基本框架已经搭建,努力于 2019 年完善。最终目标是建设出60 条以上光束线、上百个实验站。

上海光源位于浦东张江高科技园区,占地 20 万平方米,为环形建筑,外观形似鹦鹉螺,造型、线条优美现代。主体建筑占地 35 500 平方米,依运用需要划分为两个区域:装置电子直线加速器、增强器、电子储存环、辅助设备用房,组成储存环环内的中心区;位于储存环环外的同步辐射光实验应用区域,包括实验大厅、实验辅助用房。电子束的运行轨迹从直线加速器内发出,在椭圆形增强器中积变能量,最终在环形电子储存环内运行。周长432米,直径近似137米的圆形封闭环内加速器,其产生的同步辐射光,送达实验大厅各实验棚屋,为隧道系统。整个隧道结合两个封闭空间,一天24小时连续运行,室内空气温度稳定性要求大大超过一般公共建筑。对稳定性的严格要求,不仅指温度,而且指深厚度。建筑体内的隧道因为是同步辐射光源的主体与核心,里面约有2.2亿个电子昼夜不停高速旋转,地基要求比其他地面坚实,增至一定的深厚度,保持住设备的稳定,才能让螺心产生出最佳的性能状态,提供高度稳定的同步辐射光。

综合办公楼与主体建筑以玻璃帷幕廊道相接,透过廊道玻璃看见一片宁静的池水,设计既阳刚又阴柔,表现内敛充实,更有梦幻未来的追求感。

上海光源如今已成为上海的地标和骄傲,每年接待数千名学生参观,点亮他们科学研究的火苗。龚培荣老师引领我们爬上钻下并一路解说。见他脸上焕发兴奋的神采,眼睛发光,我有感而发:"可见上海光源的科学研究很迷人,能在这种环境中工作,很幸福。"

龚老师声音清亮,笑道:"我对年轻人说,对科学研究有理想、憧憬,耐得住寂寞,不想赚大钱飞黄腾达,家里有足够的经济做后盾的,就适合到这里工作。"

四、故乡莆田的玉兰树

母亲老家有两处屋:一处在福建莆田城正中心,另一处在与妈祖出生地湄洲岛相对的莆西海边。

2004年我第一次随母亲返回莆田,先到城内。祖宅前街道两侧与屋后均种玉兰树,树皆有龄,衔接成荫,恰值花期,花香扑鼻,花瓣不时轻盈地飘落下来,仿佛梦境,却是真实。

母亲带我一个房间一个房间地浏览老屋,有喜有悲地叙说过去的形貌与现今的变化。她叹息,因马路拓宽,房屋早被迫拆去三分之一,剩下的厅堂与房间,不复当年四合院"目"字形三进院落的美丽。

这时,莆田市区都市变更规划已定,次年,祖宅剩余的屋子也将不保。我庆幸母亲及时返乡,能在八十二岁的年纪追回她少女的岁月,触摸和感受老家留存的旧貌。房屋虽然古老,但是因曾经整建,维护得当,显得清爽有致。

跟随母亲在屋子前后、内外游览,我注意到天井旁通往二楼的楼梯前有一柱苍老劲拔的树干,弯曲倾斜地冲向天空,仰头细看,主干高高顶端散开若伞状的枝叶间,正绽放不少白色玉兰花,难怪屋子里不断流动着甜香的气味。这棵树主干上分出岔枝的位置极高,家人在天井走动时,往往忽略它是棵活树,来客甚至会误当它是段歪斜的老树桩。因有这样奇怪的感受,遂给我留下特别深刻的印象。

去到莆西临海的旧宅。三舅妈告诉我,房舍破败倾颓多年,乡人闲话难听,传言家道严重衰落。她气不过,2003年独自拎着简单行李、带着我母亲和兄弟姐妹筹集的一笔资金,返回乡下来,聘请工人整建装潢,亲自监督。花费半年时间,原本的四合院恢复坚实、宽敞、幽静的神貌,室内更维持了当年古董家具摆设。我抚摸具有年代感的家私,似乎触及先人的灵魂,深深感动。

再次陪伴母亲折返故里,她九十多岁,莆田城变化很大,中心商业街已非21世纪初的局促——十多分钟便逛尽,范围及商区扩大几十倍,高楼林立、人挤车喧。

母亲家在城中心的老宅,代之以32层耸立的高楼群,楼下为百货公司及沃尔玛商场。祖宅拆除重建，补偿分配了高楼内的四幢公寓，舅妈引领母亲和我参观，兴高采烈地展示：建筑宽大现代，采光、隔音皆好。从阳台上望出去，近处整个城市尽收眼底；远处河水流淌，山峦层叠。

沉浸于这样繁华盛景的满意里，在刚去过上海的舅妈心中，莆田与上海已没什么差异。在闹市里，舅妈领着母亲走在前头，不断指点城内新建筑，而我远落于后，频频回首，仿佛被一种说不出的牵绊拉扯着。

这时，我发现沃尔玛商场斜前方，夹在通往步行街的广场和大马路之间，有一个隆起约50厘米的大圆环，外围以水泥砌高，圆圈内堆土，正中心伸展一棵树干倾斜的高大古树。人来车往间，许多摩托车停放在圆圈旁，也有路人经过，坐在水泥圈上歇息，古树成了约会等休闲活动的明显地标。

我凝视被刻意保护起的大树，正是玉兰树的叶子，再端详树形，心中一震。此刻母亲与舅妈早已走远，我跑步追赶上她们，上气不接下气地问："老屋天井里的那棵玉兰树，是不是还在？"舅妈点头，平静地回头，手指向圆环处："就是那棵。"随即与母亲继续妯娌未完的话题，我则激动地走回被保护的老家玉兰树下，久久仰望，热泪盈眶。

因此，我特意再细细观察圆环四周，寻找记忆中的景物：老宅屋后夹道的其他玉兰树，大多数已不再，仅遗留原来街端的几株，被斫砍得不成形状。虽然随着时间推移，这些玉兰树会重新壮美，但已无法回到当年成林、花树飘香的旧貌。

玉兰树另一侧，曾外祖父监督重建的教堂仍矗立原处（与原本老宅相对），却在人流车声中变得影像模糊。

城市扩张繁荣是莆田人新的骄傲，我家祖屋虽因此荡然无存，新的城市终究为我和家人保留下一样珍贵的念想——玉兰树，永远的玉兰树。

离开莆田的前一日，我陪母亲去玉兰树下拍照。母亲笑说，她好像又看到玉兰树开花了，爱美的曾外祖母叫她把花采下来，系在衣上、簪在发间。

林楠

华裔满族作家,定居温哥华。历任加拿大《神州时报》总编辑、加拿大大华笔会创会会长、加拿大大华商报《作家文苑》首任主编、加拿大华人文学学会副主任委员、世界华文作家交流协会(墨尔本)副秘书长等。作品入选《当代世界华人诗文精选》《北美华文作家散文精选》《名作欣赏》《语言与文化研究》。2014 年荣获首届"新移民文学研讨会(南昌)创作优秀奖"。

邯 郸 印 象

2016 年初夏,世界华文作家交流协会例行的采风活动,得到邯郸市政府旅游局的邀请,采风团由世界四大洲十多位作家组成,秘书长黄玉液带队,历时十天。为饱览这个历史名城的崭新面容,海外作家们在邯郸这块热土上翻山越岭,连日奔波。

亲临邯郸,感觉邯郸比想象中要辉煌得多。邯郸古文化的厚重,邯郸现代化的气息和节奏,邯郸城市的活力和想象力,邯郸人的精神面容,邯郸人迈向未来的步伐和气概……给了我们震撼性的印象。

旅游大巴在初夏的华北平原上欢快地行驶着,眼前晃过一组又一组历史记忆,与现实景观交错叠印在一起的有关邯郸的各种镜像——燕赵大地、华北平原、百里太行、国家级历史文化名城、太极之乡、园林城市、成语典故之都……将镜头聚焦,有黄粱梦、吕仙祠、毛遂墓、学步桥,还有"九千将士进涉县,三十万大军出太行"……每一组画面,都凝聚着中华文明的恢宏气势和智慧的光芒。

从战国时期赵国建都至今,邯郸已历经了近三千年的风云变幻。从赵武灵王、蔺相如、秦始皇、王莽、毛遂、公孙龙、曹操、刘劭、皇甫晖、王君鄂、李存勖(五代后唐皇帝)到新中国第一任最高人民法院第一副院长、司法战线著名的领导人王维纲,这一个个闪耀着历史光芒的名字,都是邯郸人。毛主席说:"邯郸要复兴的。"在邯郸这块文化沃土上生成并流传于世的成语典故,就有成百上千条。呵,好一个邯郸,你的历史纵深度是留在时空壁上光芒四射、永世抹不掉的金色光辉!

感谢东道主的精心安排,使我们在太行山下,在浓重的邯郸古文化和现代化进程有机衔接和交汇的氛围中,饱赏了邯郸文明的十多个经典。

走进邺城古城遗址。眼前的一切,顿时让我们情绪回荡。以往,提到中华民族的建筑文化,我们总习惯于谈北京,谈洛阳,谈南京,谈西安,谈这几个历史古都的建筑构思和布局。当然这不无道理,毕竟是历史上多个朝代定都的地方。然而,到了邺城我们才知道,所有这些闻名于世的古都,其建城构思,完全取自于邺城。有据可查,北京故宫建于公元 1406 年,而邺城始建于公元 213 年。比故宫早 1200 年。好一个邺城!

茫茫岁月风尘,怎能遮盖住你的文化光芒。恢宏的邺城博物馆,远远盛不下古城的神秘和你的历史辉煌!

我们乘坐的旅游大巴不知不觉中,梦一般驶进了黄粱梦镇。黄粱梦吕仙祠,据称是中国唯一以梦文化为主题的旅游景区,充分展示中国儒道两家"无为是永恒,出世是正道"的哲学理念。如果说,明清建筑是她的历史背影,那么,整洁的街道,现代化的生活节奏,黄粱梦镇人脸上灿烂的笑,就是黄粱梦镇今天的精神面容。

800 多年前,元好问的诗句"邯郸今日题诗者,犹是黄粱梦里人"不正是说给今天我们采风团作家听的吗?

抵达涉县时,已近中午。初夏的阳光,暖暖照下来。太行山在光影作用下显得尤为壮观。"九千将士进涉县,三十万大军出太行"生动地道出了涉县人民对中华民族战胜侵略者做出的历史性贡献。这一壮举,自然引起了我们的兴致。冼星海《在太行山上》的旋律顿时在我们心中升起,李伟导演的电视剧《在太行山上》的片段,阳明堡战斗的惨烈,一一在我们眼前掠过。无论什么时候,涉县人民用鲜血铸成的这段历史影像,都会给人们注入精神力量。

在参观刘伯承、邓小平办公室时,作家们纷纷留影。之后,主人在八路军一二九司令部大伙房为我们安排了有特殊纪念意义的中饭。席间,还穿插了歌颂八路军战士的小节目。亲临革命老区,耳畔有太行山的风云在回响,欣赏着、咀嚼着那个大时代的风烟流韵,我的心情变得格外沉重。

邺城的另一个亮点是娲皇宫。娲皇宫始建于北齐,距今已有1400多年。史载这里是文宣皇帝的行宫。高洋帝以邺城为都城,以晋阳(今山西太原)为陪都。文宣帝高洋"信释氏,喜刻经像",在这里逐渐形成了规模。后经历代修补,成了现在的样子。于是,女娲用彩石补天的神话故事,便以特殊的美学含义,永远留在中华民族的文化记忆里。

告别邺城,导游将七步沟的景点列出一大串,著名的就有天门山、山门、滑雪场、南天柱、天门湖、百瀑峡、天镜湖、罗汉峡和一二九师战备医院。

天门山奇在顶部平坦,地质学称为方山,这种山貌在地球上并不多见。我在想,这不正好给改革开放的武安县提供了一个天然生成的直升机起降场吗!也许将来的某一天,参观七步沟的游客会在天门山的机场聚散。

山门的建筑恰到好处地把握了汉代的风韵,当地人为展示汉代文化的气势下了很大功夫。著名书法家欧阳中石题写的"七步沟",也与这种气势相谐。参观山门,面对山门建筑的美学追求,人们自然会想到,对于中华古文化精髓的把握和继承,绝不是简单模仿就能了事。

七步沟的滑雪场显然具有吸引八方来客的魅力。滑雪场设有庞大的人工造雪系统,雪质好、雪量大、雪期长,已达中级国际标准。

我们远远望见拔地而起的南天柱,独立大地,耸入云端。当地人称它为

"生命之根"，如果更准确地描述，应该是雄风的勃起。引用著名文学评论家陈瑞琳的话，是"男人的豪迈，男人的传奇，男人的表达"。七步沟的南天柱，完全可以与丹霞的阳元石比雄、比美、比气势！凝望南天柱，使我不由得联想到明代大才子李永茂的诗句："孤留一柱撑天地，俯视群山尽子孙。"

天门湖景观可谓瀑布流泉大汇演，此地古来一直流传着"百瀑峡"的称谓，是七步沟灵性的凝聚，是天然的、凉爽的避暑胜地。罗汉峡大约因有五百罗汉的塑像而得名。左降龙，右伏虎；左腾云，右驾雾，排列相当讲究。

游览七步沟，最让人驻足流连、最令人深思的，当属八路军一二九师医院。抗战期间，刘伯承、邓小平曾亲临医院看望从前线退下来的伤病员。说是医院，实际上只是几间黑黑的小平房。小平房里，沿墙摆着几张老旧的窄条木桌，想必是当年的手术台。在缺医少药的战场上，负了伤的战士，在这里，能得到什么样的治疗？走进这医院，依稀能听到隔着时空的撕心裂肺的哭喊。因为人人都知晓，当年没有麻醉药。伤口处置后要缝上，炸断的腿要截掉，或者接上……就算医生医术高超，又能怎样？我从此时此刻的时空回响中，领悟到一个民族精神力量的哲学阐述——什么是有，什么是没有；什么是能，什么是不能……

到达北响堂寺石窟参观时，正赶上冀南豫北初夏的艳阳天。在烈日炎炎、光照强烈的焦躁下，还须攀登数百级台阶，这对年长一些的采风团员来说，并不是一件轻松的事。还好，见到峰峰县漂亮的旅游局局长和漂亮的导游小姐，给人平添了一份爽心的鲜艳。

据史料介绍，北响堂、南响堂始凿于北齐年间，之后，隋唐宋明各代均有续凿，是当今研究佛教、建筑、雕刻、美术、书法的重要资源，属国家级重点保护文物。局长和导游带领我们参观的是北响堂山石窟中规模最大的大佛洞。数据显示，大佛洞深 11.8 米，宽 13 米，高 11.4 米。可以想象，在顽而固的山体石头上，人工凿出这样一个洞，是何等艰难的工程！而更令人叹为观止的不只是凿出一个大洞，还有与洞连成一体的雕塑艺术品。其整体布局、装饰集中显示了北齐时期艺术性最高超的雕刻精品。当代学者认为，北响堂石窟这些雕塑，在中国古石窟艺术向唐代写实风格的演变中，起着承上启下的作用。对于北响堂石窟的文化意义和艺术地位，我们有了初步的了解。

但是，感叹之余，我油然生出遗憾：在大佛洞内，几乎所有重要的佛头，都被盗贼切掉。是哪个环节上出了疏漏？这些珍宝今在何处？眼下，我们能做什么？怎么去做？直到现在，这个问题始终在我脑海里排解不掉。

走进磁州窑现场，我们立刻发现各个朝代经典瓷窑的精巧摆布——明代、清代、民国……共十座窑，其中古窑五座、古泥池三个，另外还有古井、碾槽、耙池、碱窑等遗存，均完好地保存着原来的样子。文物古迹，如此集中，排列如此井然，十分罕见。

瓷窑分官窑与民窑两大体系。磁州窑在民窑体系中是中国北方最大的、保存最完整的一家，可谓古代民间陶瓷最辉煌的典范。据数据记载，早在7500年前的新石器早期，磁州的先民们就已经能够烧制陶器。在峰峰以北20公里的磁山新石器遗址中，出土有加砂红陶和加砂褐陶器，是新石器时代已知的最早的遗存，这个遗址考古界命名为"磁山文化"。

"磁山文化"，这应该是一个时代精神的文化学表述。通过磁州瓷熠熠闪耀的光点，通过峰峰大家陶艺博物馆的陈设，你感觉到的，何止是精美的陶艺制作，这分明使人感觉到一种更大的气势，那就是穿过荒蛮的历史尘埃，让你听到了人类文明演进的节拍。

武灵丛台，位于邯郸市中心，为古建筑类文物。武灵丛台始建于战国赵国武灵王时期（公元前325至公元前299年）。邯郸称赵都，与此不无关联。

"丛台"，是多朝代连建垒列而成。我们争先恐后登上丛台，领略赵武灵王和历代君王观看歌舞和军事操演的派头。据史书记载，唐代大诗人李白、杜甫、白居易等曾多次登台观赏、赋诗。李白有"歌酣易水动,鼓震丛台倾"的诗句,这里的"丛台",不知是否指武灵丛台。

今天的丛台,已在清代建筑的基础上,增扩了绿草坪、休闲座椅和人行道,也增设了几处广场舞平地。游人穿梭,从容而自得。

参观明朝古城墙和瓮城之后,我们一行兴致勃勃地走进大名宠爱之母堂。经过各种政治风暴摧枯拉朽式的洗礼之后,这座始建于民国七年(1918年)的天主教堂仍然保存完好。法国传教士的后裔,对这座教堂必存极大的兴趣。从这个小小的细节看出,一个民族的文化天性,无论经历怎样的折腾,也不会被磨灭,这也应该是一个大时代的政治宽容。

广府古城保存完好的弘济桥,是赵州桥的姊妹桥。弘济桥为石拱桥,坚固结实且美观大方。似长虹飞架,造型十分壮观。采风团一行下车细细观览留影。

我们的采风接近尾声了。此一行最突出的印象是,邯郸具有无可比拟的历史文化积淀。经漫长时光的砥砺,已被世世代代接受传承,且被升华,这是永远值得邯郸人骄傲的;另一点随之产生,邯郸人对历史的尊重和爱惜,是邯郸人伟大的智慧。余秋雨有句话说得很深刻:"任何古代文明都有宏伟的框架,而它们的最高层面又都以史诗的方式留存。"邯郸人啊,你们用自己的淳朴、善良和心智,谱写了这部史诗。

一座城市的魅力和吸引力,主要取决于这部史诗的厚重和史诗的文化浓度。邯郸,在这一点上,在全国所有地区级城市中,你是排在最前面的,你绝对是当之无愧的。从邯郸市旅游局官员口中得知,邯郸市现代化城市建设总体规划,已经国务院批准。对于邯郸市这样一座国家级历史文化名城,如何发展,如何迈开现代化步伐,规划者显然是结合了邯郸历史文化古城的特质,研究了多门学问,以科学发展观精神为指导制定而成的。规划对城市规模合理控制,对城市基础设施体系的进一步完善,如何创造良好的人居环境,如何保护历史文化名城的风貌特色,等等,均做出了详尽的、有远见的安排。

从规划涉及的方方面面,可读出邯郸人的生活热情,邯郸人从容的心态,邯郸人的远见卓识,邯郸人的人文积淀,邯郸人的现代化眼光,邯郸人的精神境界和对人类文明忠贞不渝的追求。一座历史文化名城,正以崭新的姿态,大踏步走向现代化的未来。

这些浮光掠影的邯郸印象,只能算是对邯郸容颜的粗略记述。邯郸真正需要的是人们能以虔诚、开放的心胸去通读,去体悟。今天,在全球化语境下,重新叙述邯郸,重新展示邯郸,学习、借鉴邯郸的文化态度,对戒掉浮躁和防止概念纠结,似乎会提供一些十分有益的帮助。

陆蔚青

加拿大华文作家。曾获第二届全球华文大赛二等奖,首届全球华文散文大赛三等奖,第二届"莲花杯"世界华文国学经典诗歌大赛铜奖等。出版有小说集《漂泊中的温柔》、散文集《曾经有过的好时光》及长篇童话小说《帕皮昂的道路》等。现为魁北克华人作家协会理事会理事、北美中文作协会员、加拿大华裔作协会员、加拿大华文刊物《七天周刊》专栏作家。

哈尔滨记忆

我试图寻找的哈尔滨记忆,行进在弯弯曲曲的狭窄通道里。有人说,没有离开过故乡的人是没有故乡的,这话有些拗口,却说明了一个道理,永在故乡的人,睡眠都是安稳的;而远离故乡的人,却如失根的飘萍,夜半醒来,身体好像在夜航的船上随风飘摇。夜是黑的,思绪却起伏不定。我便沿着思绪的藤蔓,慢慢地攀缘着,回故乡去。

这座城市,即使用我游历过异域的眼光看,也是与众不同的。早年建造中东铁路时形成的俄罗斯风格,依然存在于这个城市,已经成为这座城市的审美标准。工人文化宫的古典复兴主义建筑,临江街的哥特式建筑,教育书店的巴洛克建筑,石头道街的石头方块马路,记录着这个城市在西来之风中成长壮大的历史。

我曾在布拉格看到与哈尔滨石头道街相同的石头路,却不如哈尔滨的整齐规则。布拉格著名的老城广场,坐在凉伞中看女人们细长的高跟鞋,结实有力的小腿,缤纷的花裙子,敲击着那些不规则的狭窄而随时就势的广场,凹凸不平的地面没有让那些细如高脚杯的高跟鞋失去平衡,她们走得飘逸而安稳,她们享受那经历过布拉格诸多岁月的广场上的颠簸和风情。

相比之下,我们用沥青遮盖了的石头街道曾经是多么整齐而华丽,多么赏心悦目。庆幸的是,我们现在还保留着中央大街,它让我有一天也可以坐在故乡的街道上,回忆往昔。

一

我童年的哈尔滨记忆中,最难忘的,是被称为"移动木房子"的摩电车。始发站叫作摩电头,坐落在文昌街上。那是一种在两条铁轨上行驶的电车,内有木质长椅,长椅上方是圆形的吊环,车开起来,吊环就哗啦哗啦地摇晃着。我还记得童年时试图用手抓住吊环的心情。从十岁开始,我常常独自站在靠近司机的木椅边上看怎么开车,幻想能抓住那些摇晃如风铃的吊环。我夹在人群中,仰头看那些抓着吊环的手臂,如果有一只胳膊弯曲着,那一定是一个身材高大的人。我每次都伸直手臂,踮起脚尖去够那个吊环,有时因为憋足呼吸,憋得上气不接下气。有时站立不稳,就会随着电车摇晃,险些跌倒也是有的,但我坚持不坐下来,因为摩电上的吊环对我是那么巨大的诱惑,那是我急于成长的心情。

长大吧,长大吧,长大就好了。萧红的爷爷在深夜中的叹息,一直萦绕在我耳边。

一直到搬离文昌街告别摩电头,我的梦想还没有实现,还只能用四个手指尖摸到吊环。

我能够用手掌抓住吊环是在维也纳。那年去维也纳,朋友把维也纳的摩电车当作一个景观来安排。傍晚来临,夜风习习,维也纳音乐厅的街心花园中坐着饮酒享乐的人,树叶在路灯的光中细密地摇摆。维也纳的夏夜,充满氤氲的温馨,朋友说,乘摩电车可以环城游览这美丽的城市。这样说时,来自南方的朋友无比欣喜和好奇,我便随他们跳上车。

摩电车叮叮咚咚地开着,非常缓慢,在这城市的光影之中,有点微醺。朋友们好奇地叫起来。

“好像在童话中一样。”有人叹着气赞美说。

只有我默然不语。

“你不觉得好玩吗？”他问，“这是维也纳人为之骄傲的景观呢！”

或许是吧，我想。我站在靠近司机的木椅边，一伸手，轻易地抓住了吊环，使用手掌。我十岁时的梦想，终于在遥远的欧洲得以实现。

我的故乡再也没有摩电车这个古老而美丽的景观了。那曾经在洁白的雪地上摇摆着一车吊环叮叮咚咚向前走的红色摩电车，被现代化的汽车取代时，人们是感叹现代化的进步，还是童话世界的消亡？我们一直向前走，总是嫌自己走得不够快，不够超英赶美，不够现代化，却没有想到欧洲还保留着这些被我们拆掉的古老，并把它们当作文化和传统发扬开来。

印第安的那个睿智的酋长曾经说过：“不要走得太快，等等灵魂。”

二

寻找哈尔滨记忆，我常常迷失在层层叠叠的街道里。

从摩电头搬出来后，我们住在革新街附近，我还记得靠近士课街那个老旧的教堂，那时还被尘土和杂物封锁着，但我却会在每次走过时仰望那个沉默的阴影。革新街与奋斗路交叉的路口处，是长虹电影院，那是国庆小学看电影的地方。我们在那里看过《海岸风雷》《第八个是铜像》《金姬和银姬的命运》，而《第八个是铜像》的倒叙手法让看惯了国产片的我们一时懵懂。

“你看懂了吗？”有人问。

我们相互看看，没有人回答。

我们当年看不懂的，不仅是文学手法，还有那些带有异域风格的人物和他们的命运。南斯拉夫电影是以一种全新的风格进入我们少年生活的。尽管都是社会主义国家，反映的都是保家卫国、反对入侵的主题，但是，因为民族性的不同，电影展示给了我们另一个世界。比如《瓦尔特保卫萨拉热窝》，着实打破了我们概念中常规电影的风格。情节跳跃比较大，人物语言简练有趣，尤其是电影中的镜头保有欧洲电影色彩浓重的特点，人物性格也有不可捉摸之处。真假瓦尔特，谁是叛徒，德军的劳弗尔行动是什么，德军盖世太保和秘密警察的形象，这些都给少年时期的我增加了新奇的感觉。更确切地说，南斯拉夫电影给我们打开了另一个世界，不同种族的不同生活，不同的生活状况，甚至人物的服装，还有些不同的理念，比如老钟表匠对女儿说，有人在战斗，有人在等待，你是一个姑娘，你应该等待。这让少年的我很惊讶，因为在此之前，我以为所有的人都应该像卓雅一样勇敢战斗，她也是一个姑娘啊！

很多年过去了，再次看这部电影，心情和感觉全然不同。我轻易地叫出肖特、杰斯、康德尔的名字，我知道他们所有人的命运，我与电影同时说着近四十年前的台词，我与他们一起揪出藏在游击队中的德国人，和年轻人一起到解放区去，唱着歌走。在山坡上真假瓦尔特徒手一搏，真瓦尔特身着一件棕色小格子西装，潇洒利落，一拳就把假瓦尔特打下山去——这个时候我突然意识到，当年那个陌生的瓦尔特，已经变得像小伙伴一样熟悉，而那个美丽的萨拉热窝，已经成为我精神故乡的一部分。

我还记得与长虹电影院一街之隔，有一个老人，夏天时坐在街边焊洋铁壶。他人很瘦，头发早已脱落了。他只管低头焊洋铁壶，却不说话，很专注地做事情。他的身边摆满各种洋铁壶，也有闪着银白光的大圆盆，可以洗衣服，也可以给小婴儿洗澡。印象最深的是他旁边的树上，总是挂着一两只黄绿色的鹦鹉，在木杆上或卧或立，却不叫不飞。我仔细看过，他们的脚都用绳子系在木杆上。鹦鹉最奇特的是嘴向里弯着，好像自己要咬自己的脖子，眼睛瞪得很大，像老人一样沉默。我每次走过都会回头看，不知为什么，那个场景一直存在于我的记忆中。少年的我手拎着布袋子，里面装着肉票、豆腐票、钱票，去革新街商店买东西。在阳光灿烂的天气，走过焊洋铁壶的老人,那鹦鹉弯着嘴,一声不吭。

沿着奋斗路一直向前走着,就到了第九百货商店,那时我几乎每周都到那里买地板蜡。我们的新居,是一个俄式房子,搬进去时地面是黑色的,好像铺着一层油漆布。有邻居发现,把这层黑漆布掀起来,下面都是细长条的质地极好的木板,于是一栋楼的人都纷纷开始家庭革命,把这层黑漆布拆下来,再把地板涂成暗红色。暗红色的地板非常漂亮,各家各户又开始给地板打蜡。

我记得一楼靠在角落里的那个柜台,摆着像雪花膏一样装在大罐子里的白得透明的地板蜡。头发烫成花卷的营业员穿着蓝色大褂,把我带来的广口罐头瓶子放在秤上,称一称,装好地板蜡,再称一称。

"二两!"她大声说。我急忙把钱递上去。

我把地板清洗干净,用软布蘸上地板蜡涂一层,再用力地擦,一直擦得能照出人影。后来得知北京人不擦地板,倒是上海人擦地板,他们叫养地板。有的人家比我还多一层工作,就是用细铁丝圈成一个圈,在地板上不停地蹭,养地板的最高境界是木板纹理都浸满油蜡,闪烁着明亮的光。

打蜡地板,上海人爱这样说。有打蜡地板的房子是一种身价。而哈尔滨打蜡地板的传统与上海很相似,这大概因为哈尔滨历史与上海历史在殖民方面颇有相似之处。

在蒙特利尔买房之后,我突然生出要培养打蜡地板的心情,却一直没有买到地板蜡。有人告诉我说,把白蜡烛和柴油放在一起稀释即可。我依言做了,却并不是第九百货商店那样的。世事变迁,现在的地板花样翻新,已经不必再用这样的方式保养了。

三

再向前走,就是儿童公园。那里的小火车是哈尔滨的骄傲。记得每年六一儿童节时,不管多忙,母亲总会带上我和弟弟去儿童公园。从六一开始,哈尔滨真正的夏天来了,我们可以穿黑色丁字口皮鞋和短袖衫。我还记得公园里花团锦簇的盛况,也记得小鼓手们骄傲的模样。

小乘警、小列车员、小列车长,几十年过去了,你们都在哪里?你们是不是实现了少年的梦想,成了真正的乘警、列车员、列车长?如今我在繁华的大街穿梭而行,儿童公园原本简洁的铁门已经被酒吧、咖啡厅、迷幻城堡覆盖,就像现代生活覆盖了过去一样,就像岁月覆盖了往昔一样。然而我心中的某样东西依然挂在儿童公园简洁的铁门上。岁月沧桑,来而又往,我的童年一直没有被完整地覆盖住,它在黑暗中露出一角,直视着繁忙的街道和城堡一样繁复而厚重的公园大门。

因为这是我的故乡,我的童年。

余秋雨曾说过:"诸般人生况味中非常重要的一项,就是异乡体验与故乡意识的深刻交融,漂泊欲念与回归意识的相辅相成。"当我站在写满童年记忆的街道上,这句话再清晰不过地说出我的心中所想。

这条街,如今改了名,"奋斗路"一去不复返,现在它叫果戈里大街,恢复了1925年时的名字。名字的恢复,越过中间的沧桑岁月,好像掩盖了什么,又仿佛为了涂抹掉曾经有过的历史,回到另一段历史。历史就这样被裁来裁去,裁得支离破碎。然而,我们真的能裁掉某些岁月,回到从前吗?

朱自清在给叶圣陶的信中曾谈到20世纪30年代的哈尔滨,他谈到那些喜欢坐在街边纳凉的外国人。那时的哈尔滨,仅犹太人就有两万人之多。盛夏的夜晚,他看见许多西洋人坐在街边的长椅上纳凉,反而看不到那么多的汉人,好像这个城市是西方人的城市。朱自清对这个中国边疆的异域感觉新奇,并认为这里相对中原,文化尚未开发。产生这种以中原为主流文化的看法,其实是对哈尔滨中西交融的文化不够了解的缘故。因为文化从来就是多样的。在萧红的小说中,很多篇幅是描写30年代的哈尔滨,她从呼兰河走出之后到去北平之前的时间，都在哈尔滨生活。道里的街道、旅店、大杂院、牛奶瓶、列巴，夹杂着萧红饥寒交迫的现实生活，还有爱恨交加的感情生活，这些情感的象征和故事里的场景，形成萧红文学风格的主要元素。而正是这种中西混杂，带有鲜明异域风情的元素，让萧红的作品与众不同。

萧红的绝大多数作品，都是她在北京、日本和香港时写的，在日本的时期，被她称为"黄金时代"。而谁能说，哈尔滨不是萧红记忆中的故乡？

四

让我继续沿着"奋斗路"向上走吧。这样走时，我的灵魂就回到20世纪70年代的哈尔滨，我的哈尔滨记忆就会源远流长地继续下去。时间是一条流动的河流，我们不可能踏入那条河流两次，然而空间却是固定的，尽管楼房拆了又盖，盖了又拆，但是，我心中那条街还在。

现在，我们来到了秋林，来到奋斗副食商店，来到南岗书店。哈尔滨的食物很西化。秋林的锅盖面包据说每天只生产若干，限量版，很是走俏。这种面包用炭火烧烤，外焦里嫩，有种酸酸的发酵味道。岁月流逝，新式面包越来越多，各色面包房无处不在。有些果酱的、豆沙的面包，很像我在蒙特利尔唐人街吃到的味道。哈尔滨红肠是我一直怀念的，本来我一直认为，那是只有哈尔滨才有的风味。直到有一天，在蒙特利尔的一条小街上，看到一个叫肖邦的小餐馆，外边挂满香肠的广告。一时好奇，进去问了，原来是来自波兰的一对老夫妻经营的。小店柜台只有三米长，两米长的玻璃柜里摆着一些自制的红肠，另一米是糕点。我很惊诧地看到柜台里面红肠的形状和成色，都很像哈尔滨红肠，当场品尝了。当我告诉老板，这红肠与我们中国哈尔滨的红肠相似时，他瞪大了眼睛。

"与中国红肠一样？"他不可置信地问道。

"是的,哈尔滨,"我笃定地说,"据说那里的红肠来自俄罗斯。"

"俄罗斯?"他重复说,然后点点头,"那很可能是从我们波兰传过去的。"

波兰人是世界上最爱国的,这一点我深信不疑。因为每一个波兰人,当你刚认识他时,他都会很骄傲地告诉你:我是波兰人。波兰只是一个小国,但波兰人却有骨子里的骄傲,他们的骄傲来自这个小店的名字——肖邦,那个死在异国却把他的心脏带回祖国安葬的音乐家。音乐没有国界,但音乐家却有祖国。

至于锅盖面包和列巴,我一直没有找到。我到俄罗斯人的商店里寻找过,只找到了格瓦斯,气足量大,看起来很混沌,保持着发酵后的色泽。相比之下,现在哈尔滨的格瓦斯,口感柔软细腻,已经成了中国式的饮料。

而酸菜却容易找到。我刚到蒙特利尔时,是在唐人街买的酸菜。后来在西人超市里发现了酸菜罐头,切得细细的丝装在透明的玻璃罐里,比一般的罐头大,足有两磅重。开了盖儿,压得极严实,酸且脆。用料不是大白菜,是大头菜。西人超市里有三种大头菜,最硬的那种,炒起来最容易软,却不好吃;还有一种,叶子有细细的皱纹;介于二者之间的才是我们北方的大头菜,被冠名为台湾白菜,还有的标为高丽菜。北京人叫它圆白菜,我们东北人叫它大头菜,不同的名字代表了它的所属地,就好像东北的扫帚梅,到了西藏叫格桑花,到了欧洲叫波斯菊,其实都一样,都是相同的物种。

冬天雪后,走在街道上,感受着故乡和异乡的不同。我是个害了乡思病的人,总是不由自主地比较所有事物,哈尔滨的雪与蒙特利尔的是不同的,因为地处内陆,哈尔滨的雪如砂如粒,踩在靴子下面嘎嘎作响,蒙特利尔是个四面临水的大岛,雪花浸润了多余的水量,如棉如絮,松软有加。我踩着雪经过道外,看到残损破败的巴洛克建筑,那里已经无人居住,曾经温馨的四壁裸露出来,仿佛一张空洞的嘴。我想象这里曾经有过的杯盏和晚餐,行走过的脚步和晾晒过的衣衫，如今一无所有。黄白相间的外墙，欧式风格的画柱雕梁——卷曲头发的雕像低着头承受着重量，看不到他们的眼神，他们沉默无语。

曾几何时，这个城市开始没落了，没落来得突然，来得悄无声息。在其他城市急速崛起的时候，缓慢的进步就是落后。

我们始终还有某些与众不同的历史，也被悄无声息地埋没了。比如行走在洁白雪地上红色的摩电车，那些布拉格人无比珍视的石头道……这些是文化的元素和历史的标志。所谓文化，并不只是现代化，而是现代化中永恒的古老元素。

如果忘记了历史，如果把这座城市的记忆抹掉，我们还有什么？

走过一条街，每块牌匾都来自不同的地方，河南驴肉、四川火锅、内蒙古羊排……一直走下去，能看到华梅西餐厅、东方饺子王。哈尔滨已经不只是东西方文化的交汇处，还拥有中国各地名小吃，而哈尔滨本来就是一个移民城市，居民来自山东、河南、河北。他们带来了饸面馒头、吊炉烧饼、莲花落评剧和豫剧。蒙特利尔人喜欢夸耀自己的城市，说它是欧洲进入北美的通道；而哈尔滨其实也是，它是欧洲进入亚洲的入口。它的多元文化，深植于哈尔滨人的思维意识、审美趣味中，已经成为哈尔滨文化的一部分。只是许多年过去，人们忘记了这座城市曾经有过的辉煌。

而现在，每年冬天，许多人做候鸟去海南避寒了，新一代的孩子们正奔赴在去往世界各地的路上。在他们眼里，哈尔滨又寒冷又落后，它曾经有过的共和国的长子地位和"东方小巴黎"的美誉，已经衰落和消亡了。

我爱这座城市吗？我站在街头想。冷风吹过我的头顶，眉心间一片沁凉。只是十一月，哈尔滨已经开始下雪了。

你在哪里度过了青春，哪里就是你生命的圣节。海明威这样说。他的话，回答了我曾经有过的所有焦虑和疑问。

再上镜泊湖

回到哈尔滨,时差还没有倒过来,就想出去走走,因为每次回国时间都很短暂。母亲说,去镜泊湖吧,今非昔比,那里现在可漂亮了。

我就沿着铁路线走,从哈尔滨到牡丹江,再到宁古塔。

这一条线,经过繁绿茂盛的青山绿水,也经历渤海千年古国。在这条温带大陆性气候的北纬线上,天空高远,大地辽阔。

这一条线,其实是我母系的家族线,舅舅在牡丹江,姨妈在宁古塔。如今老人都不在了,还有表兄弟、表姐妹生活在那里。

到了那里,我们就"上湖",这是当地人对去镜泊湖的称呼。

镜泊湖地处松花江支流牡丹江干流上,是世界第二大高山堰塞湖。《汉书·地理志》中即称为"湄沱河",唐代称呼尔海金,又称呼汗海,满族先民靺鞨人则用自己的语言称之为忽汗海,明代称为镜泊湖,清代又称为必尔腾湖。除了明代,其他朝代的湖名都是少数民族的音译。有意思的是,清初宁古塔流人又将其称为镜泊湖,不知有没有怀念故国之意。

一

对于镜泊湖,我并不陌生。我的母系是宁安人,却不是满人。据舅舅讲,他们家族是清代从云南发配到宁古塔的。舅舅退休后,以一己之力纂修家谱,走访了许多多年没有来往的族亲,仅在宁古塔,就建立起一个三百多人的家族树。我的姨母一家就居住在宁古塔。

三十多年前我十几岁的时候,曾经来过镜泊湖。那年我刚刚高考结束,到牡丹江游玩,住在舅舅家里,和表姐商量去宁古塔。坐上汽车来到姨母家,见干干净净的庭院里,一个木椅子上坐着姨父,已经没有了站立的能力。姨母告诉他我从哈尔滨来,他就流下一行泪。他的泪和脸上的痛苦让我有点害怕,那时我对疾病还没有认识。姨母的饭菜简单清淡,我后来想,我的到来肯定是给姨母出了难题,那时家里不宽裕,给远来的我们做一顿像样的饭菜,姨母一定费了心思。我们却不懂,吃了饭,就在小房间里挤在一处看《居里夫人》,还照着小人书画居里夫人的侧面像。我画完了,姨母就问:"这是谁画的? 画得好漂亮。"

第二天,表姐和我"上湖"。我们两个小孩,一路走一路玩,湖上风景优美,是在城市长大的我没见过的。在炎热的盛夏,走在山里,是沁骨的清凉。我们脱掉鞋袜,赤足涉水,湖底是形象各异的鹅卵石。水清如无形,那里的鱼,真是"皆若空游无所依",那小鱼忽而怡然不动,忽而悄然远逝的游姿,让我后来读到柳宗元《小石潭记》时,产生了如临其境似在梦中之感。

我们走走停停,漫无目的。回到岸上时,肚子饿了,我们才想起还没有吃饭,可叹那时是计划经济的时代,这样美丽的地方,偌大一个镜泊湖,竟似山野,找不到一家商店,更没有饭店。走出很远,终于看到一个白色的砖瓦房子,上面写着"供销社"的字样,急忙跑去看,已经关门上锁。我们垂头丧气,只好饿着肚子回家。那时的镜泊湖,那么美好的地方,却恰如深山中的美人,没有被发现赏识。

现在不一样了。当年一起上湖的表姐说:"我保证不让你挨饿。"

二

我们来到山上,见许多房舍,都掩映在翠绿丛中。沿着山路蜿蜒而下,就到了湖畔,码头上泊着白色小艇,与阔大的湖水相比,小艇宛如小舟。湖水光滑如镜,山色青绿,倒影于湖中,微风吹过,水轻轻荡漾,竟似一幅略微变形的山水画。我们便上船，在游船上观赏两岸大好风光。

湖呈 S 型，两岸蜿蜒曲折，药王庙的红瓦飞檐，掩映在山顶的绿树中。两岸有大孤山和小孤山，湖水开始变得深沉，黑幽幽的，深不见底。船转着航道，湖水突然分流，湖心赫然出现了珍珠岛，岛上树木茂盛，宛如绿色珍珠，圆润可爱，鬼斧神工一般。

这样美好的景色，自然少不了文人雅士的诗词歌赋。在巨大的岩石上时有雕刻的诗句。"人在镜中行，云影天光上下明"，自然是贴切的；"常结伴，姊妹卧湖边。天意催妆羞晏起，波平云抹照双鬟。破镜羡人圆"，以拟人手法来写湖光山色，更是生动有趣。但我最难忘怀的却是清人吴兆骞的诗句和他的故事。

据清史记载，吴兆骞（号季子）为顺治十四年（1657 年）举人，因"丁酉科场案"流放宁古塔。"丁酉科场案"是清初第一起科举案，因官场腐败，涉嫌作弊，皇上下令再试。初试第一名的吴兆骞因为紧张而成绩不佳，被废黜功名，发配宁古塔。宁古塔的生活极其艰苦，穷愁饥寒，敲凿冰块、粗粮为食。对于吴兆骞的悲惨命运，吴伟业曾写下一段诗句："生男聪明慎莫喜，仓颉夜哭良有以。受患只从读书始，君不见，吴季子！"既是愤慨其命运之不公，也是对当时一代流人的惋惜。

正是这样一种心情，让流人文化呈现出苍凉落寞之感。吴兆骞曾在《北渚望目》中写道："徘徊临北渚，永夜目光寒。顾兔飞难定，金波泻欲残。风微频泛滟，浪细不成团。"此诗是诗人自伤身世的感慨之作。诗人因心绪的悲凉，湖中美丽的金色波浪在他眼中竟至残破，而湖面安静时而泛起的微微细浪，在他的眼中也是不得团圆，正是情以物迁、辞以情发、以情写景的典型写照。余秋雨在《山居笔记》中谈到清初流人面对流放的感受，用"山非山兮水非水，生非生兮死非死"来形容，再无更贴切的了。

我徘徊在镜泊湖畔。晚霞辉映，一湖金光，我们都被光影的湖面震惊了。那是怎样的美丽，整个山峦和湖水都被夕阳辉映着，湖水金光潋滟，显示出带着清凉的华美和温暖。我再一次想起吴季子的诗。美是主观的，因为在不同的眼睛中，美以心的感受，呈现着不同的形状和颜色。今天的游客，感叹"塞外镜湖胜西湖""云影天光上下明"，而吴季子以美景写悲情，他留下的不仅是诗，还有历史。

三

镜泊湖东北朝向，向东泻入瀑布深潭，满语称为"发库"，即"海眼"之意，这让我想起我现在生活的魁北克，在亚伯拉罕平原上，有50万个湖泊，其中有30个是超过250公里的大湖。而魁北克最大的清水湖，是世界十大陨坑湖之一，有近3亿年的历史，被誉为"魁北克之眼"。

为什么在东方和西方，人们都称湖为眼睛？这是一种巧合吗？我想，无论是"海眼"，还是"魁北克之眼"，它们都是地球的眼睛。

镜泊湖的出口处，是由玄武岩构成的陡峭岩壁，湖水冲泻下来，形成瀑布，俗称"吊水楼"，其形与尼亚加拉大瀑布酷肖，是一个"微版"。而黑龙潭瀑布，更是形成一个天然巨型回音壁。我们于是贴着岩壁，模拟两军呼叫，果然，声音悠悠传回，还是自己的声音。

"好大的瀑布，我们真幸运。"表姐兴奋地说。今年水大，又正赶上丰水期，瀑布三面溢水，深高数十丈的瀑布顺流而下时，宛若长龙跃入深潭，发出轰鸣之声。据说数十里之外都能听到这宇宙之声，这也是黑龙潭的来历。

更为惊喜的是吊水楼瀑布的跳水表演。表演者狄焕然，一个黑壮的中年人，如今站在礁石之上，他被吉尼斯世界纪录认定为"世界悬崖跳水第一人"。二十四岁那年，他挑战吊水楼瀑布，一举成功，从此一年四季，他都在这里进行悬崖跳水表演。三面崖岸，尽是观赏者，我们目睹"跳水第一人"从容走上瀑布顶端，先做了几个热身动作，接着，纵身一跃，顺着滚滚水流跳下，真是如瀑布上的一只雄鹰，又似蛟龙，与瀑布飞流直下，瞬间便淹没在滔滔水潭之中。

人们正在惊诧，一顶红帽已然跃出水面。想是常年与山水共生存，狄焕然不仅谙熟水性，亦谙熟山石，他从水中游出来后，手足并用，攀缘直上，如履平地，转瞬就到了山崖之上。游人为他的勇气和技能热烈鼓掌，很多人都与他合影。有人说，这种勇敢的精神，正是今天黑土地上砥砺前行的人文精神。

如今的镜泊湖，不仅有黑土地上的勇士，还有异国情调，俄罗斯艺术家常年在这里表演。正是夏季，他们在湖边搭起帐篷，雪白的帐篷配上青山碧水，给镜泊湖的岸边增加了人文景观，这里再不是吴季子时代的蛮荒之地了。俄罗斯的民间歌舞和年轻艺术家们的热情，让镜泊湖有了艺术气息。如果吴季子今日来此，不知做何感想。

说到吴季子，还有一段脍炙人口的往事。吴季子的老友顾贞观曾以词代书，写下千古名词《金缕曲》：

“季子平安否？便归来，平生万事，那堪回首！行路悠悠谁慰藉？母老家贫子幼。记不起，从前杯酒。魑魅搏人应见惯，总输他，覆雨翻云手。冰与雪，周旋久。　　泪痕莫滴牛衣透。数天涯，依然骨肉，几家能够？比似红颜多命薄，更不如今还有……”

这首情动于衷的《金缕曲》感人至深。后来顾贞观求援于纳兰性德，请他救助吴季子，将这首词献给纳兰性德。纳兰性德读后，竟泣下数行泪，当即允诺营救。后经纳兰明珠、徐乾学、徐元文等朝廷重臣相救，纳资赎归，前后历经二十三年，吴季子方得被赎。

吴季子归来后不久病故，时年五十四岁。纳兰性德与他惺惺相惜，为他料理后事，出资送灵柩回吴江，也是一段佳话。

吴季子一生才华出众，若不是遇上“丁酉科场案”，定是国家有用之人。

沈德潜在《清诗别裁集》中曾评论他的诗词说:"诗歌悲壮,令读者如相遇于丁零绝塞之间……倘以老杜之沉郁顿挫出之,必更有高一格者。"

这也是文人友情的一段佳话。

我们从湖上下来,在湖下的小酒店里就餐。酒店虽小,却有民风。柜台上摆着几个老酒玻璃瓶,里面泡满山樱桃、山葡萄等新鲜果实,泡得酒水鲜红明亮,宛若桃花春水。一家人团团围着坐下来吃鱼宴,湖鲤、红尾、白鲢、鳌花,三花五罗摆满桌子。表姐想起三十多年前我们姐妹二人饥游镜泊湖的情景,又感叹姨母和姨父都早已离世,再看不到今天丰衣足食的日子,忍不住又一次当众落泪。表妹劝慰说:"一家人团圆了,还哭什么? 当年没吃到的鱼和饭,今天都补上。"然后转身对店东家说:"你店里还有鱼没有? 挑大的再来一条。"

美食过后,就在岸上闲逛,见山里的农人在小街上摆摊卖山货,各色的新鲜木耳、蘑菇、猴头菇,清新悦目,忍不住低下头嗅个不止,真好像面对一座山,丰盛迷人。想起将镜泊湖美景写得满满都是悲哀的举人吴兆骞,他被纳兰性德营救回京城之后,因不适气候,病死于京师旅舍,临终时,最怀念的竟是宁古塔的松蘑。

眺 望 深 圳

2014 年,我应邀去广州参加首届世界华文文学大会。来自世界各地的写作者以自己的亲身经历谈论海外华文文学,也从各种文化的比较中寻找历史文化的发展和走向。会后,海外作家到深圳采风。来自美国的作家孟悟对我说,我们居住的宾馆对面不远就是香港的元朗,是香港的老城区。据说那里还保留着张爱玲笔下老香港的特点,尤其是元朗有一个湿地,据网上介绍,站在元朗的湿地里,可以眺望深圳的夜景。我被孟悟的形容所打动,多年来,人们习惯于在深圳眺望香港,如果换一个角度,在香港眺望深圳,会是怎样的情景呢?我被这个创意深深吸引。于是我们两个人决定用下午有限的时间,到元朗去。

为了赶时间,我们乘出租车,一路向深圳湾口岸疾驰。口岸大厅里满是人流,通道排得密密匝匝。我对孟悟说,不知几时能过去。但超出我们的预想,过关速度极快,站在队中,好像没有停顿,脚步一直向前挪动着。没多久我们就通了关,一脚踏过去就是香港了。

香港关口的水泥地,灰灰地泛着白光。墙上门前过道里都挂着标语和警示。第一个感觉是语言的不同,这边是简体汉语,那边是繁体汉语。有些字词是粤语,我不认识,忍不住一直盯着看,想起在唐人街听老侨们说话,那些粤语中的陌生词,原来它们是这样写的。

元朗是香港早年的老城区,历史悠久。据《新安县志》介绍,元朗原名为圆塱,圆为完整丰满之意,塱则为开朗的土地。这里大多数居民属于两大宗族,邓氏和文氏,邓氏来自北宋,而文氏则是南宋文天祥的后代。

去元朗方向的大巴叫作 B2,投票上车,顾客并不多。车窗外是青翠茂盛的小山坡,巴士便蜿蜒着前行。我们很快与身边的乘客聊起来。孟悟是做过功课的,所以她坐在大巴上就开始打听元朗的湿地公园,还有传说中一个古老的牌坊。坐在我们对面的是大陆商人,每周都去香港买货,一脸笑眯眯的模样。说到我们要找的湿地和牌坊,商人说,若问什么店铺他倒都知道,只是来回跑了十几年了,从没去过湿地,也没有看过牌坊。邻位的小妹就在手机上查询,纤纤十指飞快,答曰,湿地是有的,只是还有半小时就关门了。我们只好取消了湿地之行,难免有些遗憾。已是午后,深圳海关晚上十点关闭,我们的浮生半日游,着实是有限。

既如此,只好把重点放在市中心,希望能在短暂的时光中感受元朗的风土人情。

巴士进入老城区,城市开始展现在眼前。正是放学时分,穿着校服的孩子们从学校里走出来,街上行人匆匆。街那边是教堂的屋顶,这边却是中式佛堂。同一个牌匾上是中英文两种文字。在最初的印象中,香港便给了我们强烈的视觉冲击,混杂的中西文化在每一个街角相互站立,好像香港人内在世界的外化。

按照同行人的指引下了车,见一座石桥横亘在干涸的河道上,河底的石板已经露出,街上少绿化,唯有桥头的一棵紫荆花开着,点缀着这座古老的石桥。不知怎么就想起陆游的"驿外断桥边,寂寞开无主"。我们穿过小小的街心公园,一群老者挤在小石桌边打牌、下棋、喝茶、抽烟,一个老婆婆在拍打着晾晒的衣物,见我们问路,便放下手中物什,指点我们。

穿过小公园,沿着小街再拐过去,眼前是一条大道,行人告诉我们,这就是元朗的商业中心,青山公路元朗段。

只见一条街上房舍重叠交叉,各种店铺鳞次栉比。五花八门的招牌如原始森林中的树木,大小长短,形象各异,新旧混杂,中西应对,颜色新鲜,花色各异。这边厢是英国皇家音乐学院的大幅招牌,那边厢就是许留山龟苓膏的琳琅瓶罐;这边厢是"玄机玄妙,原来如此"的算命先生,那边厢是"达利证券有限公司"的白领先生。真是让人眼花缭乱,颇有寸土寸金之感。有些店铺的名字是那么耳熟,都是闻名遐迩的老字号。汇丰银行、麦当劳穿插其中,周生生金店对面就是 Levi's,形成了一个兼收并蓄的红尘世界。

与现代化高楼并肩站立的是仰头可见的危楼。元朗的楼房多为唐楼,这是一种中西混杂形式的大众楼盘,大多年深日久,疏于修缮。如今在市中心的这些唐楼,外表斑驳,有些楼顶居然还长出小树。我们遥遥观望,看见一个老妇人站在高楼处向下望,好像来自另一个时空。

黄昏渐至,街道中心的巴士站台上,老式电车施施而来。电车进站时响起清脆的铃声。那种在香港小说中听到的声音,让我当街迷茫——好像每一个行人都在黑白电影中,或者是穿着凡士林蓝衣的女学生,或者是穿着旗袍的中年妇人,臂弯中还抱着婴孩,或者就是《红玫瑰与白玫瑰》中的王振保,或《倾国倾城》中白流苏遇见了范柳原……我们仿佛身在旧日的香港,你可以是任何一个角色,拥有任何一种人生。

这种特殊的地域风格,让我亲身感受香港独特的人文气息。因为香港历史和文化的立体交叉,谈到香港的文学,评论界常用两个词,一是"异数",二是"空间"。如今我深有所感。这里不仅诞生了张爱玲、王家卫,还有金庸和倪匡,更有琼瑶和诸多如《上海滩》等形形色色的大小故事,这是个任何故事都会发生的地方。

走在街上,各种小吃让游人目不暇接,很多人当街站立,吃一点特色小食。我们亦不会错过这种体验。小店的老板娘有着粤人特有的宽脸型和细窄的眉眼。我还记得她脸上的一个黑痣,很醒目地挂在眉尖。见我们是生客,很温和地推荐小店最好的鱼丸粉,尝来果然滑软细腻。想着这一去,只能在北美吃到被篡改的版本,忍不住又吃了红豆冰。

我们在夜色中归来。车行大桥之上,前面是深圳,身后是香港,只有二十分钟的路途。我们向前眺望,见前方的深圳灯火辉煌,俨然是人间热闹的街市。与初衷相违,我们没能站在元朗的湿地中眺望深圳,相反,我们却在深圳这一边回望了元朗。元朗的山丘黯淡着,只有几点灯光,好像寂静的山上,寥落散布着没落的人家。

回到深圳已是夜半,街上却还热闹非凡。沿着堤岸,三三两两的游人或行或坐,在一丛丛沿街盛开的花丛中享受午夜的清凉。大街开阔平坦,街道两边盛开着三角梅,暗香浮动。而河水淙淙,给人一种宁静中的欢愉。宾馆对面的中华民俗村已经关门,内里的灯光却明亮着。我们沿着大街一直向前,沉浸在深圳的夜色中。

与元朗相比,深圳是崭新的,它时尚、靓丽,充满蓬勃的生机。它好像是一个没有任何历史和束缚的新生儿,一切都是崭新的。它宽阔的街道,宽大的城市格局,充满年轻的热情。深圳让我看到了古老中国年轻的容颜,看到古老焕发青春的无限可能。

回程的司机说,深圳人见面都问来了几年,从哪里来。这种问话让我想到在蒙特利尔,每遇见同胞,问的是一模一样的问题。是的,深圳与蒙特利尔一样,是一个由移民建筑起来的城市,我们的生活就是在地球上不断移动,寻找着人生的目的和意义,寻找着更开阔的生活和视野。

站在深圳午夜的暖风中,我回头眺望元朗的方向,我想象在三十年前,如果我站在元朗眺望深圳,会是一种怎样的感受?那时这里定是落寞的、沉寂的,因为那时,这里只有小小渔村,几点渔火。

我的加拿大朋友威廉姆曾对我说,他喜欢中国。我问他为什么,他说,他第一次去香港,眺望对面,什么都没有。大概过了五年,他第二次去香港,看到对岸耸立起一座崭新的城市,他说,他简直不能相信他的眼睛。这样的速度让他惊讶和钦佩。

"奇迹!"他感慨说。

我握了他的手,我为祖国骄傲,只有事实能让人折服。

然而,罗马不是一天建成的。深圳的奇迹,饱含着多少劳动者的汗水和心血。

"当年很多人逃港啊。"城市万事通的出租在司机一边开车,一边对我们说。在深圳特区没有建立起来的时候,由于生活水平的差距,广东逃港的人数曾经达到 56 万;深圳特区建立之后,到 1996 年,逃港已经绝迹;而如今,深圳人对香港的看法也与从前大不相同了。

在深圳,我们参观了深圳中兴通信公司的展览,这个当年只由几个人创业的小型公司,它形成、发展的历史与深圳同步。中兴通信的前身是半导体有限公司,后来开始了自主研发,很快开始国家化战略,随即获得中国在海外最大的工程项目。在短短几年中,中兴通信一步一个脚印,迅速建立起世界各地的研究所,开拓国际化市场。到我们来,中兴通信公司已经入选全球 IT 企业百强。当我们看到陈列在大厅里的中兴通信发展史,看到中兴通信开发的居世界先进行列的产品,钦佩由衷升起。中兴通信的发展,不仅是一个企业的发展,一个城市的发展,更代表一个古老国家的腾飞。

在深圳,像中兴通信公司这样的企业绝不只有一个,正是这样的发展和速度,才有了今日的深圳精神。这个公司是深圳发展的一个缩影,通过它,我们看到了深圳人十几年砥砺前行的拼搏。

而深圳的文化也在发展中。每一个城市都有它的名片,那名片就是文学。我与深圳的结缘也是自文学始。深圳连续数年与国际华文协会联手举办诗歌大赛,尤其在诗歌大赛之后,组织诗人进入校园,与学生交流,让诗歌走进孩子们的心灵,这是促进古国诗歌传承的文化活动,同时也体现开放的文学精神。深圳这座年轻的充满活力和朝气的城市,每日都诞生着更加年轻的文学。我想,那将是明日的文学,它属于未来。

一夜无眠,我拉开窗帘,窗前的平台上种满了粉红色的三角梅,花朵们饱满地开放着。当我俯身向下观望时,纵横交叉的街道都掩映在鲜花丛中。这座年轻的城市,只有三十几岁,连呼吸都是那么年轻。此时,太阳早早就站在对面了,好像从未离开过。

文章

原名章云,加拿大华人作家,中国淮安市作家协会会员。著有长篇小说《情感危机》《失贞》《家庭保卫战》《剩女茉莉》,随笔集《好女人兵法》,译作《瓷狗:方曼俏短篇小说集》。获首届海内外华语文学创作暨书稿交易会小说类一等奖,2014首届京东杯"锐"作者征文大赛长篇作品二等奖,第二届世界华文微型小说双年奖(2014—2015)一等奖。

祖国,当我再次走近你

这几年,小儿离巢,父母年迈,自己也到了知天命之年,我返乡的步子变得急切,有时频率几乎达到一年两三次。

算起来,离开中国已经二十多年了。这样漫长的时光,足以让熟悉的一切变得陌生。依旧是小桥流水,炊烟人家,视角和心境已完全不同。回归故里,不变的是乡音,变的是听者的耳朵。

回国的日子,除了陪伴父母身边,有一部分是跟随家乡的摄影人一起去各地采风。每到一处安顿下来,摄友们操起"大炮"去村子里转悠时,最兴奋的就数我这个"国际友人"了——这是他们对我的"爱称"。于我,这些长达两三周、短至四五天的旅行,是一个远游多年的孩子重新认识自己母亲的过程。离开时,年少轻狂,不屑也从未仔细端详过她。如今,历尽沧桑,我用中年人的冷静去品读这片拥有我童年、青年,承载我乡愁的土地,和生活在这片土地上的父老乡亲。

树上挂满红灯笼

2014年秋天,我和摄友们来到山东省青州县王坟镇的文里村,这里因为山上长满了柿子树被人称为柿子沟。

这里是中国有名的柿子产地。山沟里到处生长着野生的柿子,有的已有几百年的历史。站在山顶往下看,一串串的柿子像喜庆的红灯笼挂在枝杆遒劲的树上。

山里的人家以采摘和加工柿子、山楂、核桃为生。山楂一般是切片晒干,柿子则加工成柿饼出售,销往韩国、日本等国家。村里人告诉我,山里的每一棵柿子树都是有主人的,至于每家有几棵树,是根据家里的人口和每棵柿子树的产量按照每个人200斤柿子的数量来计算。现在,年轻人大都到山外闯世界,留在村里的几乎都是50岁以上的中老年人。闲时,人们也会去村里的果品加工厂打工。

柿子树通常长在山沟里或者半山腰。柿子树很高,人们需要架一个很长的梯子爬上去,因此这项工作通常由家里比较年轻的男性完成。采摘柿子需要一套特别的装置,这包括一个装柿子的篮子,系在篮子提手上的一根长长的、足以从树顶延伸到地面的绳子。往上爬的时候,男人把绳子的一端系在裤带上,这样,他爬到树顶之后篮子也巧妙地带到了树上。另一件非常重要的工具是一根长竹竿。长竹竿的一头装有一个金属制成的叉子,叉子的下端连着一个布袋子,这样,被叉子摘离树枝的柿子就落入了袋子里。人们把采摘下的柿子盛在篮子里,再用绳子放回到地面。

在村子里走,随处可见加工柿饼的妇女和老人。他们削去柿子的皮,然后用绳子串起来挂在外面晒。一个月左右,这些柿子就成了柿饼。晒干后的柿饼表面会有一层白色的粉末,现代研究表明,这些粉末有很好的抗癌作用。这个结果还是比较可信的,因为柿子的维生素 C 含量非常高。

逛集市,我们发现一个有趣的现象。有人卖的柿饼上有一层厚厚的白霜,另一家卖的颜色鲜艳但上面的白粉很淡。我问卖主这是为什么,她说,那些是裹了面粉的,而这些是天然的样子。可是,我们又遇到一个两种柿饼都有的摊位,摊主告诉我,这其实是两个不同的品种。他还教我识别真假白粉的办法,就是把柿饼拍几下,有白色的粉末落下的是假的,天然分泌的白粉是不会掉落的。

回住处的路上,我遇见一位拄着拐杖的驼背老人,背着一袋重物往家走。他的背非常驼,走路时眼睛几乎只能看着地。我跟着他到了他家。这是一间非常小的房间,凌乱不堪,落满灰尘。门前的柱子上挂着几串玉米,不大的院子堆满了空的矿泉水瓶。我断定这是一个没有女主人的家。一问,果然如此。老人今年80岁了,年轻时由于父母早逝,他作为家中老大,因为照顾年幼的弟妹,耽误了自己的婚事,一辈子孤苦伶仃。

老人拿起一根玉米棒,把玉米粒搓下来撒在地上,一只老母鸡跑了过来。老人一边喂鸡一边跟我们聊天,刻满愁苦纹的脸上显出温暖的笑容。我的心里有种说不出的滋味,生活如此不易,他依然坚强地活着,那些衣食无忧还缺乏幸福感的城里人真该来这里看看。

银 杏 传 奇

江苏省徐州市的邳州县原本只是普通的苏北农村,二十年前,当地政府决定在这个最适合银杏生长的地方种植万亩银杏。它不仅带来了繁荣和财富,也改变了居民的生活方式。

"时光隧道"是石坝村银杏种植基地的一条公路,两边生长着大片的银杏树。这条勉强容得下两辆车并行的单行路异常繁忙,不断有汽车、三轮电动车等往外拉树苗。秋天的早晨,晨雾还未散尽,村民就开始采摘路边的银杏树上的果子了。他们在树下铺上一块塑料布,然后用一根顶端装有铁钩的长竹竿拉动树枝,银杏果子纷纷落在塑料布上。而那些落在路上的果子,只要用扫帚扫成一堆放进布袋里。家里的老人一般不用做这些重活儿,他们只需站在一边,帮着照看孩子就行了。

银杏果子的食用部分是它的核，人们叫它白果。白果的仁可以直接烤熟当零食吃，也可以入菜，跟猪肉一起炖着吃。在淮扬菜里，有一道叫作"樱桃肉"的名菜，就是用白果的仁和猪肉一起红烧。这道菜是春节时的年菜，是每家饭桌上必备的一道菜。银杏叶是很有价值的中药材，也会被收集起来出售给药材商。中医认为，食用银杏对医治高血脂、高胆固醇以及高血压这些现代疾病很有帮助。

二十多年的银杏树还很年轻，要细心照料才能长大。村民们经常去给自家的银杏树施肥、除草。他们还在比较空旷的地方开辟一小块菜地，种植大白菜。为了便于照看自家的树和开垦的菜地，有人在林子里搭一个简单的棚子住在那里。

由于银杏带来的商机，当地人生活富足。在一座新盖的砖头房子前，我们看到一位老人正在和他的儿子、孙子一起晒太阳，边上还趴着他们家的狗。他们告诉我，这栋房子仅是材料和人工就花费了近 40 万元人民币。他们还说，屋旁的这棵银杏树已经有三百多岁了。

在官竹寺我们见到一棵"老神树"。官竹寺建于汉代，盛于唐代，历经几千年的劫难，几度损毁，几度重修，从残存的石基、石碑依然可见当年古寺的规模和风采。官竹寺内现存一株古银杏树，由周朝郯国国君郯子亲手所栽，已有三千多年的历史。它的树干有六个人并排站立那么粗，树高达 41.9 米，是世界第一银杏雄树。已近深秋，其他银杏树的叶子都已发黄飘落，这棵树的叶子依然碧绿茂盛，验证了中国的一句成语：根深叶茂。

在院子的另一处，我们看到另一棵很小、叶子也呈绿色的银杏。据说这是古银杏树的一根树枝，在一场暴风雨中被折断刮落在地上。工作人员把它抬到这里，一个月后发现这根断枝依然活着。第二年春天，千年古枝重新生根发芽。现在这棵神枝每年春天跟老神树同时发芽，冬天同时落叶，被人称为"神树神枝"。

古老的银杏用它顽强的生命力创造了人间的不老传奇。

苏北农民的乡村生活

　　盱眙县地处运河之都淮安的西南部,在淮河的下游,是明朝开国皇帝朱元璋的出生地。去年,这里的居民已经初步实现"小康梦"。金秋送爽的11月,我跟随家乡淮安几位喜爱摄影的朋友走访了盱眙县的几个村落,用相机记录了他们的日常生活。

　　我们此行的目的地是铁山寺。这是一个低丘陵地貌的国家级森林公园,尚未开发,山上布满火山石和纤细挺直的杨树,远远望去非常有诗意。黑色的火山石成为当地居民主要的建筑材料。人们用它垒院子的围墙,石块之间不需任何黏合就可以抵挡风雨。据说这种石头还很适合放在金鱼缸里,长久的浸泡之后,表面的孔洞里会长出美丽的水生植物和藻类。

　　山上除了火山石就是褐色的基性岩土,这种半壤土比较肥沃,好种好收。因此,在山麓和山前的平地等土层较厚的地方,村民们种植玉米、山芋和花生。

　　人们用一种弯弯的被称作镰刀的工具收割玉米,用锄头挖掘山芋。山芋被挖出来之后,上面的茎叶部分也不必丢弃,而是用来喂猪。晾晒是最原始也是最基本的保存方式,农家庭院里总能看到一些干的玉米棒。有的串起来挂在门旁,有的直接放在台子上。由于数量比较少,农作物的加工基本是手工操作。为了得到干豆角里的豆子,村民把干豆角平铺在一块塑料薄膜上然后卷起来在上面用脚踩。而对花生,则是直接把连着花生的茎秆在石头上摔打,迫使花生脱离。

　　简易拖拉车是主要的运输工具,装在布袋子里的山芋就是被它运到销售地点。到了之后需要有人帮助卸货,因此还会有几个壮劳力坐在山芋堆上跟着一起去。

　　村民还通过养鸡、养羊、养牛来增加自己的收入。据说,一只羊饲养一年就可以卖 2000 元人民币。早晨在村子里走,常常会看到有人赶着一大群羊去放羊。到了野草比较旺盛的地方就停下来,让它们吃个够。人们还养狗,养狗可以看家,也可以帮助放羊。

山里人沿袭"活到老劳作到老"的习惯,在地里,不仅可以看到奶奶带着小孙子收山芋,还可以看到年近古稀的老人在山上砍柴。按现代医学的观点,老人保持劳动的习惯对健康和延缓衰老都是很有好处的。

在铁山寺的两天,每天的三顿饭我们都在住处旁的谢六土菜馆用餐。这是一家夫妻店,丈夫掌勺,妻子做帮厨兼侍者。饭菜是用中国农村传统的土灶烧制,很香。早上,为了拍日出,我们 4 点多钟就起床,5 点用餐,老板娘也早起为我们煮面条,还给每人煎了两个荷包蛋,它们能提供我们整个上午的能量。

沿途我们也看到一些自动收割机在收割水稻。攀谈之后我们得知,收割机的主人用政府贷款购买了这台收割机,每年收获时和儿子一起按照每亩 800 元人民币的收费标准为附近村子的水稻田收割,两年就收回了成本。不仅为自己创造了就业机会,也帮助村民实现了机械化。

据报道,盱眙县目前民众的满意度达 70%,可见他们还是比较幸福的。

中国的"小皇帝"

中国曾历经几千年的封建时代,皇帝,也因为担任者水平的参差不齐而成为一份最有戏剧性的世袭职务。明君成就一代伟业,昏君祸国殃民,朝代变更、沧海桑田化作历史剧中离奇精彩的情节。

自从一百多年前的辛亥革命废除了帝制,这一至尊贵族便在中国的土地上消失了。只是当时推翻清朝的北伐军将士应该不会想到,一百年后的今天,一代新的"皇帝"正在神州大地的每个家庭中复活,这些家族中最年幼的一员,控制着整个家庭的生活节奏、时间与金钱的消费方式,以及每位成员的喜怒哀乐,这就是中国的"小皇帝"。

幼儿,因其弱小和对成人的依赖,在所有的文化中,都是成人社会关爱的对象。但在中国,这种情感得到无限放大。

中国文化素有"敬老爱幼"的传统,实施"计划生育"这一国策之后,每个家庭中孩子的数目少,施爱对象的锐减让人们的爱心过剩、爱心泛滥,并逐渐演变为"宠爱"与"溺爱"。过去五年,中国第一代独生子女陆续进入生儿育女期。两代"独一无二"的结果,使这个孩子成为上面六位与之有直接关系的成年人的聚焦对象。他的一举一动、一颦一笑,牵动着父母亲、爷爷奶奶、外公外婆的神经。

80后女孩小A经人介绍跟一位年龄相仿的男孩结婚了,婚后两年,"小皇帝"顺理成章诞生。从这一刻起,这个家庭的日常生活模式发生了神奇的变化。首先,一位月薪4000元人民币的"月嫂"住进了他们家,专门照顾产后第一个月里产妇和婴儿的饮食起居。之所以要雇月嫂,是因为中国人认为产妇生子之后的一个月,对未来几十年的健康至关重要,需要特别的看顾。在这一个月里,家庭成员放下所有事情,围着新生婴儿转,希望尽自己一份力。坐完"月子",母亲要去上班了,照看孩子马上成为一大难题。在中国,幼儿园只接收3岁以上的儿童。小A找了一位保姆专门带孩子。

但是,保姆拐走孩子或者虐待孩子的传闻让小A不敢让保姆独自带自己的孩子。于是,80岁高龄的太爷爷和太奶奶被请来当监工。老人经不起折腾病倒了,不得已离岗。目前,孩子的外婆和外公已经提前退休,当起全职保姆,憧憬已久的退休生活完全让位给了"小皇帝"。

前不久回国时参加了淮安E-Baby早教中心的开幕仪式。这个中心是一位台湾人在中国大陆开办的,完全照搬台湾的模式。仪式之后很多孩子免费试用他们的课堂和玩具。教室里装有柔软的泡沫地面,爬行及攀登模块也是泡沫的,连楼梯的拐角和边缘都用泡沫包上,防止孩子不小心受伤。

即便这样，不允许成人进入的教室里依然挤满了担惊受怕的家长们。他们有的搀扶孩子走平衡木，有的跟在孩子后面喂香蕉，有的在为孩子拍照，供孩子们玩耍的塑料球池子的周围站满了围观的家长，抓拍的照片上孩子们的眼睛都在看着自己的父母。

很久很久以前，皇帝拥有至高无上的权威，却因此失去平凡简单的幸福。如今，不知这些被过度呵护和关注的"小皇帝"们是否还能体会到自由成长的快乐。

结　语

在路上，伙伴们用相机定格一个个场景，我则在用心感受普通居民的寻常日子。晚上，他们倒片，做后期，我则用笔记本电脑把所见、所听、所感记录下来。我知道，这次，我真的走近了中国，因为我甚至听见了她有力的心跳声。

宇秀

祖籍苏州,现居温哥华,有"痛感诗人"之称。中国《南方周末》
和加拿大《她乡华闻》周刊专栏作者。作品收录于50余种文集,有
多种获奖。散文随笔集《一个上海女人的下午茶》《一个上海女人的
温哥华》盛行坊间;新近出版诗集《我不能握住风》《忙红忙绿》,由洛
夫、痖弦等海内外名家联袂推荐,入选"2018年度十佳华语诗集"。

小沪人家及其岁月

女友的英国老上司戴维来温哥华,女友拉着我一起陪英国老头儿逛街
喝咖啡。戴维是英国精密仪表仪器界的领袖人物,曾频繁地去上海,甚至报
得出上海的一些街名、饭店名和小咖啡馆名。女友在戴维来到之前就通过
电子邮件向他介绍过我写过一本《一个上海女人的下午茶》,而且该书新近
再版。老戴维听说后便很有兴趣要见见写上海下午茶的女人。

虽然是在北美的城市与英国老头见面,可话题却不断地说到上海。老
戴维说起上海,眼睛里的光芒就很活跃,像小火苗蹿来蹿去的。他说近些年
去得少了。我赶紧趁机说新上海的变化一定让他吃惊。其实,去年回国我并
不怎么喜欢上海的诸多变化,不过在老外面前总是习惯性地以积极正面的
姿态来介绍上海的新变化,下意识地加入一些夸张的语气与表情,然后等
着人家瞪圆蓝眼睛,显示出极大的兴趣,并给予热情的赞美。

不料,老戴维却说他喜欢的上海是十多年以前的,甚至更早些时候的
老上海,不是现在的。那时候的上海很温馨,人们的表情也平和,不像现在
很现代化、很急促,也粗糙了,少了优雅。我没有追问老戴维说的"粗糙"是
指什么、"优雅"又是什么,但我也的确在如今上海的闪亮炫目中感觉到一

种粗糙。老戴维又说,上海有点像纽约,但是他不喜欢纽约。女友用上海话对我说,老头儿喜欢小沪人家的感觉,就像喜欢英国乡村风景一样。

英国老头记忆中的上海正在消失,对于这种消失,他有点伤感。

我并不确定老戴维说的消失具体是指什么,但是我在心里有点认同这种伤感。就说我再版的《一个上海女人的下午茶》那本书,之前就不时有读者告知,你"下午茶"里的某某咖啡馆已经不存在了,改做别的什么了。

还清楚地记得淮海中路近黄陂南路地铁站天桥边那家"尚豪庭园餐厅"刚刚开张的时候,我坐在车厢式的座椅上边看着淮海路上的风景边写《一个上海女人的下午茶》的心情。去年秋天回上海探亲,看到那家餐厅已经变成了"屋企靓汤",取名直接来自粤语,"屋企"就等于沪语中的"屋里厢"。明显地感觉到沪语在当下上海市面上的式微,比如在咖啡馆或饭店点菜用上海话,外地服务员居然义正词严地要求你"请讲普通话",弄得上海人在上海讲上海话倒是有点兜不转了。

后来我又去了淮海路上的香港广场,正好肚子饿,就到地下大时代广场的"小沪人家"吃点什么。来到这里,难免有点怀旧。我在《一个上海女人的下午茶》中提到的那位点菜善于"纲举目张"的先生,就曾在这里点过清蒸甲鱼。至今还记得镜片后面不温不火的目光。不料"小沪人家"不知何时已经改做了台北楚楚园粥饼店。坐下来,便听得到边上那个台子呼呼噜噜的喝粥声夹杂着内地的北方口音。再环顾周围,这里用餐的人不似以往"小沪人家"里的客人那样细细地品尝、慢慢地叙谈,到底粥饼店不是有着甲鱼可点的正式饭店。在正式饭店里,虽然是"小沪人家",但毕竟是围桌坐下来定定心的样子,而来吃粥饼的就有点匆匆路过歇脚的意思。

这次回国,无论是在上海还是中国其他什么地方,感觉人人似乎都有点行色匆匆坐不定,个个好像都有要事在身。连出租车司机也不像从前有心情与客人聊上一聊,而将车里的收音机开得咣咣响,也不管客人的耳朵

82

吃不吃得消，只顾自己听股市行情，还时不时掏出手机买进抛出的，让我觉得跟上这般节奏有点喘不过气的紧张。难怪之前一位住在加拿大却时常回上海的朋友说，现在不大有人拥有像你那时喝下午茶的心情了。

想来那镜片后不温不火的目光是更加难得了，也就只剩点黑白片的记忆了。而黑白片向来在我的感觉里比如今色彩饱满的彩色片要多一点味道。

这样想着，走出大时代时却冷不丁看到出口处以前熟悉的"小沪岁月"咖啡馆，曾经在里面写过一些没有结尾的文章。可那天看到门面上改了新店名，"洋风馆"三个大字赫然触目，原来的"小沪岁月"以很小的字体退居一旁。

小沪岁月已经是过去的故事了。

百草园

本名孙新岸,生于浙江杭州,成长在东北沈阳,毕业于东北大学。20 世纪 80 年代末期移居美国,现从事 IT 行业,定居于美国。业余从事写作,为海外文轩作家协会会员。多篇文章被海外华人报刊文集收录。

我心底的那片盛夏骄阳

那年,告别故乡是在骄阳似火的盛夏,记忆中的家乡沈阳,马路上没有多少车辆,柏油路在毒辣的太阳照射下,反射着一股股热浪。那时,空中偶有蝴蝶鸟儿飞翔,知了们则藏在高高的树枝上发出一阵阵鸣叫。炎炎的夏日,加重了我即将踏出国门的焦虑,心里除了对双亲的依依不舍,还夹杂着对大洋彼岸陌生世界的忐忑。祖国,故乡,给我留下的最后一个镜头是,烈日下,父亲和弟弟向我挥手告别牵挂的身影。

忙碌紧张的美国生活,使人没有时间回首,可午夜梦回的镜头,都是那让人暖心熟悉的故园。太原街冷食店,妈妈的笑脸看着我在一点点吃冰激凌。和平新村大院,小伙伴们踢毽子藏猫猫的欢声笑语还在空中回荡。东北大学的校园,好像还能听到同学们的琅琅读书声。故乡,是我们这些海外游子梦中,时时逗留的地方。

九年后,1998 年,第一次重踏故土,竟也是在这样的盛夏。

飞机在入夜时分抵达沈阳,脚还没落故土,沈阳城夜色的一片灯火辉煌,已经让我整个迷失了方向。坐在回家的车子里,我的脸紧紧贴在车窗上,几近贪婪地看向窗外,看着那让人熟悉而又陌生的高楼大厦。在心头缭绕的是,变化太大了!这还是我当年离开的家乡吗?透过那窗外耸立的高楼,车水马龙的街道,一个个霓虹灯闪烁的饭店和商场,虽然依稀可辨沈阳旧日的影子,可还是让人觉得,我们走进了一个换了新颜的故乡。

第一次登上沈阳新建的电视塔,沈阳城一览无余,脚下是一排排林立的高楼和那穿梭在楼群中整齐的街道,新沈阳的雄姿不但永驻在心底,而且还留在了我的镜头中。回到美国,拿那些照片与美国同事分享。我说:"看,这是我的 hometown(故乡)。"看照片的老美看到高楼林立的沈阳,居然眼睛一亮地说:"哇,这哪里只是 hometown,简直就是大都市纽约!"

五年后的 2004 年,还是在这样酷暑的夏季,又一次回到了自己的故乡。

眼前呈现的是更多造型新颖的大楼,马路上奔跑的汽车也变得多种多样。沈阳的太原街变成了步行街,人们漫步在没有车辆行驶的马路上,悠闲地穿梭在街两旁风味各异的商场。街头上一把把色彩绚丽的遮阳伞下,是以前从来没有见过的影楼摄影服务。全家人兴致勃勃地在摄影师的指挥下,变成了她镜头下嬉笑快乐的演员,带回美国的是一本全家福和女儿的一本清纯少女集,再加上两个油画一样的巨幅彩照。美国的家里,也挂上了我们神采飞扬又幸福美满的合影。

随后的一个个炎热夏季,我们加密了回国的频率,好像每个荷花盛开的夏天,都是我们与故乡相约的时刻。而亲友们的情意,一如那夏季里一缕缕柔和的清风,风到处,让我们在那些燥热的日子里,品味清凉入心的亲情,温柔而又甜蜜。

2009 年,又一次回国探望了久别的亲人,还是在故乡那美丽的盛夏。与以往回国不一样,这次是我一个人回去的,有了大块的时间陪伴父母,亦有了空闲去看看儿时生活的地方。

刚回家时,弟弟曾问我想看看什么地方,还推荐了几个沈阳发展比较好的地方,我都摇头拒绝了。其实,在我的心里,很想去看看过去自己生活、长大和学习的地方。

人到中年,怀旧的心情总是比探新的激情要浓烈得多。

父亲非常理解我,他给我设计了一个"故乡一日游"的路线:先从当年我家住了二十多年的和平大街开始,看看我上全托的幼儿园,路经我们和平新村的旧家,再去我读书的中学,接下来停在以前常去的中山广场,又绕行到以前爸妈上班的设计院,最后,游逛母校东北大学,缅怀一下大学四年的黄金时光。

在我的记忆中,沈阳的和平大街是一条很特殊的街道,大街的中间有一条很宽的树林带,树林中还有一条可供人行走的小路,树林主要由桃树和白果树组成。记忆中的家,就在这条街上,在那桃花盛开的树旁,当车子一拐进这条我生活过二十多年的大街,看到那久违的树林,我的眼睛湿润了。透过岁月的时光,似乎又看到了春天桃花盛开的景色,和秋天孩子们争先恐后捡白果的场面。慢慢地,在记忆中徘徊的我,还是感觉到了这条街道的变化,街道两旁的建筑远比当年的高大整洁、新颖漂亮。

儿时的幼儿园已不复存在,父亲只能指着一处崭新高耸的大楼说,那后面原来是设计院的幼儿园。记得这个幼儿园是全托的,由于父母的工作常常要出差,我是每个星期回家一天,我在这个幼儿园度过了近两年平淡的童年。能记得最开心的几件事之一是,一次幼儿园种痘,阿姨让小朋友们分成两排,一排由医生先在手臂上涂药,另一排由另一个医生在涂过药的地方,用小刀划一小口。我当时怕痛,先在第一排混了一下,根本就没去第二排。当年很得意逃过了那一刀,后来想想幸好天花灭种了,否则我这样逃过了种痘,岂不危险极了。

我家当年住的设计院宿舍,是一大群 20 世纪 30 年代由日本人盖的三层楼。我一直认为那些楼的条件不错,都是木地板、管道煤气、自来水。每个单元有两到三间住屋。人家原来设计的是一家一个单元,配有厕所、厨房和小的储藏间。中国原来住房紧张,设计院也不例外,把一个单元分给了两三家住。我家在这个大院搬过很多次,从一间小屋,搬到一间大屋,再搬到两间套在一起的屋子,但总是跟别人共用厕所和厨房。今天,那些旧楼已经被许多更高更漂亮的新楼代替。大家现在的生活水准,也远远高于那个时代,可以说不可同日而语,现在,还有多少家庭需要跟别人一起分享厨房厕所啊?

当年上学的中学已经改头换面,大楼还在,不过已经成为一所小学。夏日,校园里静悄悄的,可以想象孩子们还在教室里凝神听课、奋笔疾书。抚摸着校园的大门,心里默默地祝福当年的老师和同学们,愿祝他们安康幸福地生活在他们今天的一方。

父母当年工作的设计院还在,我眼前恍惚又看见妈妈带我去她的办公室玩。办公室里那些大大的画图板,常常会使人浮想联翩,那时的我非常佩服能在上面画出高楼大厦的叔叔阿姨们。如今这所设计院也大大地变了样,我们站在熙熙攘攘的马路上,阳光下惊现原来只有三层的设计院。如今它已经长高,变成了十几层高的雄伟大厦,值得庆幸的是,它还在原来的地方。

最后,我们落脚在母校东北大学。她位于辽宁省沈阳市南郊,著名爱国将军张学良曾兼任过校长。

父亲说,今天的东大已经不光只有工科了,它下属有好多学院,大学能够接受和教授的学生人数也大大增加。离校二十多年后,我——一位80年代毕业的东大学生,父亲——一位50年代毕业的老东大,我们在酷暑的高温下一起游逛了我们的母校——东北大学。

按父亲的提议,我们是从原来没有的学校南大门进的东大。一进去,新东大之大,让两个老东大整个转了向,转了好一会儿才找到了第二学生宿舍,这才算跟组织接上了捻儿。非常惊喜二宿舍门前新建的花坛,那一串串怒放的串红,红得那么炽热、那么奔放,一如彩笔重抹,直触我心底,在我的脑海里留下了无法忘记的重彩斑斓。

我们发现东大新建了好几个教学科研楼,原来开运动会的土路操场,已经变成了一座现代体育馆。还好,原来对称的基本建筑还在,顺藤摸瓜,我们又找到了第一学生宿舍、机电馆、建筑馆、新旧图书馆、主楼等建筑。总的感觉是,东大校园真是旧貌变新颜了。看来,不但是城市基本建设在日新月异,连古老的大学也随波直上锦上添花。

从一个教学楼走到另一个教学楼,时光好像又倒退到三十多年前,我好像看见当年的我,每天不辞辛苦地拿椅垫在教室里占座,下了课跟着同学们往食堂跑,每天寝室、教室、食堂三点一线地转。现在看着这些学校建筑,想着难忘的大学四年,心里真是感慨万千,"二十八年过去,弹指一挥间",我们不也正是这样,三十多年过去了,光阴不也就像只是一瞬间吗?

最近几年,感谢发达的现代通信,跟失联几十年的大学同学、中学同学和知青点的朋友都联系上了。感觉我们的祖国,不光有了生活和环境的物质丰富,人们也非常注重精神层面的陶冶和娱乐。为了配合各种聚会,回国的日子不再是盛夏季节,而换成了那春意盎然、桃花盛开的春天。

每次,还没有回国之前,各种同学聚会、亲友相聚、短期风景旅游,都把我们的日程排得满满的。总是感觉,人还没上飞机,心就已经在亲朋好友的召唤中进了国门。在国内度假的短短几周,总是在忙碌愉悦中飞来赶去。也许,这天中午是中学同学的大聚餐,可到了晚上,我们就已经在跟家里的七大姑八大姨举杯共欢。第二天,可能就已经踏上去旅游景点的高铁,将要面对的或许是以前从来没有领略过的千年文化古迹,抑或是那些让人过目难忘的锦绣河山。

回国的日子总是忙忙碌碌,而心情亦总是欢快顺畅。尽管屋外不再是当空的烈日、炎炎的盛暑,可室内,同学们亲友们的深情厚谊,炙热暖心烫人,让人感觉我们就是置身于那友谊的高温酷暑,沐浴着那亲情的火热艳阳。

我喜欢我的祖国,更爱生活在那里的亲朋好友。对我来说,每次回国都是热切长久的期盼,而每次离开更是那依依不舍的暂别。祖国,故乡,生我养我的地方,那里有我血缘相亲的亲人,那里留下了我童年、少年的快乐时光,那里更记录了我大学四年的苦读,那里也留下了多少让人无法忘却的往事。沈阳,我的故乡,无论我飘游多远多久,你总是以你的魅力,让我年复一年地驻足往返,虽然你坐落在塞北关外,可每次回去,那炎炎烈日、浓浓亲情,还有那日新月异、富强繁荣的市貌升华,使你成为那永驻我心底的一片盛夏骄阳。

蔡维忠

　　厦门大学理学学士,首届中美生化联合招生项目(CUS-BEA)赴美研究生,理科博士,哈佛大学博士后,新药研发专家。业余从事创作,现为美国《侨报》《北京晚报》专栏作家,北美中文作家协会副会长、秘书长。著有随笔集《美国故事》,对联艺术专著《动人两行字》。

我的祖先吃什么

　　我的家乡塘东村在福建泉州晋江的海边。家乡依山傍水,山上石头多,不太适合种粮食;海虽大,但捕鱼的人不多。山水之间勉强开辟出高高低低的一千多亩薄田,没有水田,不能种大米,主要是种番薯(地瓜)。番薯切成条、切成片,晒干后收藏在大缸里,村民常年煮地瓜干当主食。

　　村里有个池塘。南宋末期,我村的始祖迁到池塘之东定居,故有塘东之名。既然一个小小的池塘都还在,我相信村庄周围的地理条件 700 多年来也不会有太大的改变,山还是那样的山,水还是那样的水。根据常识,有什么山水出什么粮食。我是吃番薯长大的,家乡的人似乎自古以来就是一直吃番薯的。

　　我如果一直生活在家乡,也许不会问祖先吃什么。但在美洲大地上生活久了,回望家乡的角度便有些不一样。某天一拍脑袋,我猛然意识到家乡在 700 多年前不可能有番薯,因为美洲才是番薯的发源地,而那时美洲远隔重洋,没有来往。

　　那么,番薯是怎么变成家乡的主要食粮的呢? 为了回答这个问题,让我们追溯到我村的始祖定居下来 300 多年后的 1564 年（明朝嘉靖四十三

90

年)。这一年,两个人从不同的地方起航了。首先起航的是 21 岁的福建长乐人陈振龙,他自福州台江乘船往菲律宾北部吕宋经商。稍后起航的是 63 岁的西班牙人米格尔·洛佩斯。1564 年 11 月 21 日,洛佩斯率领 5 条船、500 名士兵从墨西哥出发,横穿太平洋,经过 93 天航行,于 1565 年 2 月 13 日在菲律宾中部宿雾登陆。他于 6 年后到达吕宋马尼拉。当时,几百个西班牙人和 100 多个中国人在此交集。

西班牙国王曾派麦哲伦于 1521 年横穿太平洋来过菲律宾群岛(那时还不叫菲律宾),为的是开辟航道。后来维亚罗勃斯于 1543 年也来探险,并以西班牙国王菲力普二世的名义把这个地方命名为菲律宾(菲律宾与菲力普发音相似)。洛佩斯这番航行,则是为了开辟菲律宾为贸易据点,和中国做生意。从此,白花花的银子源源不断地从美洲经菲律宾马尼拉流入中国,而中国的丝绸、瓷器、香料则经菲律宾被运往欧洲。夹在银子、丝绸、瓷器、香料这些珍贵物品当中的,则是看似粗贱且毫无利润可图的番薯。番薯至少在 5000 年以前就被美洲的印第安人培植。西班牙人准备长期经营菲律宾,因而从美洲引进了包括番薯在内的农作物。番薯深受当地人喜爱,在菲律宾遍地开花,落地生根。

陈振龙不是纯粹的商人。他考上过秀才,又关注民生,后来弃儒经商。考中秀才那年,福州巡抚观风至长乐,问诸生有关备荒诸策,他对策合巡抚之意,名列第一。随着番薯在菲律宾传播开来,他有机会看到番薯漫山遍野地生长,生啃熟食皆宜,便敏锐地觉得它对家乡大有好处。于是,他于 1593 年(明万历二十一年)偷偷带着番薯种,用绳子系于船舷浮在海中,冒险闯过关卡检查,在海上航行七个昼夜,把它带到福州。陈振龙及其子陈经纶同年在福州试种番薯成功,并上报巡抚金学曾。第二年,福建各地大旱歉收,金巡抚下令推广种植番薯。番薯对生长条件没什么苛刻的要求,比中国的主要谷物大米、小麦耐旱,因而在灾年仍有好收成,得以让无数人民度过饥荒。

番薯很快传到了我家乡,而且在贫瘠的土地里扎下根来,成了主要食粮。算起来,这时候我村已经繁衍了大约十代,人口大概不多。在这之前,我的祖先种些大麦、小麦、大豆之类的农作物,再到海里抓些鱼虾蚶蟹,在人口压力不太大的年代,还是可以对付过去的。有人到南洋谋生,例如,我村先辈蔡日锐到吕宋,时间可能比陈振龙稍早。番薯引进后,把那1000多亩薄田的潜力发挥得淋漓尽致,后来竟然能够承载3000多口人。想想那才够人均三分地啊!但由于番薯"亩收数十石""胜种谷二十倍",即使人均三分地,也够食用。

没有番薯,也就没有家乡如今的规模;没有番薯,我的直系祖先恐怕在哪一代就因饥荒断代了,我也就没有出生的机会了。

番薯的意义当然不仅如此,因为它后来逐渐传播到全国各地。除了陈振龙外,广东陈益和林怀兰分别从越南把番薯引入广东。但由于福建地方大员金学曾的大力支持和陈家历代子孙的大力推广,从福建传出的番薯传播得最快、最广。1796年,清乾隆皇帝向全国下了"推栽番薯,以为救荒之备"的诏书。从此,全国各地更加广泛种植,番薯成为我国人民的主要粮食作物之一。想来家乡只不过是全国无数村庄的缩影。番薯不但拯救了家乡,也拯救了全国无数类似的村庄。明清时代,帝国基本上是由无数村庄组成的,拯救了无数村庄便是拯救了帝国。

陈振龙理所当然是引进番薯的大功臣,值得纪念。但是,我们在纪念陈振龙时一般不提洛佩斯。我们讲到番薯的来源时一般把眼光放在中国附近的菲律宾,而忽略了它的真正起源地美洲。

我因番薯在家乡的重要性对它感兴趣,但我对那个引进番薯的时代更感兴趣。如果把引进番薯当成一个时代看待而不是当成孤立事件看待,那么这个时代则是美洲对中国乃至全世界产生深远影响的时代。一些其他农作物先后从美洲辗转传入中国,包括马铃薯(土豆)和玉米。中国自汉晋以后到明初,都以大米、小麦为主要粮食。番薯、马铃薯、玉米在中国成了大米和小麦外的主要粮食,他们更能适应各种气候、土壤条件,占据未开发的丘陵地带,从而大大地提高了全国粮食总产量,并引起人口大幅度增长。中国自汉代到明初,人口上下波动,历朝最高人口鲜有超过五六千万。随着这三种美洲农作物的引进,中国的人口才开始突破瓶颈,迅猛上升,清初超过1亿,清末超过4亿。中国在明清时代人口激增,翻了7到9倍。没有这些农作物的支持,中国凭1/12的世界可耕地怎能承载1/4的世界人口?

这个时期美洲对中国的影响是多层次的,最基本的层次是生存。番薯、马铃薯、玉米不但解决了生存问题,还为中国增加了许多人口。人有吃的了,就会想要调调口味,来自美洲的辣椒就满足这种需求。很难想象没有辣椒,四川菜还会是四川菜吗?回想四百多年前,中国不知道有辣椒,中国菜哪有这辣劲?味蕾得到刺激了,精神上也需要抚慰。于是,来自美洲的烟草给无聊的中国人填补了精神空虚。烟的危害是长期积累后才会显露出来的,当初人均寿命低,烟对健康大概没什么影响。当然,还有上面提到的来自美洲的银子,支撑起明清帝国的庞大花销,如修建长城、发军饷。

美洲对中国的影响远远不止如此。我们的正史津津乐道地记录着许多惊天动地的事件和可歌可泣的故事,如李自成起义、明朝灭亡、清兵入关等等。可是有几人知道,这些重大事件的发生深受美洲的影响。来自美洲的大量银子终于引起通货膨胀,米价上升,种下社会动荡的种子。来自美洲的农作物导致中国人口大幅度上升,使本来就很庞大的帝国变得更大。这些农作物占据丘陵山坡,田地取代树林,引起生态恶化。通货膨胀、人口压力、生态恶化则使得大帝国变得很脆弱,容易因为自然灾害而发生巨变。

即使中国本来就很多的自然灾害,也很可能因美洲的开发而引入新的变数。最近有研究指出,欧洲人把疾病带到美洲,导致印第安人大批死亡,大量土地没人使用,森林覆盖面积扩大。森林从空气中吸收了大量二氧化碳,削弱了大气层的吸热能力,导致全球气温下降。这就是气象史上的小冰期,发生在明清时期。气温下降导致大气中水分下降,引起旱灾。在 1637 至 1641 年(明末崇祯皇帝时期),发生了近五百年来最严重的旱灾,对处于内忧外患的明王朝来说更是雪上加霜。在困境中挣扎的农民起义领袖李自成乘机冲出商洛山,大招深受旱灾之苦的陕西饥民,势如燎原不可扑灭,终于在 1644 年冲进北京城,逼得崇祯皇帝自尽,灭了明王朝。在山海关抵抗清兵的吴三桂则因李自成的大将刘宗敏夺了爱妾陈圆圆,冲冠一怒为红颜,引清兵进关,打败李自成,夺走了大明江山。

美洲是欧洲人发现的。如果说中国和欧洲都一样享受了美洲的新物质、新品种及承受其后果,那么有一点是不一样的。那就是,欧洲基本上是主动的,中国基本上是被动的。欧洲主动在美洲征服、开发,然后又到中国附近来贸易,都是长途的行动。中国则是等着送货上门来。陈振龙把番薯引入中国,是主动的行为。但这事是发生在西班牙人把番薯引到中国附近的菲律宾的基础上。主动与被动决定今后双方力量的消长,决定哪方占优势。欧洲人到美洲和亚洲都是长途航行,相当辛苦,不像中国以逸待劳,占尽便宜。但这种辛苦促进他们想办法改进技术,从而带来工业革命,带来社会经济大发展。贫穷的欧洲一跃变得强大,而本来强大的中国却原地踏步。双方后来干戈相对,中国败北,成为国人一百多年来心头挥之不去的耻辱悲愤。

不过,我们不能总是以耻辱悲愤的态度去看历史和社会发展。

以前读历史,总有种感觉,这四百多年来欧洲上升而中国下降。其实是,欧洲上升得快,中国上升得慢;中国虽相对落后,但有进步。这种相对落后中的进步和绝对落后有着本质上的区别,相对落后中的进步也是进步。慢慢进步,集腋成裘,积累了四百多年,那可是大进步了。这四百多年来,番薯引进了,其他作物引进了,科学技术引进了,思想观念引进了。它们在中国广阔的大地上,在深厚的历史文化传统中渗透,逐步把中国推出了旧帝国的框架,推上现代化发展的道路。

当西方的发展最终遇到瓶颈而放慢的时候,中国还在进步,正在努力赶上,逐渐成为世界强国。

陈灿富

　　现居美国西雅图。北美中文作家协会终身会员。出版有长篇小说《我的父老乡亲》《天地苍凉》，长篇传记文学《靓玉麟传奇》，中篇小说集《泪洒金龙剑》《外来妹恋歌》，小小说集《沼泽》，散文诗集《祝酒歌》等著作。

台山洋楼走笔

一

　　与海外的一群友人聚会，期间说到中国广东台山市。郑先生称赞说，台山乃中国"第一侨乡"，旅居全世界华人华侨 140 多万，超越居家人口的 90 多万。台山人分布于全世界每个角落，有华人华侨居住的地方就有台山人。"台山话"，更有"小世界语"之誉。

　　在海外生活经年的郑先生，虽非台山人，但经常接触台山人，了解台山事，知悉台山情。他扯开的话题，一下子引开众人的浓厚兴趣。

　　郑先生滔滔不绝，说得头头是道。他说每一个来到海外工作或生活的人，都会有各自精彩的故事。现在他最想说的，莫过于许多曾经探访过台山的客人讲的，只要走入台山城乡，最惹人注目的，就是大小村子之村前村后、乡野田间、山边桥头耸立的一幢幢洋楼(碉楼)。

　　台山人漂洋过海，背井离乡，出洋历史逾两百年。在这一片饱含祖辈们血与汗的土地上，于二十世纪二三十年代由海外华人华侨出资，当地村人兄弟姐妹出力，内外同心建成的台山洋楼，主要用来防御土匪或抵御洪涝灾害。抗日战争期间，在抗击日寇侵扰的过程中，也有过一段不平凡的经历。

据不完全统计,台山洋楼近五千幢。低的三四层,高的七八层。由于接受西方建筑文化与艺术,且融入本土的岭南特色风情(包括广州市某些著名大厦楼群),无论外形圆形或四方形或八角形的独立洋房,或汇集成为圩集、连成一体的民居或学校,都是中西合璧,更加炫目显赫。

岁月如流也匆匆,时间渐行渐远了,唯有永远乃至永恒的记忆,镶嵌一样不可能遗忘。

有人说,仰望或眺望台山洋楼,就会不由自主地惊奇或感叹,赞赏或赞美。

更有人说过,每幢台山洋楼都有趣闻轶事,贮藏或动人肺腑或悲欢离合的传奇。

二

每个站在珠江岸边仰望或眺望的人,都能够清晰看到屹立在广州长堤的爱群大厦。

爱群大厦是一幢至今看上去仍有相当规模的大型建筑物,这是20世纪30年代至60年代的广州市标志性建筑。熟悉老广州的人特别是上了年纪的人知道,那时候广州轻工业产品,大多印有爱群大厦的商标图案。而在20世纪40年代,海外华人华侨及香港、澳门同胞,以及当时各地政要,皆以入住爱群大厦为荣。

作为1968年以前广州市最高建筑物的爱群大厦,其创办人为广东著名"五邑"侨乡(台山、开平、恩平、新会、鹤山五市区)的台山华侨陈卓平先生。

爱群大厦,或许不能简单用"壮观"二字概括。见证过数十载春秋的爱群大厦,凝聚的不单是伟岸与沉淀,更是社会进步与发展的缩影。在爱群大厦周边一带,耸立的南方大厦、新华酒店等建筑物,也是旅海外台山乡亲共同出资修筑的大型建筑物。据说在爱群大厦建成竣工那天，面对各界政要富豪名人雅士，陈卓平先生爽快长笑，不无自豪地说："这是我们台山海外乡亲同力建成的洋楼！"

掌声清脆。陈先生有感而发的一番话，在情在理，说出了心声。可以说，蕴含西方建筑文化格调，融入中国传统风格的爱群大厦，归于"洋楼"之列是恰当的。

仰望或眺望爱群大厦，我找寻着并不算太遥远的华侨史。

我知道，这里面书写出一段段风雨。

关于台山洋楼，口口相传的，有些是传说或掌故，但大多数与史实有关，与华人华侨先辈的关系密不可分。概括地说，每幢台山洋楼，凝聚着华人华侨的心血与结晶。

那些年代，风云变幻。时光纵使流逝了，有过的人或事，照样长存于故乡的大地。早年孙中山先生创办同盟会，陈卓平先生就成为会员。陈卓平（1877—1953），广东台山市斗山镇六村人氏。其父亲在新加坡经商。他童年随母亲赴新加坡生活，后回中国读书。1902年，陈卓平赴河南应试，以优异成绩中举。1907年，陈卓平再赴新加坡与父亲经营物业。一年后，恰逢孙中山先生到达新加坡，他毫不犹豫选择加入同盟会。

1910年，深受革命影响的陈卓平先生，将新加坡名下物业委托亲属管理，再返澳门投入革命。次年，他在香港创立报纸，宣传革命的同时，替广州黄花岗起义筹款。1917年，陈先生受孙中山先生派遣，与他人远赴南洋一带，为护法活动筹款。之后，再次回乡台山致力地方公益事业。

1927年，史实见证的"中国第一所由海外华人华侨捐款兴建的乡村医院"——太和医院，由陈卓平先生发动旅海外乡亲建成。后见太和医院欠缺先进医疗设备，他又热诚出资增添完善。

十年后的1937年，陈先生赴香港聚集台山乡亲，在广州倡建爱群大厦。1937年8月,爱群大厦建成。楼高十五层,号称广州第一楼,更被誉为"南中国建筑之冠"。设计者乃广州工程师陈荣志先生。陈志荣精心描绘具有中国民族传统文化的风格,也蕴含着由陈卓平先生提出的异国风情。中国与西方的文化理念,两者融会贯通。

年年岁岁,时光流逝了,今日广州市区中心热闹繁华,过往车辆川流不息,但这一幢挺拔高大的"台山洋楼",仿若镶嵌在其中的一颗明珠,接受春秋的考验,经历秋冬的洗礼,始终耸立在珠江岸边。在爱群大厦建成若干年后,旅居美国的台山华侨回到家乡小城,在中心地段兴建了一幢"小爱群"。五层高的"小爱群",至今仍是小城之标志性建筑。

有人说,历史一如江水,长流不息,奔涌下游不复还。然而,一代代海外华人华侨报效家国的业绩,与岁月同在,洗涤不去。

"大爱群"或"小爱群",一幢幢台山洋楼,每时每刻,迎接着后人在乎心底也在乎灵魂的瞻仰。因为"洋楼"里面,有祖辈们挥就的大写的"爱"字。今日的广州城,早已充满了浓厚的时代气息。与高耸广厦相衬相映的爱群大厦,拥有的不仅是单纯的荣耀。

三

广州城内的爱群大厦辉煌往事淡忘不去,华人华侨先辈的贡献不可遗忘。邻近开平市之"碉楼与村落",因申获世界文化遗产项目成功广受瞩目。台山洋楼,也堪称广东民居建筑的瑰宝。

站立在侨乡台山的土地上,怀抱一股强烈的震撼,仰望或眺望近在咫尺的台山洋楼。

有学者考证后评论说,台山洋楼,是生活在海外的华人华侨的海外印象及本土工匠艺匠想象力之结合,称得上完美无瑕。小时候,我也经常听到"金山伯"的称谓。通俗易懂的民谣唱道:"金山伯呢金山客,掉转船头百算百;左提金子右提银,奔波劳碌归屋企;人问阿伯干嘛事,专程心思修洋楼;洋楼建好如何用,防范盗贼防洪涝。"

过去的年代,或许有人认为"金山伯"等同"有钱人"的说法,我却倾向于这是对华人华侨先辈的敬称。在异国他乡发奋拼搏的华人华侨,用一生辛劳甚至洒尽血汗,靠赚取的微薄钱财返乡建成的台山洋楼,何尝不是对故土满怀眷恋及深切情愫的聚集?

仰望或眺望台山洋楼,翻阅并不遥远的华侨史。

我也知道,这里面书写着一段段沧桑。

每一个仰望或眺望的人,清晰观赏到屹立于台山乡村的五千多座洋楼。

台山洋楼或成圩集、或成学校、或成民居,融合了许多华人华侨先辈与港澳台同胞的勤劳与智慧。与广州爱群大厦的建筑时间一样,台山洋楼建筑最鼎盛时期为1927年至1932年,这也是叠满暴风骤雨的艰辛岁月。

台山人最早于1771年闯南洋或北美洲谋生。而在二十世纪三十年代这一时期,漂泊异国他乡的华侨,经过长年累月的艰苦奋斗、节吃俭用,已经略有积蓄。之后,强烈的衣锦还乡、落叶归根的情结,驱使他们或汇钱回乡,或亲自返国修建房屋。

史载,旅美国西雅图台山华侨陈宜禧先生,于1905年发起兴建了中国第一条用自己的资金、技术力量修筑的民营铁路——新宁铁路。当年通车后的新宁铁路长达145公里,使大量西方建筑材料如英国的"红毛泥"、德国的钢铁、意大利彩色玻璃,源源不断运到侨乡。

中国文学大师巴金先生,于1933年6月撰写散文《机器的诗》。其中着重记叙了台山新宁铁路相关的史实。他写道:"为了去看一个朋友,我做了一次新宁铁路的旅客。我和三个朋友一路从会城到公益……到了潭江,火车停下来。车轮没有动,外边的景物却开始慢慢地移动了,这不是什么奇迹。这是新宁铁路上的一段最美丽的工程。这里没有桥，火车驶上了轮船，就停留在船上，让轮船载着它慢慢地渡过江去……"遗憾的是，后来新宁铁路惨遭日寇飞机数十次野蛮轰炸，铁路运输逐渐陷入瘫痪。至抗战胜利时，新宁铁路已被拆毁殆尽。

有了新宁铁路的接送运输，独具匠心的台山洋楼随之应运而生，遍布侨乡大地，集中体现出西方建筑的风格，又带着浓烈且浓郁的中国南方味道，似生动而真实的艺术画卷铺展在世人面前，表现出侨乡历史与文化的精华，成了联结台山与海外过去与现在的纽带，也成为中国罕见的历史文化景观，被誉为侨乡大地的一张"文化名片"。

徜徉在侨乡大地的我，带着庄重与肃穆，仰望或眺望飘逸南国沸腾民俗风情的台山洋楼。

广州城的爱群大厦如此，台山洋楼亦然。洋楼建筑的特色鲜明，千姿百态，与老祖宗传承下来的硬山顶式老屋子迥然不同，它别出心裁，"洋气"十足，宽敞、舒展、典雅气派；柱圆、廊敞、券拱、阳台、山花等，显示出古希腊、古罗马、爱奥尼克等西方建筑风格；红毛泥、铁门窗、彩釉砖、花玻璃、柚木坤甸等建筑材料，无一不是洋货。小方窗、楼房顶上的凉亭、楼内的桌椅板凳、神龛、墙壁上的书画，却蕴藏着中华文化的韵味。

台山洋楼，准确记录了当年侨乡有过的繁荣经济，表现出侨乡的精神面貌，展现着海外华人华侨的厚实情怀，洋溢出侨乡人挚爱家国的伟大力量。

四

多年前，我陪伴城市来的几十位专家学者，流连在铺满一地木棉花及榕树果的侨乡。面对台山洋楼，专家学者连声赞叹："台山洋楼，中西合璧的建筑典范！"

浓烈的故乡情感与记忆，随着徐徐的清风，飘忽开来。那一刻，我心底蔓延着同感，体验了诗意与韵味。在我们的目光聚焦与凝视中，典型的台山洋楼代表建筑物，尽往我们的面前涌现——"梅家大院"，自有她的永久传奇。

1932年，当地梅氏华侨集体创建了一座圩集。梅家大院占地60亩，104幢紧挨的楼房呈长方形分布，整齐排列，院中40亩的空旷地被四周的楼房包围，俨然一座小方城。楼房大小统一，墙体外形各具特色，骑楼形成了主要街道。西方欧陆风情与中国传统浑然一体的梅家大院，成为广东省重点文物保护单位。

在灿烂的阳光下，我依然如故，一次次往深处寻望台山洋楼群落典范。

"翁家楼"，又称"刘关张"楼，由20世纪30年代旅香港台山翁氏乡亲出资先后建成的五幢豪宅。其中三座主楼：玉书楼（刘备楼），雍容华贵；沃文楼（关公楼），高雅傲气；相忠楼（张飞楼），威武豪放。显见建造翁家楼的主人，有意识汇入《三国演义》中"桃园三结义"的民俗。当地有位长者喜滋滋地称赞说："'翁家楼'常在，忠勇必长留；欲读三国志，请来三幢楼。"

翁家楼没有神秘，有的正是贮存着中西式建筑艺术的风情景致。每幢楼高三层，占地100平方米。宏伟的别墅群，空间布局巧妙，楼顶既有中式凉亭，又有西式凉亭，彩色琉璃瓦镶嵌图案，中式凉亭圆中带方，西式凉亭方里寓圆。人们或在楼下欣赏，或上楼顶观望。远望群山绵绵不断，近看木棉枝繁叶茂。只见落花瓣瓣，沾满洋楼四周。人走树木中，鲜花簇人群。乡间庭园独特的秀丽风景，令人沉醉。

漫步在由中山阁、贤安庐、惠华居、国庐等15幢独立别墅组成的斗山浮月村洋楼群，恍若走进一个酷暑寒霜的年代。土匪为患，洪涝成灾，百姓苦不堪言。为保护乡下亲人生命财产安全，15位生活在海外的华人华侨，义不容辞，先后亲自携钱返回，修筑兼具居住与防卫功能的洋楼，让洋楼担当父老乡亲的守护者。由六幢大屋与一幢图书馆组成的陈宜禧先生故居,同样构成了备受后人赞赏的近代华侨建筑物。

一幢幢台山洋楼,值得人们用心珍惜和保护。记录在案的,不在于凄迷风雨、悲欢离合,而在于海内外乡亲同心协力、振兴家国的诗章。

台山洋楼,既是一部翔实的华侨史,也是一部物化了的地方志。

陈瑞琳

　　旅美华人作家、文学评论家。西北大学文学硕士,曾任教于陕西师范大学。1992 年赴美,长期致力于散文创作及海外华文文学评论,出版有散文集《家住墨西哥湾》《他乡望月》《去意大利》等。文学评论著述有《横看成岭侧成峰——北美新移民文学散论》等。作品多次荣获北美及中国大陆、台湾、香港华文创作征文大奖,入选《20 世纪名家经典海外游记》《百年中国经典散文》等书。

再 回 长 安

　　皇天后土的古塬已经清晰可见,飞机开始下降,直扑脚下的这座城市。心在悬空,走过万水千山,无数次地从空中接近一座城市,但只有这座城每次回来都让人心跳眼热。它叫西安,一个我出生长大的地方。多少次,我在心里对她说:"离开你,是为了更好地爱你!"

　　这是入秋的日子。每年这个时候,我都会怀想当年长安城里的那第一场秋雨,城里城外的念书人都纷纷地返回校园,刚刚有些凉丝丝的雨淅沥沥地洒在学生们的头发和行李上。

　　2009 年 9 月,长安城里的第一场秋雨竟然就真的淅沥沥地落在了我的头发上。十八年过去,我这还是第一次又站在故乡的秋雨里,任那甜甜的雨丝亲吻着我的脸,微凉的秋风将我柔情地环绕。以往回乡多是在春夏,轻轻的尘土总在空中挥洒。这次回来恰好逢秋,真是好雨知时节,当"归"乃发生!

　　那夜我站在比邻钟楼的街边,手揣着电话等着父亲来接我回家。两件随我万里飞行的大包小包正焦急地立在我的脚畔,灯火恍然的长安城在雨夜里更显出梦里依稀的水雾妖娆。

焦急中，就看见父亲坐着一辆搭着雨篷的三轮车驰来，到了跟前才明白是因为离家太近，又是雨夜，出租车吃紧，老爸才叫了个三轮来接我。我和爹爹各自抱了一个行李，吃力地上了三轮，摇晃之间，忽然想起那首古诗："斜风细雨不须归。"我对爸说："叫师傅先拉着咱们到西大街转转吧！"

西大街，是我在这个城市里留下最多记忆的地方。儿时的母亲常常带我来这里访亲，后来我读书，就在一箭之外的城墙脚下。多少个夜晚，我的脚印几乎能将这条大街上每家铺子的门槛磨平。海外漂泊的日子，多少次梦中回长安，我就常常游走在这香气缭绕的大街上。大唐帝都，车马萧萧，东南西北十字四条大街，唯有这西大街，好像就是我与生俱来的栖息之地。

三轮车嘎吱吱地上路，改建后宽阔的西大街我完全不认识了！两旁已是百货高楼、豪华酒店，街面上川流的人群时不时地从地下的商场里突然冒出来。唯有那久远的1路电车还是从前的样子，缓缓地停在了南广济街站的街口。我脱口大喊一声："停！"吓得三个车轮子都差点儿打滑。这个距市中心的钟楼不足千米的地方，曾经是我儿时的乐园。往事悠悠再现，记忆中胖胖的母亲每次都是牵着我的手在这里下车，然后走进路旁的一座深宅小院，那里有母亲的亲人，也有我的亲人。雨水灌进我的泪眼，天上的母亲哟，女儿今夜又看见你了！

就在广济街口拐进去几米，曾经有两扇大门，推开来里面是一个两进的前后院子。这里住过母亲的娘家人，我见过的有外婆，有老姨，有母亲的表哥，还有我自己的一堆表哥。我每次的欢喜是能看见我的六个表哥，个个都是英俊的王子。有一次我偷偷跑去儿童公园，害得六个表哥沿着西大街叫喊，直到黄昏时才把我抓住。

念书的时候父亲最爱教我唐诗，原来那诗里有许多的句子都是写长安城的。那时的我完全闹不懂古人的"长相思"为何非得"在长安"，却欢喜在假期里，由父亲的自行车载着，寻找着当年的唐人留诗的地方。印象里当年李白为杨贵妃作诗的沉香亭还在,只是听说郊外贵妃墓上的香土全都被姑娘们拿去涂在脸上了。

正遐想着,父亲指给我看马路对面新建的城隍庙。那彩绘的楼门,曾是母亲生前的最爱,母亲喜欢缝衣裳,又总希望我穿得与别家孩子不一样,就常常到这里来搜寻那种领口上的花边或者小手绢和小袜子。每次买完针头线脑,母亲就拉着我往西走,到了桥梓口的回民街,先要一碟腊羊肉,再配上几个刚煎好的柿子饼,看我还想吃,就再到贾家叫一笼灌汤包。母亲多是看着我吃,自己却从旁边的铺子里端来一碗红油油的汉中米面皮子,慢慢地陪我。

街上的人开始少了,雨也小了。真喜欢就这样坐着三轮,秋风细雨里和爹爹晃悠悠地在长安城里走街串巷。又想起了那句千年的唐诗:"长安一片月,万户捣衣声。"可惜这雨中无月,但长安城的灵魂,感觉就在这夜色里。我开始想象,当年的杜甫每次回长安,肯定都是在夜里,月儿要升起来了,他老人家终于望见了长安的西门城墙,趁着夜的遮掩,赶紧用袖子抹去了眼角的一行老泪。据说当年的李白也是喜欢住在西城的,那里有老回民的酒家客栈。史上称长安城东贵西富,李白肯定不喜欢东城的达官显贵,厌弃那种车马萧萧,他喜欢西城人踏踏实实的富足和殷实,巍巍的城墙下总能听见万户捣衣的悦耳动听。长生殿啊长生殿,我猜想着唐玄宗肯定是盼着天儿早早黑的,只有到了夜里,才是属于他自己的时光。还有那一千多年前的才子佳人们,肯定也是最喜欢长安的夜,天色黑了,他们才能放开了情怀喝酒,才能看见可心的艺伎弹唱出红颜知己的丝竹之声。神往的大唐夜晚,一定是钟鼓齐鸣、乐舞飘香,远处的边塞则是金戈铁马、兵锋镇守,祖先的帝国,正雄踞东方海纳百川。

今夜长安,细雨轻尘,清风无言。多少久远的记忆,多少迷离的故事,在这幽深的夜里泛上我的心头。是谁将长安的"长"竟改作"西"? 明明是坐落在神州版图的中央,这一"西",倒让人不禁想到那"大漠孤烟"的荒凉。而那个"长"字,既是长治久安,又感觉庄严悠远,骨子里就是历史名城的帝都气派。

怀念从前的青春日子,少男少女们结伴,朦胧的爱情,白杨树下的笑声。春天时我们南进终南山,翠华峰下,踩着王维诗中的清泉石流,体味着古人的"终南捷径"。夏日里东临骊山,华清温泉,凝脂芬芳,回廊楼阁,"长恨"绵绵。跨过兵谏的五间厅,再越山腰捉蒋亭,遥看始皇陵,留笑烽火台。秋天时向西,那里有老子炼丹讲经的楼观台,天高云淡,风清气爽,看竹林摇曳,望仙雾缥缈,人与自然,气脉如此相合。冬日时再往北去,涉水过咸阳,踏上五陵原,登乾陵无字碑,长长的汉唐龙脉一直向远方蜿蜒伸展。

那年秋天,我破格参加"文革"后的第一次高考。母亲手捧着西北大学的录取通知书,笑容里满是眼泪:"苍天有眼,我们的孩子又能念书了!"开春上学,母亲带着我,走过她当年念书的大学校园,指给我看她和父亲常常约会的南郊宝塔。母亲描述着当年的怀想:春天时摘下路边粉红的绒线花泡在水中当茶,夏日里折下白色的槐花拌在饭中,等到八月十五,落叶吹过街面,水晶饼、柿子饼就上市了!我的眼前就出现了一幅最美的图画:待冬雪来临,细粒的雪花滚过路面,两辆对头驶来的公交车刹出辄印,右边下来的是爸爸,左边是妈妈,彩色的围巾正湿淋淋地包在母亲散着热气的脸上,父亲急迫地跨过马路,路边的烤羊肉小贩故意拉长了他吆喝的嗓音……

更难忘在西大校园的日子,桃花树下学葬花,紫藤阁里读西厢。真是七年"寒窗"不觉"寒",春花秋月城楼外!傍晚时邀同学出了校门即可登上西南角的城墙,前方正飘来太白路上油泼辣子的蒜香。

都说古时八水绕长安,杜甫也赞"长安水边多丽人"。探着水迹,就觅到了东城外半坡人的遗址,原来最早的长安人神奇的创造便是那汲水用的尖头陶罐,精美的鱼尾纹让今天的艺术家也惊叹不已。再去游东南的郊外,小溪河畔蓦然就发现了戏里唱的王宝钏十八年望夫的寒窑,田野里真的就不见野菜,唯有红鬃烈马的塑像威然立在窑前。那年月,时光仿佛无限,秋风中去灞水折柳,故作情伤,惹来自己一襟眼泪。然后再牵手,约会在清凉的古刹碑林,碑刻环绕,青石叹息,幽谧中骇然一惊,原来眼前面对的竟是大文豪苏东坡豪迈奔放的手迹。

还记得那年入冬,母亲来校园一隅的小屋看我。就在那个晚上,我对母亲说:"我要走了,只是想早一天拥有一栋自己的房子!"岁末的大雪当中,我噙泪背起了行囊,寒风中感觉自己就像一株拔根飘摇的草萍。

唱着那首最通俗的歌:"外面的世界很精彩,外面的世界很无奈。"长安,竟成为生命中遥远的旧梦。岁月蹉跎,思乡情切,每次回来,只要飞机在古咸阳的上空,长安城那方正古老的城郭清晰可辨,我的泪水顿时就模糊了双眼。当初放我远行的母亲在九泉之下已不能再张开双臂,但长安城就是母亲,这里的每一棵树:每一块砖,都散发着母亲那温暖的气息!

"快到家了!"父亲在拍我,嘎吱嘎吱的三轮车已绕到朱雀门外。红灯正亮,我问父亲:"你知道就在南郊外有个唐苑吗?就是当年皇帝狩猎的上林苑啊,现在可是柏树参天,连园中的小路都是当年的古磨盘铺成的!还有东郊的浐灞开发区,那里已变成江南的水乡,亭台楼阁,湖中鸟岛。对了,还有一个新建的陕西民俗村,那里每个院落,都是从乡下的官邸人家搬来的;每一块砖,连那拴马的石柱都是关中历史的文物!"老爸被我说得兴奋起来:"一定要去看看!"

终于又喝到父亲泡的浓茶。因为兴奋,因为时差,刚睡到天麻麻亮就起来,急切地拉着父亲,要去看小南门的早市。这些年,小南门的早市,多少次入梦,那混合着各种生命交响的市井声浪,竟完全胜过了铁马冰河。那小小的门洞,几乎就是我在异国他乡最深的盼望。

跨过了新修的环城南路,如今这条古城里最熙攘的路已经被分流成了地上和地下。踏上护城河桥,迎面一排琳琅满目的小地摊,先买双大妈手工的鞋垫放在脚底,再把20元的长围巾挂在胸前,这一模一样的围巾在美国可要15美元一条,前年在意大利竟然卖20欧元。再买一顶手编的草帽戴在头上,我跟爸说:"在美国很少有这样在家门口逛街的乐趣,买东西要开车到很远,而且也买不到这些最实用的小东西!"

早市上最好看的就是卖菜的风景,从城门洞开始,那带着草泥的葱、带刺的黄瓜、正在变红的辣椒,真是爱死人。这回是爸爸开口:"你知道我为什么不去美国吗? 就是舍不得这小南门每天的新鲜菜! 听说你是买一回菜吃一个星期,真吓到我了!"

进了城门洞往里,就看见更热闹的场面,眼睛都不够用,从吃到用几乎应有尽有。驻足在一个衣物摊面前,竟看见一个中年男人在为他老婆买一条弹力裤,因为老婆不在场,就拿我比来比去,表情甚是可爱。那男人的爱完全写在脸上,因为这种便宜又暖和的衣裤肯定是买给自己不再年轻的老婆。

催着父亲赶快在街边的小凳上坐下,来一碗我最爱的豆腐脑,每年回来一定要吃! 再顺着街走,油饼、油条、肉夹馍、水煎包,挨个尝过去,因为太早,还没有凉皮。走到最后,父亲的脚步再迈向老兰家的桌子,跟我说:"你还没喝最香的胡辣汤呢!"

父亲点的胡辣汤还未喝完,我一眼又看见外面的烤玉米和烤红薯,那可是我童年最美的味道,一定要吃! 老爸拦住我:"小南门一口气吃不完,明天再来吧!"真的,如今的中国人想吃啥就有啥。十几亿人的温饱,哪个国家能做到?

吃饱喝足,顺道走进小南门外街边的几家服装小店,里面的衣服都是国际范儿,从日韩版到欧美版,件件让我爱不释手。一问才知女老板是前些年从法国归来的海归,一面给我试衣服,一面给我看她女儿的照片:一个绝美的国际时装模特!

　　走在城墙根下,摸着那些厚重的砖瓦,爸爸说:"你看,这个全世界闻名的古城墙就天天在我身旁!"是啊,在世界各地,有多少人渴望着来看一看西安的古城墙啊!北京的城墙已不复存在,南京的城墙也只有残垣断壁,但是西安这座古城,就这样被厚厚的城墙保护着,那一个个威武的城门洞,就是西安人心中守望的图腾!

　　走着走着,恍惚中想起20世纪的80年代,我还在西北大学读书,那时候的小南门,男人多穿着警察蓝的中山便装,女人也多是过年才买一件新衣裳。中国人的日子转眼之间就变了,变得天天可以吃饺子,随时可以穿新衣。我在心里喃喃自语:"小南门啊,你真是越来越热闹,只希望下一次再见你时,能少一些尘土,多一些太阳。"

　　都说一个好的作家永远在回忆他二十岁以前的经历。还说一个老人如果失忆,只要让他回到故乡就能想起所有的故事。三十年的水乳交融,早已让这座城市融入我的血液里,就如童年时爱上的那些食物里的味道而永远无法改变。

　　又要走了,要回到地球那边的另一座城。这边的城是我的父亲,那边的城连着我的孩子。一个是我来的地方,一个是我去的所在。宽阔的太平洋就如同桥梁,将两个半球相连,将人类的血脉相连,也把爱与梦想紧紧地融合在了一起。

春阳

本名刘建萍。1982 年毕业于武汉大学化学系。后在美国获化学硕士。现定居美国新泽西。著有个人文集《岁月流沙》,海外文轩作家协会终生会员、首任秘书长。

家乡,每年不一样

去国离乡已经三十年了,中国在这三十年的巨大变化是世人有目共睹的。上次回国,看到武汉街头的口号是"武汉,每天都不一样!"感触特别深。尤其是最近几年,几乎是每年回国,每年惊叹:"家乡,每年都不一样!"家乡的变化之大,变化之快,每次都让我感到自己是那个跟不上时代的人。

行路不再难

那是一个冬天的早上,我和姨父姨妈一起去赶集。马上要过年了,五岁的我,穿着崭新的花棉袄棉裤,坐在姨父的肩膀上。河北的冬天,小河上结了厚厚的冰。远远地看见两座桥,近处是一座绿桥,远处是一座红桥。姨父问我:"妞儿,你喜欢红的,还是喜欢绿的?"我说:"我喜欢红的。"姨父说:"好,我妞儿喜欢红的,我们就走红桥。"说完就把肩上的我往上耸了耸,让我坐稳,然后大步流星地向远处的红桥走去。那时候,还没有坐车的概念,好像无论要到哪里,姨父的肩头就是我的出行工具。

从河北回到武汉,我和姨妈是坐火车的。记得那长长的绿皮火车,冒着热腾腾的白蒸汽,细细颗粒还带着煤渣,会随风吹进车窗,打在脸上。坐车

111

时间长了，脸就变黑了。那火车开不了一会儿就停一次，不知道走了几天，也不知道换了几趟车，只是模糊地记得，总是在黑夜里，被姨妈紧紧地拉着手，睡眼蒙眬地翻过一条条铁轨。

第一次到上海印象特别深刻，就是离开中国到美国来的那一次，是坐轮船去的，用了整整三天的时间。船上脏乱而窄小的餐厅，几乎无法下脚的厕所，都给我留下极其恶劣的印象。那次坐船，是我第一次，也是最后一次坐船出行。然而就在十年前，我们转道上海回武汉，坐上了宽敞明亮的动车。那是我第一次坐动车，车上舒适干净的程度令我惊叹。然而更令我惊叹的是：上午10点上车，下午3点已经走在武汉街头，吃到了我日思夜想的热干面！记得当时我心情是非常震撼的。没想到原来三天的路程，竟然缩短到了五个小时，据说动车还不是最快的。

第一次从武汉去北京，是坐火车去的，那是我们大学毕业前到北京去实习。和另外十个同学一起，坐的是直快。头天下午六点半上车，第二天下午三点半才到北京，总共花了二十一个小时。而后来回国转道北京，坐高铁去武汉，只要四个小时。那次当表姐们放下电话，两个小时后就来到我身边的时候，我真的惊呆了。要知道原来从老家到武汉，都是一大早就起来去火车站，晚上才能到的。我问她们怎么这么快？她们说现在方便得很，车又多，说上车就上了，不一会儿就到了。所以总的感觉是，所有的距离都缩短了，无论到哪里，都不再需要用天，而只要用小时来计算了。

如果说高铁改变了远距离路程，那么武汉市内的交通情况变化，也是日新月异。常常是头一年回国听说在规划的隧道呀，地铁呀，第二年回去的时候已经通车了。我清楚地记得自己对武汉的地铁和江底隧道一直是持怀疑态度的："安全吗？质量能保证吗？"但是当我第一次坐车过江底隧道的时候，那份激动，真是溢于言表。

离开中国这么多年了，我对以前武汉市内的交通的感觉几乎可以用恐惧来形容。记得每次等车的时候,人都可以挤满半条街,来了车大家就一拥而上。特别是抱着孩子挤车,几乎每次都是个噩梦。记得有一次带儿子坐公交车,还是一个起点站。好不容易挤上了车,人和人之间没有任何缝隙,儿子突然尖叫一声大哭起来。听到孩子的哭声,大家拼命挤出一条缝,我才有机会低头查看了一下,原来儿子的腿,不知道被什么东西划开一条长长的口子,还在流血。多年后,我和孩子们宽松地坐在同一路公交车上,向孩子们说起这件事,他们的反应让我很吃惊:"妈妈,你抱着孩子怎么不打的士?"当时的感觉就像是一个饥饿的人被问道:"没有饭吃,你为什么不吃肉?"我只好告诉他们,那时候除了公交车,并没有别的交通工具。可孩子们还是不懂怎么会没有的士呢?

年轻的下一代当然不会懂,他们也不需要再懂了。因为一切都变了,我当年的噩梦,不会在他们身上重演了。

发自内心的微笑

这些年来,每次回国时间都安排得很紧。那次快到临走的时候,突然想起来,已经很多年都没有在国内下厨了,于是决定,无论如何也要亲手给八十多岁的母亲做一顿饭,所以带上俩孩子就去了超市。

我们先从熟食肉部开始,只见猪牛羊鸡鸭鹅,辣的、不辣的、麻辣的、炸的、烧的、卤的,样样俱全。我开始很贪心,每样要一斤,眼看着太多,就改成半斤,后来发现肉部还没走到一半,东西就太多了。等儿子把青菜、水果拿过来时,我们的车里就快堆满了。后来还想要的东西还很多,就只敢每一样买二两了。

我们推着车去交钱时,女儿突然问我:"妈妈,你为什么一直在笑?""我在笑吗?没有啊。"我一点也没觉得自己在笑。"是的,妈妈,你一直在笑。"女儿肯定地说。啊,真的吗?如果我一直在笑而自己毫不察觉,那一定是发自内心的笑。于是我告诉女儿："妈妈高兴啊,妈妈是真的高兴。""买菜有什么好高兴的啊? 你在美国不是每个星期都买菜呀? "儿子在旁边也插嘴问道。"那就是因为我高兴,我高兴家里人再也不用为买菜发愁了。"看着儿子女儿一脸的茫然,我给他们讲起了四十多年前,我们半夜起来买菜的往事。

"文革"时期,国营商店里的东西很少不要票的。粮、油、布、柴、煤、肉、豆制品通通要票。到了过年的时候,就会发黄花、木耳、粉丝、京果、杂糖等的票,就算是有票每一样还要排很长很长的队。

平常没菜就随便一点咸菜算了。记得有一次,妈妈送医下商场,回来的路上碰到一家商店卖臭豆腐,她急忙排队抢了二三十块,就用旧报纸包回家来。我和姐姐们还没等到饭熟就吃了一半。 而每个星期天买菜就成了一件非常头痛的事。一般星期天我们要用一张一斤的肉票(每人每月一斤),因为客人总是在那天来。所以我们三姐妹经常和邻居的女孩们一起半夜十二点起来去排队买菜。

现在大名鼎鼎的汉口商业一条街——汉正街上,当时有个"紫阳菜场",那是我们常去的地方。晚上菜场正面的大铁门紧闭,侧面的小巷子有三个小门。通过小窗口的缝,可以看见在暗淡的灯光下,各有一小堆青菜。小窗口前已经有几块砖头,破篮子占上了位子。我们把菜篮子放在后面开始排队。武汉的冬天夜里很冷,我们的棉衣棉裤根本挡不住那刺骨的寒风,出门没几步手脚就冻僵了。一开始就使劲地跳啊蹦啊,可是跳一会儿就跳不动了,不跳吧又冷得要命。我们就互相把手伸到对方的腰间取暖,其实腰也是冰凉的,只是比手热一点。

早上 3 点到 5 点是最难熬的,因为那时候我们不但饥寒交迫,还困得睁不开眼睛。一般过了 5 点天会特别黑,我想那就是黎明前的黑暗了。5 点以后人开始多了起来,我们也都来了精神,因为一场紧张的位子保卫战就要打响了。这时前面的砖头和破篮子都变成了人排在前面。我们开始数前面有几个人就到窗口。

　　菜场一般是六点半开门,而快到开门时原来排得好好的队就开始变形了。一些新来的但特别有劲的"狠人"开始往小窗口边涌,并且用手里的破篮子在大家头上乱打。这时候最重要的是不能被挤出人堆,只要是在人堆里,就还有希望接近小窗口。所以有时候就算脸被破篮子抽破了,也要坚持在人堆里。因为一旦被挤出去,前几个小时的辛苦就白费了。

　　好不容易盼到六点半,菜场里的灯亮了,小窗口开了。立刻就有十几只手,通过小小的窗口伸向女售货员。她只能每次都拿那个伸得最长的手里的钱,然后把菜倒进在很多手上面摇晃的篮子里。等到前面的"狠人"都处理得差不多了,那一小堆菜也剩不了多少了。好在限制每个人最多只能买三斤,所以我们这些12点来的,又能坚持在队伍里面的,才有希望接近小窗口,就这样有时候菜太少也买不到。很多时候,我们三姐妹排三条队,能买到两样菜就算很幸运了。

　　肉队相对来说比较文明,也许是售货员手里的明晃晃的大刀起些镇静作用,另外还得要票。因为那时候每人每月只有一斤肉票,食油也每人每月才一斤,常常都希望买到一些肥肉来补充一点油水。想来那时候菜是真便宜,小白菜三到五分钱一斤,菠菜八分到一毛,莲藕一毛五。但是样样东西都要排长队,很多时候都是靠抢。那年月普通人家的孩子们肯定都有排队、抢菜的经历。

　　在美国长大的两个孩子,听了这匪夷所思的故事,都呆呆地看着我,不知道说什么好了。古人曰:"民以食为天。"作为一个普通人,我无法掌握国家的命运和人类的前途。但是当我看到我的老母亲和家乡的亲人们,不用每一天再为饭桌上的几个小菜发愁时,我就从心底里感到高兴。

"于细微处见精神"

物质的丰富,也带来了精神文明上的变化,让我不断感到震惊的,主要还是家乡的人。以前的武汉以"脏乱差"闻名全国,武汉的人不论男女,都是火气十足的。常常是一言不合就火力全开,吵得天翻地覆。大街上吵架的屡见不鲜,商店里的服务员从来都让人感到人人都欠她们很多钱似的。以前在餐馆里吃饭,不论桌子上剩下多少菜,都是嘴一擦就走。记得我好几次让亲戚们打包,她们都说不好意思。难道浪费粮食就好意思了?我们的国家并不富裕呀,记得那时候真的很痛心。

变化是潜移默化的。不记得从哪一年开始,有人给老人让座了。无论什么时候,在哪里上车,我带着母亲上车的时候,男女老少都主动站起来给我母亲让座。事情虽小,却反映出国内人民尊敬老人的风气。

第一次看到高大敞亮的天河机场大厅,崭新的地铁站,面对照出人影的墙壁与地面的时候,我的判断是:过不了多久,就会狼藉一片、痰污遍地了。可是事实证明,我错了。当我第二年、第三年,以后每年回去的时候,发现那些地方依然是光彩照人、崭新如初。看着自己映在墙上的影子,我感到欣慰,也感到吃惊,家乡的人真的变了!

武汉的地铁是最近几年才通的。那天我在地铁站等车,看到人们安安静静地排队等车,不拥不挤,那一刻,我非常非常惊奇。因为在我印象中,武汉人是不会排队的,总是要堵在车门口,挤上车的。当我上车后一转身,却发现还有几个人居然没挤上来,而是站在原地等下一辆,这也让我感动了,因为我以为他们肯定是要推搡着挤进这趟车里的。随后我发现,再过两分钟,下一班车就来了,所以不用紧张,也不需要挤,人们不在乎这两分钟等待的时间,因为他们知道后面还有车,而且肯定会来。这不就是物质文明带来的精神文明的变化吗?我深感欣慰,印象中的那种为了挤车打得头破血流的事情,再也不会出现了。

以前回国最头痛的事之一，就是众多的烟民无处不在，所到之处都是烟熏火燎，让人很不自在。不记得从哪一年起，我看到几个大城市公共场所都设有吸烟室。无论是巨大的无支柱上海火车站，还是个头不大的杭州火车站，烟民们都规规矩矩地到吸烟室去吸烟。在武汉机场看见一位中年人，匆匆忙忙地向工作人员询问吸烟室在哪里的时候，我真的有些震惊。难道国人真的在乎了？记得我当时是这样想的。

第一次在武汉的长途汽车上看到了"无烟车"三个字，心里很高兴。不过上了无烟车却碰上了这样一件事。那是在从武汉到黄石的汽车上，当时我怕晕车就坐在司机后面的第一排。车大约开了有二十多分钟以后，我正闭目养神，忽然闻到烟味儿，就回头看了看。旅客们有的在听音乐，有的看书，有的睡觉，还真是和谐社会，并没有人违章抽烟。回头坐好了一看，哈，原来是司机在抽烟。连忙指着无烟车三个字对他说："师傅，这是无烟车，请你把烟灭掉。"谁知师傅不听，竟然说："我需要抽烟提神，是为了保证旅客安全，安全第一。"这样一来，我就不高兴了："保证旅客安全是你的责任，按规定这是无烟车，你就不能抽烟。你带头抽烟还开什么无烟车？"师傅不理我，还继续抽。我拿出手机看着举报电话，又说了一遍："请你现在就把烟灭掉！"师傅悻悻地看了我一眼，把烟灭了。不过那是好几年前的事情了，以现在社会快速进步的步伐，我想这样的事情不会再发生了。

特别是新一代人的改变，让我看到了希望。当我和母亲在陌生的路上犹豫的时候，热情的年轻人会走过来问："阿姨，您要去哪儿？"然后仔细地告诉我们应该怎么走。在公共场所，人们都会保持一定的距离排队等候。服务人员也都态度和蔼，笑容可掬。在车站里，一个年轻的妈妈坚定地告诉小男孩："你不能打妹妹。去，去给妹妹道歉。"在公园里，年轻的父母对孩子说："不能乱扔垃圾，捡起来，送到那边的垃圾箱里去。"特别是现在在餐馆里吃饭，我很高兴地看到，吃不完的都主动打包，再也看不到浪费粮食的现象了。"于细微处见精神",这些小事体现了国民素质的变化和一个国家文明程度的提高。

　　每年回国,每年惊叹不已,感觉家乡的巨变比我的惊叹还要快。武汉,我还会每年都回来,因为那是我的故乡,那里有我的亲人、朋友。然而,和三十年前比起来,国家的巨变,人民的富足,让我感觉家离我更近了。作为一个久居国外的海外华人,我衷心地希望:每年都不一样的家乡,越变越好!

董晶

医学硕士。北美中文作家协会会员，北美洛杉矶华文作家协会理事。从 1998 年开始在美国中文报刊和国内文学刊物发表文学作品，包括散文、中短篇小说和书评。著有长篇小说《七瓣丁香》，目前已完成同名 40 集电视剧的剧本创作。

大 理 忆 旧

初知大理，是孩提时代听大人们讲起电影《五朵金花》，苍山、洱海以及三月街、蝴蝶泉……是那样地令人神往。及至渐长，方知大理还曾是南诏国和北宋大理国，不免生出几分神秘。

1968 年 10 月，驻军从四川移师滇西重镇大理，我随父母前往。那时，著名的成昆铁路尚未贯通，我们自重庆九龙坡火车站乘军列出发，越过白沙河大桥，经江津地区进入贵州，沿途穿遵义、贵阳、六盘水驶入云南。这一段，虽说山高坡陡，火车气喘吁吁，但总算相对顺利。

黎明，列车终于在缓慢的爬行中走到了铁路的尽头——云南广通。广通是连接滇缅公路的一个铁路货运接转站，条件十分简陋。在一座有二层楼的兵站院子里，人们按照司政后序列很快登上了临时征用的客车，沿滇缅公路向大理进发了。

时令已是晚秋，高原上阳光灿烂，暖洋洋的，没有四川盆地的潮湿阴冷。天蓝极了，离我们很近，似乎伸手可及。远山近坡上，芳草松林的气息沁人心脾。汽车顺着山路盘旋，路面很窄，转弯又极多，探窗望去，悬崖峭壁，让人头皮一阵阵发麻。都说"蜀道难，难于上青天"，可滇缅公路当时之险峻，丝毫不亚于它。转了老半天，汽车好像并没有走多远，始终在盘山公路上环绕。临近中午，我们总算到了楚雄彝族自治州，匆匆在兵站吃了点饭。

午后的高原，天气挺热，公路上弥漫着红色的尘土，有些顺着车窗的缝隙钻了进来，十分呛人，感到口干舌燥，脸上也犹如涂了一层油彩，像戏曲里的关公。人们不停地喝水，仿佛只有这样，才能压住心中不断涌出的烦躁。此后还算顺利，阳光开始慢慢收缩了它的威严，接近终点的希望支撑着人们的信心。薄暮时分，我们终于远远地看到了大理。

我们抵达大理古城时，太阳已经完全落山。暮霭中首先映入眼帘的是南北两座高高耸立的城楼，西倚苍山，东临洱海，将古城护卫得严严实实。城楼的规格不大，不似西安的城楼那样巍峨壮观，显现出十足的帝王之气。但那种飞檐拱梁、灰砖白墙的风格，却将滇西民居的特色表现得淋漓尽致，透出一种古朴。由于年代久远，感觉有些破旧，唯有城楼中间郭沫若手书的"大理"二字，似乎还算新迹。

我们到大理时，父亲是驻军的负责人。"文革"已进行了两年多，大规模的"破四旧"已经结束，但拆除城楼之声仍很强烈，理由是它的封建气息太浓厚，与时代相悖，当时父亲的领导巡视到此，也主张"拆"，多亏父亲力保，城楼才得以留存下来。方式似乎也十分巧妙，做了四幅迎"九大"的宣传画，将两座城楼的上半部分全遮住了。父亲虽仅读过四年私塾，但却喜爱中国古典文化，他实在不忍城楼被毁。1982 年 2 月，国务院公布大理古城为全国首批 24 个历史文化名城之一，城楼也按照整旧如旧的原则，重新进行了修葺。正中重新镶嵌了"文献名邦"四个大字，依然是郭沫若的手迹。

2000 年夏，阔别二十几年后我重访大理，登上古城楼，不由得感慨万千。昔日它是由军方严守的，即使我们这些部队子女，也是不准攀登的；而今以一个游客身份，即可随意拾级而上。抚今追昔，突然心生陈子昂那样的感慨，"念天地之悠悠，独怅然而涕下"。

如今，大理城楼可以说是全国保存最完好的古城楼之一。

最值得一提的是古城大街的路，它完全是用鹅卵石铺就的，那些石头大都两拳左右，泛着青黑的光亮，恐怕走遍华夏，也难发现能与此路比拟的。虽然旧时各地的石头路不少，但不是石板路就是凿刻出来的石块路。而鹅卵石路，大多只是在曲径回廊或是大户人家的后花园里起点缀作用，规模不大且石头很小，一般如鸽蛋状。而整条大街用大个鹅卵石铺就的，可以说仅大理古城一处，它实在是一条绝无仅有的道路。

然而如今此路已不复存在。驻军又调防后，父亲不在大理时，继任者20世纪70年代中期用混凝土将鹅卵石覆盖了，说是驻军要为地方办点儿好事，这实在是天大的遗憾。

20世纪80年代中期，借助旅游之力，由于外国游客大量涌入，在古城的一条偏街上，两侧茶房酒肆林立，因此有了后来的"洋人街"。现在街面上到处是蜡染扎染手工艺品和大理石制品，而整条大街又铺成石板路，但无论如何也没有原本的味道了。沿街那张张似曾相识的木板门扇，让人又记起了当年散布古城大街的种种小吃。一种是酸腌菜泡萝卜，酸菜叶包裹起渍好了的萝卜，再抹上些辣椒酱，一分钱一份，是孩提时最普遍的零食；还有一种零食叫"麻子"，小米粒大小，剥去外面那层薄薄的壳，里面的果仁散发出一种沁人肺腑的酥香，具有通肺润肠之功。如果买上五分钱的"麻子"，吃得精心一点，可以供全家人嗑上两小时。再就是洱海里的螺蛳，味道是极鲜美的，由于数量多，许多人家还把它用来喂鸭子。不过，我们刚到大理时却畏它如寄生血吸虫的钉螺，不敢问津。以致后来，看到当地人吃得香喷喷的，禁不起诱惑，结果一吃而不可收拾。

现今，一盘当年两毛钱的炒螺黄已卖到了30元。此外还有酸角，那是一种灌木的果实，味甜而偏酸，需要腌制，夏天早晨取出在凉开水里盛入竹篮置入深井，傍晚时分取出酤饮，一股凉气从头蹿到脚，比酸梅汤不知要好多少倍。当然还有一种高档一些的食品叫"乳扇",类似奶酪,实际是一种凝结的牛奶皮,因形状似扇故名之。这种食品吃时一般要在火上烤一下,如果有条件再撒上一些糖,实在美味无比,它也是当地妇女月子中的一种传统补品。我对吃虽不讲究,也无甚研究,但不知怎么却非常钟情小吃,也许是它更贴近自然的缘故吧。

除了城楼、小吃和鹅卵石大街外,城内最有特点的就是大理一中的建筑了。它原先是大理城内一个富商的宅邸,后来这位士绅举家迁到上海,就把这处院落捐出办学了。这是一个三进的四合院,每一围都由两层的木板楼环绕,没有专门的围墙,最外围临街的木楼兼做了隔屏,中间是一个巨大的天井,足以容纳全校近千名师生。天井的北侧是一个大理石砌成的戏台。后面为一大殿,是教师们的休息室。东侧有一小门,通往一个别致小巧的花园。一中的花园,花团锦簇,古树参天,尤其是花园西侧的那湾潭水,更是别有意趣。潭水心是一处亭子,一条小径通向其间,约略可坐八九人的样子。小门一关,俨然世外桃源,据说当年校革委的秘密会议大多在此厅举行。

当时的大理一中有一位从法国留学回来的女教师,名字叫柳含眉。她不但法语好,而且英语也好。之所以跑到大理,是因为抗战时期她的恋人刘正富时任滇军旅长驻节此地。柳老师与刘旅长是表兄妹,青梅竹马,两小无猜,相互爱慕却终未如愿。刘旅长是一个正直的军人,他治军严谨,造福地方,至今苍山清碧溪下还有百姓为纪念他率部修路而建的圣麓公园。刘旅长后来参加滇缅之战,牺牲在异邦,而柳老师终身未嫁。

据说刘旅长出征前曾在一中花园亭子里与柳老师有过一次长谈,而且送了她一件湖蓝色的旗袍。1969年"文革"清队期间,造反派污蔑柳老师是法国特务,国民党军官的姨太太。由于不堪凌辱,她在一次批斗大会上一头撞向了戏台上的大理石廊柱。当时目睹这幕惨剧的人,灵魂震颤之际,看到殷红的鲜血染红了老人清癯的面庞。善良的人们扼腕叹息之时,发现那日

122

柳老师不顾禁令,穿的竟是那件多年不见的湖蓝色旗袍。这是"文革"期间发生在大理的一个最著名的哀婉凄恻的故事。

我曾多次翻过邓贤的《大国之魂》,试图从中找到刘正富的踪影,但我失望了。在许多关于滇缅之战的典籍中,提到远征军部队时,说的都是国民党的中央军。对于滇军,几乎没有诉诸文字。也许一个旅长在那场战争中实在微不足道,但作为一名抗日战士,他将永远为人们所追念。

2009年春节,再次重访大理时,我已是一位匆匆过客,徜徉在一中的院内,想寻觅一下儿时的足迹,当我问起柳老师时,人们都不知道。是啊,斯人已去,谁还能记得几十年前的一位老太太呢?

大理作为滇西重镇,历来有重兵镇守。远的不说,民国时就驻有滇军一个旅。1949年解放西南边陲时,陈赓、谢富治太岳兵团的两个军和四野某军一部分进入云南。四野的部队撤离后,太岳兵团的一个军留在开远,一个军留在大理,军部就设在古城,而军部大院给我印象最深的是那座"滇西解放纪念碑"。此碑碑体并不高大,也没有什么特色,但碑文上关于云南边纵艰苦卓绝的苦撑令人感到震撼和敬佩。作为解放战争时期党领导的敌后地方武装,云南边疆纵队和海南琼崖纵队是最有影响力的,在配合大军作战特别是追击李弥顽八军的战斗中,边纵做出了很大的牺牲与特殊的贡献。

当年,古城的南北只有两千米长,而军部大院足足占了半个城区。与古城狭隘的街巷相比,兵营显得十分巨大空旷。我随父母到大理时,军直属单位大都在军部大院内,唯有高炮营进驻了院外的崇圣寺。崇圣寺为南诏时期最有名的建筑,位于苍山东麓,因寺中有三塔,故又名三塔寺。寺东的千寻塔为主塔,南北为小塔,排列成三角形。三塔既有中原古塔风格,又有浓厚的地方特色。

也许是部队进入,该寺才得以在"文革"期间完好地保存下来。但是也差点发生了一件遗恨千古的大事。高炮营营长是位东北汉子,一脸络腮胡子,人称大胡子营长,作战十分勇敢,虽然文化不高,但在高炮营却是说一不二的。他刚刚率部从越南海防市轮战归来,由于击落击伤了数架飞机,战功卓著,受到了胡志明主席的嘉奖,情绪十分高昂,对训练抓得特别紧。

他在组织高射机枪射击预习时,总以千寻塔顶那个鎏金大铜球为目标。一日夕阳将沉之际,落日的光芒将塔顶的铜球映照得熠熠生辉,金光灿灿。大胡子营长突发奇想,准备用高射机枪把铜球打下来,一来可以补贴一下战士的伙食,二来还可以为连队添置些锣鼓家什。当他得意地将这个想法汇报给下部队检查工作的父亲时,受到了十分严厉的训斥,甚至还要撤他的职。大胡子营长委屈得不得了,他怎么也不理解封建的东西为什么不可以打。不过,幸而他还有军人的纪律意识,如果自作主张,那么,今天人们在游览三塔寺将会听到别样的故事。

如今,大理旅游景点中,三塔可以说是最具特色的,游人一般都要在此留影纪念。三塔倒映碧水,清风吹拂竹海,真是神仙境地。

岁月淹没了往事,我怀念旧时的大理,那里面有太多的故事……

二湘

毕业于北京大学和德克萨斯大学奥斯汀分校，计算机硕士。小说发表在《当代》《江南》《芙蓉》《天涯》《北京文学》《上海文学》等刊物上。小说曾被《小说选刊》《小说月报》《中篇小说选刊》等转载。《重返2046》获第八界华语科幻星云奖电影创意入围奖。《白的粉》入围第三届华语青年作家奖。作品进入中国小说学会2018年度小说排行榜。著有小说集《重返2046》和长篇小说《狂流》《暗涌》。

城里的月光照不到乡村的田野

小时候最喜欢去乡下外婆家玩。记忆中外婆的家是一帧泛黄的老相片，古朴而悠远。外婆家的房子原是黄土坯的房子，乌黑黑的瓦檐，黄融融月亮一般土黄的墙。右边是卧房，中间是堂屋和厨房，左边还是卧房。卧房里是一溜连着的三张老式木床，床架上有各种花鸟的漆画，一年四季挂着的是粗布的白而泛黄的蚊帐。夏天的晚上，睡觉之前，总是要四处细细找寻长脚的蚊子，必得把它们消灭殆尽方能安心入睡。黄土房子终日散发着一股薄淡的尿骚味——在房子的最尽头是一个尿桶，给晚上起夜的人用的。尿桶旁边是一个长长的木楼梯，通向二层的阁楼。阁楼里有很多老旧的物件，大大的木箱子，脱了漆，叠放在一起。老式的柜子，大而笨重，外面贴着老旧的年画，像是阿里巴巴的藏宝箱。于童年的我，这阁楼似乎终日弥漫着一种陈旧而神秘的气息。

我上小学时，夏天放了暑假常去外婆家玩。我母亲兄弟姊妹多，除了小舅舅念书进了城，几个舅舅都留在乡下。记得大舅舅一家是住在外婆的黄土坯的房子的后面，紧连着就是二舅舅家。三舅舅是住在外婆家左边的那一溜卧房里。一大家子，住得团团转。舅舅们孩子也多，我很高兴有很多兄弟姐妹和我玩。除了人多，狗儿猫儿也多，吃饭的时候在桌子下面窜，骨头一落地，就给叼了去。一派生机勃勃、人丁兴旺的景象。

到了双抢的时候，总是几家凑在一起，一家一家收割稻子。大家用打谷机打谷子，接着插晚稻秧。这一阵是农村里最繁劳的一段时间，对孩子们来说却是欢乐的节日。因为这几天大家都是凑在一起吃饭，菜蔬也因此特别丰盛，又都是现摘的，新鲜可口。而外婆还会去林场里买鲜肉，肉片炒朝天椒，又香又辣。双抢结束，农闲的空档，人们会去看电影，露天的电影，双面都可以看。我们走好几里地去看电影，远远地就看到好多人，密密麻麻的，充满了一整个晒谷子的禾塘。

再后来，舅舅们就都去了广东做农民工，家里只有舅母们和幼小的孩子们，舅舅们赚了钱，家里头开始建房子，土坯房拆了，修了两层楼的红砖房。渐渐地大家似乎都不怎么种田了，双抢的盛景越发不见了，奇怪家家好像也都不缺饭吃。再后来，舅母们也都跟着进了城，乡下只剩下外公外婆和孩子们。红砖房慢慢破旧了，但是也没有人管。舅舅们都进了城，深圳、广州，或者是长沙，不知道什么样的犄角旮旯里。他们或者是在工厂的流水线上，或者是在建筑工地上，又或者是做了哪家公司的保安或门卫，他们成了城市的一员，却是在最靠近地面的一层，尘土一般，被城市的风从一个角落吹到另一个角落。

而在这尘土之上，城里的房子在如梭的岁月里渐渐长高，春笋一般，破土而出。我小时候住在卫生学校的后面，四层高的楼房，每一家都是一样的结构，最简单的田字形结构。田字形的四个格子里各是两间卧房、客厅和厨房。后来公家统一改修，把厨房改成了一间卧房，把厨房移到了阳台。一套房间只有一个卫生间，而且极小，仅容一人。

再后来我上大学时，我家搬到了莴家园那边，原先还是比较偏远的地段，很快周围的楼房也多了起来。那里的房子宽敞了一些，有三个卧房，只是还是和原来结构差不太多。再后来我出了国,回到家,家里已经搬到江北了。江北原本是大片的农田,可是修了桥以后很快也热闹起来,现在已然成了繁华地段。家乡的小城就是这样一点点扩展,原来的乡村田野迅速地变成了城市的一部分。城市也在结结实实地变化着,最显著的就是居住环境,城市的高楼越修越高,越修越多。每家每户的房子似乎也是越来越宽敞,装修越来越精致。我记得原先家里都是水泥地,我家在茑家园的房子那时候涂上了时兴的红漆,乡下来的婶婶在门口站着不敢进来,要脱鞋,忙被我妈拦住了。

现在的房子里铺的都是木板或者大块的瓷砖,看着特别舒心。一开始房子里都没有热水,慢慢地家家都有了热水器,随时能用上热水。因为是隔得远,每回国一次觉得最显眼的便是这居住环境,城市是越来越齐整,越来越舒适了。然而和城市的繁荣相对照的就是乡村的衰落。

每次去外婆家,房子却都还是80年代的红砖房,再不变更。房屋里面老式的描了花鸟图样漆画的木柜,灰黑的厨房和灶台,从未上过漆的老式座椅,依然如故。一切像是沉睡在那个年代,不复醒来。而乡村里似乎只剩老人和留守的孩子,不,还得加上四处游走的家禽。彩色的花公鸡,麻栗色的老母鸡,似乎给这张黑白老照片点染了一丝亮色。乡村,已经不再是我记忆中新鲜活泼、充满蓬勃活力和绿色的乐园,而是变得如此颓败,像是一幅斑驳的旧画,渐渐剥落,露出最原始的底色。

而这其实是匪夷所思的,因为连接乡村和城市的交通纽带日益变得便捷。记得小时候去外婆家要坐两个小时的长途班车,下了车,还得走十几里地的土路。从镇上到大山脚下外婆家的村子的一条土路,道路两旁有青幽幽的稻田,有欢快的小溪一路流淌。清澈见底的溪水和溪水里光滑美丽的鹅卵石让这一路充满了乡村的静谧和纯净,像沈从文笔下的边城一般美。那样的一条路,也就一次一次出现在我的文字里,再无法忘怀。后来就通了高速,从城市到乡镇的高速,平坦宽阔。镇上的柏油路也一气儿铺到了村口。回外婆家的路变得如此快捷,我似乎再找不回记忆中那条怎么也走不到头的土路。

又何止是到外婆家的路,交通越来越迅捷,天涯不复是天涯,海角也不过是几个小时的车程。我2000年回国的时候还不太觉得,那时候在国内买机票还很不方便,只能托国内的朋友帮忙。后来网络发达起来,随便去哪个网站买机票,用国际信用卡都可以支付。而现在有了微信支付以后,更是简单方便。距离因为时间的缩短而变得不再那么令人生畏,回国的次数也因此增加。

许多80年代的留学生到美国十多年也不回国都不罕见,我到美国是90年代末,第一次回国是三年之后,比起那时候的留学生已经算短的了。而如今,许多人都是每年都要回国,一是要孩子回国学中文,二来也是实在便捷。在国内出行也是方便得很,尤其是这几年,高铁像一张密密的网,把大好的河山点点片片都连了起来。北京到天津不过二十分钟,北京到长沙不过七个小时。回想当年从北京回老家,先是坐绿皮火车,近二十个小时的车程,长沙到家乡的小城又是六个小时火车。不过短短二十年,世界已然发生了当年我们无法想象的变化。城市和城市之间,国与国之间,家与国之间,已然近在咫尺。

越是如此,我越是无法明白乡村为何被遗弃。大片的乡村被时代,被这个地球村甩到了一个沉寂的角落,慢慢生长,慢慢逝去,慢慢地被遗忘。它们似乎是永远停在了20世纪的90年代,沉醉不醒,慢慢褪色。乡村,是我外婆的家,也是我的家,也同样是很多人根脉最初生长的家园。我看到了城市迅猛的蜕变,然而,我无法释怀乡村的停滞。甚至不只是停滞,而是倒退。

记得作家格非在《望春风》的后记里说到,那大概是他最后一次系统地述说乡村了。他17岁离开了家乡,动手写这部小说是因为回了两趟老家,却发现老家不知去向,只剩下一片瓦砾,过去的人、说话的声音、走过的路都化作了废墟和野草。我上次回国,去外婆家,同样的悲凉和哀叹,感同身受。到处都是破败的老房子。那些村落那么安静,人影稀疏,看到的也只是老人和孩子,极少看到年轻人。田野不复是记忆中一片片绿油油的稻田。

记忆中那里有着最鲜活的蔬果,紫油油的茄子,金灿灿的黄花菜,黄澄澄的梨子,红黑黑的茨菇——剥开了,里面是白嫩嫩的肉。记忆中那里还有热闹的老屋,一屋子的人,冬天的时候一起舂糍粑,夏天的时候在禾塘里乘凉"摆龙门阵",那些和我年纪相仿的表姊表弟们,他们又都去了哪里?

城里的月光那么好,可是它照不到乡村的田野。乡村的田野太广袤,广袤得无法分享城里一缕皎洁的月光。没有月光的乡村在一点点枯萎,一点点颓败。面对城市化的浪潮,乡村变得无影无踪。只是在我的记忆里,乡村忽远忽近,悠悠荡荡,却永远不会褪色,那是我最亲近的故土,那是我近在咫尺的家园,珍藏着我童年记忆的家园。那条通向大山的土路,那土路旁边清澈的溪流,千万年地流淌,每一刻都在变换着它的姿态和颜色,那是我再也回不去的乡村。

顾月华

上海戏剧学院舞台美术学士，现居美国纽约。其小说、散文、诗歌及评论等作品散见于国内外等刊物，作品先后多次获奖并入选多部华人文学选集。2015年起任纽约《侨报》专栏作者。出版有小说集《天边的星》，散文集《半张信笺》《走出前世》，传记文学《上戏情缘》。曾任纽约海外华人作家笔会副会长，现为纽约华文女作家协会会长，海外华文女作家协会会员，北美中文作家协会会员。

风 流 温 州

温州有许多智者、学者。温州人善经商，应该提到的人是宋朝永嘉学派的哲学家叶适，他提出了利义一致、黜虚从实、农商并举的"事功"之学，促进形成了温州文人学者不迂腐的性情。他们除了钻研学问，不少也是企业家或商人，在各自的领域内运用智慧开动脑筋，跟上时代步伐走向全世界，温州人常自豪地说："我们温州人在国外不打工，温州人都开店做老板。"

在访问温州以前，人们习惯把温州与商人两个词等同起来。我听说温州的商人，讲信用，务实可靠，所以温州商人，是一个敢为人先、特别能创业的代称。

走进温州，遇到了从各国回来的温州文友，不少都是出色的商人，也接触了许多温州各级的领导及地方干部。不久我就发现，温州，是一个被人误解的城市。我眼里的温州，有很多文人，充满着人文。这文人不迂腐，这人文不枯燥。这些温州文友，经我一路上的观望考察，大有"数风流人物，就在温州"之感。所以，今天我瓯越文化之旅后谈对温州的感想，略去商人的成就及经济的先驱和繁华，甚至不谈温州"赶超发展再创辉煌"，让我泡上一杯香茗，说一些对温州的文人和人文的感想。

温州是一个靠海的城市,所以它有了繁荣的先机。岁月的古朴痕迹依然保存得很好,与现代的繁荣发展交相辉映,在现代的凯歌声中伴随着古人的诗情画意,这和惊人的蓬勃发展成果一同构成了特殊的境界,却依然不张狂。

文化的底蕴厚重地铺垫在这块美丽的沃土上,它迅速地发展,却不像暴发户的形象让人反感、遗憾,温州的瓯越文化之旅留给我极深刻的印象,基本上改变了我以往对温州的看法。

温州,已经有 2205 年的历史,在东晋明帝太宁元年建郡,公元 675 年始称温州。这一次我们看了杭州、宁波,又看了温州。我对温州的印象最为深刻。温州很大,有鹿城、龙湾、瓯海三区和乐清、瑞安二市,又有永嘉、洞头、泰顺、文成、平阳、苍南六个县。

温州的地理位置非常好,它在中国东部的黄金海岸线中段,所以长三角和海西区两大经济区交汇于此。它集高速公路、高铁、港口、航空于一体,是浙江省南部的交通据点。现在,温州湾国际机场,是中国一类航空口岸。温州港是国家重要的枢纽港,已经与世界上 50 多个国家的地区和港口有航运和贸易往来。

我们以前所听到的,就是温州商业上的繁荣,贸易的四通八达。这是从宽处来讲,这一次我们就从纵深上去探索去寻找温州的文化渊源。

我们到了温州,先看了南戏。南戏是很传统的一种戏曲,宋元时期兴起于温州的南戏是中国戏曲之祖。在永嘉南戏故乡里,还保留着许多民间的才艺和技术,如黄杨木雕、细纹刻纸、瓯绣瓯塑、木活字印刷等。我们看到了很多美丽的东西,又观赏了南戏的表演。非常亲切,替我们这一次瓯越文化之行拉开了序幕。

在永嘉谢灵运故园里,看到了山水诗,山水诗是在这里发祥的。

谢灵运是东晋名将谢玄之孙,他被称为我国山水诗的鼻祖,他在温州留下了许多不朽的山水诗篇。温州的山水与人文环境,为谢灵运提供了极佳的创作条件,纪念馆是按文物保护单位池上楼布展而成的,它其实是这个城市的印记及历史。我们在他的纪念馆里读到了他的许多诗,其中有两句最为脍炙人口:"池塘生春草,园柳变鸣禽。"

我们在鹿城江心屿的东边,看到了崇祀南宋民族英雄文天祥的纪念性建筑——宋文信国公祠。里面陈列着他的生平、年表、抗元路线以及历史评价,它们一同衬托着文天祥的彩塑像。文天祥强烈的民族气节和爱国情怀直到现在还被人称颂,他的《正气歌》里"天地有正气,杂然赋流形。下则为河岳,上则为日星"永远留在人们的心里。试记文天祥祠两厢对联:"侧身天地成孤注;满目河山寄一舟。"大气磅礴,读之恻然。

温州的文人故居很多,保持得很完好,我们参观了一些,让我比较受感动的有两个人,一位是郑振铎,另一位是夏鼐。

郑振铎纪念馆在温州市沧河巷,他的这幢庭院式建筑的祖屋保存得相当完好,临着大街,坐北朝南,展示出许多珍贵文物。郑振铎(1898—1958)是新中国国家文物局局长、著名考古学家、著名作家、诗人学者、文学评论家、文学史家翻译家、艺术史家,他的著作很多,誉满天下是当然的,但是他的朋友满天下,却令我们赞叹、羡慕不已呢。

如今人人都有朋友圈,试看郑振铎的朋友圈:巴金、冰心、叶圣陶、瞿秋白、茅盾、老舍、丰子恺,这还只是一部分,所以朋友圈很重要。他们是你生活的一部分,也是你生命的一部分,更是你形象的一部分。

郑振铎纪念馆分成"书生报国数十载""心怀温州故乡情""一代才华万古传""鞠躬尽瘁为文物"四个单元,分别介绍郑振铎的生平、温州情结、交友、著作等情况及对文物考古的贡献。

考古学专家夏鼐也是温州人,他曾在浙江省第十中学,今天的温州中学就读。清华大学历史系毕业,然后在河南省安阳参加殷墟发掘,1935年留学英国伦敦大学,获埃及考古学博士学位。从 1940 年起,他就开始考古的工作,到甘肃敦煌研究新石器时代和青铜时代,进行汉代乃至唐代的遗址和墓葬调查发掘,人称"七国院士"。他先后被中国、英国、德国、瑞典、美国、意大利七个国家科学院授予荣誉。在他的一个陈列柜里,存放了七个国家邀请夏鼐出席重要国际学术会议的邀请函。

我们在温州鹿城区仓桥街 130 号瞻仰了他的故居。夏鼐故居是由祖产恢复而来的,这五间两进建筑,尽现了他家的富有,前进五间门厅是平房,后进是五间楼房。后进南面两侧各有三间厢房,北西两侧各有单间厢楼。夏鼐就在这样的家庭里出生、读书、结婚。

夏鼐在外人眼中是一位"学神",他样样都是第一,对求知与读书有走火入魔的热情。他在学术界中地位极高,他是在考古学中卓有成效的前辈和先驱。但是,知道他的人很少,也很少人知道他与温州的情缘,在展示厅的显眼处,有一首他为故乡温州写的诗:"故园自有好山河,羁旅他乡两鬓斑。昨夜梦中游雁荡,醒来犹觉水潺潺。"

同时,有两件事给我留下深刻的印象,一件是他有很多的资料留下来,他有很多的日记结集出版,大量的手稿、出版物、望远镜、相机、量尺、铅笔,很多考古工具,都静静地躺在柜子里。他的各种资料,都是他的夫人精心妥善地保留整理,留给后世的。妻名李秀君,在夏鼐档案中几乎看不到这三个字,她侍奉到他父母去世,才离开故乡随他北上过上团聚生活。

另外是他的朋友圈,也同样很出色。他与国内外的学术界都有广泛的交往,他先后结交不同领域的众多好友,谦逊诚恳,无分老幼,相互切磋,群而不党。中外学术界交往厅还展出了与之交往密切的中外学界人士名单,范围之广,跨度之大,令人赞叹!

温州文人有成就的真不少,温州的风流人物还有南怀瑾、孙诒让、黄绍箕、周昌谷等,我们此次无法一一学习考察,或拜谒纪念馆,或参观故址,留待下次的重游之梦吧!

温州的文人之外,温州的人文凝聚在温州的山川风光中。温州的风景,非常大气稳重。温州有美丽的青山绵延,又有星罗棋布的岛屿。温州既有江南的柔美,又有少见的豪气和洒脱。

我们从永嘉的江心屿开始认识了温州的人文与山川。

江心屿在市区北面的瓯江之中,呈东西长南北狭的形状,一入江心屿,在江山寺门口看到了王十朋的长对联:"云朝朝朝朝朝朝朝朝散;潮长长长长长长长长消。"江心有十景,景景都不凡,试看罗浮雪影、春城烟雨、海淀朝霞、瓯江月色、孟楼潮韵、翠微残照、远浦归帆、塔院筼风、海眼泉香、沙汀渔火。"江心有地如长虹,古今卧在沧波中",以此喻江心屿,这个佛之屿、诗之岛,被千古诗人唱吟出许多好诗。

而在江心寺留诗的文人墨客则不胜枚举,山水诗鼻祖谢灵运于 422 年出任太守,期间十余年,留下不少好诗,其中《登江中孤屿》是第一首诗。

在此,我就以陆游的诗为收尾:"使君千骑驻霜天,主簿孤舟夜不眠。好与使君同惬意,卧听鼓角大江边。"此为陆游同永嘉守宿江心寺所留名诗,今天我们海外作家群在东道主温州市外侨办的安排下,首途江心屿,与历史上众诗人邂逅共鸣,立即爱上了这个小岛。

永嘉多古村落,民村中有苍坡古村,是古建筑村落。经典建筑的遗风与淳朴的民风,街巷的书声墨韵与田园的自然山色相融。

在徐岙底古村落里,一抬头见忠训庙:"北宋御寇殉基岭,明中显灵惠徐岙。"喜欢雁荡山,因为它山景奇绝,有独特的峰、瀑、洞、嶂,扬名天下。"一夜黄梅雨及时,峰青云白更多姿。万条飞瀑千条涧,此是雁山第一奇。"

我也喜欢楠溪江,因为它的景区将山水、田园、人文景融于一体,以水秀、岩奇、瀑多、村古、滩林美而深得人心。我们参观了永丽古村落,村前长亭蜿蜒,弥足珍贵,使人穿越时空,看到了古人的影踪。同时我们又看到在丽水古街的长廊里,大娘用手机支付宝扫码收款。在古学堂翠山书院里,我们这批老学子虔诚地走过了"孝思亭",排排坐在课堂里的板凳上合了影。

最让我惊喜的是洞头,这个旅游点的名字有点怪。洞头,是一个人间天堂,它位于瓯江口外,东南方向,距离温州50多里,由302个岛屿组成。这些像珍珠一般穿起来的岛屿,为温州这座滨海城市增添了不少风采。洞头打造的是海上花园——"城在海中,村在花中,岛在景中,人在画中"的海上花园。所以这一个目标就变成了实施"生态立区、旅游兴区、海洋强区、中国梦在洞头"计划的这样一个生动目标。

当我们俯视洞头,便被村中之花、岛中之景、海中之城激起了处处留影的热情。其中我们曾到了一个绝美的地方,便是望海楼。望海楼建在洞头的最高处,海拔227米,整个景区占地140.9亩地,它的主楼有2700平方米,楼层明三暗五,高35.4米,坐北朝南。设有观景廊,登楼远望可以看到洞头的概貌,南边是洞头的渔港半屏山,东边是新老城区,西面是七座跨海大桥,北面是大海域岛屿。

望海楼,建于南北朝。公元420年永嘉太守颜延之率属下巡视温州沿海,倾心于洞头的秀美山水而建望海楼,我们一行人登高观景,都被这"气吞吴越三千里,名贯东南第一楼"的望海楼迷住了。尤其是我,素来喜爱大山大水、高阔绰美的风景,至此对温州的古迹更加赞叹不已。

我们最后留下来,专程去瞻望的是泰顺廊桥,泰顺县的北涧桥为叠梁式木拱廊桥,位于浙江省温州市泰顺县泗溪镇下桥村的群山之间,被誉为"世界上最美的廊桥"之一。始建于清康熙十三年(1674),嘉庆八年(1803)重建,道光二十九年(1849)重修。桥长51.87米,宽5.39米,净跨长度29米,桥屋20间,桥柱84根,桥面地板全由一寸厚木板两层加固。桥的东首当地人称"桥头",地势较高,有石阶16级;西首称"桥尾",地势较低,桥是不对称的,石阶26步。

桥上桥下皆一片古朴美景,也只有瑞士洛桑的木桥可与其媲美了。2016年,有几座木桥曾被大水冲毁,顿时寸木不见,整个桥消失了,村民下水至下游打捞,捡起所有木片,当时温州侨胞闻讯,纷纷解囊捐助,乃开始修复,才有今日的北涧桥。而泰顺46座廊桥中的15座廊桥被列为全国重点文物保护单位。

令我梦寐萦怀的是楠溪江和众多的廊桥,我们来不及细细端详它,它至今还遗存着新石器时代的文化遗址,唐宋元明清时的古塔、桥梁、路亭、牌楼和古战场。楠溪江还有两百多个古村落,它们的天然山水与古朴的人文交织成一张网,温州保存下来的东西太多,三四天里走马观花、目不暇接,它们织成一张网,轻易地把我俘获了。

温州大美,美在它的温润大气,今天,温州更加为它的子民运帏了妥善完美的各种福利,尤其是温州的"六城联创"规划。温州,它将被创建成全国文明城市、国家园林城市、国家森林城市、国家卫生城市、国家环保模范城市和国家历史文化名城,成为一片绿色的山清水秀城市。

这次瓯越文化之旅,使我有机会在秀美的景色中荡漾,在温暖的友情及关怀中享受了温州的美食美景和美丽的人文,并在展望中确信我会看到它辉煌的未来。我感恩温州,祝福温州。

海云

本名戴宁,江苏南京人。1987年留学美国。内华达大学酒店管理学士,加州州立大学企业管理硕士。现专职文学创作,为海外文轩作家协会主席,是海外文轩纯文学网站的创建人。出版有长篇小说《冰雹》,获得第三届海内外华语文学创作笔会最佳影视奖;长篇小说《金陵公子》,获得2017年台湾侨联会文艺创作奖小说类第一名;长篇小说《归去来兮》,被改编为电视连续剧剧本;中短篇小说集《自在飞花轻似梦》等。

一 条 路

秋意正浓时,我和先生一起开车去美国北面的加拿大境内赏枫叶,当我们的车子行驶在两边都是红红黄黄的枫树林的蜿蜒乡间小道时,我发现自己一直在哼唱一首老歌:"一条路,落叶无迹,走过我,走过你,我想问你的足迹,山无言水无语,走过春天,走过四季,走过春天,走过我自己……"

这首歌风靡中国大江南北的时候,我还是一个十几岁的少女,喜欢那悠扬的旋律,喜欢那有些深奥的歌词。唱这首歌的年轻人名叫张行,是一个看上去并不算帅却十分不羁的大男孩,他穿着喇叭裤,背着吉他,在那个年代十分前卫,颇有点愤世嫉俗的模样。记得那时,在家乡的大街小巷里,那些梳着油光水亮的大背头、戴着蛤蟆镜的大男孩们,手里拎着录音机,音量开到最大,唯恐别人听不见,摇头摆尾,招摇过市,如一阵风吹过的,播放的大多是他演唱的歌曲。不论你喜欢还是不喜欢,那些歌曲连带着一代人青春期的躁动和那个年代所有的一切,如烙印,深深地印在这代人的心里。

20世纪80年代的中国大地被这个背着吉他的歌手横扫,其实他的歌几乎都是翻唱的。那些所谓的校园民歌都出自宝岛台湾的一个男歌星,但中国大陆经过十年"文革"的闭塞和单一文化娱乐的洗礼,这些来自同样语言和文化背景更是属于我们中国一部分的台湾的歌曲,如一股清新的风顷刻吹遍了整个中国。

不过,这个翻唱的男歌手只红了十一个月,就在一次严打中被抓了起来,因为犯了"流氓罪"而被判刑三年。随后,港台歌星蜂拥进入大陆市场,这个叫张行的歌手几乎被遗忘了。三年后他出狱再战歌坛,却再也找不到当年的风光。所谓此一时彼一时,多少年后才明白:人生之路,瞬息万变,往往来不及叹息,风景已过。

听歌的大众只知道那个坏男孩被抓了起来,因为其生活作风问题,那是那个年代一个很大的污点,其他就不清楚了。作为听众的我也无暇顾及且无心多问,那时的我刚跨越了浩浩太平洋,从此岸去了彼岸,随后几年,读书、工作、结婚、生子,岁月就在忙碌中不经意地流逝……当新的世纪降临在大洋的两岸,两岸的差距正在飞速地缩小,中国正在腾飞!

在异乡生活的我从某个意义上说也是在腾飞,一个身揣一百多美元只身来美留学的穷留学生,获得了两个学位之后,终于在世界最先进的地方——硅谷成为高科技中龙头老大跨国企业中的一员,马不停蹄地在职场上冲刺拼搏。紧张的工作之余,听说来自祖国的中央电视台有一台节目《同一首歌》在旧金山湾区实地演出录制,我和朋友买了票去为同胞捧场。

舞台上,李谷一、苏小明、蔡国庆等歌星都带来他们的成名之作,很多我们出国前就流行的歌曲在异国他乡的剧院里响起。然后,就那么忽然地,毫无防备地,舞台上一下子出现了一个微微发福的中年男子,他一张口:"你来我身边,带着微笑,带来了我的烦恼,我的心中,早已有个她,哦,她比你先到……"我的眼泪,就在这歌声中潸然而下,人到中年的我好像忽然有了一个机会回首,那逝去的青春蓦然随着熟悉的歌声折转身影并附体在身。

舞台上的男子竟然是那个曾经的"坏男人"张行,他竟然都秃顶了。他已经韶华不再了,虽说他从来都谈不上英俊,但年轻时的轮廓分明被厚厚的脂肪堆积成大叔模样,歌声依旧,人面不识了。

其实,世界那会儿各个角落都在变,事物在变,人在变,家园也在变。

80年代后期我走出国门去了美国留学,五年后即90年代初第一次回国探亲,上海的徐家汇正在大兴土木,我随着上海籍的夫婿走在徐汇区的弄堂间,生在上海长在上海的他还是可以轻易地找到他小时候居住过的弄堂屋。回到家乡南京,我们家民国初期建立的老宅子的大院子,正在被金陵城中心拓宽的马路蹚平。站在残垣断壁的老屋前,看见院中仅存的那口老井,清波涟漪,禁不住轻声低吟:"离别家乡岁月多,近来人事半消磨。唯有门前镜湖水,春风不改旧时波。"

时光冉冉,到了2000年,再回到中国的我,挤在第一批购买商品房的人群里,试图为父母买一套住房——一辈子做医生的父母到老都没有积蓄足够拥有一套舒适的住房。做女儿的在以前上海郊外的一片农田里拔地而起的高楼大厦中,为父母置办了一套三房两厅的公寓住宅,那时的我还是为有能力可以略微尽点孝心而高兴的。

也是从那会儿起,我和夫婿再回国,往往出了家门就不知往何处走,在外面逛一圈,又需要问路人自己家的那条街道在何方。家乡巨变,变得到处高楼林立,变得我们这些海外游子再回家乡却再也不找不到记忆中那些熟悉的弄堂小巷,甚至找不到自己的家门。

错愕吗? 当然。难过吗? 有些。但除了伤春伤感,更多的是一种记忆中的家园不复存在的失落感。即使记忆中的样子比起簇新的家园来得老旧、来得落后,可人嘛,谁都免不了怀旧。尤其随着年龄的增长,那个旧时代被记忆性的自动选择剔除了所有的不好,而变成了一个完美的印记,永远留存在我们的脑海里。

然而,时间的河流不以任何人的意志为转移,它始终不急不缓地往前流。

21世纪对于中国和中国人来说都是一个崭新的时代,随着高楼大厦拔地而起的还有中国人的自豪感和民族自信心,当我们牵着正在长大的孩子的手,带着在海外出生的"华二代"回国寻根之际,我们发现我们曾经跟孩子说了很多遍的家园正变得与他们知道的那个世界接近,他们喜爱的麦当劳和肯德基不仅在美国可以当家常便饭,在中国也一样可以想吃就吃;他们每天上学路上在爸爸妈妈车子里喜欢听的那些饶舌歌曲,在中国的商店餐厅里一样也可以听得到,他们也奇怪怎么这个中国跟爸妈说的那个不太一样,却与他们的世界相差不远了?

几十年不见的老同学好不容易相聚,那些过去学习成绩冒尖的基本上都留了洋,留在国内的曾经是非常羡慕那些出国的,现在留下的再看那些从国外回来的,嗯,一口英文,洋气!可大多留洋归来者也就是高级打工仔嘛,算了,还是留在国内的今天的大老板们出手阔绰,请客吃饭,唱歌跳舞,全部是当年的中等生甚至留级生买单,这下换成曾经的"学霸"尴尬了。

几杯热酒下肚,"学霸"忍不住对酒高歌:

"滚滚长江东逝水,浪花淘尽英雄。是非成败转头空。青山依旧在,几度夕阳红。

白发渔樵江渚上,惯看秋月春风。一壶浊酒喜相逢。古今多少事,都付笑谈中。"

世事难料,十年河东,十年河西,能一笑面对,也算悟道人生了。

只是,人心往往难以满足,随着中国经济的飞速发展,曾经留洋的一批人开始回归,希望跟得上高速腾飞的中国,一起享受那自在飞翔的乐趣;而曾经留不了洋却已然跟着中国这艘大飞船遨游了一圈的那一群人,如今腰缠万金,正好用这些"金子"送他们的下一代出国留学,一圆他们自己未完成的留洋梦想。一时间,大洋两岸来来去去间,悲欢离合的故事便相继上演。

海归们归心似箭,可往往他们的配偶和孩子却并不是那么积极配合,这便造成海归们独自归国创业,海归太太和孩子们留守海外的情况。时间久了海归们纷纷沦陷在中国的"温柔乡"里。有段时间,待在海外的女人们,只要谈起男人海归,都有一种"谈虎色变"的感觉。

大洋的另一边,富裕起来的同胞们送孩子出国留学,留学生的年龄越来越小,从大学留学到中学留学,甚至还有小学留学生。孩子太小,妈妈就跟着一起出国,这又形成了爸爸在中国创造财富,妈妈和孩子苦熬海外生活的奇特景象。

中华民族是个重视教育的民族,外国人不知道的是咱们中国人一旦有了孩子,家庭的中心几乎都转移到了孩子身上。尤其是近几十年,因为独生子女政策,更是把那个"小皇帝"宠上了天。

曾几何时,我们也都担忧过,这独生子女的一代人会不会就此毁了?富裕生活长大的孩子会不会经不起任何风浪?当我们在感叹"80后"缺乏责任感时,话音还没落地,已被"90后"嘲笑你们这些"60后""70后"不懂享受生活,更别谈正在长大新生代的"00后",他们说的语言对我们这些海外的"老留"们来说仿佛都是来自地球之外。年龄的代沟吗?也许吧!可能更多的却是不同时代造就的代沟。

时间走到今天,新一代茁壮成长,没有看见当年被预言毁掉的一代,只有不同。就拿在海外出生的新一代华裔来说,他们不再有他们父母辈的危机感,他们更加重视自己真正的兴趣和爱好;不再为了一个金饭碗去苦读数理化,但是他们也少了一份民族根基感,从而或多或少会有一些身份认同方面的困扰。但我们可以放心的是,他们一定会比他们的父母辈更加优秀,更加懂得生活。

那被父母送出来的新一代留学生,就算是那些被逼着出来混学位混日子的孩子,经过几年远离父母独立生活的日子的磨炼,至少眼界开阔了,最终也会有所成长。而那些本身就优良且一直有所追求的新一代,学到了西方世界的不同,加上东方世界的底蕴,东西方兼容,才是将来个人、集体乃至国家制胜的根基。近年来,我在中国文化界接触到了好几位年轻一代学成归国之人,风度翩翩,不卑不亢,自信阳光,做起事来头脑清晰、条理清楚,语言表达也是多样丰富,让我不由得从心里为他们喝彩。

想想我们真的不用杞人忧天,天塌不下来,相反,一代更比一代强,一代更比一代好。何必庸人自扰呢?

正如列夫·托尔斯泰所说:"人生的一切变化,一切魅力,一切美都是由光明和阴影构成的。"

这些光影,无论是被阳光直射的绚烂,还是在阴影里的暗淡,一切都是暂时的,都是会相互转换的,故而,绚烂时无须得意,暗淡时无须失意,这才是那句"宠辱不惊,看庭前花开花落;去留无意,望天空云卷云舒"的真正含义吧!

那天,在北国看完枫叶,从加拿大的乡间小路转到美加的高速公路上,那首《一条路》的旋律在车子里反复回旋,车窗外快速地掠过的田野和树林,让我情不自禁地联想起人生之路上的各色风景,也是那会儿在网上查找了一下张行的近况,发现这个当年可以说是被冤枉严打、坐牢三年的人,今天却事业有成,生活幸福。说起来当年的那一段就像一个笑话。他是在工厂里做工人时谈了一场三角恋爱,而这场恋爱在做歌星前已结束,可也是人怕出名猪怕壮,又恰巧碰上那场严打,被挖出早已结束的"糗事",在那个特定的年代里,全国闻名的歌星就这样成了"流氓犯"。这一打击,使得他从此再也没能恢复当年的辉煌。可是,出狱后的他依旧在音乐的道路上奔跑,从幕后制作到与央视合作成功地做成《同一首歌》栏目,再到他和比他小二十多岁的年轻女子结婚、生子,今天的张行俨然一副"慈父贤夫"的样子,令人羡慕,这岂不是又一个"祸兮福所倚,福兮祸所伏"的最好实例!

想起回国的时候,有人问我后悔吗? 我当时只是一笑置之,现在却很想大声地说出来:不后悔! 因为人生和命运都有着我们无法掌控的那一部分,在我力所能及的那部分,我已经尽了力,并且我自己觉得已经做得够好,生活教会我很多,我看到了无与伦比的各色风景,同时也为我的祖国的强盛而倍感作为一名中国人的骄傲和自豪, 故而对于我的人生和我的祖国,我只有感恩、感恩,还是感恩。

"悄悄地,我走过去,走到了这里。我双肩驮着风雨,想知道我的目的。走过春天,走过四季,走过春天,走过我自己……"

每个人都有自己的生命轨迹,不论我们是怎样走过一生,我们都不必自责,不必后悔,只要我们曾经真心地付出过,只要我们曾经爱过和被爱过,即使我们走过崎岖的山路,即使我们跌倒过,那都是我们应该经历的,也是老天要我们从中学习的人生之课,所以风霜雨雪又何妨? 那都是人生路上别样的风景! 而我们个人的命运与家庭的命运乃至民族的命运,也都镶嵌在国家和整个人类的发展进程中,每个人自身的完善都将会是人类社会文明的闪光点。

这一条路上,我们都正走在其中,让我们都能留下自己独有的脚印!

江岚

1968 年出生于广西桂林,博士,加拿大籍。现定居美国,执教于高校,业余从事文学创作,出版有学术专著《唐诗西传史论》(中、英文版)出版有短篇小说《故事中的女人》、长篇小说《合欢牡丹》;编著有"新世纪海外华文女作家丛书"等。现为北美中文作家协会副会长兼外联部主任,加拿大华文学会副主任委员。

香草斋前诵杨花

重来,三坊七巷,与头一次大不一样。

头一次来,是四年多前的岁末,三坊七巷的修缮工程刚竣工未几。当时住在巷外,从入住的酒店里出来,只要三五步,就进入了坊巷的范围。一踏上粉墙黛瓦夹道的青石板路,陡然觉得空气也变得庄重斯文。高楼大厦都淡出了,现实的喧嚣也淡出了,变成了遥远模糊的背景。

那天下着雨。不是连绵的春雨,也不是湿冷的冬雨,只久不久零星洒落的一点点雨滴。像古琴弦上弹拨出来的单音,衬着高跟鞋踏过的节奏,构成质地绵密的回响。不成曲调,却糅合着宋词清诗里结结实实的气韵,在千百年后现实的天空底下,柔和委婉地飘荡。

南后街满眼是普通杉木原本的颜色,缀着屋檐下盏盏大红的灯笼,新鲜而安静。一路走,一路是泥塑彩绘的墙头翘角,精雕细琢的门扇窗棂。飞禽走兽、人物花卉,细节的奇巧细腻,用传统的吉祥图案传递着衣锦、文儒、光禄……坊巷纵横中,一砖一瓦遥远的富而不躁、贵而不骄。有别于偏正分明、正襟危坐的北京四合院,这里的格局严整,没有家长制肃然的权威,也有别于分而不离、自成一统的闽西客家土楼。这里用不着防范抵御什么,可以洒脱着清平人世的开合有致。

陈襄、郑性之、林庭玉、严复、沈葆桢……宋、明、清以降，这蜿蜒的山墙之间，静穆的飞檐之下，衍生出多少名动一时的人物。可等我赶来时，他们的故事早已收场，他们的身影只停留在岁月泛黄的书页里。情节跌宕的古意，气韵与色彩糅合成的痕迹，朗朗然坐落于闽都市中心今日的现代繁华之中。

据说修复前的三坊七巷斑驳破落，又据说修复后的三坊七巷不尽如人意。然而较之摧毁，修复毕竟是对历史创口的疗伤止痛，是对文化底蕴的真正敬重。所谓历史，在转折处难免突兀，破旧立新的风雨变迁中，只要还有那一段气韵留存、那一点风骨绵延，就是足以泽被后世的力量，足以令我即便匆匆一瞥，也深深地感慨此地的文韵绵延、物华常新。

后来经常想起三坊七巷。那个地方就有这样的魔力，让你去过一次之后，不期然地总要轻轻想起。而每一次的想起，也只是想起了而已，不需要太多理由。

如今终于重来，这一次是不一样的。首先不是一个人了，美国《侨报》作家访华团一行数十人，彼此志趣相投，每到一处都格外兴奋、热闹。其次是三坊七巷里店铺毗连、游人如织，和几年前印象里的清静也不能同日而语。

蒙东道主福建省侨办的盛情，我们得以落脚在坊巷里"聚春园驿馆"的名仕居。拖着行李一踏进去，厅堂、天井、廊柱，被闽乡木结构建筑典型的精雕细琢层层包裹，立刻催生出一种时光倒流的错觉。误以为那些一直深藏在诗书里的窈窕的名字，比如黄淑宛和黄淑畹，比如游合珍与林琼玉，随时可能在檐下倚门回首或者从小轩窗里含笑招手，与你面对面、咏残月、诵杨花。

走上黄昏的南后街，两边店铺里的各色商品琳琅满目，而我更喜欢看人，看这些店铺里的人。比如百年的"同利肉燕"店里，端坐在柜台后面的那个年轻小媳妇，满脸正宗传人的庄重；比如做"永和鱼丸"的那个大叔，灶台前满脸皱纹里的憨笑；比如街角小小的香堂里，女老板燃起一盘水沉香的温柔。还有，还有，当我拿起一把青花玲珑的小茶壶，就着日光细细打量，店老板从大木橱后面踱出来，说，要加一点水，才能真正显出这把壶的好处……他们的长相都普通，穿着也朴素，神色言语间都没有生意人的精刮厉害，只稳稳地端着饭碗谋生计。

到晚餐时分，省政府的接待宴会也安排在"聚春园驿馆"的餐厅里。一递一进的格局不像"餐厅"这个词在别处司空见惯的那种堂皇宽大的桌子椅子一排排，小小的空间里只有镂花木格下的一张圆桌。新交旧识，我们十几个人团团围坐，有一点儿挤，便不觉得生分客套，竟仿佛是铺演着在遥远时光里，坊巷人家兴兴头头过日子的齐整富足。

餐桌上，燕青建议说："喝橄榄汁吧。"我闻言有些讶异，橄榄汁难道不是只在观音娘娘的甘露瓶里，用来普救世间苦难的吗？还能喝吗？等那橄榄汁送上来，才知道橄榄汁不仅能喝，而且的确好喝，甘甜解渴，兼齿颊留香。齐志处长在一旁笑着补充："橄榄是福建特产。三坊七巷里最有名的'大世界'橄榄，你们明天一定要记得去尝一尝。"

我心里打一个大突。橄榄，我偏爱的甘草榄，我祖父喜欢的和顺榄，我儿时几乎唯一的零食，原来是福建的特产。我在广西桂林出生长大，当地并不盛产橄榄。那时尽管物质匮乏，附近的小卖铺里多多少少也还有些本地出产的零食，橄榄倒不是总能见到。然而祖父时不时给我买的零食，只有橄榄。我没想过是为什么，更没问过。

此刻听到齐处长这一句话，电光火石之间我恍然醒悟：橄榄之于终身滞留他乡的祖父而言，已经不仅仅是一种零食而已。那除烦醒酒的一段始涩后甘，像茶一样，是他记忆里不能磨灭的福建的味道，故园的味道，乡愁的味道。

多少场景变了，多少世态变了，多少人事变了，而味道是永远不会变的。只因他与那味道有着与生俱来的亲缘,所以他要把这一种亲缘经由那味道传递给我,也是自然而然的。这一点,我想,祖父生前肯定并未明确地意识到。突然间很好奇,不知我祖父叔公他们,平生可曾从闽西的乡间到过省城?他们生前曾经一再嘱咐过我,长大了有机会一定要回福建看看。如今他们在天之灵会不会知道,数年后我不仅回来过,而且从闽西到闽北,我的足迹已经丈量过八闽大地许多的都市、山林与乡间;我不仅自己回来过,还带着国内的弟妹,带着在美国出生长大的孩子们探访过永定土楼旧居,拜谒过宗祠祖墓。

再举起那杯橄榄汁,狠狠喝一口,心里相信,他们此刻就在某处,居高临下,笑看我借由这一段味道的甘涩相生,接续起这一场亲缘的血脉相连。

饭后回到驿站,夏天兄泡起一壶好茶,围坐在厅堂里说文论字。我们平时散居美国各地,聚在一起也不容易。初秋时节,微醺的笑语,半酣的情绪,依稀是黄淑畹的描摹:"坐久不知更漏尽,满天凉露湿轻纱。"

黄淑畹,字纫佩,清代大诗人、藏砚家黄莘田先生次女。莘田先生曾学诗于王士禛,与当时名士顾侠君、汤西涯、姜宸英交游唱和,博采众长,生平作诗以千首计。现存《香草斋诗集》(又名《秋江集》),共六卷九百七十余首,尤以七言绝句秀韵独出,名闻八闽,流誉全国。特别是流布到台湾之后,家传户诵,对当地诗坛产生了重大影响。

莘田性情耿直,宦粤期间虽"有惠政",终因不善逢迎拂袖罢官,归居光禄坊早题巷。其外祖瓯香先生许友的墨庵旧址,改名"香草斋"。莘田终日诙嘲谈笑,专心吟诗藏砚。他笔下的清词丽句,以《杨花诗》流传最广:"行人莫折柳青青,看取杨花可暂停。到底不知离别苦,后身还去作浮萍。"承转隋朝无名氏"杨柳青青着地垂"的诗情,深化宋人陆佃"杨花入水化为萍"的句意,一唱三叹,真"有妙思,有新色,有跌宕之致,有虚响之音",诗坛自此雅称黄莘田作"黄杨花"。

世人谈香草斋诗,必然要连带提到黄氏家学渊源,道韫有女。

明清时期虽有章学诚一类保守派学者对女性写作极尽攻击谩骂之能事,但女性文学创作的蓬勃之势已不可阻挡。闺阁精英秉承《诗经》为源头的诗学传统,"以温柔敦厚之旨,写和平庄雅之音",自觉构建的女性文学体系日趋丰满,景观日趋成熟。有清一代女作家及作品遍及全国各地,苏、浙、闽三地以自身独特的闺秀诗学历史谱系之完备,并称三大核心区域,拥有强大的辐射力。而闽派闺阁诗坛之大盛,以"光禄派"群体为代表,香草斋才女们则是这一派的中坚力量。

陈芸《小黛轩论诗》诗载:"派传光禄记吾乡,姊妹黄家草亦香。"黄家不仅有莘田的次女淑畹能诗,长女淑宛同承庭训,也有才名,姊妹二人的诗文"为时传诵""时人皆称之"。后来的游合珍和林琼玉,是这两姊妹的千金,莘田先生的外孙女,也是香草斋后人。梁章钜《闽川闺秀诗话》卷一载:"乾隆间,吾乡闺媛之能诗者,无过素心老人。"素心老人名许琛,字德瑗,以"苦节"闻于当世,才德并称。她是瓯香先生许友的曾孙女,与黄家是姑表亲,算来还是香草斋旧人。

光禄坊诗风所被,远近乡里女子也多被感化,从而使得闽派女性诗文与苏、浙二派一起,成为清末文坛上熠熠生辉的明珠。她们的作品不仅当时流传很广,且很早就被译介到了海外。

而今夜,光禄坊早题巷就在咫尺之外。站在这个时代这个位置上向历史的来处回望,我们可以听见曾任闽海关税务司的华善(P. R. Walsham)的感慨:"中国妇女解放的步伐迈得很快,任何地方都没有像福州这么明显,那些长期生活在福州的人们一定会深刻地感受到妇女们怎样从落后与黑暗中过渡到文明。"

我们还可以更清晰地看见近代的林徽因,看见庐隐、冰心。历史碎片闪光的线索,牵扯出一代接一代坊巷女性们在犀玉添火之际、绣针停线之余的笔下生花。她们用与同时代男性诗人迥然不同的风格,抒一己之怀抱,扬彤管之辉光,带动了闽派女性文学的发展,更昭示出女性文学活动的正统性与合理性。在八闽乃至于全中国迈向近现代化的过程当中,为女性提高自身的社会地位,为社会价值观念、行为准则和生活方式的变革,她们继晷焚膏,以自身的才华、胆识和勇气付出的不懈努力,足以傲视他省,成为激励全国女性文学创作走向繁荣的重要因素。

眼前有宗子、夏天两位仁兄续水添茶,侃侃而谈,说文字说文人说文风。身边是穿唐装小上衣的女博士秋尘,对答如流,论文史论文艺论文理。他们的动作、姿势与表情如此生动,凭借一点与坊巷的文脉因缘思接时空的声气相投,当年香草斋中"炉烟袅袅泛轻风,兽炭红时月正中"的文学雅集情境宛然。

暂时摒绝日常琐事的纷扰,用诗情文心延续着古意的芬芳,渲染出与当代有体肤之亲的形态,展开坊巷里扑面而来的新篇章,凝结成这个城市令我们不断不断回望的欢声笑语。

重来,在三坊七巷里,最是小庭明月夜,闲来风送一帘香。

凌岚

本名谢凌岚,原籍江苏南京,现居美国康奈迪克特州。1991
年毕业于北京大学中国语言文学系文学专业,1997 年于纽约
市立大学商学院获 MBA 学位。长期供职于对冲基金、大宗产品
交易公司做宏观市场分析。业余文学创作,题材广泛,涉及时事
财经评论、诗歌、小说、散文、欧美经典文学翻译等文类。2015
年于美洲《侨报》、腾讯大家开设专栏,获 2016 年度腾讯大家
"年度作家"奖。出版有翻译集《普拉斯书信集》。

回家的高铁,再见的南京

我偶尔会梦到南京。

我梦见过高考时坐在四中的教室里往门外望,门外面七月的蝉声如
织,监考的场地人员在门外无声地走过;高一时过新年爬紫金山,班上的男
生在黑黢黢的树影里偷偷拉着女生的手;梦到第一次约会时的随家仓 4 路
汽车站,韩馨从我背后骑自行车来,拼命拧着车上的铃。不远处是五台山体
育馆,那是我和露露看广东队踢球的地方。那年我们 11 岁,我们带了好多
零食去看平生第一场足球赛。必须得去,因为她的叔叔在广东队踢后卫。那
是全国足球锦标赛,广东队对江苏队,只记得广东队里多半的队员姓叶。

梦里没有一处出现南京两个字,但是那些情景,那些地方只有在南京
才会出现。梦里的焦虑(比如高考)和开心兴奋(比如爬山和等待约会)都是
相似的。鲑鱼千辛万苦游回到原来卵生的溪地里,然后做了与自己的母鱼
做的同样的事情,我不是鲑鱼,我回不到南京,但是我可以梦到原先的心情
和年龄,那个几十年前的我迟钝地向现在的我望着,梦里的光阴短暂。

见到鲁嬷嬷的时候,是在科巷边的新世纪大楼九层餐厅。她请我们母
子吃饭,她一边让我点菜,一边介绍这家江浙菜餐馆的特色:什么是必须点

的合算的菜，什么是海归喜欢吃的家乡菜，哪些可以拍照……等服务员把单子写好返身离开，鲁嬷嬷已经换了话题，她说我们原来住的利济巷14号被保存下来了，发现那是日本侵华占领南京时的慰安妇地址。还有一处是在玄武区的北门桥。已经拆迁，利济巷是唯一的慰安妇罪行遗址。

利济巷在大行宫中心地段，是南京旧城里最繁华的地方。我们在那里住过十年，是最尴尬最艰难的十年，那是20世纪80年代初的几年，温州的奶奶跟爷爷闹矛盾，来跟我们住，包括成都的武奶奶，在各亲戚家轮流寄居的十几年中，有几年轮住到我们家。

我从来没有梦到过利济巷，唯一一次，我的梦里的一个鱼缸打碎，十几尾成龄的金鱼随着一地的水渍和碎玻璃在地上跳着。他们被硕大的金鱼尾巴拖住身体，怎么跳都不能离开地面，半透明的金色纤细的鱼鳞，被碎玻璃和跳动的力量从金鱼身上剥落。在水里一点一点，往黑色的地面上洒出颜色。

金鱼彼此之间挣扎着，动一下，挪一下，像跌在地上还活着的心脏。我一下认出那个漆黑油腻的地面是利济巷的公用厨房，我们跟楼里的七家人合用厨房和厕所。那是医药公司的宿舍，我爸爸在医药公司做管理器材的副科长。鲁嬷嬷是七家人中，我们离开利济巷以后唯一保持联系的老邻居。

啊！那就是南京，落在洋灰地上跳动的心脏，他们在我的梦里跳动着，不肯死去。从纽约到南京的回乡路，坐飞机，坐机场大巴，坐火车，坐出租……几十年来没有太多的变化，直到最近高铁出现。

利济巷里那些可怜的慰安妇，那些干完事饥肠辘辘、膀胱肿胀的日本士兵也合用一个厨房和厕所吗？厨房里做的什么饭菜？是日式的酱汤饭卷，还是漂着葱花的南京小馄饨？1949年以后医药公司接管利济巷的几栋日式小楼，把多余的厕所都改造成房间，我们的幸福家园，在那些被填埋的下水道上、污垢之上的地盘。

1984年搬家离开利济巷，新家在千章巷回民区。傍晚从七家湾走过，可以看到临街的房子打开的门，门里有回民在匍匐着祷告，头顶的小白帽对着门。祷告后把帽子取下来，他们又成了老南京，跟我们没有区别。斩盐水鸭，吃牛肉锅贴，夏天一把芭蕉扇不离手，芭蕉扇用碎布滚了边，这样耐用，可用来扑苍蝇拍蚊子。仓巷口有一个垃圾中转站，除此以外，一切都好。

大行宫这时候已经是南京最贵的地段之一，我从鲁家新购的十五层楼的大套公寓的窗口，遥望大行宫太平商场楼上的液晶显示屏。一瞬间觉得楼外的风景仿佛纽约的时代广场，纽约那边的家就在一箭之遥的地方。现在我们从纽约飞回北京，在北京坐上和谐号高铁的那一刻，高铁开动的几分钟之内，两个孩子望着火车窗外流云一样飞逝的风景，他们注意到车厢内前方墙壁上一个数字钟，3……100……300！盯着不断增加的数字看了一会儿，他们恍然大悟，这居然就是火车的速度！

哥哥问："我们的火车会快得飞起来吗？"

"不对，不是火车，是高铁！"妹妹认真地纠正他。

"高铁会一直飞驰下去，走到纽约吗？"哥哥改口，继续兴奋地问。他们叽叽喳喳，自问自答。是啊！要是那样多好啊，我们可以坐着高铁去纽约，不用饱受飞机上的时差和辛劳……我注意到这两个中文都说不流利的娃已经用"我们的高铁"这种充满骄傲的称呼了。没想到海外游子的下一代对母乡的认同，在那么几分钟就建立起来了。也难怪，在中国坐过高铁的人，没有不充满惊奇的，没有不赞不绝口的。这样的速度、这样的技术地球上哪里还有呢！

鲁嬷嬷兴奋地说："有了高铁，你们就应该常回家！慰安妇博物馆只要有南京市民身份证就可以免费参观，你不去看看吗？"这时服务员端菜上来，鲁嬷嬷不得不停下来，我们立刻被热腾腾的大煮干丝的香味转移了注意力。大煮干丝的高汤冒着沸腾黄油的香气，动物脂肪的香气是那么动人。盐水鸭是精致的一小碟，刀功娴熟，斩得整整齐齐码在一起。我在美国照着

"文学城"网上教的方子做过盐水鸭,盐炒的花椒嵌在切开的鸭肉里,滚水煮都煮不掉,吃的时候用筷子夹出来,嵌过花椒的那块鸭肉辣得完全不是盐水鸭的味道。

在明尼苏达,在康奈狄克特,在纽约上州,那些我住过的大同小异的独栋房子里,豪华的开放式厨房生产出的盐水鸭就是这种滋味。我一次次满手油腻地把大卸八块的鸭子端上桌,一家人和客人都狼吞虎咽,连说好吃好吃,是家乡的滋味。我从来没有梦到过南京的食物,他们那不可替代的滋味,连梦里都不可找寻。

从新世界出来,我们顺着科巷往利济巷走。科巷在建地铁,一半的路面被建筑工棚挡住,行人走的地方路砖拱起,钢筋横在翻开的泥灰地面,混杂在纸张垃圾、丢弃的饮料瓶之间,是路的牙齿。我小心落脚,一步一看地走,低着头尽量挑路平的地方伸脚,很快就跟鲁嬷嬷拉出一段距离。此时还没有过正午吃饭的时间,科巷两边的餐馆门庭若市,家家都挂着十三香小龙虾的招牌。年过75岁的鲁嬷嬷脚步敏捷,她随我们走到巷口帮着拦出租车。我抱着4岁的女儿,拎着鲁嬷嬷送的几盒点心,拖在后面,天热,我气喘如牛。

一抬头就看到利济巷14号的旧家,新刷成奶黄色的外墙一尘不染,像时髦的饼屋喷了固定透明胶后在店橱窗里摆设好的糕点。灰色的屋顶和墙砖,一栋一栋,14号一直连到4号,电影《罗曼蒂克的消亡》拍摄的日据时代的上海也不过如此,没有灰尘和烟火气的是博物馆里陈列的展品。这不是我住了十年的地方,这不是邻居刘子偷看女孩洗澡被我爸当众抓住、他妈冲出来骂我爸耍流氓的地方。这是一个免费的历史博物馆,日本侵华时期慰安妇在南京的唯一遗址,它跟书本和教科书上的历史一起,离我的生活很远,离梦很远。

那些噩梦一样的记忆,在贫穷、拥挤中不堪一击的青春记忆,被繁华的城市发展取代。我看看周围行人,时髦的穿着,年轻人的脖子上挂着苹果耳机的白线……

我的心忽然轻松很多了,女儿在我肩上也不那么重了,她忽然要下来自己走。

我把她放下来,她三步并两步,走到鲁嬷嬷的身后,从地上捡起一把芭蕉扇——那是鲁嬷嬷落下的。她喊了几句,见鲁嬷嬷没有反应,只好举起芭蕉扇,拍打着那个后背下瘦小的穿黑色香云纱的屁股。鲁嬷嬷转过身,停下来,满脸的笑。

我知道,这个情形在女儿长大以后她会梦到。她会不明不白,为什么在一条陌生的灰尘仆仆的路上,一把滚了彩布边的芭蕉扇会一再出现在她的梦里。鲑鱼并不知道它们为什么要拼命洄游,千山万水,从洋里到海里,然后再回到溪水里,只为了在同一个地方交配产卵,然后心满意足地完成一生的使命。我这条思乡的鱼,带着两条小鱼,坐着高铁回南京。小鱼们梦想的,是坐着高铁走遍世界。

凌珊

凌珊,本名张欣,现居美国得克萨斯州奥斯汀。小说散文发表在《山花》《天涯》《人民文学》等杂志。翻译中短篇小说集《伤心咖啡馆之歌》。出版有长篇小说《金秋》、散文集《远山怀思》。多篇作品获国内外文学奖项。

在　上　海

虹　桥

"黑黑夜,颤巍巍,心绪黯淡,你不在身边,相见在艳阳天,今宵彩虹依蓝天……"

这是我在虹桥机场听到的音乐,确切地说是在虹桥机场的洗手间。感觉上海虹桥机场空旷、新颖、安静,仿佛从德国跳到瑞士,连名字都宁静。

新颖当然是这音乐,钢琴曲轻盈蔓延,竟然是"Love is Blue",理查德·克莱德曼(Richard Clayderman)的《蓝色的爱》。黑黑夜紧接着艳阳天,真是对比鲜明。就像我在机场过道里行走,前面是流畅飞转的英语,后边就是音稔耳熟的中文,然后是满目的汉字,满眼的中国人。

相见时,天色万里晴,

离别后,彩虹去无影。

虹桥机场下的地铁宛若彩虹,从东到西跨越黄浦江,四通八达,指示清晰,秩序井然而有条理,一路直达金茂大厦。

见到陆家嘴金融中心的高楼林立,那一瞬间还是兴奋激动的。

"Wow, this is great!"小姜说。现代的小孩还是喜欢 Modern City(摩登城

市）。

摩登城市,还有比上海更名副其实的吗?就像站在纽约街头遥望曼哈顿,站在金门桥上远眺旧金山。美国儿童成长的过程中一定要看的几个城市,纽约、旧金山、芝加哥,是否还要加一个上海?

早晨的上海,大楼高耸云霄,楼顶云雾缭绕。微风吹送云朵飘浮,摩天大楼似真似幻。站在天桥上,我有一种恍惚的感觉,是高楼在移动,还是白云在飘游?

想想《蓝色的爱》真合意的,我来上海,纯粹是来见朋友的。蓝天下面蓝色的爱。音乐袅袅,心情宁静而温馨,欢喜丛生。

"Is this Shanghai?"小姜问。

是啊,上海!

浦 东

我们都在寻找自己熟悉的环境、语言、文化。

小姜看到金茂大厦的一瞬间,应该像我们在饥肠辘辘的时候看到了美味的中餐馆——中国胃的反应。所以接下来的几天,都是胃在战斗。

早餐一份煎蛋三明治套餐,加一杯饮料(茶或咖啡),一小杯水果,53元人民币。两人的早餐要一张百元钞票还多,上海的物价也跟世界接轨了。旁边的 IFC Mall(国际金融中心商场),成了我们每日寻食的主要地方,这个 Mall 里面应有尽有。所有美国 Mall 里的尖端商店,和只在 Vogue 杂志上见过的名牌店,都可以在这里找到。

也许是城市大,雾霾、塞车都可以隐藏掉?小姜说,他喜欢上海,因为吸烟的人少。大都市的匆忙,倒是少了小城镇那样随处可见的吸烟人和到处闻得到的烟熏火燎。

国内的几线城市之间的区别大得惊人。要是生活在上海陆家嘴,整天穿梭在高楼大厦间,吃西餐,喝可乐咖啡,讲点洋文,还真以为是在外国了呢!这家常去的早餐店,买卖其实不算兴隆,但是叫着洋名,有空调,里面也是酒吧的装饰,坐在里面就很心静。服务生衣着清新整齐,列宁帽一样的小黑帽很时髦,礼貌周到,让人感觉舒适。所以很多时候"冤大头"好像是花在环境上。虽然旁边就有粥店,也有中式餐店,但是没空调,店面也黑,服务员见人爱搭不理,小姜就不肯去。洋餐馆还有音乐,轻扬曼妙,和旁边的中式小店对比鲜明。

常 德 公 寓

来上海不去张爱玲故居就好像去巴黎不看凡·高?地铁在静安寺有一站特地标出常德公寓——张爱玲的故居。

从地铁站一路走来,想象着,她当年也是这么走的吧,一步一量 ,还有,也许跟谁一起,一步一量 。

这样走着,阳伞也跟着张合,天上飘着毛毛雨。梅雨季节,雨伞跟梅花一样,一张一合。就这样走进公寓里面,门口坐着一个老头。看门老头吧,我想。

我立定,在原地盘旋了几圈,等着他盘问。他却握着手机讲得兴浓。炉子上的水壶咕噜噜响,冒着热气,要烧开了,他也不管。

那我就做自己的主人了。我按动电梯按钮,进入二楼。老式电梯狭小,当年的张爱玲也乘的这个电梯?电梯到二楼就停下了,楼道狭窄,出了电梯就站到了门前。

"这是什么地方?"小姜问,仰头四下瞧。

房门很小且老旧,深绿近黑的颜色。楼梯也是黑乎乎的,窄得惊人。

一切很静,静谧暗淡。我抽出手机,又按下,还是不拍吧。转身我带着小姜又进了电梯。从电梯里出来,老人才猛然发现我。"你怎么又下来了?"他问。

哦？我不应该下来吗？（我心里想着）"我不住这里。"我说。

"那你怎么上去了？还以为你住这里呢，外人不让进的。"他嘀咕道，把水壶拎开。现在水是彻底开了，他开始灌热水瓶。

现在还有热水瓶？轮到我诧异又惊奇。

他看我的眼神像看外星人。

"这里不开放的。"他说，"旁边的书店开放，就叫张爱玲书店。你去看看吧。"

"其实她在这里只住了一段时间。"老人还在说。

书　店

常德路那一段很拥挤，粗黑的电线挂在天空，道路交错。这样的氛围和张爱玲的故居好像有点儿不搭界？

有皱纹的地方表明微笑曾经在那里留过，这些电线的天空下，她曾经从这里走过，留下令人拍案叫绝的文章故事。

常德公寓旁边的小书店，里边张爱玲的书我全有。"不用看了。"我对招待的女孩说。

张爱玲的书属于床头书，就是没事儿翻来看，随意打开哪页都能读下去的那种，和《红楼梦》一样。故事不见得新颖，妙的是语言。

有人说张爱玲的小说主题阴暗、故事抑郁。可惜读她的书不全是为了好看。仿佛时装表演，谁整天在家里还长袖善舞长裙拖地？但是时装设计，乃至时装秀，就是要独特、奇异及至具有登峰造极的创造力。居家过日子恐怕 Walmart 衣服要比 T 型台上的衣服来得更实际和舒服。想从她的小说里得到什么消遣适宜好比在时装秀的衣装里寻求随性。因为那些故事里有太多的琐碎世俗、人性的低悲、小肚鸡肠的钩心斗角，几乎没有一点正能量。

但是不仅构架厉害,软件也厉害,就是那些组成时装设计的要素,那些在 T 型舞台上闪闪发光的亮片,灵光闪现的一瞬,令台下的人不禁感叹:大师啊,你!

这书店兼做了咖啡店,女孩是侍应,也是店员。她又指向另一端的书。

"《繁花》吗?我在网上读过。"我跟她说。

现在的故事是山,读国内的小说似愚公移山,读得下去的不多,捏着鼻子也顶多能跟着愚公的儿孙们铲两铲。小说栏目啥时候变成了下跳棋?但是能看进去的,就是心花怒放啊。《繁花》就是属于这种的另类。《繁花》是《红楼梦》的别枝,《追忆似水流年》般的长河落日圆。

女孩听说我要去"爱神花园",便说:"沿着这条路,往前一直走,就到了。"见我迟疑,又道:"可以走到的,不远。"我踟蹰担心小姜能否走那么远的路。

女孩儿清秀利落,有一种上海女孩的聪慧明丽。这家书店很特别,小巧玲珑,古意里有点洋气。谢过女孩,我跟小姜出门接着走。

常德路过了高架桥,变成富民路,再往左转就是巨鹿路。不到二十分钟的路程,但是小姜走起来就要成倍往上加了。

"Big deer road。"小姜说。这个巨鹿路(按"巨籁达路"租借路名所改),我也觉得挺绕嘴,好在前一天在博物馆看过项羽的剑,其中就有巨鹿大战而归的情节。上海的文化根深叶茂,路名都是有缘由讲究的吧,我想。项羽的剑,小姜记得,那个很长很旧的剑,他也想要一把,上次那个长城上买的红缨枪,红缨掉了,枪头也掉了。一路这么慢慢走,摇摇晃晃,三步两摇。巨鹿路两边大都是居民区和小店。路遥巷深,路面有些水渍泥泞,隐隐约约中有腐烂水果的味道飘过。小姜又提问了:"这是上海吗?"哎,上海在他眼里原来就是陆家嘴那样的摩天大楼林立?

如果中国的文化中心在上海,上海的文化中心就在巨鹿路。庭院深深,

"爱神花园"(上海作家协会所在地)里凌霄花落了一地。小姜忙碌着捡了一把,握在手里像一束红色的小喇叭。

这里是中国最好的故事出现最多的地方,这句话也许不算夸张。神园花香猫先知。院子里有许多小猫,溜溜达达。正在徘徊间,看到一老妇走过来,手里拿着碗,是来喂猫的。

"这些猫是哪来的?"我好奇。

"也不知道哪里来的,反正它们来,我就喂它们好了。"她的上海普通话听着很亲切。

"这里环境真好。"我忍不住赞美。

"那是,你看对面的那个四方新城,听说就是邓小平儿子建造的啊。"她兴致勃勃地说道。

是吗?我在心里琢磨是哪一幢楼。

梧 桐 树

爱神花园里寻友人不遇。小姜和我两个人在院子里溜达了一会儿只好撤了。

再往回走巨鹿路的另一边。小姜渴了,累了。随意走进一家水果店,买了瓶百乐山,又要了两个红富士苹果。卖主贴心,往里面叫他的女人帮忙洗干净。他起身,我才注意到他腿脚不好。这店面不大,还带了里间,卖货兼当住房?

一个喝水,一个啃苹果,两个人游荡着,继续前行,准备去思南公馆。知道思南公馆,是因为这里是个文化中心,经常有书展和文学讲座。

复兴路很长,从地铁口出来,走了很长一段路,才到了思南路。

思南路风雅,飞机上的导游杂志都有一大篇长文介绍,思南公馆里的文学讲座排在首位。我喜欢惊喜,不知道当天是否有讲座,只是希望碰巧赶上,那岂非乐事一桩。而非计划去听,因为我可以听,小姜是断不会去的,不过他一上到思南路也跟着兴奋起来。

"哇,这么多树。"他说,"而且没有车。"

真的是车一下子少了起来,连行人都少了许多。

思南路上的这些梧桐树让我想起遥远的银杏树,也是这样的一树茂密,绿意盎然。银杏树叶片小,像蝴蝶,也像小扇子。梧桐树叶像小芭蕉扇,也像小孩子伸开的手掌。梧桐树叶飘落的时候,悠悠荡荡,落到地上可以化成诗句。川端康成的《雪国》里,梧桐树被比喻成女性的酮体,梧桐树什么时候变得如此性感还真不知道。

我在这片绿树下行走,倒觉得像走在绿玻璃的隧道里,万花筒的海洋中,海洋底下是翠绿。用法国定义梧桐树,洋气而有历史,不由得使人想到这里曾经是法国租界。那么,遥远的那些银杏树可否称为"东洋银杏"?还是三十年代日本人栽下的。前人栽树后人乘凉,老人们站在树下总会说,这树真好,有年头了。旁边的中学也是日本人留下的,砖红色依然如初。这次回去,滨江路上的银杏树都给隔开了,因为旁边的道路扩建,树木缺水。城市管理特别给这些树做了围墙,保护活化石。

站在楼上,望得到树尖,小姜已经学会了辨识公母。树也分公母呢,至少银杏树是。树上挂满了银杏果子,青色的果实,饱满细润,窗口望过去,枝头摇曳,青翠得欢心。

喵　喵

喵喵听说我去爱神花园寻友人而不遇,就说:"怎么不找我呢?我带你去。"

喵喵的爽气早在网上见过,喵喵的帖子有相声效果,常让我忍不住笑出声。喵喵的帖子,针砭时事,笑中有叹气,睿智而幽默,用上海话讲就是

"霞气好看"。

跟喵喵约好第二天下午见面。上午我带着小姜去了"新天地"一带,"新天地"里面的设计跟美国的 mall 差不多。我们在一层楼的冷饮店里逛逛,喝两杯西瓜汁、橙汁,又到对面"寄给未来"的小店里流连了一会儿。这个小店也许在哪本杂志上或网上见过,似乎是创意新颖。比如填好一封信,贴上邮票,写明某年某月寄出,就可以寄给自己了,煞有介事。墙上满墙的信封,都是写好预备寄出的信。嗯,有点儿身处未来的感觉。

从新天地出来,看看时间,打车正好,来时乘的地铁,再去"爱神花园"有点绕,索性打车去巨鹿路好了。从车里往外望,经过淮海路,很繁忙。上海这条最有名的路,比我想象的要拥挤窄小一些,也许是看到的并不是全部的缘故吧。想象有时候很奇特,香榭丽舍大街被我想象成绿荫如碧的大街。到了才知道,哪里有绿荫如蓬遮天蔽日,那是乡村的景色,如果再加上一辆红色的拖拉机,三两荷锄的人,就是中国的乡村景象了——我小时候画上的中国乡村景色。

车过巨鹿路,在爱神花园对面停下。老远就望到喵喵的身影。想起前晚的对话,我见过喵喵的弄堂聚会录像,所以认得出,喵喵倒是第一次见我。我拉小姜下车,喵喵翘首以待的身姿正入眼帘。待走近,喵喵也回转身。就这样,我们相遇了。

跟着喵喵走进咖啡馆,阁楼兄(《繁花》作者金宇澄初稿发表时的网名)早已等候在此。阁楼起身相迎,有一瞬间,感觉是在电影里。不全是因为人物,更是因为场景。从门外踏进来,咖啡馆里有一种黯然幽雅,清而不冷,静而雍容,有一种风华绝世的暗香和踪影,晕光荧荧,灯影绰绰。是迎面的 Bar 台格调? 是四下的色彩深重品味浓郁的咖啡座椅? 还是座里的人? 待阁楼兄坐下,提笔签名,这一章按下不表。

书是喵喵准备的,《繁花》第 N 版。喵喵有心,我心欢愉,但是不敢嚷,唯恐惊天人。天人远在天边,近在眼前。喵喵是有心人,另外还带来一本劳枪的《小抽屉》。大概因前一天是劳枪的《小抽屉》的签名会,我刚好错过。感谢喵喵替我备下。劳枪这一章,也先按下不表。

阁楼点的橙子汁新鲜可口,大赞,比先前在"新天地"里的橙汁还好喝。里面的橙粒一颗一颗,像要站起来,满满盈盈,一大杯。琉璃杯厚重冰凉,握在手里暑气顿消。阁楼在讲,我们不响,只管对着眼前的大杯橙汁畅饮。喵喵大口喝,我巨大口喝,哎,还是一大杯啊。

喵喵跟阁楼用上海话交谈,我这位旁听者愉悦享受。不是听懂多少话语,而是氛围,那样自然随意、友朋默契。想起前一晚电话中喵喵问我在哪里,然后跟家人用上海话复述。给喵喵的电话留错了一个号,结果喵喵打来打去打不通。"侬手机哪能是空号呢?"喵喵问。哎,空号吗?我自己也搞不懂啊。

几个人起身去楼上,阁楼朝吧台服务生招呼,关照说橙汁先放桌子上,等下回来再喝。

想起来了,是这样。时光倒流,三十年代的淮海路上,餐馆店家,没喝完的酒瓶可以寄存在柜上,姓甚名谁,下次取出再接着饮。酒如此,橙汁也可以?小说里的情景,却原来是真有的,而且多少年都没有变。寄给未来的明信片里也许有一张是这样的约定?

穿过门庭,长廊里面正在开研讨会,某作品研讨。声音断断续续传过来,白桌布像阳光一样白亮,我们拾级而上,走过旋转台阶。喵喵说,这吊灯很雅,楼梯更雅,在哪里见过呢?李安的《色戒》里,张爱玲的王佳芝走过的呀,喵喵提示。

跟着喵喵从爱神花园里出来,手里的提袋越拎越重,刚才阁楼找出一大摞杂志,我如获至宝,喵喵和我二一添作五,凡是双份的,喵喵才要,单份的都留给我。看喵喵认真地一本一本核实,仿佛聚会上认真检查书单会费,及时为表演者递上需要的话筒。

这附近有地铁站,喵喵一定要陪我找到,穿过几条马路,再走过几条街。小姜发话了:"巨鹿路。"哈哈,喵喵也发话了:"不错,不错,说得很准啊,还知道巨鹿路。"

我笑,想起这是他两天第三次走这条路了。小姜听到表扬更加兴奋,拽着喵喵领着的手上上下下,然后终于说要去厕所。刚才去过"爱神花园"洗手间,那是前一杯"新天地"里的西瓜汁,现在的应该是橙汁了。开始点橙汁时,阁楼问小姜,他是一百个不要,后来看我们都说好喝,也要品尝,这一品尽饮。

喵喵说:"那好办,我们去找厕所。"上海的厕所这回算是给我们试了个遍。

喵喵在跟厕所守门的聊天,主题是世界上所有的厕所话题。上海厕所跟欧洲厕所的最大区别是免费。嗯,上海厕所给我的印象还真不错,不止不错,应该是很好。早听说过国内厕所不备手纸,在上海却没有碰到这个问题。不但备手纸,还配有音乐。机场里"Love is blue"让我听出了喜悦,思南公馆里的洗手间明亮,"爱神花园"楼下洗手间里小窗口里的幽静。现在又到了路上这个,没音乐,但是有守门的,还可以陪你聊天。

路上行人不少,路口人更多。喵喵一路相陪直到地铁站,叮咛又叮咛,小姜都说:"你要跟我们回家吗?"

和喵喵说了再见。出了地铁车厢,小姜却不肯走。"I want to see her off。"他说。我们站在台阶旁,朝着地铁行注目礼。小姜说:"我看到喵喵了。"地铁很快,转瞬呼啸着开走了。我拉着小姜的手,往地铁站外走,倒像是刚刚跟家人分手告别。

劳　枪

到上海的第二天早晨,手机上一条短讯:到上海了,请侬吃饭。

哈哈,我笑。劳枪貌似是老板,还是开餐馆的老板,什么人来了都可以请吃饭。

认识劳枪,先认识照片,菜园里劳枪的照片配着文章,洋洋洒洒。劳枪,复旦出版、洗牌年代、小抽屉,都是关键词。劳枪的照片可以化腐朽为神奇,化神奇为壮观。

《小抽屉》,名副其实。《小抽屉》的画面淡雅而有故事,握在手里就像在说:"抽开来吧,我的小抽屉里,有很多故事呢。"

抽屉原来是男人,这是一个比喻。劳枪写小说很仔细,阁楼写的序里有一天搞定六十三个字的话语,左右推敲,一个字千转百磨。嗯,想起了一个人,美国剧作家田纳西,他也是这样逐字推敲。其实想起更多的是郁达夫,抑郁的生活里压抑的性。

新装的抽水马桶可以是来客参观的理由。哗啦一声的抽水,我这样做时,会想起劳枪小说里的画面。当然了,还有两室相通,不小心跑到隔壁邻居家了。也是上厕所,出来就转向,跑到隔壁女主人居室。两室相通?我相信啊。金茂大厦,79层,隔壁竟然只隔了一扇门。隔壁的声音,男低音,中老年龄。女人的声音听不清,很弱的年轻女人?男人却是非常清晰,断断续续,清楚逼人,仿佛就站在你眼前。惊讶,震惊。还有这样的房间?别到了晚上另有动静。还好,也许对方也给隔壁的我们吓怕了。飞机玩具,呜呜地飞翔,轰隆隆炸碉堡,谁听了也一样会惊讶吧!

劳枪很坦诚,上来就说:"谁住这里啊,浦东只有外省人才来的。"那是在劳枪坐到金茂大厦五十四楼咖啡座的时候说的话。那天晚上,正赶上他有应酬,以酒会友。听说我第二天就要走,还是不辞辛苦,打的赶来了。电话里要履行吃饭的承诺,说了一个啥餐馆的名字,我也不晓得。很好的,他说。我相信,我想说,可那是夜宴,小姜的眼睛现在就在打架了。

劳枪一路赶来,脸上还带着风尘酒意。我拿相机,灯光太暗,一片糊涂。小姜拍照,竟然还真不错。劳枪大赞,老灵啊。跟劳枪聊天很放松,可以天马行空,闲篇八卦,聊得不亦乐乎。多谢劳枪不把我当外人,在上海这是第 N

次被当作上海人。常德公寓的看门老者把我当成住户。复兴路上去思南公馆的路上，一位中年女士迎面而来，一口沪语向我问路。此番劳枪也诧异："没在上海读过书，也没工作过？"忘了我就是因为第一次来上海，才住到这响当当的金茂大厦，听隔壁的闲言碎语。

感谢劳枪，让我见到真正的上海。从无锡返回上海的第一天，我们就去了劳枪介绍的新地方。

上海大厦，打开房门的一瞬间，我定在了那里。外白渡桥灯光如霞，橘红绚彩，桥栏浮于水面，波光粼粼。窗口正对着桥身，桥栏、江水、灯火，整个画面就是一幅全彩的"莫奈"。上海大厦，当年接待外宾的首选，凭栏眺望外白渡桥——上海外滩的象征之一。

想起先前与上海大厦张先生的对话："我跟劳枪从小学起就是同学。"恰同学少年，风华正茂，感谢劳枪的老同学张先生。

《小抽屉》里的人物故事，有些温暖，有些熟稔，有些不舍。想起一句话：你所想要的，在你出生的一瞬间就已经决定了，你要永远保持。这句话像劳枪与小说。

故事的主人公终于有房子了，故事里的爸爸生病了。妈妈、姐姐、弟弟都是爸爸的糖。幸福的家庭是什么？就是大家都在，一个不能少。这样的话语很有哲理，清脆响亮，有点儿惊心动魄。爸爸走了，他说，到时候要带着妈妈、姐姐一起去找他，那时还是一家人，住在一起……

老　金

"无言独上西楼，月如钩，寂寞梧桐深院锁清秋。"这是邓丽君的歌，唱着李煜的词。《繁花》的开篇中：独上阁楼最好是夜里，梁朝伟对镜梳头……这句话说出来，友人就笑，这个梁朝伟对镜子梳头的比喻太形象了！没看先嗅到了味道。

开头读下来,这《繁花》嘛,琐琐碎碎,像《清明上河图》。《繁花》的作者是男还是女啊?

我笑。想起了与阁楼兄见面的那一瞬间。怎么称呼呢? 我想给阁楼的书写点什么。

"老金。"他说,"就叫老金吧。"

阁楼兄清瘦,跟黄金不沾边,跟"老"也不沾边。有点儿清风道骨,随意干练。门楼的卫士刚开口要问,阁楼便箭步过去请我们入内,恰当,稳妥,一切在不言中。

想起一句话,琐碎可以是细腻温馨的代名词,在细节微声里传送,悠远流长;在不期然回溯里升发,予以无限的温暖与和煦。

看到《繁花》里的阿宝、陶陶、俞小姐一行人从上海到苏州那个段落。几个衣衫亮丽的上海男女,忽然沦落到了住招待所的寒酸住处的地步,俞小姐跳脚大吵,陶陶抓狂不知怎么办,他带领大家来,本意是要讨好她的。最后阿宝无奈请她住进苏州最好的酒店,才算太平。

沪生、范总等剩下的几个男人,这一夜出门,返回时就被关在招待所门外,半夜三更无家可归,到处乱走。我看了就想笑。这么无聊的场景,无聊的人们,多么闲极无聊的一群人啊。

但阁楼兄的笔下,耐心耐性,琐琐碎碎,仔细描述出来,嗯,看到这些我就更憋不住笑,像老美在电影院里看着屏幕上那些人的傻样,自己先笑成了大傻子。

那么,这字里行间的好处是什么?

应该是图画感,是一种还原——人间众生相,俗世历史的再生与还原。君若有闲情,想了解 20 世纪 90 年代至今的上海,三十年前的上海,那么翻开《繁花》,随便读两页就穿越了,回到那时的故事里。

阁楼的领地对着窗外的"爱神花园",花草绿木,景色馥郁葱绿。喵喵临窗观赏品评，我举着手机咔嚓。小姜望不到，阁楼举臂抱之，让小姜也望一望繁茂的园中景色。看毕，小姜满意，阁楼叹息说："这小孩很重呢，瘦瘦的，看不出来。"小姜有幸被老金抱着看爱神花园风景。

跟阁楼对面坐，阁楼兄提到了写小说，好比做鱼，长篇可以是选一条完整的鱼，头、尾、身体都可以要，可以写。短篇，则可以取鱼身最好的一块，就是一个菜，局部的一种完整。鱼身上哪有不好的？我兀自叹息，鱼背那块肉骨头最少，可清蒸；鱼头豆腐汤，鲜美无比；鱼尾宴，是我最初的爱恋。哎，最爱吃鱼者如我，一定是鱼身、鱼尾、鱼头的品尝，进行到底。

老金当然不是真的讲鱼，是写作的比方，是《繁花》里"小金鱼"的隐喻。

这个下午，阁楼兄讲得最多的主题是亲情。以亲情开始，以亲情贯穿。刚进来的时候，阁楼正和小说家西飏聊天。西飏是美国、上海来回跑。父母的牵挂，是挡在我们和最后一线之间的屏障。一切的人生走向那一线，这应该是《繁花》的主题。

想起初到美国的那段时间，我与家人联系极少。那时电话贵，机票更贵。只有写信，而且只有逢年过节才写。亲情之重，家人之恩。人生有几个十年？依然记得十载别离后机场相见，母亲奔向我的大步。惊喜合着眼泪一起涌出，吞药水一样往下咽。

做"生活"就是做人，这事做好了，还有什么不会好？这是《繁花》里的箴言吗？

小说里陶陶带朋友们去苏州，住很差的招待所，半夜想出门逍遥，服务员不理，他们大吵大闹，服务员开门言明，出去了就不能再回来。特别设置的是，这一夜他们真的出了门，也再回不了招待所。范总想爬墙进去，裤子划了一个大口子仍不得其门而入，最后这失魂落魄的一干人，坐于古老的沧浪亭，静待天明。人物动和静的面貌，变化如此，魅力在于借这个过程，如何表现人，如何做人。

小说配有阁楼兄手绘插图,久远的年代在眼前穿梭重现,时间交叉,蓦然回首仿若繁花的境地:咖啡馆,会议厅,登楼远望。这样的格局竟与小说如出一辙。

浏览花园,爱神塑像下的池塘,小姜想找到蝌蚪。满墙爬山虎像绿茸茸的毯子。阁楼兄在办公室里进进出出,最后抱来了一摞杂志,《上海文学》《收获》《萌芽》。他说,带着这么多太沉了。

上海一行,收获的最多的是这些辗转的瞬间。可以冥想,可以回味。《繁花》的上海,上海的《繁花》,本就是一个故事的开端,故事里另一个画面的启程。

下一站路线是苏杭、无锡和南京。这些杂志却像长了腿脚,跟我一路直达家中,再到美国的家。

上　海　滩

浦东和浦西像是现代和三十年代,至少有老上海的一面在显现。一个城市有特色就在于它跟别的地方有着天壤之别。站在浦东天桥上,震撼过后会想,这里和北京、广州有什么区别呢?都是高楼大厦,人流飞转,普通话一串串。还是我现在都没反应了?

插一句,走过江南几个城,还是苏州最有特色,一上车,地铁、公交车,都是一律的苏白。女声抑扬婉转的苏州话,千回百转往我耳朵里钻。努力去对照刚报过的站名里苏州话和普通话的接近处。虽然听不懂,但是心底在笑。对了,这才是苏州呀,我要来就是想感受这些,不光是吃东坡肉,也要听听东坡话语摇篮地里的吴侬软语。

一到浦西,建筑瞬间沉淀下来,人声都不同了,街上的沪语多了起来。建筑陈年厚重,你想上前摸一摸:这里都有哪些故事呢?

住进上海大厦已经是晚上9点多了,打开房间门的一瞬间,我定住了。

外白渡桥深红的影子横跨窗外，暗红色系的彩灯把桥身阑干照得像要跳起来。我忍不住叫道："走吧，现在出去看，去看外滩。"外白渡桥上，晚风徐徐，江灯闪烁，行人像下雨，哗啦啦声响。一阵阵雨落，外滩真的和水相关，和灯相关，不夜城的上海滩。

外白渡桥附近紧接着的几幢楼也很有特色，加上夜晚的灯光照明，让你站在那里只剩下惊呼叹息。

"Astor House。"小姜兴奋地喊道。

"上海的早晨"，我则被这几个字吸引。上海的早晨，我记得是一本厚厚的书，现在就变成了眼前的这幢建筑。

Astor House 是小姜在飞机上的杂志里看到的，竟然在这里碰上。杂志介绍说，这是一家很好的旅馆，历史如何，不得而知，但肯定有。但是我记得的是，这里是开辟交际舞的地方。也就是说上海流行跳舞的时候，家庭舞会风靡的时候，它是源于这里。舞曲一支请你跳，估计是"夜上海，夜上海，你是一个不夜城"。华灯展，车声响，歌舞升平。

酒不醉人，人自醉……

人自醉呀，胡天胡地蹉跎了青春。

嗯，感觉最不辜负青春的是跳舞。饭堂舞厅，没有华灯，有的是若有若无的点点灯火，还有激情、兴奋。白天的学生饭堂，变成夜晚的舞厅，校园里的体操房也变成舞厅。西区的学生食堂最好，因为那里的舞曲好，黑，热，真的是热情奔放，跳完一个晚上，浑身汗淋淋。跑回来冲凉，水龙头里的水也是温的。但是，很乐。

站在 Astor House 前面重温校园交际舞的时代，像初升的阳光下注视露珠里的七彩，快乐着的晕眩；像见到隔世的美女，老而雍容，风华绝代。

上海滩浪奔浪流，见证着上海的沧桑荣华。黄浦江万里滔滔，记载着文化的上海，文学的上海。

刘新宪

出生于上海。现居美国新泽西州。曾多年任职高科技公司（美国政府合同商）首席财务官与总经理。目前为企业高层管理独立咨询师。曾主笔合著出版《选择与判断》。诗文散见于不同刊物，有散文诗被《长青藤》诗刊选用在 2016 年度华文诗精选集《四季之上》。

成 都 掠 影

原与国内友人相约今年 9 月同行去九寨沟，机票也在美国早早订好了。但九寨沟 8 月的地震打乱了我们的计划。太太说，去不了九寨沟，那就去成都。于是，便有了这次美好且令人难忘的成都行。九寨沟暂且留给明年吧。

成 都 印 象

成都，四川省会，亦称"蓉城"，自古便有"天府之国"的美誉。"九天开出一成都，万户千门入画图。"

因历史上非兵家必争之地，受战乱影响小，在中国辽阔的历史版图上，成都是唯一建城以来城址以及名称从未更改的城市。历史也不无偏心地给了成都人独特的慢节奏和会享受优哉的生活方式。小吃、茶馆和麻将馆绝对是一大特色。由于长年雾遮云绕，空气湿润，此地姑娘还真是水灵秀气，性情温和，真可谓"一方山水养一方人"。难怪老话说："少不思蜀。"

从两件小事上也许可看到成都人日常生活之一斑。

一天，我们乘坐的公交车与出租车相撞。人家不带争吵的，俩司机打完交警电话后竟然像哥们一样点上香烟优哉地聊起天来。顺便提一句，玩成都,坐在空荡荡的公交车上,投下两元硬币,没有目的和方向,就那么坐着,优哉的城市和可爱的成都人可以让你整个人也优哉起来。只要上了车,就老是不想下车。

又一天,买了四元二角的点心,付五元,售货员找还一元,人家成都人懒得一角一角地数着找还八角,尽管钱箱里明明有一堆零毫子!

尽管人家这般悠闲,但成都照样在过去的十多年里从一个几百万人口的城市发展成了今天拥有 1500 万人口的大都市,在过去的七年里开出了 140 多公里、有着 100 多个站口的五条地铁线,还有 11 条线路正在同时建造中,三年后将全部运行。繁华林立的摩天大楼此起彼落,像一个个力大无比的巨人把臂膀高高举向天空,它们和红砖青瓦古老的宽窄巷子、锦里、武侯祠、文殊院等一起见证着时代的变迁。成都不知疲倦地向地下、向天空、向远方、向未来延拓,带着这个城市所特有的令人来了就不想走的谜一样的优哉。

到了节奏如同一路小跑的上海忍不住问道,为什么上海人不能像成都人那样优哉,偏要如此"拼命三郎"。一美女电视台主持人淳子说,上海人提供了中国财政收入的 70%;一胖土豪兄弟荣申说,中国大多数挺富的省市不必向中央交公粮的。

原来如此。看来还是当成都人"格算"。

杜 甫 草 堂

杜甫草堂,位于成都西郊的浣花溪畔,又名浣花草堂,唐代"诗圣"杜甫流寓成都时的故居。杜甫一生流传下 1500 余首诗,其中 240 余首是在此居住近四年期间创作。

130 年后,唐末诗人韦庄寻得草堂遗址,重结茅屋,使之得以保存。宋、元、明、清历代都修葺扩建。当年"诛茅初一亩"的草堂现在已成了占地300

余亩的集纪念祠宇、园林、民居为一体的中国古典式园林。草堂的建筑古雅自然,园林、叠山、溪水、树木、花草寓意天然,匾联、题咏、雕塑、碑文如诗如画,移步其间,忘却归时。

杜甫的诗作真实而深刻地展现了"安史之乱"前后唐代社会盛极而衰、狼烟四起、民不聊生的历史,故被誉为"诗史",杜甫亦被后世尊为"诗圣"。

杜甫一生饱经战乱、贫穷、疾病之苦,颠沛流离,最后身无居所,在船上客死他乡。但他却为中华文化留下了无数熠熠夺目的璀璨珍珠,还有永远激励后人的胸怀苍生、忧国忧民的宏大情怀。

千百年来,杜甫草堂引无数文人贤士、达官显贵、平民百姓前往拜谒。

康熙皇帝之子果亲王为它留下苍劲笔墨——"少陵草堂"。

邓小平少小离家终身未归,却五次拜访"诗圣",说:"到成都不来草堂,就等于没到成都。"

在诗史堂,有朱德撰写的对联:"草堂留后世;诗圣著千秋。"东侧悬挂着陈毅书写的杜甫诗句:"新松恨不高千尺,恶竹应须斩万竿。"堂中杜甫的铜像,眉宇微蹙,目光邃远。人们仿佛可见"诗圣"饱经忧患、贫病交困的一生,以及忧国忧民、心潮澎湃的赤子之心。

祖国啊,沧桑多难的母亲,是"诗圣"一生的爱和痛。

"诗圣"曾仰问苍天:"乾坤含疮痍,忧虞何时毕?"

此刻我愿告慰之:"乾坤趋坦荡,忧虞催华章。"

"诗圣"当年在草堂屋漏偏逢连夜雨时,写下的"安得广厦千万间,大庇天下寒士俱欢颜"的美好愿望正如画卷般在祖国大地徐徐展开。我们历经过万般苦难的祖国母亲,已经穿越了千年蜗行的黑暗隧洞,如冉冉升起的朝阳,将光华洒向曾经满目疮痍的大地。

"诗圣"说"露从今夜白,月是故乡明"。这也是我们海外游子对祖国母亲的一片拳拳之心。祖国母亲美丽而永恒的青春也是我们殷切而永恒的期盼和祝福。

就在即将离开杜甫草堂时，我们惊见两株铁树同时开花的千年奇观。金黄硕大的花球在深墨绿的树叶衬托下分外夺目，我们在花前迟迟不舍移步。这是偶然的锦上添花，抑或是"诗圣"在天之灵对远道而来敬诚的拜谒者的盛情和慷慨？

都 江 堰

都江堰，这个伟大的水利工程始建于公元前 250 年。

建堰之前，此地水患不断，民不聊生。一位秦国的地方父母官李冰发起了这项浩瀚的治水工程。湍急的岷江江水在"鱼嘴"四六分流，飞沙泄洪。曾经恣意妄为的江水应顺人意天意成了造福苍生的甘泉，使四川大片土地永免于水患洪灾，并享有"粮仓"盛名。

千百年来，都江堰的人民从来没有忘记这位造福子孙的秦代父母官。人民为他塑相立碑，代代相传。千百年来民间传说二郎神是李冰的儿子，于是在纪念李冰的"二神庙"中曾有过李冰之子二郎神的塑像，而这次参观"二神庙"时却未见二郎神。找了导游刨根问底，无意间，竟听到了一段黑色幽默。

"文革"破四旧，把李冰儿子二郎神塑像给砸了。"文革"后重建庙堂时，有"砖家"考证李冰没儿子只有两个女儿。一位苛守事实的时任"父母官"，以破除迷信为由，下令不得让传说中的李冰之子重返"二神庙"。于是在李冰塑像边上塑造了李冰夫人之像。"二神庙"已流传千百年，无法更名。只是拜后任"父母官"所赐，"二神庙"多了一位夫人，却少了美丽传说中的李冰之子二郎神。

美丽的传说是人民美好的情感，是中华文明渊源悠久的文化瑰宝。用"砖家"考证和破除迷信的名义去做任何改造，实在是一场愚昧至极的笑剧。从这等时任"父母官"的拍板联想到造福万代睿智的李冰,穿越一下时代,感受到的是一种啼笑皆非的黑色幽默。

然而,古堰长流,逝者如斯,唯治水之功造福万代。人民的情感和智慧终将万古永存,其他的嘈杂充其量只会让人反思。大笑抑或叹息,或二者皆有?

沉思中,导游突然招呼我们抬头望天。

举目苍穹,惊见日月同辉! 心情豁然开朗。

青 城 山

青城山,道教发源地,五大道教圣地之一。青城山靠近岷山雪岭,面向川西平原。临峰顶四望,群山苍翠,云雾缭绕,岷江如带,横陈天际。上清宫坐落在幽静的青城山顶。在青城山脚下,很远便能听见上青宫浑厚润耳的钟声。

上清宫始建于晋朝,古往今来,留下无数风流人物印迹。张大千居士曾在此潜心修道作画,留下不少珍贵的笔墨字画。上清宫宫门为石砌券洞,门楼的匾额上有蒋介石先生手书"上清宫"三个榜书大字。门前石阶两旁各有一株高大的千年银杏树,右侧一株尤为奇特,一株分为十三株。

上峰顶可乘索道车。正常票价 60 元,但持上海身份证游客只要 15 元。问导游为何如此,原来汶川地震后都江堰市的重建资金几乎全部由上海人提供,这是灾区人对上海人的一种感恩回馈。听毕,肃然起敬。感恩是人类所具有的一种最高贵的品质,但经常觉得在今天,它也是一种稀缺资源,在此忽然感到它依然可以是如此丰盛、温暖、满溢。

只是 14 年抗战,在战死疆场的 350 多万将士中,每五人便有一位是四川儿女,此恩何报?

上天是公平的,他将感恩之心给了四川儿女,这应是最理想的回报。唯知感恩,福溢四海。

上清宫主殿老君殿正对山门,殿内供奉太上老君。步入正殿,太上老君庄严地坐在中央,注视着每一个进殿之人。大殿左边供着纯阳祖师,本名吕洞宾,是道教主流全真派祖师。右边供着三丰祖师,是修身修心金丹术和太极的创始祖师。大殿两侧还放置着供人歇脚的长凳。

一路行走登山,颇感疲乏,便在长凳上坐下。

这天虽然游客并不是很多,倒也不时有人进来。每当有人叩拜时,不论是否添了香火钱,太上老君脚下的那位束发道人便会用钟杵敲钟一下。钟声非常润耳,在跟前并不觉得很响,但它可以清晰地沿山脉传向远方。

道人边上坐着一位四十来岁围着围裙的民妇,她时而会去清理一下香炉,但多数时间是在埋头玩智能手机。充满诱惑的世界在她的手机屏幕上翻滚着,她目不转睛,全神贯注。来自远古的太上老君和这来自凡间的现代民妇共处一殿,各司其职,不知道这是一种与时俱进的和谐,还是世俗在对信仰所做的姿态(挑战)?

我看到多数游客匆匆看过便离去,但也不时会有膜拜者。令我诧异的是,膜拜者们膜拜的姿势竟然没有一个是相同的。有人合手过顶、下跪、磕头,每一个动作不疾不徐,规规矩矩。我也看到其他很多千奇百怪的膜拜姿势,其中有一个竟让我忍俊不禁:一壮汉,在太上老君面前,竟然双手抱拳,点了三下头,这也叫叩拜?我若有三丰祖师所创的太极功夫,必一掌将他掌出殿外。

在无声的观看中,让我印象尤为深刻的是一对同行游客,一个是油光满面已经发福的中年男子,另一个是形象娇美但衣着超级暴露的年轻女孩,他们不像父女,也不像朋友。那汉子无聊地双手叉腰东张西望。那女孩倒是对每个塑像一一拜过,虽然姿势一看也是自创的,但神情严肃而虔诚。

庄严而神秘的道教圣地此时飘拂着凡世供上的香火烟气,同时也演绎着大千世界的万般景象。我不由得萌生好奇,且不说匆匆过客,在膜拜者中不知有多少人是虔诚的,又有多少人是玩世的。

休息好了,起身走出殿门。青城山苍翠起伏,伸向无边的天际。云雾中,仿佛弥漫着尘世间看不到的天然仙气,似有似无。

记得道家道:"有亦是无,无亦是有。"

峨 眉 山

峨眉山,传说中象征智慧的普贤菩萨的道场。

大巴士在蜿蜒回旋的盘山公路上开了两个多小时后,下了车,再登踏比想象中还多的台阶,才能满身大汗地到达海拔 3000 多米气温只有九度的顶峰 ——金顶。

途中,会有猴儿过来乞食。峨眉山的猴子普遍偏胖,据说是被游客们的糕点喂胖的。这里并不禁止游客给野猴喂食,反而要小心猴子会拦道"抢劫"。

峨眉山山势险峻,景色壮观。海拔越高云雾越重,若隐若现中,群山此起彼伏,一幅天然的气势磅礴的中国水墨画。

峨眉山高处的云雾与黄山不同。黄山云雾如飘浮的海,可以让人观看,峨眉山云雾像一块帷幕,将人视野遮挡,向远望去,总是一片白茫茫。在金顶遇到一群摄影师,据说在山上已经住了半个月,依然与日出一景无缘。在下山的缆车上,坐我对面的一个五岁小女孩说:"这里的云好白,白得我什么也看不见。"

峨眉山山顶近年新建的四面十方普贤菩萨金碧辉煌,据说全部真金贴金。高高耸立的菩萨在云雾偶然飘散后的阳光照射下,金光灿灿。

峨眉山金顶工程浩瀚巨大。十方普贤金像通高 48 米,重达 600 多吨,建筑面积 1000 平方米,是目前世界上最大、最高的十方普贤像。金殿、铜殿建筑面积 1800 平方米，巨大的工程仍在进行中。

这些工程所需要的建筑材料是峨眉山村民们一筐筐背上去的。110 斤过秤后可得 9 元人民币。

远路无轻担，更何况背着沉重的水泥砂石去攀登陡峭的阶梯，每一阶都是一次极限挑战。

途中遇到一位不到 40 岁的面目清秀的妇女，她同样干着男人活，背着 100 多斤的砂石。也许她一生中从未听说过防晒霜是什么，艰辛使她显得比实际年龄苍老，但她的坚忍、自尊和自信使她更令人敬重。

每当与这些背夫（妇）频频交臂而过时，我不禁会想，如果还有什么能让人更真切更深刻地来感受当今我们大陆同胞的生活状态，在那一群群衣着光鲜的游客（包括本人）和这些步履艰辛的民工同时向金碧辉煌的峨眉山金顶攀登时的反差中，你得到的会是一种震撼，那是一种说不清道不明含着隐隐之痛的震撼。

人类文明就是这样在不尽公平中建成和发展，而且将长久也许永远地继续着。但我相信这些村民的故事不会被湮没，因为人类文明良知的眼睛永远不会闭上。

乐 山 大 佛

乐山大佛，又名凌云大佛，面对岷江、青衣江和大渡河汇流处，依岷江东岸凌云山栖霞峰临江峭壁凿造而成。佛像开凿于唐玄宗开元初年(713年)，完成于唐德宗贞元十九年(803 年)，历时 90 余年完成。

相传在岷江、青衣江和大渡河的交汇处，暗流汹涌，水急浪大，自远古以来无数船只在那沉没。

海通禅师为减杀水势，以保船只民众平安而发起，招集人力、物力修凿弥勒大佛。大佛通高 71 米，头高 14.7 米，发髻有 1021 个，耳长 6.72 米，鼻长 5.33 米,眼长 3.3 米,肩宽 24 米,手的中指长 8.3 米,脚背宽 9 米,长 11 米,是世界上最大的石刻弥勒佛坐像,被誉为"山是一尊佛,佛是一座山"。

参观乐山大佛可登山近看,亦可乘游船远近通达。旅行团同行者说,乘船从远至近观大佛远胜过在人头耸拥的狭窄阶梯中看大佛。言之有理,遂选择乘游船前往。

千百年风雨的侵蚀,不改大佛一如既往豁达的笑容。大佛的笑容永远让人揣摩不定。是慈悲为怀的笑吗?面对被吞噬的船只苍生,和这么多人间悲苦,何笑之有?是坐镇宝地,为压制水妖的胜利之笑吗?但是灾情为何依然时有发生?还是笑天下可笑之痴人痴事?或者笑是善良的象征?不同人对同一件事在不同时间不同心境会有不同感受。

但此刻最强烈的感受是古人巧夺天工鬼斧神工的震撼,是激动人心的浑然大气,是人性的善良美好和中华文明的辉煌豁达。

从游轮放眼远眺,在乐山大佛右边,有一座巨大无比的"卧佛"凭群山自然而生。同行游客告知,此"卧佛"沉寂千万年,直到近年改革开放,一位新加坡游客在整理自己的旅游照片时看到此奇景,马上报知中国国家旅游局,当即得奖,此景也一下子变成了另一景观"热点"。

为何此天然奇观每天都呈现在人们眼前,但它却在漫长的岁月中不为人所见?对此,我没有清晰的答案,但想起,有人说过,睫毛离眼睛最近,却没人能看见它。

南希

本名王燕宁,出生于北京,旅美华人。北美中文作家协会会员。纽约华文女作家协会理事。原《北京日报》记者,现居美国,从事服装设计。20世纪80年代起发表文学作品,作品散见于海内外报刊,多次荣获文学奖项。主要作品有长篇小说《蛾眉月》《足尖旋转》。《蛾眉月》曾荣获新语丝文学奖二等奖,散文《天禽如人》荣获美国汉新文学一等奖,短篇小说《多汁的眼睛》《谢丽一家的晚餐》荣获美国汉新文学奖二等奖。

露从今夜白

白露时节,我回了一趟北京。在纽约飞往北京的飞机上,手里摊开着一本书——E.B.怀特的《这就是纽约》,但思绪却早早飞往了北京,并在内心对居住时间各半的这两座名城暗暗比较。

我的人生有一半是在北京,而另外一半是在纽约度过的。这两个城市有迥然不同的文化,都给我很深的影响,它们拥有两个截然不同的环境。在怀特的笔下,纽约就像一首诗——"诗歌压缩在很小的空间,加上韵律,必然意味深长。纽约就像一首诗:它将所有生活、所有民族和种族都压缩在一个小岛上。"是的,纽约给人一种"压缩"的感觉。城市建筑显出一种豪华高冷的现代感,一座座建筑高高矮矮、挤挤挨挨地耸立着,像一个个褐色、赭石色、青灰色、暗紫色和青钢色的火柴盒。它们的顶部像剑一样锋利,直插云霄,把蔚蓝的天空切割成狭长的一小块一小块,人在高楼,如立在剑锋,有一种窄和冷,一种拥挤和热闹中的孤独;而北京则是有着千年历史沉淀的城市,有一种大漠古都的风韵和大气开阔的景象,人处其中却有一种敦厚和温暖。

怀特的这本《这就是纽约》行文圆熟博览,气定神闲、不疾不徐地接近现实,他是一个能品尝城市情绪的敏感的人。在他的这本书中,我最喜欢的就是最后一篇《这就是纽约》。作家写城市的作品很多，除了怀特的这本，我还读了奥尔罕·帕慕克写家乡的《我脑子里的坏东西》。还有乔伊斯，他一生大部分时间远离故土，但在都柏林度过的时光成为他难以割舍的情结。在《都柏林人》中，他以简练、诗意的笔触描述了"可爱、肮脏的都柏林"，描述了那些都柏林人的幻灭、压抑或不为人知的隐痛。

很多作家也都跟某个城市或乡村有着密不可分的关系，如帕慕克和伊斯坦布尔，舍伍德·安德森和温斯堡，马克·吐温与密西西比河，威廉·福克纳与南方小镇，马尔克斯和阿拉卡塔卡，鲁迅的鲁镇，沈从文的边城，张爱玲的上海，老舍的北京，白先勇的台北，贾平凹的商州，张承志的西海固，韩少功的马桥，苏童的香椿树街，史铁生的地坛，莫言的高密东北乡，等等。这些地方既和地理意义上的故乡有关，也是源于虚构和想象的精神故乡。

文人对笔下的城市充满了感情，充满了夸张和溺爱；在他们的笔下，这座城有了性别、形态、年龄、口味和小小的算计心，有了流着脓的伤口，摔坏了半月板的膝盖，还有一度因吸烟过度得了肺炎，曾奄奄一息、卧床不起的病躯；他们描述了城市人的幻灭、压抑或不为人知的隐痛……但是，他们对城市的爱是深沉的、含而不露的。

比如，在怀特的笔下，纽约是充满传奇而又复杂多样的——"纽约是艺术、商业、体育、宗教、娱乐和金融荟萃之地，在这么一个浓缩的竞技场上，挤满了角斗士、布道者、企业家、演员、证券商和买卖人。它的西服翻领上浸润的味道，年深日久，洗也洗不掉，结果，不论你身在纽约何处，都免不了与伟大时代、辉煌事功、奇人、奇事、奇闻发生感应"。

然而，这样一个纽约有它突飞猛进、飞速发展的时期，那在一个世纪之前，就像北京现在一样，是一个大兴土木、全面建设的时期。但是现在，它的建设速度明显缓慢。美国《纽约时报》的专栏作家托马斯·弗里德曼，在2008年夏天参加了奥运会，之后途经上海返回纽约。他写了一篇很有影响力的评论,题为《中美这七年》,刊登在当年 9 月 10 日的《纽约时报》上。他写道:"当我坐在鸟巢的座位上,欣赏闭幕式上数千名中国舞蹈演员、鼓手、歌手以及踩着高跷的杂技演员魔幻般的精彩演出时,我不由得回想起过去这七年中美两国的不同经历:中国一直在忙于奥运会的准备工作,我们忙着对付'基地'组织;他们一直在建设更好的体育馆、地铁、机场、道路以及公园,而我们一直在建造更好的金属探测器、悍马军车和无人驾驶侦察机……差异已经开始显现。你可以比较一下纽约肮脏陈旧的拉瓜地亚机场和上海造型优美的国际机场。当你驱车前往曼哈顿时,你会发现一路上的基础设施有多么破败不堪。再体验一下上海时速高达 220 英里的磁悬浮列车,它应用的是电磁推进技术,而不是普通的钢轮和轨道,眨眼工夫,你已经抵达上海市区。然后扪心自问,究竟是谁生活在第三世界国家?"

又是近十年的时间,当下中国的变化更是令人惊叹。到达北京,走下了飞机,出关手续出乎意料的简便顺利。人在旅途,思绪总是最活跃,其中一个原因,我以为是时空的切换。又一次落地北京,飞了 16000 公里,从西五时区到东八时区。每次切换城市,整个人也似乎在时间的水里淘换了一下,从大脑到神经末梢,都格外敏锐和新鲜。走在宽阔现代的首都机场,心情顿时敞亮,疲惫一扫而空。乘车前往住处,一路上我兴奋又缄默,贪婪地望着窗外的街景。"近乡情更怯,不敢问来人。"北京变得漂亮了,变得认不出来了,街道宽了,楼高了。

我贪婪地望着窗外的街景,心里在"默读"我认识的家乡。这些年来去匆匆,在家事与业务之间奔波,我竟与北京渐行渐远,彼此生疏了。老舍到 27 岁才离开北平,我比他更晚。他说"以名胜说,我没到过陶然亭",陶然亭我倒是去过,但其他我没去的地方却很多,每次回来都找不到北,只能在语言上尽量把自己装成一个北京人。

此刻,我最想见到的是城楼,是老北京的经典建筑,是古香古色的汉阙,是南北朝的石刻、唐宋的经幢、明清的牌楼,以及碑亭、泮池、飞檐、影壁、石桥和华表上的雕刻……但是,保存下来的古建筑本就不多,还被岁月剥去了光彩,有几分"土里土气"。而且连这些都不易见到了,眼前掠过的是高楼、高楼、高楼,住宅规划是千楼一面;另一面是奇形怪状的办公大楼突兀而立。这些建筑崇洋、求怪、贪大、逐奢,好像一个虚火上浮的人。我在寻找我认识的北京,我在寻找我记忆中北京的秋色、北京的绿荫,那是二十年前,不,那是三十年前的北京。

时逢秋季,气候却仍干热难耐,仍是地球变暖循环过长的暑天。楼越盖越高,越盖越多,城市的高楼阻挡住了凉爽气流的进入,热浪聚集在夹层中难以疏散。车辆剧增,热气、尾气、废气已将秋高气爽变得气闷胸悸。

以前的北京,秋天是蓝的,北京的秋风是凉爽的。葳蕤葱郁的绿荫掩映着红色的古建筑,路的两侧种着茂密如华盖伞样的绿色植物,有高大的法国梧桐、槐树和挺立的钻天白杨,还有临着水面的杨柳,杨柳的柳丝拂着湖水的绿波,在秋风中飘舞。龚自珍曾描绘这京师景致是"草木有江东之玉兰,有苹婆,有巨松柏,杂华靡靡芳腴"。

我回忆这段文字的同时,脚步却回到了记忆中的北京胡同。绿荫把阳光分割开来,错落有致地蔓延着树影,恍如深深的庭院。北京城内曾经遍布灰色低矮的胡同群,可是胡同和胡同不一样,有雕梁画栋、石狮高踞大门口的王爷府,高官富商的一水青砖的四合院,再到一般百姓的普通小院,院内各色生活风景不同。现在北京的变化极大,很多的路我不认识了,就连居住在北京的朋友,也不能认全所有的街道,他们要靠导航仪找餐馆和新路。一些绿荫大道两侧珍贵的树木已被无情地砍掉了,一些寂静的胡同已被开辟成了宽阔的商业大街,那传统的小贩叫卖声也同那"天棚、鱼缸、石榴树,老爷、肥狗、胖丫头"景致一样消失了。高大的法国梧桐和槐树已被庞大的建筑物群替代了。这里秋风秋云秋光中的古城幽静氛围,也随着那绿荫的消失荡然无存了。路拓宽了，车多了，人们蜂拥而至，讨价还价的吵闹声鼎沸起来了。

入住旅馆，我坚持选择住高层；几天后又回到这里，我仍要求住在原来的房间，有一个特别的原因——因为我喜欢凭高远眺。稍事安顿后，我便在窗边坐下来，透过落地窗，望着对面的大楼和教堂红砖墙面，光线越来越弱，夕阳由红色慢慢转成紫色。向晚时分，又改换了颜色，就像玫瑰凋谢时，会泛出蓝色。

其实窗外的风景挺单一，对面是一座教堂和新华社大楼。新华社大楼已平凡无奇，埋没在那些新式建筑中了；而我对这个教堂非常陌生，曾想走过去看看，却因时间有限没有去成。是它的建筑风格引起我的兴趣，它是天主教北京教区的主教座堂，俗称南堂，外形不像我在美国看到的教会那种哥特式的一道道装饰，反而是沾了地气一样，有了一种敦厚味道。后来才知道，现在的这座巴洛克建筑确实年代不久远，建于1904年。据说原来的南堂是由意大利籍传教士利玛窦在1605年兴建的，却在1775年毁于火灾，乾隆帝赐银一万两下令恢复教堂原貌，但重建后又在1900年被义和团烧毁。

有一样东西，它可大可小，它可能小到一粒尘，也可以大到一座城，它就是历史：历史的痕迹会不经意地浓缩在一些不起眼的建筑上，这就是北京。

我的目光从教堂平移，看到的是一个喧嚷不息的十字路口，这里是旧城楼所在地，如今城楼没了；再远一点，是西单路口。华灯初上，星星点点的灯光，川流不息的车流，一直延伸到远方……在我目力不及的地方，这个城市的边缘已经被无限地延伸了。

今日登高樽酒里，不知能有菊花无？此刻的我，手中没有酒，却已然醉了。我不是在观察这里的风景，而是有点类似情人的心态，贪婪地日夜体验着这个城市的每一次呼吸、每一个表情、每一刻的变化——它的市声、天光、晨曦、晚照,层出不穷、拔地而起而单一的楼群,教堂上拱形顶无声的庄严,楼下市声通宵的喧哗……我问自己,为何对这片风景如此贪婪?似乎面对的不是凡俗市景、高楼闹市,所有这些风物变幻,都穿透日常存在,在我心里变成了另一种壮阔的自然景象。我以一个旅人,以我自身的存在整个儿地融入其中……

有什么比此刻更适合思乡呢?北京,它就在我的眼皮底下,它是微风中的海棠,我就是苏轼笔下"只恐夜深花睡去,故烧高烛照红妆"的赏花人。

我想到满世界打猎、参战、出海的海明威则终生眷恋着巴黎。到了晚年,他在病痛中深情写下真挚感人的回忆录《流动的盛宴》。他扉页上的献辞称:"巴黎是一席流动的盛宴。"

北京,不也是这样的"一席流动的盛宴"?

望着北京的街道,我想起纽约的一条街道,叫"百老汇"。其实,几乎美国的每个城市都有一个百老汇,或者不止一个百老汇,就像旧时北京的天桥,上海的南京路,太原的迎泽路,是城市的著名街道。市府管理层就通通叫它们百老汇路。纽约市为了发展旅游业,经常在一些街道上换花样。百老汇几个星期就会换面孔——比如在街道中心"划地为牢",划出地盘,阻断机动车道,开设自行车道,摆设摊位、餐馆,搬来树木、花坛,甚至盖起临时游泳池和开设夏季街头音乐会、快闪瑜伽班等等。有人称纽约是"火热的城",那么百老汇路就是"火热的街道"。在曼哈顿这弹丸之地,密密麻麻的楼群像竖立的火柴盒,整齐地码放在横平竖直的城市地图上。但是这个百老汇街,却像一个调皮的孩子,不守横平竖直的规矩——它从上城的东部斜斜地穿过整齐的街道方阵,自由地插向下城的西角,就像中文字中那飘逸的一撇一捺。

看一个城市要看它的街道,更要看走在街道上的人。怀特把纽约人分为三类。第一类人是"通勤族",他们住在郊区,每天花两到三小时在通勤上,你只需冷眼一扫,基本上可以从人群里分辨出他们。这类人目不斜视,有时手上拿着一杯咖啡,见人超人,见车绕行,决不停下前进的步伐。他们多数着黑衣或西装,衣着单一,面部肃穆,眼神疲劳。女人一般身上背两个包,一只大一点的包里面装着午餐、水果、化妆包、旅行鞋,一应俱全;另一肩上则挎着精致的小挎包。纽约人是孤独的,"人在纽约,却与世隔绝","通勤族"眼神里写着孤独。街上偶尔会出现一两个穿运动短裤和跑鞋,插着耳机晨跑的人,他们迈着一双大长腿,对身边的嘈杂市声充耳不闻,鹤立鸡群地出现在衣冠整齐的上班族中。他们大多年轻多金,是曼哈顿的"居住者",曼哈顿岛的岛主人。第三种人,就是带着美国梦的"移居者"。

对这三种人,怀特描写得特别形象,他说:"大体说来,有三个纽约。一个属于土生土长的男男女女;一个属于通勤者,他们像成群涌入的蝗虫,白天吞噬它,晚上又吐出来;一个属于生在他乡,到此来寻求什么的人⋯⋯最伟大者是最后一个——纽约成为终极的目的地,成为一个目标。正是这第三个城市,造就了纽约的敏感,它的诗意,它对艺术的执着,连同它无可比拟的种种辉煌。通勤者使它如潮涨潮落般生生不息,本地人给它稳定和连续性,移居者才点燃了它的激情⋯⋯每个人都像初恋一样,心情激荡地拥抱纽约,每个人都以探险者的好奇目光打量纽约,每个人发出的光和热都胜过爱迪生联合公司。"我想,怀特对纽约三种人的分析,也适用于北京:辛劳的通勤者(外地打工者),永远搬不走也不想搬走的老北京(本地人),怀着人生梦想的"北漂族"。这三种人中,只有第二种才真正拥有北京。

在纽约,我就是怀特所指的第一种人——通勤者。纽约的通勤者很辛苦,原因之一就是地铁的交通迟滞天天发生(这也是大城市的弊病之一,人的交通距离太远,大城市人花在通勤上的时间平均每天两三个小时,就是说每天的生命少两三个小时)。这种人走路是踮着脚尖走的。因为怕迟到,我走路很快,可以说练得健步如飞,大约怕迟到而练成了功夫,我会在路上超过所有走在前边的人。但是在我的一条腿被挤进了地铁与月台的缝隙,被挤坏了之后,下雨天疼痛的麻烦就会找上我。

有时,我在纽约的街头遇见迈着"螃蟹步"的人,这种人一般都身宽体胖,不但步子慢,而且身体像钟摆一样,左边晃一下,再右边晃一下,一个人便"封锁"街道,形成一道不可逾越的长城,使别人无法超越,只得乖乖地跟在后面蹭。我在北京的马路上,又看到这样的步态,一种横着走、夯实的样子,男女都有,各种年龄都有。我很感慨,终于明白了这种步态并非纽约专属,它是一种心态的外化——"这是俺们的地界,俺们愿意怎么走就怎么走"。

在不同的地方,走路的感觉不同,比如在北京,深更半夜我仍然会出去散散步(在纽约我不敢这么做)。走出旅馆向左拐,经地铁口再向前走,这里有个巨大的商业楼群。现在它黑着灯,商家都下班了,只有不远处一家高级酒店的露天酒吧还亮着灯,在沿街摆放的镂花铁桌上,影影绰绰,烛光摇曳,暗香飘溢,还摆着鲜花,有人在露天酒吧拉闲散闷;一位保安以标准姿势站着不动,在不远处有一个亮灯的小房子,门牌子上写着某街区"治安管理所"。

尽管我出国近三十年了,我知道有什么事,不远处的管理人员还有保安是可以依赖的。奇怪的是,我在纽约从没有这么想过。

不知道是不是心情变了,我觉得这里的地面很绵软,踩上去很舒服,那是一种叫作"踏实"的感觉。心踏实了,腰挺起来了,脚步放稳当了,自我发觉自己的步子不知不觉地,也变成了那种随心所欲的漫步。这种踏实和舒坦,就是走在家乡的路上的缘故吗?

当然,北京的拥挤和北京人的牢骚,其实也是北京特色之一。按怀特的说法,这是大城市的"馈赠"。他有一段描述就像一组有趣的电影镜头——

"此刻,我坐在中城闷热的旅馆房间里,房间紧靠高楼天井的半截腰处,忍受华氏90度的高温。房间里没有一丝风,然而,我仍不由得感受到周遭有什么东西扑面而来。隔二十二个街区,是鲁道夫·瓦伦蒂诺的遗体安葬处;隔八个街区,内森·黑尔被人处决;隔五个街区,欧内斯特·海明威在出版商的办公室直捣马克斯·伊斯曼的鼻梁;隔四英里,沃尔特·惠特曼坐在桌前,埋头为《布鲁克林鹰报》写评论;隔三十四个街区的一条街上,薇拉·凯瑟住过,她来纽约,写一些关于内布拉斯加州的书;隔一个街区,马塞林曾经在竞技场剧院的舞台上插科打诨;三十六个街区外一处地方,历史学家乔·古尔德当了众人的面,将一台收音机踢得粉碎;隔三十个街区,哈里·索枪杀了斯坦福·怀特。"这种密集性描述,让人读之如亲临现场,感受到纽约的密度和温度以及那种让人喘不过气来的节奏,也特别感受到这个大城市厚重的历史回味和文化。

他还表明了这个大城市的包容性:"纽约的结构奇特,几乎包容了一切……纽约人乐得自行选择他们的热闹,保全了自己的灵魂。人在纽约,却与世隔绝,这个特点,很可能削弱了他们作为个人的存在。"同时他也指出大城市的通病:孤独和隔绝。"人在纽约,却与世隔绝"。城市的包容性及人与人的隔绝,这也是大城市的通病,此刻,我在北京就能感觉到这种隔膜。怀特说纽约就像一首压缩的诗,这一点北京正超过它。

旅程将尽,怀特的《这就是纽约》也读完了。我感到这本书最诡异的地方,是作者在1977年即提前二十年预言了"9·11"事件:"纽约最微妙的变化,人人嘴上不讲,但人人心里明白。这座城市,在它漫长的历史上,第一次有了毁灭的可能。只需一小队形同人字雁群的飞机,立即就能终结曼哈顿岛的狂想,让它的塔楼燃起大火,摧毁桥梁。"

在这个诡异的预言之后,怀特还饱含深意地提到一棵特别的大树,这棵树在他的心目中伟哉如人一般——他说,纽约"有一株大柳树,枝条密匝匝遮盖了庭院。这是一株伤痕累累的老树,经磨历劫,攀爬过度,靠铁丝捆扎才不致摧折……在一定意义上,它象征了这座城市:在艰难中存活,在困境中生长,在混凝土中蓄养元气,兀然挺立,迎向日光"。

读到纽约的大树,我想起另一棵神奇的树。那天时逢白露,我随青青、晓梅上了嵩山。初秋的夜晚,清露盈盈,令人顿生寒意。暮霭苍茫中,我们沿着永泰寺长长的石子路甬道,走进大雄宝殿,一阵香气扑面而来,是殿下的桂花树上传来的。深吸花香之际,侧厢房传出一阵诵经声。走进中庭,仰面看见一棵高大的婆罗树,姿态端庄,品相极美,犹如一尊佛像。树高 20 余米,粗 2.5 米,树冠像一把巨伞向夜空伸展开去,遮住了整个庭院。风起时,桂花摇曳,暗香浮动,树影如藻;乳液般的月华静静地倾泻在庭院中,好像铺上了一层微雪,正是"中庭地白树栖鸦,冷露无声湿桂花"。这时青青在我耳边轻语,似乎怕搅扰了四周的清幽:"你看,此树还有一个神奇之处——树枝不与房顶拥挤,而是绕着往上长。"我看了,连连称奇,它就像一个隐秘而平静的僧人,选择隐退和与世隔绝。

我们三人在树下徘徊许久,夜深了,清冷的秋露润湿了庭中的桂花,散发着氤氲的馨香。沉浸在清净悠远的意境中,躁动不安的心也慢慢沉静下来。我又问:"这株婆罗树为何两千年仍郁郁葱葱?"青青说:"此树先种在白马寺,再到法王寺,都长得不好,后来孝明帝把它赐给妹妹永泰公主,移至此寺,才枝繁叶华起来。"她忽又想起什么:"据说此处曾有一泉,名药王泉,后干涸了。但后人在此地发现了某种稀有矿物质。"这么说来,这就是永泰寺的草木葳蕤、神采不凡的原因了。

怀特用树比喻一个城市,丰子恺也曾用树来比喻一个国家:"因为树大的缘故。树大了,根底深了,斩了一点不要紧。他能无限地生长出来,不久又是一棵大树了。我们中国就同这棵大树一样。"

离京前夜下起了小雨,我不舍睡去。挪开落地窗前的沙发和茶几,铺一块大毛巾，我坐在地上俯瞰窗外的北京。北京，确如海明威说的，像"一席流动的盛宴"——这是我出生、上学、恋爱、成长的地方。我的目光穿越夜色触摸到这座古城的城墙、垂花仪门、雕花各异的柱梁；我的脚跨过那一道又一道故宫大红门，仰起头就可以望见飞檐上的雕龙与铃铛……我的魂魄飞越穿过城门，走过中轴线，透过蒙蒙冷雨，登高俯瞰古建筑群，亲吻我的古城……

次日返回纽约，伴随着机身仰起，产生巨大的轰鸣，我稍有不适。我双目紧闭，这可能是下意识的不舍。待机身平稳，噪音减弱，我看见舷窗外不时有小块的云朵速速掠过，如乱云飞渡。更远处的云层，却像缓慢而厚重的海浪，或由山脉、悬崖以及乱石形成的碧蓝海湾，呈现出种种摧枯拉朽的姿态，迸溅着白色浪花的海浪撞击在嶙峋的礁石上。太阳的白炽光芒，像碎银一样铺向云海，机翼也被笼罩在了银色的辉映下……

再见了，我的北京！

希望你站在新城与古建筑之上，终将能与历史对话，聆听前人的教诲，又吸纳百川，承接中华文化之根脉，像嵩山上的那棵娑罗树，永世长青。

虔谦

本名曾明路,出生于福建。北京大学中文系本科及研究生毕业,现居洛杉矶,为美国公司资深程序员。出版长篇小说《不能讲的故事》,短篇小说集《万家灯火》,散文集《天涯之桑》,诗集《原点》,文学评论集《机翼下的长江》,中篇小说集《亦真园》,中短篇小说《玲玲玉声》,英文短篇小说集《奇遇》(*The Wonder of Encounters*)及英文诗集《天井》(*Celestial Well*)。

路

20世纪60年代,我出生在厦门的思明西路,厦门姑姑遂给我起名"明路"。也因此,我对"路"天生有一种敏感。

出生后一个月,我被抱回老家安海,直到很久以后,我才有机会看到思明西路——我的出生地。思明西路和厦门许多老街一样,虽路面没有那么宽阔,但建构工整,干净清爽,看起来十分窝心亲切。清晨,街上会传来一日之始的声音,清扫街道的声响和小卖摊的吆喝,直到今天,我还能真切回味。

改革开放后,我数次来厦门探望姑姑一家。老街思明西路依旧素朴含蓄,而崭新的环岛路则以她年轻的英姿,重新建构厦门在我脑海中的印象。环岛路石镂玉焊,宛如一位白衣少女,又似一只亭亭银鹤,在蓝波翠林之间蜿蜒伸展,窈窕欲飞……蓝空下洁白的环岛路,其美难言!

姑姑后来搬到一个宁静的街区。夜里,站在那里的林荫路上,能看到月光下的海沧大桥金装银裹,凌空展翅。"这是亚洲第一、世界第二的悬索桥。"二表姐夫非常自豪地向我介绍说。

当年在襁褓中的我被抱回安海镇后,便在安海长大。安海是历史名城泉州的一个千年古镇。童年及少年时期我最熟悉的路,要属我们安海老家门口

191

的那条海八路了。海八路给我留下的儿时记忆是写不完的。这条路位于安海镇中心偏西南处,是一条南北向马路。海八路有居民及集市区,我家就在马路东边那排居民楼房的第二间。往南去,在居民楼房的尽处,是一个农产市场。夏秋季节里,白天,农产市场生意热络,熙熙攘攘。傍晚,当市人散去,市场内的那棵合欢树粉花飘洒,吸引了一群孩童聚集在树下玩耍嬉戏。我,就是那群孩童中的一员。

海八路往北去,紧挨着居民楼房是一个水塘。在那个池塘边,我捞过虫子,用来喂养鸭子。再往北,上坡,走大约700米路,有一个叫"寨埔"的宽广平地。那是当年海王郑芝龙所建,其子郑成功习武之地。我上过的安海养正中学就建在那里。矗立在中学校园区里的人民英雄纪念碑,是"寨埔"的最高点。

家的对面,有一个没有围栏的大井,井的后面是一片菜田,我们叫它四区园。井边曾经有过一架水车,有女人们在上头踩着。水就那么咕噜噜往外流,灌溉着四区园绿油油的菜田。

"文革"岁月里,就在这条海八路上,我摆过茶水摊,招待农忙时的四方来客。我站在家的二楼,看"文革"时特有的各式游行。夜里,则仰卧屋顶,看着满天亮晶晶的星星安静地眨巴着眼睛。海八路不止有当年"文攻武斗"的喧闹,也有婚丧喜庆的各式进行曲。还有那可怜的骡子,拉着不知多少百斤重的砖头石块,在主人的鞭子底下,硬是往寨上爬。我有时看着它,实在是走不动了,好像就要倒下去了一般。听人说,那骡子要是倒了下去,就再也爬不起来了。是主人太狠心,还是……记忆往前追溯,记得有一年,特级台风,铺天盖地。当台风不管不顾扬长而去时,我们家后面一间土坯房倒塌,原先的一条小路,被那魔术师一般的台风变没了……

从幼儿园到高中,我无数次走过海八路,走着走着,不觉就长大了,可海八路两边的情景,却依然如故。木麻黄,虽然有一身的钢筋铁骨,却总是那么低调地垂着,为忙碌的行人遮风挡雨,更是酷夏里最清凉的林荫,不似那泰山松,昂首张扬,抢尽风头。

70年代末,我和海八路说再见。之后,父母也搬了家。几十年后,当我再一次来到海八路时,已经完全认不出她来了。除了那排已经容貌大改了的民居还在外,我已经找不出一丝当年海八路的痕迹。眼前到处是商家店铺,耳边是声声时尚的乐曲。没有了海八路700米土路和两旁草木的过渡,养正中学,我的母校,她的绿色操场,仿佛一下子就撞进了我的眼帘。

六年前回家,侄儿开车去接我。当时新街还在修建中,侄儿是在石头沙砾中行车的。虽然他驾驶技术一流,车儿还是如船儿一般摇晃。"哎哟,这哪是路啊!"我抱怨说。侄儿说:"放心吧,二姑,等你下次再来,这条路会很平坦很漂亮的。"

果然,三年后我再回安海时,原先路上一堆一堆的沙砾已经烟消云散,新街好像秋空一般,清清爽爽地出现在眼前。

如果说安海是我的童年之里,那么北京就是我的青年之乡。18岁那年,我离开家乡,到北京上大学。即使在七八十年代之交,北京的道路也已经四通八达,笔直宽敞。不过,那时候北京宽广的长安街上,更多的是浩浩荡荡的骑车大军。还有长长的两节公交车勤奋地穿梭,护送一波又一波上下班或是出门、回家的人们。父亲的朋友、老乡伍阿姨就住在北京。我自己也经常加入那些骑车或乘公车大军的行列,从中关村前往北京火车站边的小区去探望她,顺便改善一下伙食。

神州祖国的变化,不仅颠覆了我的儿时印记,也颠覆了我的青春想象。2008年以后,我先后四次回京,其中2008年和2011年震撼最大。我写了一篇题为《不想回美国》的文章,文中写道:"仅仅十九年,故乡就发生了天翻地覆的变化。这次到了北京,已经不是什么变化大的问题,而是根本就变成了另一座城市。然而,我仍然认得她——我的北京。我的故乡除了安海,就是北京了。"

古都北京如同《东海人鱼》中的金珠子被美人鱼的眼泪滴到了一般,神奇地返老还童。后来,几乎每一次我见到他,他都又长大了一些,更英俊几分。我知道的几条土路不见了,焕然一新的大街上,自行车悄然减少,各式小车、面包车、越野车成了北京各环路的主力大军。我对北京新建的许多辅路情有独钟,它们大都在林荫中伸展,在外面万车奔腾的映衬下,显得安宁而温馨。2014年我去北京,就和伍阿姨一起在一条辅路上漫步、聊叙……

上海,是三姨住的地方。大约二十世纪八九十年代之交,有一次,三姨领着我在南京路上走了一个多小时。我心里很兴奋:终于有机会走在"好八连"曾经守卫过的南京路了! 不过,当时只觉人多、热闹繁华,却没有北京大街的那种宽阔感,街边也都是一些老式建筑。

阔别多年后,2008年我取道上海回国。表姐开车来接我,我们在车里絮叨着久别重逢的那些话头,而不经意中一个回眸,让我彻底惊呆。一群高耸入云、造型别致奇美的建筑,就在不远的地方伫立着,宛如一群雾中仙女!"天哪,怎么有这么美的建筑啊! 以前没见过哦!"我惊叹道。表姐告诉我,这些建筑都是近些年陆续建成的,都出于中国和世界名建筑师之手,代表的是世界最高的建筑水平。

我想起来了,上海,她本来就是一座国际都市,潇潇洒洒走过了百年沧桑。如今,她敞开更加宽广的胸襟,迎接四海友人和俊杰。

广州,也是我回国常经过的地方。2011年去广州,在从机场到亲戚家的路上,我透过车窗频频向外望。车窗外的广州,犹如一个被装点得风姿绰约的新娘。路两边的植被如沙滩上的浪潮,又如排列着的交响曲一般,层层叠叠,翻腾着美丽的形态、颜色和韵律。广州高速路美景让我想起老家从泉州到惠安的那条公路。那条路则更像是一位俊美的新郎。远处,是蔚蓝色的东海。近处,绿野仙踪,树枝摇曳,美如少女的花卉掩映其间。

近 20 年来,路似乎越来越成了九州的主角,越发千姿百态,各领风骚。近几年来,星罗棋布的各式公路,犹如众星拱月一般,围绕着更加雄俊的后起之秀:高铁。2015 年我回国,误打误撞撞进了高铁一等车厢。那是在苏州和上海之间的一段路,尽管车速飞快,我还是看得清远处辽阔壮美的景观:田野、河流、立交桥、圆顶建筑……中国的路,不管是架起来的,还是平卧着的;不管是弯曲的,还是笔直的;水泥的还是钢筋的,甚至是带磁性的……全都具有"装点此关山,今朝更好看"的日新月异式进化。

青藏高原的路被称为"天路",雅安高速公路则是第一条被中国人称为"逆天"的路。美丽的、仿佛安上了矫捷翅膀的路,好像彩练一般,不仅装扮着神州大地,也带着这块国土腾飞。

刚到美国的时候,乘车奔驰在高速公路上,觉得美国的高速公路——缩小一下范围,南加州的高速公路好神气好威风。后来自己开车上高速路上班,慢慢地就觉得美国的高速路有些坑坑洼洼。有一次,有位德州的朋友来加州玩,抱怨南加州的高速公路怎么那么差劲,把轮胎都得给震破了。哦,我开始心疼起我的车来了。近几年,地方政府在周遭修缮公路,除了修补甚至重新铺路外,更不惜缩窄路面,腾出地方来栽花养树。这样,在市区行车时,渐渐感到周围漂亮了起来。舒心惬意的时候,我会忍不住猜测:美国这是跟中国学的吧?不知这是时间的逆袭还是人世的沧桑,我竟会做如此之想。然而这份臆想中,又何尝不隐藏着中国崛起真谛的冰山一角!没有"三十年河西"的艰辛刻苦、虚心学习、智慧赶超,又如何能有今日"三十年河东"的辉煌和自豪!

2014 年我去了新疆,怀着无比崇敬的心情登上帕米尔高原,走过近两千年前华夏先贤冒着千难万险走出来的丝路,看着高原上巍峨的冰山,想起东海之滨我的老家安海。除了海八路,安海还有一条我曾赤脚走过的世界最长的古石桥安平桥。安平古港,本就是千百年前"海上丝绸之路"起点泉州港的辅港。今天,"一带一路"成了从中国辐射至世界各地的和平、进步、繁荣与友谊之路。中国的路,从戈壁到大海,从苏杭到青藏,从义乌到英伦,从大地到云端……既在空间中交集,也在时间上延续。这些路生动地展现着古往今来中国人的奋发和拓展精神,诠释着这个民族文明发展的内在因果链接和外在张力,推演着中国生命力的铿锵运程,它们是横卧着的华夏脊梁,伸展着的神州地基。

中国的千道万路,宛如脉脉含情的大地的臂膀,热情开张,迎接自己所深爱的人们。每一条路,都在我们的心中娓娓讲述着绵绵不尽的故事。这些故事,既有每个人自己的,也有我们作为一个民族共同的。祖国的路,就这么无穷无尽地蜿蜒在我们每个人的心里,无论我们是近在咫尺还是远在天涯,她都情深意长地伴随着我们、牵引着我们。靠着这路,即便千山叠嶂,万水阻隔,四海的中国人,总能返乡。

秋尘

本名陈俊,文学博士。现居美国旧金山。自 2003 年始,小说、散文作品散见于《钟山》《小说月报》《北京文学》等文学报刊。出版有长篇小说《时差》《九味归一》《酒和雪茄》《青青子衿》,短篇小说《老波特的新车》曾获美国侨报综艺杯小说类首奖。

过年的况味

我多少是有些过年情结的,这大概和家教有关。

记忆中最早的过年,是在新疆。在军营的家属院里,没有老人,都是些来自五湖四海、年轻力壮的随军家属们和他们的孩子们。岁数大的估计未到不惑之年,那是一块年轻人的地方。那地方不大,数来数去,不过百来家,因为编制的关系,家家也都大体认识,像一个枝蔓丛生的大家庭。但和中国传统的大家族不同的是,因为大家来自天南地北,就没有一个统一的过年习俗。现在看来,我们那时候的年过得很不伦不类,没有约定俗成的礼节,没有统一化的祭拜和祈福,没有严格清楚的长幼之别。所谓的过年,不过是孩童时代最计较的吃、穿、玩,那可都是一年中最好、最新、最过瘾的吃、穿、玩呢。

吃,不用说了,家家都把好东西存到了过年。过年的吃与平日的吃差别太大了,不仅可以敞开肚子大吃,爱吃多少就吃多少,爱吃什么就吃什么,还可以爱上谁家吃就上谁家吃——那是一年中最自由、最无所顾忌、最随心所欲的"吃天下、吃四方"的时候。即便像我妈妈这种并不擅长烹饪的主妇,也会大做特做,不仅做足自家吃的,还要做出额外给邻里的份额。她拿手的都是老家南京的东西,有炸豆腐丸子、开口笑,有时候也会炸些油条、馓子、麻团。不过我印象中,她炸出的油条像油棍,馓子不成形,麻团像麻饼。只是因为平时不太能吃到,还是极喜欢的。我妈妈还有一个拿手菜是红烧鱼肉,那是我现在最怀念的一道菜。鱼是咸鱼,四方大块,和五花肉一样大小,却有着不同的花纹,在浓汁晶亮的砂锅里,我总是能一眼就看得出鱼来。可惜现在到处都难买到那种大块咸鱼了,这里旧金山、奥克兰中国城里卖的或大或小,离那个差得太远太远了。我尝试过几次,都没有成功,只得作罢。偶尔和母亲提到这道菜,她都会感叹着说:"那时候的东西就是好呀,怎么吃都香。"

如果我爸爸不忙,一定会给我们做蛋饺,这可是他的绝活。那蛋饺黄澄澄的、肉蛋齐香,总也吃不够。印象中,那也是只有过年才吃得到的。那可是一个功夫活,拿着一个圆头勺子,直接在火上,一个一个地做出来,然后再一个个码在锅里一起炖。所以做一次,就是大半天,然后东家送、西家给,我们也能吃上好几顿。我妈妈不耐烦做这个,从来都没有做过。几年前,父亲来旧金山,我曾经让他做过一次,便也学了来。不过,现在会做了,却并不觉得那么好吃了。

在吃与穿之间,我妈妈绝对更在乎穿。年前很久,她就会开始唠叨,说过年的时候,我们会穿什么样的上衣、什么样的裤子、什么样的鞋子,甚至佩上什么样的围巾或戴上什么样的帽子。她特别喜欢把我们打扮得里外、上下都焕然一新,有时候连内衣都不例外。即便行头不是崭新的,也是她亲手翻新过的,比如棉袄、棉裤,一定是她亲手拆过、洗过的,棉花可能重新絮过的,或添了新棉花的。印象里,在我的童年岁月里,妈妈花在缝纫机上的时间,要比锅台前多得多。好像只要过年那天,我们穿得体面了,就注定了我们家这后面一年的日子都会过得富裕、过得光鲜。而作为妈妈,我们走出家门时看上去比别人家的孩子靓丽、清新,就表明她这个妈妈比别人家的妈妈更好、更称职一般。

所以，小时候我们家的孩子，从来没有在穿戴上输给过周围的孩子。

不过，我们家"爱穿"这个传统，并没有顺利地从我妈妈那里继承到我这里，这大概和小时候比较调皮招惹了不少打骂不无关系。

记得有一年我穿了一套崭新的女兵军装，自然大年过得很招摇，放了很多鞭炮，搞得那天晚上回家也很晚。第二天一起床，便发现我的新军装不见了。叫了妈之后，就看见她怒气冲冲地走进来，手上拿着我的新军装，放到我的眼前。我一看，天哪，那件可怜的新衣服的一个口袋周围竟然有一堆烧焦了的小洞洞，好像是人用熏香烧成的。这可是太大逆不道了，要知道那时候，像我这样的小屁孩能穿上一身女军装（估计我也有四五年级的样子了），简直算是最高级礼遇了——那是那时候女孩子们最倾心、最梦寐以求的服饰。你想我妈能不生气嘛！再说，等她问我怎么弄成这样的时候，我支支吾吾哪里说得出，猜想着大概是和伙伴们放鞭炮时惹的祸，但又不能完全确定，就有些恨起这衣服来，怎么就生出这么些个洞来到我妈这里告状呢？即便是被炮仗炸的又怎么样呢？殊不知，我的手上、脸上又不知被鞭炮炸过多少回了，我吭过一声吗？不仅没吭过，连罪证我都没让它们留下。唉，都是"新"字惹的祸呀！否则的话，我妈也不会特别注意，即便注意到了，也不会这般心疼、这般怨怒。

记得很多年之后，我妈还依旧偶尔可怜兮兮又愤愤不平地埋怨我。所以后来，我其实很怕穿戴上什么新的、稀有的，或者价格不菲的服饰，虽然心里也很喜欢，但总有种"皎皎者易污"的担忧。于是乎，后来我便形成了一个让自己舒服的习惯——新衣服往往都选择在平常的一天穿，免得自己不小心，忘乎所以，又犯下什么滔天大罪。再后来，等我有了孩子，也不一定要在新年这天给他们穿新衣服，只要是干净、整齐的就好了。现在想来，这好像也不是很合适，因为中国人过大年风光体面的优良传统，好像就这么被我给断送了,这怎么左右都是罪过呀!

再说玩。其实那时候真没什么可玩的,不过就是东家串串,西家走走。比较特殊的也就是放鞭炮,看看文艺演出或者电影。可即便如此,那时候却觉得特别好玩,还觉得玩得特别好。所谓玩得好,就是可以玩到发疯,爱玩到什么时候就到什么时候,爱到谁家就到谁家,玩到鸡叫大人也不会训斥。过大年,大人不能训斥孩子,这是我孩童时候,最喜欢过大年的一个原因。在我们家,无论犯了什么错,过年那几天,父母都好言好语。我妈妈很迷信地认为,大年第一天被打被骂,就意味着这一年都要在打骂中度过,是不吉利的。所以,即便我们犯下了在平时看来不可饶恕的错误,一般来说,他们也不会有所表现,更不会有言语或动作。这样,没有了大人约束的小孩子,那种肆无忌惮,那种快意无穷,自然是毕生难得、毕生难忘的。这种觉得特好玩的时候,后来并不多了。我猜想,也许那时候的玩是纯粹的玩,没有一点压力。因此,即便是什么都不做,也是开心的,也觉得好玩吧。

到了中学后,我们就跟着老爸搬到了北京。北京人比新疆那地界的人可是大气多了。逢年过节,大人们喜欢张罗着请客吃饭,大摆筵席。那时候的我却不再那么投入于节日的热闹气氛中去了。要说喜欢看书,就是从那时候开始的,过节的时候,孩童时好玩耍的野性,倒是一下子在北京大都市里被收敛了起来,不再喜欢到外面疯耍了,愿意躲在家中读小说、看闲书。和别人不太一样的是,我的文化知识的启蒙教育比较晚,应该是从中学,确切地说,是从初二以后才开始的。我后来知道,当我在新疆快乐地做着野孩子的时候,我的很多后来的同学们已经完成了他们人生中百科知识的原始积累;而等我开始自由阅读的时候,他们都已经是很多方面的小专家,说起什么来,都头头是道。

小的时候过年还有一大期盼——压岁钱。我父母离家都早,没有承袭下来多少祖上的礼俗,我们从小都没有给父母磕过头,但一样会得到压岁钱。后来知道，我婆家就不是这样。当年我儿子一到春节膝盖一跪，红包就从爷爷奶奶那里到手了，真是"男儿膝下有黄金"呀！公公婆婆来自邹鲁之邦，一言一行、一举一动都有个说法有个讲究。只要他们在，即便在美国，大年总是要过的，饺子总是要吃的。不仅如此，冬至、小年、腊八、十五，也都不会省略。先生因为在大学里教书，很多来这里读书的大陆学生，要么单身，要么是年轻的小两口，先生便会把他们都叫到家里来，一起吃年夜饭。每当这个时候，能干的婆婆一定要大显身手。

鱼，肯定是要有的，要年年有"余"嘛；鸡，也是一定有的，图个"吉"利；牛，也是不能少的，越活越"牛"气；香肠也是要得的，"长长"久久嘛；年糕，也得端上桌，要的就是年年"高"升。即便那些名字配不上，可老人家爱吃的，婆婆也能拐着弯儿，说出个道道来。比如，她爱吃虾，于是她说那叫"红红火火"，因为油焖大虾做好了，看上去就是红红火火、喜气洋洋的。

当然，最重要的，也是最受欢迎的还是饺子。婆婆包的是山东的水饺，皮薄馅儿多，因为舍得放肉，还常常用排骨汤调汁儿，再点缀些蘑菇虾仁什么的，味道就格外鲜美。婆婆包的饺子，其实不是用指头包出来的，而是两手捏成的。擀好的皮上放好馅儿后，对折，再用两手虎口处在半圆的边缘处相交一握，一个带着手印纹的饺子就捏好了，特有个性。几年下来，我这个原本不会包饺子的媳妇，现在也成了包饺子能手了。这几年来，儿子们都上大学去了，老人们也都回国了，在家过年的气氛少了许多，倒是在我工作的政府部门里，每到春节，都会有一帮子香港、台湾和东南亚地区来的同事闹着要吃饺子宴。于是，我会起个大早，在家里把肉馅调好，韭菜、白菜或者洋葱切好，等到了单位，大家会一起来有说有笑地包饺子。虽说他们包出的饺子大多都很不中看，吃起来更是面多馅儿少，煮出来常常龇牙咧嘴，但现做出的饺子，还是让大家叫好不迭。洋人同事们也都爱来凑热闹，顺带出洋相。不可思议的是，他们特别不喜欢生韭菜的味道，可等饺子煮好后，抢饺子的时候,各个当仁不让,绝对都是一等一的高手。更好笑的是,有些"洋鬼子"嫌我们的陈醋、酱油和香油做成的调味料味道不过瘾,还要加上自己喜欢的酱汁,甚至包括麦当劳的西红柿酱、芥末酱、烧烤酱,红红黄黄的一堆,和在一起,拌着饺子吃,边吃还边冲着我竖大拇指,说着"亚米,亚米"。现在,他们已经从我们这里知道了"亚米"的中文是"好吃",便把我们做的饺子称为"好吃饺子"。还有几个颇有野心的同事好几次追着我索要"好吃饺子"的菜谱。可每次,还没等我教到一半,他们就都两眼发直地说:"下次吧,下次再学。"

如果说当年在新疆还有什么值得提的过年趣事,就是那时候军队的战士们都喜欢在春节结婚。在我的记忆中,有一桩婚礼是十分难忘的,那是我第一次参加婚礼。那种出奇的热闹,那种在一个孩子眼里不可思议的胡闹,那种叔叔和阿姨如此不同寻常的举动,至今深深浅浅地埋藏在我的脑海里,时时会翻出浪花来,搅动那根乡愁的心弦,搅得我似乎不得不做点什么,才能排解出心中的块垒。于是,千禧年之前,我写了一篇回忆式的小说《美人泪》。那是我第一篇小说,也是我写作的起点。那曾经的一对新人,常常被我母亲提起,总让我恨不能让时间再度回到那次婚礼上,让我告诉那个无锡的阿姨,以后会在她的身上发生些什么事情,好让她小心一些才好。

可是,时光已经走到了今天。我曾经在 2002 年终于完成了一个夙愿——带着儿子们回一次新疆。原本是想带他们看看我小时候撒野的地方,却因为时间的关系,没有回到南疆;还因为爸爸告诉我说,那里的人早就没有了,中国大裁军那一年,那块小地方就撤了。

说也奇怪,那块小小的地方,如今在地图上找不到了,却常常在不经意的时候,出现在我的眼前、我的梦中,让我再一次回到童年,去撒一回野,再看一看那戈壁滩烈焰下,总是亮得像滑冰场一样的盐碱地,还有那在巴掌大的小地方的几乎熟悉得像自家亲戚一样的人家。

正是——

最记当时年尚小，

红柳驼云，白碱连天晓。

偶见炊烟人际缈，

朔风掠过无青草。

还是那时年少好，

地广天高，何恐时光少？

冬去春来秋未到，

花开花谢皆欢笑。

访八闽大地上的华夏第一人

2014年年底，我有幸受邀加入美国《侨报》组织的作家采风团，和十多位来自美国的作家一起，走访了福建八闽大地上的诸多自然奇观和人文圣地。一路下来，最令我感佩的不只是梦幻般的鼓浪屿、堪称"世界第八奇观"的南靖土楼，也不只是有"中国文化活化石"之称的泉州和九曲溪上的武夷山，还有曾经生于斯养于斯、爱家爱乡爱国爱民族的福建人。也许是地处偏远的缘故，福建人似乎对民族、对祖国、对同胞、对家乡、对亲人、对先贤、对后代有一种天然的爱。这种爱广阔无边、大气磅礴、深沉悠远、绵延不绝，因为这份爱，他们更会殚精竭虑、兢兢业业、海纳百川、前赴后继。正因为如此，福建人在中国的文化、科技、商业、军事、学术、艺术等各行各业都不乏领尽风骚的杰出人物。陈嘉庚、林语堂、林则徐，这些属于福建，更属于华夏民族的名字，在中国和世界文明的进程中，举足轻重，彪炳史册。

陈嘉庚：自古华侨第一人

陈嘉庚先生的名字，以前当然是听说过的，但对先生的事迹，其实一直了解得颇为片面。这次有幸参观先生纪念馆，随着导游的解说和对先生生平的逐步了解，一个念头一点一点地占据了我的心头，到后来，这个念头简直攫住我，令我窒息——这辈子，我真是白活了！

一个人，之于一个民族，可以有怎样的贡献，陈先生用他88年的一生做了最好的、可谓完美的诠释。先生17岁从家乡集美下南洋，随父经商，创办实业。成功后，回家乡兴办学校，从集美小学开始，到中学，到师范，到水产等各类专科学校，逐渐形成了一个被称作"集美学村"的全方位的教育体系，当然还有著名的厦门大学。第一次听到集美这个名字，我就被感动了，这不正是先生品性的代言嘛——集天下大德大美于一身。先生不仅是一个教育家，还是一位爱国爱家爱族人的华侨典范。二战时期，他曾在福建新闻社公开发布"在敌寇未退出国土以前公务人员任何人谈和平条件者当以汉奸国贼论"的三十字手书，坚决地拒绝汪伪政府的对日投降主义，激励朝野同心协力赶出日寇。之后，他还联合中外商会，不遗余力地抵制日货。为此，日本人对他恨之入骨，高额悬赏他的人头。先生身上自带毒药，一旦被抓，就立刻服毒自杀，此忠肝义胆、凛然正气，真是日月可鉴。在政治的大是大非问题上，先生更有远见。当年他北上延安，认定了中国的未来，并为之付出了卓绝的努力。回首先生一生，感佩于他那自始至终博大的胸襟、执着的追求和丰硕的成就。

出于对先生的敬仰，在馆中，我情不自禁地拍下了许多有关先生的言论。现在重读，更加理解和敬重先生的品格，特摘录几则如下：

"余自二十岁时，对乡党祠堂私塾及社会义务之事，颇具热心，出乎生性之自然，绝非被动勉强者。"这也许说明了先生毕生致力于办学造福乡里的初衷和根由。

"与同业竞争，要用优美之精神与诚恳之态度。"这尽显先生为人、为商之高尚品性。

另见到竹匾上刻的《陈嘉庚公司分行章程》眉头警语："战士以干戈卫国，商人以国货救国。店员不推销国货，犹如战士遇敌不奋勇。外国人之富强，多藉中国人之金钱。人身之康健在精血，国家之富强在实业。惟有真骨性方能爱国，惟有真事业方能救国。我退一寸，人有近一尺；不兴国货，利权丧失。商店之店员，强于兵战之军士。训练兵站在主将，训练商战在经理。能自爱方能爱人，能爱家方能爱国。……"读这段章程，让人不能不想到如今的商企，如果均能如先生的陈氏企业章程执行，坑害国人的假冒伪劣商品，又怎会盛行一时？

"华侨旗帜，民族光辉。"毛主席当年的题赠，概括了先生的一生。虽至今日，华侨界也未有能出先生之右者。不过，令人欣慰的是，先生成了华侨的旗帜，海外的华侨不乏向先生学习者，他们倾其所有，为祖国、为家乡之百年树人之基业锲而不舍、前赴后继。同往的几位作家，在看到先生的事迹感叹之余，都深愧自己没有赚到更多钱，以效法先生，兴学利民。我也是其中之一，在大呼此生白活了之后，希望以各种可能，以自己力所能及的方式报效，为祖国、为民族、为人类。虽不及先生之一二，但还明白"勿以善小而不为"。有先生之为榜样，吾辈只需身体力行，穷其余生，不遗余力，特作《七律》一首记之：

少年成业在南洋，倾尽兴学归故乡。

集美学村遗世立，三十字墨保国匡。

千金成就百年业，一代英名万古芳。

吾辈后生须致力，先生旗帜待重光。

林语堂：东西合璧第一人

天宝的香蕉的确如导游介绍的那样好吃，除了清香异常之外，里面没有我一向熟悉的一条黑色的、又涩又硬的芯儿。如今我知道，天宝除了有祖国最好的香蕉，它的名字，还和另外一位熟悉的文化名人相连——林语堂。

林语堂故居和为他建立的第一家纪念馆就坐落在漳州芗城天宝镇的一片绿色的香蕉林中。拾级而上，整齐的81级台阶，被两边怒放着黄色的檵木花包围着，我们来到了白墙朱瓦的林语堂纪念馆。馆前立有一尊约两米高的林先生铜像，笑盈盈的，好像很欢迎我们到来的样子。馆门两侧朱漆木匾上刻着金色的他自题的隶书对联："两脚踏东西文化，一心评宇宙文章。"

这次有机会再次认识林语堂，倒多生出一份心情和感慨来——他的确是一位东西合璧的文人典范。虽然时隔近一个世纪，但我们其实有着类似的人生经历。他24岁出国留学，分别在美、法、德求学，拿到博士学位后回祖国任教多年，后又在新加坡、香港、台湾、美国等地执教和生活过。他教学、创作、出版共举，创作不仅中英文兼顾，涉猎文体也颇为广泛，其中小说、散文、幽默小品文，皆取东西文化之长，集智慧幽默于笔端，自成一家，在某种层面上，实现了跨文化、跨地域、跨时空的和谐与统一。这也许正是中国传统文化中，中庸思想的体现，也是西方文明中自由精神的实践吧。

与林先生不同的是，我们这群作家采风团的成员，多是大学毕业后出国留学。在国外拿到学位后，都留在了异国他乡，没能回国。我们中的不少人，当年也并不是学文学或其他社会科学的，而是理工科的背景。相比而言，国学基础不如林先生扎实，在西方身体力行的实践倒也不算少。之所以从事业余创作，也正是心心念念无法忘怀祖国可敬的传统文化和汉语文字。虽然不如先生的成就和造诣，也总是在沿着他曾经努力过的方向锲而不舍地跋涉前行。

林语堂著作等身，但在他的纪念馆里，让我最觉亲切又感到有趣的倒是他晚年时用家乡闽南话写就的一首五言诗。诗中,这位老人孩子般地回忆起他家乡的民风民情。更为可贵、令人感动的是,黄导用闽南话念一句,给我们手舞足蹈、乐呵呵地解说一句,闽南风情立刻展现在眼前。我们一群人围着黄导,开心地看着、听着、笑着。那一刻,那位曾经两次获诺贝尔文学奖提名的遥远的林语堂先生,竟是那样可爱、质朴,令我肃然起敬。

乡情宰样好,让我说给你。(宰样:怎样)

民风还淳厚,原来是按尼。(按尼:如此)

汉唐语如此,有的尚迷离。

莫问东西晋,桃源人不知。

父老皆伯叔,村姬尽姑姨。

地上香瓜熟,枝上红荔枝。

新笋园中剥,早起食谙糜。(谙糜:粥)

卢脍莼羹好,呒值水鸡低。(呒值:不比;水鸡:田鸡;低:甜)

查母真正水,郎郎都秀媚。(查母:女人;郎郎:人人)

今天戴草笠,明日装入时。

脱去白花袍,后天又把锄。

黄昏倒的困,击壤可吟诗。(困:睡)

林则徐:开眼看世界第一人

虽然儿时看过电影《林则徐》,但对这位忠肝义胆的大英雄之真正佩服,是在1998年带儿子回新疆,在吐鲁番的葡萄架下走进坎儿井之时。坎儿井,又称林公井,此林公,便是林则徐。林则徐当年发配西疆边陲,造福一方,这坎儿井只是他当时为了解决当地荒漠干旱问题而发明的一种合理利用地形、水平式集水的地下灌溉系统,和福建土楼是不是有异曲同工之妙?

记得当年走进坎儿井内,立刻像从火炉进入了岩洞,清凉如许,舒服异常。对这个熟悉的名字——林则徐,更是生出了无限敬仰。

榕城是林则徐的老家。他的母亲和女婿沈葆桢的故居,也在三坊七巷的宫巷文儒坊里,离我们下榻的聚春园不远,每次进进出出都要经过——当然这是后来才意识到的。三坊七巷的第一站是林则徐纪念馆——也是我们这次三坊七巷之游访问的唯一一座名人故居。一进门,便看见左宗棠题写的这副挽联:

> 附公者不皆君子,间公者必是小人,忧国如家,二百余年遗直在。
>
> 庙堂倚之为长城,草野望之若时雨,出师未捷,八千里路大星颓。

如果说陈嘉庚先生是闽地商人的杰出代表,林则徐公则是为官的精英楷模了。在馆中见一方字帖,是先生 1835 年写给夫人的一封家书,道出他对为官的精辟论断:"做官不易,做大官更不易。我是奉命唯谨毕恭毕敬。夫人务必嘱咐二儿须千万警慎,切勿仰仗乃父的努力和官府妄相来往,更不可干预地方事务。"(注:标点符号是作者加入。)读罢更是认同导游说的,林公是有预见性的。当下的官二代如果都能收到这样的家书,恐怕林公九泉之下会欣慰安然吧。

馆中还有一排垂直的漆木匾额吸引了我。细数有九方,上面分别写着:近代史上第一次反侵略斗争的领导者,近代史上开眼看世界第一人,近代史上运用国际法第一人,近代史上翻译西方报刊第一人,近代史上倡导自铸银币第一人,近代史上倡导创新式海军第一人,近代史上倡导商人集资开发矿业第一人,近代史上引进西方制造武器技术第一人。一位只有 66 年生命年华的人,竟然在中国近代史上开创了这么多的第一。是什么力量支持着他成就如此辉煌? 这是此次八闽之行一次次撞击着我的一个问题。"海到无涯天作岸,山登绝顶我为峰",据说这是林则徐 9 岁所作。如果没有这番天生的气魄和强大的内在自我,又怎能成就这么多历史上的第一?

即使在他被谪遣送西域时,他也能依然故我,不忘为民造福,同时心系国安防务。纪念馆里有一幅《沙俄向南扩张形势图》,便是林则徐被贬之时在新疆绘制的。

走出三坊七巷,已经是夜幕沉沉。我的脑海里一直萦绕着一个问题:从陈嘉庚、林语堂到林则徐,为什么闽地之人为商、为文、为官都能做到极致? 我想这也许可以作为地域文化进行全面深入的探讨吧。

阙维杭

旅美作家,资深报人,笔名沙蒙、远航等。现为美国纽约商务新闻社总编辑,全美中国作家联谊会副会长。在海内外十余种报刊发表随笔、纪实文学、散文、游记等百万余字,多次获得相关媒体、文学奖项,出版有《美利坚传真》《美国写真》《美国神话:自由的代价》《世纪之吻》《美国到底有多美》《在自由的旗号下》《今日美国:阵痛与变革》等随笔、散文专著。

西安,那些秋雨淅沥的日子

叩 首 长 安

曾经,站在旧金山湾橘红色的金门大桥桥头之侧的山岗,我眺望太平洋尽头渺茫的彼岸,眺望我故国的山山水水,在西方文化冲击的惊异和阵痛感觉中,我搜寻远古东方文化的精灵,搜寻属于我血管脉动的感应……

掠过岭南江南,掠过西域大漠,掠过中原黄河,我眺望的眼神聚焦于关中,凝视那古都长安。长安呵,我梦中的故国家园,数千年的沉睡、苏醒、崛起抑或暂时没落,但你还是你,大智若愚,不卑不亢,积蓄起你所有的历史辉煌,期许着新世纪的再度出发。你是中国七大古都中的佼佼之辈,你是中国文化的负载集成,古朴厚重;一切时髦流行潮起潮落,唯有你古都王者风范坚定不移,在浩浩历史长河和茫茫尘世间超凡脱俗。

遥想那年美国总统克林顿访华之旅,第一步就踩在你踏实的土地上,西安——古长安呵,你给予白宫贵宾的何止是惊喜,你给予山姆大叔的是历史文化的洗礼?隆重华丽的入城式岂是简单的仿古,皇家气派尽显的又怎是明日黄花?这向美国国家元首传递的信息之一不啻是:长安历来为神州的心脏,也是进入中国的门户,到过长安才不枉中国走一趟。

长安呵!大小雁塔造型朴素典雅,恰似几千年文化科教传统的奠基延续,是长安也是中国文化内核的象征,足以令古往今来的学子士人顶礼膜拜。我叹息多少古城古建筑灰飞烟灭,而长安却留存下塔影憧憧,古城墙壁垒重重,激起世人几多叹息几多遐思。

我也讶异于奇迹般的秦兵马俑昂然如骇世大手笔,旗正猎猎,马正啸啸,集合起浩浩荡荡的方阵,展示了一个皇朝的威权,虽然只是一个独裁者的殉葬品,但又何尝不是别具意味的生命符号,恍如古代中国人的骁勇与忠诚。曾经巍峨博大的阿房宫最终坍塌得无影无踪,深埋地下的兵马俑却终能重见天日,它见证了一个皇朝的兴衰与历史的必然。阿房宫毕竟只是一个发思古之幽情的话题,而秦兵马俑则再现了千古历史。

我也赞美华清池的幽深清洌,郁郁苍苍的骊山坡岭覆盖那世纪温泉之眼,静静流淌的泉水贯穿了从大唐帝后传奇到民国事变捉蒋的皇皇历史,以那温情脉脉的宠爱编织人间天上的佳话,也以硝烟弥漫的兵谏锻造民族救亡的灵魂。唐明皇、杨贵妃给予今人访古览胜的遐想,捉蒋亭的掌故更诉说无尽的激越与悲壮。

当然,真正创造历史的是人民,是秦汉盛唐雄视天下的中国人,是古今长安自强不息的中国人。令人激赏慨叹呵,包括长安在内的陕晋豫地区是肇始于八千年前中国新石器文化的发源地,磨制石器和陶器的出现及发明,农业、畜牧业自成雏形,标志着人类社会的一大进步,是华夏祖先由依赖自然的采集渔猎经济迈向改造自然的生产经济的飞越。也许正是从那之后,才有了华夏族内"陕军"逐鹿中原的奋蹄扬鞭,才有了长安兴盛大唐的恢宏,才会有渭水万古长流,才会有秦俑千年峥嵘……

秦俑的故乡是文明的摇篮。我在美国高科教重镇硅谷遇到过多位创业有成的留美博士,他们都自豪地介绍自己是古都西安人。故乡求学的磨炼使他们走向世界的步履永远自信而轻捷,古长安淳厚的前朝气息与高风亮节的呼唤，令他们在与当今世界学林科苑的强将高手对话过招时底气十足。我仿佛从他们身上看到了当年古长安人的身影，信马由缰，从容不迫。

我也喜欢读贾平凹、陈忠实等当代作家的小说、散文，"陕味"浓浓，余韵邈邈，透出阵阵无法替代的气息。《废都》《秦腔》《白鹿原》……特有文化孕育出特色鲜明、内涵丰盈的文字，让"京派""海派"等天下文人都刮目相看，令世人感受到一种根深蒂固的文化浸淫、一种博大厚重的氛围熏陶，领略到与古长安文人通脱沉郁文风一脉相承而又超然出世的风骨。

当代西安人在其拥有的傲世骄人的文化遗产、山川风物等财富中，最倾心最执着的是什么呢？世俗的商贾政客喜欢炫耀从兵马俑到华清池乃至黄帝陵、乾陵、法门寺等一干古迹名胜，得意于上苍赐予的旅游资源，吸纳滚滚人潮和无尽财源；忧国忧民的政治家面对沉重如山的历史包袱，思虑的是励志图变、与时俱进的改革；芸芸众生营营于生计奔波而熟视无睹身旁的辉煌；卓然独立的思想者沉潜于先辈的意绪，总会悟出些人世真谛……我的同时代的西安人、陕西人呵，在得天独厚的地域人文环境中，有沉沦有麻木更有清醒有奋进，而我们选择什么呢？每个人的选择都将或成为过眼云烟般的一幕，或创造继往开来的历史。

殷殷地眺望你，长安呵！几回回梦中崛起你苍茫朦胧的身影，几回回影视乍现留下你惊鸿一瞥的思念。浪迹天涯，魂系故国，叩首长安，我向往你宏博深邃、浩瀚无垠的历史情怀与文化精神。给自己许下一个愿——长安，我会来看你，不是匆匆掠影，不只是"到此一游"，我要行吟在你历史的台阶，体验那远古的沧桑和勃发青春的生命。

叩首长安，我生命的旅程呵，我命运中必然的驿站。

秋风秋雨下的朦胧与灵动

西安！我终于来了，终于来到你的身边。2009 年仲秋的那个傍晚，当飞机降落于夕晖晚照下的咸阳机场,当汽车奔驰从高速公路进入华灯初上的市区,我品味到古老都市萌动的现代气息,捉摸到市井嘈杂声中蕴涵的生命动感,我明白自己迟来的叩首长安之旅已然悄悄展开。

感谢西安籍旅美作家、文友陈瑞琳的悉心牵线安排,在陕西师范大学及该校国际汉学院的精心筹办和西安市文化宣传部门的鼎力支持下,第三届国际新移民华文作家笔会得以举行,让众多海外华文作家与国内学者汇聚交流切磋之际,也有机会近距离领略到文坛陕军的领军人物陈忠实、贾平凹以及叶广芩等的风采,结识儒雅博识、写得一手好书法的国际汉学院院长陈学超教授等学者,在同一个平台纵论文坛,指点江山。旧朋新友相聚古都,神交亘古文化历史的当代文人意气风发,谈论的话题海阔天空、心驰八极,不再有地域的隔膜,不再有时空的疏离,而只有那文史同根的亲近与探寻。

文学与创作的交流无边无际,文化与历史的碰撞有声有色。笔会,不是象牙塔内的学术专研,而考察现实中的古长安,寻幽访古的日程给予我们捕捉当代西安鲜活印象的机会,给予我们探索古都文化底蕴的惊奇,当然,也赋予我们文化的思考、创作的灵感。

这一切,都从那个西安之夜开始。那夜,秋雨淅沥。随后逗留古都的几日,持续着那撩人心绪的淅沥秋雨和潇潇秋风,然而,没有"秋风秋雨愁煞人"的意绪,长安,在雨中给游子远客展现她那朦胧面纱下的倩影,古朴而又前卫,沧桑而又鲜活,沉郁而又灵动,幽深而又畅达……

精神家园的沧桑情怀

初次见识西安继往开来的博大情怀,是从古代关中民居群始,终于古上林苑的园林,前后在西安盘桓三天,以方圆三十公里内的古迹或新景为选择观照,不啻为一趟极为难忘的古都文化之旅,在雨中风中浸透了怀古的情致,也挥洒了惜今的慨叹。

古代关中民居群颇具规模和内涵,其实是不乏远见卓识的民俗艺术博物院的庞大景观。古代关中民居群坐落于西安市南端长安区秦岭山脉的隋唐佛教圣地南五台山麓之下,目前展出的明清两代民居(含关中深宅大院、餐饮店铺、茶楼戏台、祠堂衙门等)和各种古代碑刻、石雕、木雕、砖雕、陶器、铜器、铁器和民间衣食住行工匠器具,以及历朝历代名人字画墨宝,涉及民俗风情之各种戏剧、技艺、坊作、礼俗、乡规等非物质文化遗产,数不胜数,蔚为大观。

那个秋雨淅沥的下午,我们就在已经开放的十多座古代民居大院间游走,抬眼所见、袖手可触的那些宅院森墙,门扇洞开,毗邻相连,局部看是曾经的大户或某个状元的故宅,整体逶巡便犹如一个迷宫般的大观园,每一扇门窗、每一根梁柱、每一块砖瓦,都那般质地精致、古意盎然,仿佛都在诉说一段民间故事或一段历史传奇。那些石雕的拴马桩、饮马槽、上马石、门墩石和各色石人、石兽,木雕的床、桌椅、窗棂以及那特异的马头墙、砖屋脊等,无不承载着岁月的风云,要抖下那几个世纪的民族与家族的快意恩仇。

移步换景,情随景迁;伫立其中,遐思不断。我不禁想起多年前在山西造访常氏庄园、乔家大院的情景,中原大地的古民居与此关中古民宅,纵然规模、造型、格调有异,但它们的淳朴、古韵、厚实几乎一脉相承;那些民居的主人当年也无不都是经世致用之才,他们要流传后世的岂止是院墙宅邸,他们的遗产更是恒久的历史和经世致用的文化。

让人击节称善乃至要顶礼膜拜的是,西安的这处气象宏大的古代关中民居群,并非原先扎根此地的故居,而是今人为抢救古民居文化历史的收藏杰作。据悉,其创办人王勇超先生早年在渭北一带察看明清古民居的过程中,萌生了集中收集、保护古民居及各种碑刻、石雕、木雕、砖雕、陶器、铜器、铁器和民间器具的念头。他先后组织三千多人,数百次深入关中地区,投入自己的全部资金,对古民居和其他古文化历史遗存开展了抢救性、保护性的征集。试想,把各地的古民居小心翼翼地拆卸下来,再小心翼翼地运回关中民俗艺术博物院园区组装、复原,那是需要何等毅力和责任心的劳作!如今,还在建设完善中的关中民俗艺术博物院,被规划为古民居宅院群(40座、千余间)、古镇游览区、石雕艺术区、民俗文物展示区、民俗风情再现体验区、文化名人互动区以及农家民俗餐饮、寺庙祭坛、国学院暨民俗文化研究中心、古风馆驿等;展现在人们眼前的,除了那些历尽千辛万苦择善迁徙而来的古民宅大院及戏楼,还有韵味博古的仿古墙和从外地抢救、移迁此地的古树、大树1500余株,各种花木8000余棵。一个"集关中物、载关中史、展关中情、承关中魂、留关中根"的守护民族根脉的皇皇"精神家园"渐具规模,气象万千,令人喝彩。

离开西安前一天的下午,依然是秋雨淅沥,秋风遒劲,但古长安的新主人展示出她那崭新而奇特的容颜,丝毫没有萧瑟落寞之感,倒有令人拍案惊奇之感。雨中步入"中国唐苑",它是昔日汉唐上林苑遗址新辟的"巨无霸"式中国园林,占地2500余亩,西望曲江晚照,南依万亩生态林,由陕西万达集团斥巨资倾力打造,已定为2011年西安世界园艺博览会分会址,也是西安万亩都市森林生态园的重要组成部分。

纵然是在雨中,纵然是撑伞遮雨去造访这片新上林苑,也被她那恢宏而又精致、博大而又繁密的景观所折服。奇花异卉、珍奇树木以及无数的石磨盘、饮马槽石和百兽石雕等各种奇异石头,从各地觅得并运来此处装点新上林苑,俨然巧夺天工,震撼人心,大格局、大气派、大园林,端的是集坊间之珍奇,垒皇家之气象,令人目不暇接,叹为观止。数万株花木、数万枚大小石磨盘和马槽石,就是收集者凭着超群脱俗的眼光和毅力,从散落于千百里之外搜觅而得,其守护民间珍奇之心力,与关中民俗艺术博物院有异曲同工之妙,穿透了今日西安人的一片赤心。

于是,"唐苑十景"在雨帘朦胧中一一舒展,何其清晰,精妙绝伦,何其美哉,悦目赏心! 请看:"展臂迎客""龙首仰望"(奇树的精粹),"花港观鱼"(浓缩杭州西湖名景,上万尾锦鲤和长尾鲫皆引自日本),"泪花点王""盘龙驾云""王者试箭"(奇石的造型犹如天工开物),"百荷多姿"(栽植于无数取自民间的明清石槽间的莲荷,以秀美之姿融入厚重的历史,摇曳出清丽之质的光彩),"百卉之骄"(从两万多盆盆景中脱颖而出的紫薇王系唐苑盆景之冠和镇苑之宝),"百兽献瑞""百羊开泰"(各种奇异石雕自唐宋元明清流散至今,如今集于新上林苑,不仅蔚为大观,更寄寓了吉祥、和顺与无疆的美好愿景)……其风采之旖旎、其容量之浩繁、其气魄之博大,关中无与伦比,华夏大地又何尝还有堪与其匹敌之林苑、花苑、石苑哉?

复至茶室品茗,置身浩渺盆景、奇树异石、繁花锦鲤之中,如临超凡境界,流连忘返。

雨幕夜色下的古都惊艳

西安带给我的视觉冲击和心灵激荡,真是一个接一个。这块厚重而又灵秀的土地,以她古都皇家气象与当代创造精神的融合,仿佛要还原那盛唐长安古风萧萧,仿佛要重振盛世西安雄风飒飒。

在当年皇家禁苑芙蓉园的遗址以北,竖立着一片浩瀚辉煌的园林——大唐芙蓉园。这个全方位展示盛唐风貌的大型皇家园林,也是一个以现代眼光和元素融汇盛唐皇家气派与民俗风情的主题公园,其占地千余亩(含水面三百亩),主要涵盖仿唐建筑紫云楼、彩霞亭、望春阁、芳林苑、御宴宫,又辟有凤鸣九天大剧院、杏园、陆羽茶社、曲江胡店、大唐新天地等不同功能的景观区,展示大唐朝野风情之全面和独到,令人称奇叫绝。大唐芙蓉园堪称"巨无霸"式的气势与规模,可谓开全中国仿古景区最庞大最堂皇富丽之风气,让人们在游览观赏如身临盛唐盛世胜境之际,不能不慨叹其皇家气象之宏大、民俗风物之多元、文化意象之丰富。

细雨霏霏中步入这个皇家园林,但见处处亭台楼阁、湖山瀑布、拱桥画舫、曲径通幽,处处予人情趣精致自然相谐之感。傍晚在凤鸣九天大剧院观赏大型诗乐舞剧《梦回大唐》之后,再于御宴宫一角用晚餐,想象当年皇宫御宴的情景,而今游人百姓济济满堂皆自由自在品尝美食,在这金碧辉煌的建筑装饰的衬托下,即使那普通流水席的菜点也似乎"被皇家化"了。

夜晚,雨歇了,风依然徐徐拂面,裹着缕缕花香,飘逸起大唐芙蓉园夜幕下的神秘。坐上游园的电瓶车,驾车的年轻导游风趣而活泼,引领我们穿梭于各大仿唐建筑、园林胜景之间,沿着仕女馆、诗魂群雕与唐诗峡擦肩而过,每每妙语连珠,戏说李白杜甫,雅俗相杂,令人莞尔。

被告知晚间定时举行的皇家巡游仪式即将开始,簇簇游人从不同方向的景点向紫云楼靠拢。这个上下共四层的仿唐建筑巍峨耸立、气派非凡,当年应该是皇帝才能登临,在此欣赏歌舞、赐宴群臣,凭栏眺望万民嬉游曲江;八方来朝、万邦来拜,能不意气风发? 如今,来自四面八方的游人等待着观看仿制的皇家巡游仪式,仍然不能不为紫云楼的雄伟壮观而慨叹。

巡游的仪式照例有兵马、剑戟、战车、臣民、焰火,队伍精炼,行进张弛有度,没有想象的那么繁复,时间也不铺张拖沓。结束后上演的水幕电影《齐天大圣》,据称是当年世界之最(宽 120 米,高 20 米),配以音乐喷泉、激光、火焰、水雷、水雾等效果,气势恢宏,开人眼界,也弥补了影片内容单薄形象单调之憾。

随后两个夜晚,主人相继安排我们在市中心钟鼓楼广场的同盛祥饭庄品尝羊肉泡馍、德发长饺子馆品味饺子宴,坐享名店美食,能不大快朵颐!但我的味觉、触觉仍然被西安繁华夜景的视觉冲击所淡化,尽管雨幕紧织,扰人视线,但钟鼓楼一带建筑的恢宏巍峨,在灯火辉煌下愈发显露出壮美的气概,古建筑沉郁稳重,那旗幡与灯笼、铜钟与大鼓无不透露出远古时代的意象和生气,惹人遐思;现代建筑大楼挺拔伟岸,那一个个亮着灯光的窗口,那飘过来飘过去的市声乡音,无不诉说着今天古都人的追求和希冀。

西安,正是在这不同景观、不同区域激起世人的心灵震撼,在那不断的视觉冲击间令人叹为观止,予人不断的惊艳。

浐灞生态胜似江南

一般人往往以为西安位于陕西关中,历史固然悠久,人文精神也颇深邃,但其自然环境恐怕难以恭维。其实,我在西安几天的匆匆掠影,饱览蒙蒙雨景下的古都秋色,极目三秦,郁郁葱葱,在感受到人文西安、活力西安、和谐西安这类西安人引以为豪的城市构建目标之际,便对中共西安市委常委、宣传部部长王军"澄清"上述"印象"的说法有了认同。王军是在第三届国际新移民华文作家笔会开幕式上发表意见的,他强调,西安的生态绝非"尘土飞扬"的那种"印象","要澄清";并推荐与会作家大可关注一下西安的生态环境,多"看看不一样的西安","写不一样的西安"。

王军名片上印着的另一个头衔是"中共西安浐灞生态区党工委书记",而笔会参观日程上列入浐灞生态区的访谈,也得益于他的安排。以至于我们在西安不同景点的参观,尤其是造访浐灞生态区的行旅,着实是生态环境下的古都新貌大折射,检阅不一样的西安新印象,不一样的新关中秋风秋雨秋景,令人赞叹不已,遐思联翩。

据考,浐灞地区得名于"长安八水"之"浐、灞"水系,水草丰美、风光旖旎、人文荟萃,自古以来便是上善之区、祥福之地、风雅之域。2004 年,西安市设立了生态型城市新区——浐灞生态区,将生态治理与城市建设结合,即通过对河道流域的综合治理和生态重建,改善生态环境,完善城市形态,又通过基础设施建设、发展符合区域的特色产业,丰富城市内涵,提升城市品质。

汽车在细雨清风中穿越古长安浐灞水系,穿过曾经承载历代文人雅士远送惜别之情的汉唐灞桥,今天的烟柳画堤恍若远古"灞柳风雪"的情景重叠,却又多了几许清丽和几许柔美。

来到新辟的码头,信步于木板台阶和平台,极目远眺,水天一色,烟岚渺渺,清波荡荡;低眉近看,白鹭蹁跹,柳枝婆娑,画舫舢板,自然美景与人工设施浑然一体,不是江南胜似江南。

浐灞生态区管委会副主任门轩指着远处介绍说,这一片建设中的生态区是自 2005 年起每两年举行一次的欧亚经济论坛永久会址(我们随后的造访,不能不惊讶于这个论坛会馆设计的典雅与设施的完善),也是 2011年西安世界园艺博览会的会址。(占地 418 公顷,其中水域面积 188 公顷,为历届世界园艺博览会规模之最。)想起后来造访的唐苑,那面积惊人的"巨无霸"园林仅是西安世界园艺博览会的分会址,几乎难以想象此处未来景象的宏大辽阔了。同时,浐灞生态区也是浐灞国家湿地公园的所在地,而与西安世界园艺博览会主会址隔灞河相望,将要建立起的浐灞金融商务区,则预计是中国西部地区罕见的大型滨水生态化国际金融商务区。一个集生态、休闲、文化、会展、商务、居住为一体的"宜游宜乐,宜居宜业"的第三代新城正在融古烁今般地展现,务必吸引愈来愈多关注和讶异的目光。

漫步堤岸,徐行于石阶、青树、繁花之间,浐灞一隅的美丽与优雅,已然令人陶醉。追忆远古的风雅诗趣,遥想明天的灿烂与辉煌,我的思绪在浐灞之滨滞留不归,细细品味那纯然关中古风催化开启后的健美元素,正融入今天西安人的梦想与创造之中。

面对历史的膜拜与思索

尽管时间仓促,大雁塔和市区的城墙根,乃至稍远的乾陵、茂陵、黄帝陵、壶口瀑布等著名景观都缘悭一面,但探访华清池、秦兵马俑和小雁塔的匆匆行踪,则多少将古都长安的风情揽入胸怀,聊以告慰内心"不虚此行"的期许。毕竟,古都的历史遗迹太丰富太精致,期望一次赏游就饱览全部精粹也太不现实了。

华清池的精华,自然在那泉池泉眼的出处,是那历史与传奇铺就了今人探奇猎艳的兴趣甚至欲望,是那一代君主和稀世美女邂逅共浴一池激发了一代代人的追寻与想象。于是,华清池要想藏诸深山不知名不热门也难,泉池名气由此生生不息,引无数苍生平民华胄贵族竞折腰。因此,华清池注定是个热闹的去处,人声鼎沸,人头攒动,那场面符合我的想象,却也超乎我的想象。骊山脚下的皇家行宫别院,其园林景观气派规模本就非一般官宦商贾的私家园林可媲美,雨歇了,风止了,四面八方涌来的游人更加无拘无束甚至不无放肆地朝园林深处移去,一个古迹一个传奇般地叩问膜拜,在今世雕塑家的作品杨贵妃玉石雕像前,更是没有规矩地乱摸乱抓,照相留影,满足一下"到此一游"的快感。这景象仿佛是真古迹输给了假贵妃,怀古、想象和发思古之幽情被石榴裙下的雕像崇拜热逆转击败,这正是当今中国旅游界和多数旅游者的通病,华清池的热闹拥挤也难以例外。

当然,到古华清池边去凭吊那远古的氛围,在古泉眼井旁看那古往今来同样热气蒸腾的泉水涌泡也可感同身受;而到洞壁间的方石盆里去泡一泡脚,在疲惫之极也还是舒适的享受。想必那温泉照例应该是古往今来的原生态,盆子却是今世的加工货,仿造的痕迹配以商业化的服务,纵然淡化了咀嚼历史欣赏景观的情绪,却还算是能够予人较深印象的游踪记忆,点滴在心头。

秦兵马俑博物馆的气势,在地域景观和馆内兵马俑实物排列上都尽显风采,摄人心魄。只是这个曾经被人誉为"世界八大奇迹"的文物景观,自出土以来曝光率太高,人们几乎眼熟能详。至少,当我挨着人群长龙,在几个分馆内先后倚着栏杆俯瞰千百年前被埋在地下,如今重见天日又被当作世纪珍宝圈供起来的俑阵,虽然还有几许叹息几许赞美,却没有强烈的惊讶和好奇之感了。由于以往影视片披露观赏到的镜头画面,凸显了此兵马俑阵的威严与排山倒海般的气势，又有光线色彩和音乐的烘托，反而使得这一现场近距离的检阅稍逊风骚呢。

还是雨中登临小雁塔的经历令人兴奋感慨。那天，在风雨飘摇中撑伞步入已有1300余年历史的原唐代长安城中的皇家寺院荐福寺（原名献福寺），近距离面对寺内的佛塔——小雁塔，仰望她那圆融端庄而又秀美清纯的身姿，不禁心生顶礼膜拜的虔敬——并非由于宗教的因素，乃是因为小雁塔本身的美丽和历史在这西安现存的唯一保持原貌的唐代建筑中散发出的魅力。她使我想起西子湖湖畔的雷峰塔，倒掉百年之后又被现代人修建挺立起一座同名的新塔，体积成倍数庞大，中间还安装了观光电梯，便于揽客招财，容貌也便由清丽的村姑变为华丽的肥妇，不伦不类地站在湖畔，其实让不少心仪其固有容颜的访客大倒胃口。

慨叹小雁塔之优雅、完美之际，更惊奇于还能获得亲近她心脏的恩惠，亲近这国家重点文物的恩惠。我们一干人从塔内沿着塔壁的窄梯缓缓扶摇、匍匐而上，最终登顶则是从仅容一个人身的孔中跃身蹿上，几分惊险几分猎奇。十几个人站在塔顶平台，四周眺望，古长安千载风云扫荡，西安城博物院就在脚下，烟雨渺茫，古今融汇，此景此情，真让人不知身在何处了。听闻小雁塔就是西安博物院的重要组成部分，想来这实在堪称镇馆之宝，况且有此一宝，这市级博物院比之省级甚或其他博物馆也便无愧呵。

又据悉，"雁塔晨钟"系长安八景之一，我不遗憾当天没有听到那早晨敲响的钟声，却庆幸有机会进入了小雁塔的身躯内部，在小雁塔的心脏间上下游弋了一番，仿佛渗入她那邈远幽古而又青春勃发的灵魂，仿佛经历了一番旷古难得的洗礼。因此，当我走出小雁塔时，当我离开西安返回江南返回北美之后，仿佛胸中依然环绕回荡着古都长安的精气，依然要伴我回味那故国浓郁的古风、塔影、钟楼和皇城根下崛起的新姿……

呵！西安——长安，那些淅沥秋雨牵人魂魄的日子。

舒怡然

毕业于北京师范大学,理学硕士。1995 年留学美国。现在美国首都华盛顿地区从事知识产权工作。出版有散文随笔集《千万里追寻着你》,有小说、散文、随笔发表在《侨报》《世界日报》《解放日报》《当代作家》《文学月刊》及《世界华人作家》等刊物上。曾获"文化中国,四海文馨"全球华文散文大赛优秀奖,第22 届美国汉新文学奖小说佳作奖、散文佳作奖。

记忆里的一座城

一座城,若是让人久久不忘,那它一定是有某个牵动心弦的地方。就如同交响乐震撼灵魂的乐章,或是小说里精彩美妙的片段。即使你对于整座城的记忆已经疏淡,但那些浓缩了往昔岁月的地方会变得更加清晰。

离开北京已经二十多年了,说起北京,令人浮想联翩的也许是那些皇家园林亭台楼阁,或古寺名山历史遗迹。然而真正让我无法忘怀的,却是那些不怎么起眼的北京胡同。如果把北京城比作树叶,那么胡同就如同交织于树叶上的叶脉。叶脉里涌动着生命的精灵,才有了叶子郁郁葱葱的姿态。北京的胡同赋予了这座城市鲜活的生机,难以想象没有胡同的北京会是什么样子,那一定是很冷清很呆板的。

那条胡同,我真不知道该如何来描绘它。即使在梦里,都会清醒地一步不差地走近它。从"东官房"车站下车,穿过马路,遇到第二个胡同口,径直朝里走。胡同有些弯曲,往右拐了又往左拐,刚刚笔直一点,眼前便豁然开朗。一片扇形空地,左边有一扇大铁门,那门多半是紧闭的,旁边的小侧门倒经常是敞开的。院子里矗立着一座"凹"字形三层楼,灰色的砖墙上斑斑点点的痕迹,还有盘根错节的常青藤,都显露出这幢楼有些年头了。几棵古槐树枝繁叶茂,给这个院子增添了许多生气。

原以为不管多少年过去,在偌大的北京城里,我怎么可能找不到那条胡同呢?可今年盛夏回国寻访母校,走近那个胡同口时,忽然感到一片茫然,就是这里吗?怎么和记忆中的完全不一样了呢?这么一犹疑,便错过了好几个路口,只好又折回来。儿子开玩笑说,看妈妈太激动了,连回老家的路都记不清了。其实并非我的记忆出了差错,这里实在是变化太大了。崭新的地铁站锁住了原来敞开的马路,熟悉的房屋门脸已经寥寥无几,连路标都焕然一新。东福寿里胡同,名字依旧,可面目迥异了。我曾住过七年的旧灰楼,被一幢崭新的青灰色砖楼取代了,楼顶的边角装饰着琉璃瓦飞檐,真有那么点仿古的韵味。没变的只有那几棵老槐树,安静地守候在小院里,夏天的骄阳下便有了好大一片阴凉。它们似乎是特意等在那里,好给我留下一点儿怀旧的惊喜。

还记得第一次走进这条胡同的情景,那是1981年的秋天,北京师范大学接待新生的校车载着我们,从北京火车站一直开到师大北校区学生宿舍大院门口。我拉着一个大旅行箱,怯生生地走进这个小院儿,抬头四处观望,灰砖、青藤、古槐树,这景象似乎在哪儿见过,莫非是在梦里。这就是我梦想中的大学校园吗?我是初次来北京,怎么却有似曾相识的感觉呢?一切都那么自然,仿佛我原本就是属于这儿的一分子。生命里的等候与约定就是一种缘,谁能说与一座城的相遇不是缘分呢?

都说北京的胡同像迷宫似的,这话一点都不为过,初来乍到的人是很容易迷路的。走出我们宿舍的院子,往左走不远,便有个丁字路口。那又是另外一条胡同,叫"兴华胡同"。它拐了好几道弯儿,青色的柏油路,路两边是一扇扇红漆大门,偶尔也夹杂着几扇黑漆的,红黑相间,使得整条街生出了某种韵律。每扇门前都有道高高的门槛,像故宫博物院太和殿的门槛一样,只不过这些门槛低了那么一点点。高高的门槛横在那里,给这些四合院披上了一种神秘感。想那一扇扇大门后面，到底锁住了多少鲜为人知的故事呢？

胡同很安静，除了清早上班时，从那些红黑大门里偶尔闪出来一两辆自行车，白天便少见人影。没有多少碧绿养眼的草坪，也没有许多姹紫嫣红的花树。偶见某家四合院里探出的一枝嫩黄的迎春花，眼前便是一亮，原来春天竟藏在胡同里呢！

胡同口那位卖冰棍的老大妈，从初夏一直站到深秋，宛若一种守候。她的嗓门永远那样嘹亮，"小豆冰棍！小豆冰棍！"一声接着一声，穿过胡同的寂静，落进古槐树浓密的枝叶里。

走到胡同的尽头，方才知道，原来这刚好是另一条胡同的开始，恰好构成了一个完美的"丁"字。然而这条街的景致却完全不同了，它令人难忘的特色，不是曲曲折折的幽静，也不是深闺大院的神秘，而是它散发出来的浓郁又厚重的味道。浓郁里浸渍着世俗味，厚重中渗透着市井味，这才是胡同本来的味道，它真实靠谱有气场。胡同就是人来人往川流不息的地方，喧嚣热闹，五味杂陈。胡同承载着平常百姓琐碎的日子，胡同也充盈着大千世界的嘘寒问暖。

这胡同的味道也是四季分明的，尤以冬天的味道最为浓烈。干冷的北风刚刚扫进胡同口，就遭遇了这样一股混杂的味道。有蜂窝煤呛人的烟熏味儿，有羊肉串刺鼻的肉膻味儿，有烤红薯的焦煳味儿，还有炒五香花生米诱人的纯香味儿。这些味道无拘无束不分彼此地掺和在一起，如同奏响了一支味道交响曲，此起彼落，好不热闹。冬天的胡同便不再冷清，不再萧条，却是因为这别具一格的味道，而变得意趣横生了。

胡同口有一家小吃店，叫"龙头井小吃店"，这不过是家普普通通的小吃店，卖的全是大路货，比如小笼包子、刀削面、炸油饼。但最拿手的当数油炸豆腐泡了，一大碗酱油汤里挤满了金黄的豆腐泡，鲜绿的葱花凑热闹似的在豆腐泡间游来游去,飘出一缕缕清香。这么美味的豆腐泡,只要一毛钱一碗,真是物美价廉啊。

店铺开门很早,专门迎候那些不愿意自己做早餐的上班族,当然也包括像我们这些睡懒觉的大学生。那时候,一提"龙头井",大家就直咂舌,那可是满足我们舌尖上欲望的好地方。"龙头井"从来不会冷清,一年四季,永远是熙熙攘攘,热热闹闹。

时隔二十几年,当我穿越万水千山,兴致勃勃地赶到龙头井胡同,却一下子愣住了。小吃店已经没了踪影,被一家新店铺取而代之了。街道变得干净现代了,沿街的马路上停放着一辆辆小汽车,当年那里摆放着一排排自行车。与时俱进给人带来的是豪华与享受,同时也使这座城的古朴渐行渐远了。我沿着胡同漫无目的地走着,心里涌起一阵莫名的惆怅。胡同里那种特有的味道呢? 好像也变得淡了,若有若无。鲜香的油腻的,好闻的不好闻的,它们都去哪儿了? 我用鼻子使劲抽吸着,仿佛这样便能找回那些味道。当然也没有再见到那个卖冰棍的老大妈,想必她早已退休了。更何况现在谁还喜欢吃小豆冰棍呢? 即便有人喜欢,也都到超市里去买了吧。"小豆冰棍! 小豆冰棍!"可那清脆而亲切的纯正京腔,却依旧萦绕于耳。

转过街角,又见那一扇扇红漆大门,有些红得透亮耀眼,另一些却是斑驳黯淡了。这里依然是一如既往的安静,仿佛是闹市中的一片世外桃源。不由得想起了一桩往事:才进大学校门时,同室的北京女友约我去师大历史系白寿彝教授家,记得是给他送一份文件。那是我第一次踏进北京的四合院,跨过高高的门槛,前庭院里种着几棵枣树,正是收获的季节,树上挂满了青色的小枣。回廊曲曲折折,惹得人很想去后庭院看个究竟。我已经记不清白老教授的模样了,但他身后依墙而立的大书架,还有那上面密密麻麻的书,却是我至今难忘的。

真没想到,北京的胡同,除了市井味儿,还有着这样一股书香。什刹海和后海这一带的胡同,是颇具文化特色的,很多名人都曾在此驻足,所以才有鲁迅故居、宋庆龄故居、梅兰芳故居,等等。那时每逢夏天,傍晚最开心的一件事,就是和同窗闺密一起去什刹海遛弯儿。张恨水在小说《啼笑因缘》里描写的什刹海民俗——逗鸟和听戏,一直是什刹海的保留曲目。常常是逗鸟的和赏鸟的一样痴迷,唱戏的和听戏的一样陶醉。雅与俗已经难分彼此,大俗便是大雅,这也是艺术追求的极佳境界吧。当书香味与市井味交汇融合到一起,便酿成了一种文化特质,它既有质朴的底蕴,又不乏宽厚广博。它是单纯的,如城南旧事的歌谣,它又是复杂的,如紫禁城的深宫大院。不知道北京有多少这样的胡同,它们像一条条搏动的命脉,使这座城充满了活力,充满了灵气,也充满了人情味。

到了美国,我一直住在首府华盛顿。说不清为什么,常常会产生一种错觉,明明是走在紧邻华府的水晶城(crystal city),却恍然觉得是在建国门大街上;漫步在乔治城(Georgetown)步行街时,又觉得像是徜徉于护国寺大街上。我把这种感觉告诉中国朋友,人家就笑我说,你大概是想家了吧。或许他们是对的,意念中的他乡与故乡,怎么可能会那么泾渭分明呢? 错把他乡当故乡,自然是情理之中的了。

一座城,只有当远距离地凝望她,才会真切地体会出她的分量。这样的凝望,让我品味出遥远之外的亲近,温暖背后的苍凉,而这些感觉都不知不觉地流进记忆的深谷里了。

施雨

本名林雯，博士。品真新传媒有限公司董事长，美国文心社创办人，现任总社社长。在海内外诗歌、散文和小说征文中多次获奖，为美国《侨报》《明报》《星岛日报》副刊专栏作家。

记忆中的三坊七巷

三坊七巷，你去过吗？

那里是我福州老家一个神奇的东方所在，在黑瓦白墙、朱漆大门、青铜门环、红格子窗之间，有严复、沈葆桢的身影；也有林徽因、冰心的诗文；还有林觉民的《与妻书》……那里，还有我少女时代的闲暇时光。仿佛我生命的某个部分早已永久地留在那里，不只是我，还有我的父辈和祖辈。

名 人 故 居

喜欢旅游与探访名人故居的人都有这样的经验，无论这些故居易找还是难寻，都是孤立地分散在各处。

巴黎孚日广场旁 Rohan-Guéménée 旅馆的二层的一套 280 平方米的房子，这是当年文学大师雨果和夫人租下居住了 16 年(1832—1848)的地方，在这一套房子里，雨果写下了《玛丽·都铎》《悲惨世界》以及《巴黎圣母院》。

巴尔扎克的故居，则坐落在第十六区莱努合大街 47 号。当年，这儿还不是城市，只是巴黎近郊的一个村庄，一派田园风光。这里环境清雅幽静，完全听不到巴黎喧嚣的市声。如果埃菲尔铁塔早 50 年建成，巴尔扎克坐在自家后院的花丛中,便可欣赏它的雄姿。

　　大文豪海明威的故居在美国迈阿密,他在西礁岛上这座不大的宅院里居住了十多年,完成了他鼎盛时期重要的作品,包括《丧钟为谁而鸣》《乞力马扎罗的雪》《永别了,武器》等著作。甚至,直到现在,你还可以看到他的爱猫留下的后代,独特的六趾猫。

　　然而,福州的三坊七巷却处于一个独特的地理位置,它是福州的人文的签,一个方圆只有 44 万平方米的民居,历史上却出现过大大小小 100 多位对中国命运有影响的人物:明朝兵部尚书张经、吏部尚书林瀚、清代福建水师陆路提督和台湾总兵甘国宝、末代皇帝溥仪的老师陈宝琛、《福建通志总纂》的陈衍、著名教育家与名报人林白水、民国时期海军第一舰队司令和海军陆战队总指挥陈季良、曾资助过周恩来赴法留学并为抗日期间"七君子"案件作辩护的律师刘崇佑、我国近代史上主要的启蒙思想家严复、黄花岗七十二烈士之一林觉民、著名女作家冰心……

　　也许,每个福州人都与三坊七巷有或远或近的渊源。

　　大约刚刚懂事的时候,我就喜欢和长辈们一起逛街。经过三坊七巷,不时听他们指指点点,这里谁谁谁住过,那里,我们也住过……当然,走的地方不止三坊七巷,指点过的房子也不止在三坊七巷,后来呢? 后来都没有了。为什么呢? 因为解放了。

　　中学时代,整整五年的时间,我在福州一中寄宿就读,课余除了去图书馆就是上同学家玩。女同学们问:"去不去我家玩? ""你家在哪儿? ""某坊某巷。"耳朵竖起来听,心里咚咚跳。"去,当然去。"虽然现在我不在那里住了,但我的家人曾经在那里住过……我要仔细去看看那些院落和家私,想象着如果时光倒流几十年,我会在哪扇红格子窗下听雨,会在哪张紫檀书案后面掩卷叹息或者沉思。后来嫁人,夫家就在南后街北端的杨桥巷,也就是现在的杨桥路。可惜,那时已经没有任何古意,高楼大厦铺天盖地。

我特别怀念少女时代的那段时光,夏日的中午从来不休息,几个女孩子舔着3分钱的冰棍逛南后街那些自唐宋以来形成的坊巷。

"安史之乱"中原混战,南迁避难而来的各界人士很自然地选择了这片平整的土地,开始为新一轮创业而组建家园。一个以士大夫阶层、文化人为主要居住民的街区,便在南街附近生成,这就是今天的三坊七巷街区。

福州自汉始,先后建成了冶城、子城等城垣,城市由北向南扩展,整个布局,以屏山为屏障,于山、乌山相对峙,以南街(八一七路)为中轴,两侧成坊成巷,讲究对称,逐步形成三坊七巷一条街("街"指南后街)。

福州鼓楼区南后街两旁从北到南依次排列的十条坊巷就是三坊七巷。

三坊是衣锦坊、文儒坊、光禄坊,七巷是杨桥巷、郎官巷、塔巷、黄巷、安民巷、宫巷、吉庇巷。

家 族 记 忆

我24岁出国,多年后回乡,第一件事就是逛南后街。

各种小吃和小店令人眼花缭乱,可我只记得南后街的福州鱼丸。南后街的福州鱼丸是天下第一美味,后来我走过欧美许多唐人街,尝过无数所谓的鱼丸或者福州鱼丸,都远不如南后街的。也许这种特别的手艺,就像特定的人文,离开了就变味了。

但是,古老而特别的东西总在消失,有一次回国,与闺密共进午餐,点完菜闲聊,她指着窗外说"你看"。我顺着她的指尖望去,正是簇新的高楼中明显败落的三坊七巷。白墙脱落了,黑瓦残缺不全……人会老、建筑也会老,仿佛时光也会老,昔日这个老福州城社会名流聚居区之一,竟然落得如此残破的境地,忽然一阵心酸,差点儿落下泪来。宛如我生命里某些东西在失去,如同失去祖辈们。

我出生在福州仓山,仓山区是福州西式建筑最密集的区域。自近代福州作为中国"五口通商"最早的口岸之一以来，外国领事馆、洋行、教会学校、洋人住宅、华侨住宅等建筑艺术风格各异的"小洋楼"，皆集中于此。我在仓山长到5岁，之后随父母下放到福安赛岐。在我5岁的记忆中，家附近的街道很宽，树荫很大，一排排高高的法国梧桐，我仰酸了脖子都望不到顶，于是只能捡些地上微黄的落叶玩。小洋楼里总有隐隐约约的乐器声、歌声和笑声传出，混在白玉兰的幽香里，在夜空久久缭绕。

随父母在福安赛岐下放3年后回榕，我在外祖父的故乡螺洲就读于螺洲小学。父母选择了地处螺洲的那家医院工作是为了照顾年事已高的外祖父母。

螺洲地处福州南台，南面是烟波浩渺的螺江（属乌龙江的一段水域），螺江对面是五虎山。螺洲有三个乡，店前乡姓陈，吴厝乡姓吴，洲尾乡姓林。

外祖父姓陈，店前乡人，曾经是国民党文官。店前乡陈姓是个显赫的大家族，族里最出名的便是清朝内阁大学士陈宝琛——末代皇帝溥仪的老师。8—12岁，我就住在店前乡，斜对面便是陈宝琛出生的旧宅，人称"福州科甲第一家"。

明洪武年间有个称陈广的人看上了这块好地方，便举家自新宁县（今长乐市）鹤上村迁来，经过200多年的繁衍生息，始成皇皇巨族。至明嘉靖十七年（1538年），族人陈淮第一个成为进士，从此开螺江陈氏的科甲之先。自明嘉靖十七年至清光绪二十四年（1898年），凡360年，"螺江陈氏"中进士的竟有21人之多，为福州地区所首屈一指。特别鼎盛的是清同治、光绪年间，竟有10人。陈宝琛是同治七年进士，他的胞弟陈宝瑨和陈宝璐都是光绪十六年（1890年）进士，"兄弟三进士，同榜双夺魁"是"螺江陈氏"家族的殊荣。陈宝琛的3个胞弟陈宝琦、陈宝瑨、陈宝璜等也皆举人出身，时称"六子科甲"，极其显耀。

也许是文人太多，书香太浓，即使在店前乡务农的人，都能写蝇头小楷,读些古书。店前乡农人多种果树——柑橘。田头修得整齐雅致,家里也收拾得清清爽爽。我的小学同学有不少是陈氏的后裔,放学后一起玩耍,东家西家轮流跑。那里每家的房子格局都差不多,门前几级石阶,有的有石狮,有的没有,门洞很高很宽,一进一进的地上铺的都是青石。厢房的门和窗多是楠木、红木细细雕凿的格子或者花鸟图案。前厅、后厅、花厅、天井主要是青石和盆景,很多人养兰花和鱼,容器也都是石凿的。外祖母喜欢晴天,阳光见好,她就开始晒衣服,三寸金莲嗒嗒嗒地前后忙碌,举着长得不可思议的竹竿,架在屋檐下。而我喜欢雨天,从天井看外面的天空,看高高的檐滴如坠自九天。

那时的商贾官宦人家,除了偶尔住老家的厝,多数时间都在城里,至于城里的住处,他们多首选三坊七巷。父母自小也是出入福州的三坊七巷。在母亲的童年记忆里,她是头上烫着卷发,身穿小旗袍,足蹬皮鞋,经常看戏吃馆子的富家小姐。而祖父那边则是商人。祖父姓林,毕业于政法学院,后在南京当律师。有一年回乡省亲,随手买了张彩票即中5万大洋。那时的5万或许是天文数字,本来祖父家世殷实,又添这笔意外之财,此后祖父不再当律师了,在老家闽侯青圃大量购置田产,在福州买房买工厂……1949年以后,重新洗牌,轮流坐庄,人生戏码换了布景和舞台。

在后来的许多年里,政治环境宽松的时候我们才敢回乡祭祖,清明时节,祖孙三代从各地赶回来,默默地修整墓园、祭祖、压纸、烧香、化纸钱……然后,绕着村外的小路悄悄离去,身份重,怕连累乡里乡亲。但总在回首之间,望见上了年纪的老人在给晚辈指点:"这是五万一家。"乡民们或许早忘了祖父的名字,只记得他的绰号"五万"。

祖父出生的老家,闽侯县青口乡青圃村,有一位林姓同乡叫林白水,是著名教育家与名报人。辛亥革命之后,北京城有两份极有影响的报纸:一份是《京报》,另一份是《社会日报》。《京报》的负责人是邵飘萍,《社会日报》的社长是林白水。林白水曾主编多种反刊,言论犀利,针砭时弊,为军阀忌恨。1926年8月因在社论中屡次抨击军阀张宗昌,林白水被张逮捕杀害。棉花头条1号即林白水先生在北京的故居。

知道林白水先生是因为有一年随父亲回老家扫墓。父亲带我去瞻仰尚未竣工的林白水烈士的陵园。而后又过两三年,我再去看陵园,还是没见完工,便有乡亲告诉我们,为此出钱赞助的林白水先生的女儿突然在美国因车祸去世。又好些年没有回乡了,不知道现在陵园如何。去年清明我到林白水先生的网上纪念堂上了三炷香,祭拜这位中国的一代报人遇害80周年。

故 居 名 人

百多位的名人,故事要从哪里讲起呢? 挑几个耳熟能详的说一说吧。

林则徐(1785—1850),他是"睁眼看世界的第一人"。他是揭开中国近代史序幕的杰出政治家,又是反抗外国侵略的民族英雄。他顺应历史发展潮流,对西方文明成果采取积极的了解和吸收并为我所用的态度,故能成为"睁眼看世界的第一人和向西方学习先进技术之开风气者"。三坊七巷旁的澳门路有林则徐祠堂。

沈葆桢(1820—1879)堪称中国"船政之父"。他在以"富国强兵"为目标的洋务运动中,被推向前台。沈葆桢担任福建船政大臣,负责造船、练兵和人才培养,为组建福建水师、南洋水师而努力,成为早期洋务运动的代表人物之一。他是引进西方科技的先驱,我国近代教育和近代海军的创始人之一。他不遗余力地将魏源提出的"师夷长技以制夷"的主张付诸实践。沈葆桢故居位于福州宫巷26号。

林旭(1875—1893),"戊戌六君子"之一。少年即颖绝秀出,为特达奇才。他追随康有为参与"维新变法",历时百日,后被以慈禧太后为首的顽固守旧派杀害,年仅24岁。

当年,北京城宣武门外的菜市口是一个刑场,城门的吊桥西侧立一个石碣——后悔迟。但林旭等六君子在此就义时,没有丝毫后悔与惧色。林旭坦然仰天长啸:"君子死,正义尽!"然后大笑,从容就义。

林旭家住郎官巷东口,幼年便失去父母,由两位叔叔抚养长大。他自幼聪慧,吟诗作文,无所不通,被誉为"神童"。

这三位名人也许大家都清楚,但未必知道他们之间的关系。他们是一家三代人:林旭是沈葆桢的女婿,沈葆桢是林则徐的女婿。

想知道三坊七巷还有多少这样的缘分?请来三坊七巷走一走,看一看,便知晓了。当然,还有末代皇帝溥仪的老师陈宝琛、著名报人林白水……他们也都曾居住在福州的三坊七巷。

而我,最喜欢陈宝琛的文儒坊,绝色的笔墨文章使整个三坊七巷充满了浓浓书香和文气,逾百年而未淡去。

宋晓亮

山东文登人。出版有长篇小说《涌进新大陆》《切割痛苦》《梦想与噩梦的撕扯》，短篇小说集《素描百态》，散文集《心的驱动》《永不消逝的第一眼》。短篇小说《握住与甩开的"艺术"》入选《人、欲、望——北美华文作家小说精选》，《第四次嫁人》在世界华文新移民爱情小说大赛中获奖。

感 受 故 乡

炊烟飘去的上空是浩瀚的宇宙，长满五谷的大地是滚圆的地球，东山顶是太阳升起的地方，西沙滩是日落的地平线。故乡的概念在儿时形成，故乡的东西南北就是我心中的全世界。

惜别山东老家时，稚嫩的我把故乡淳朴的原貌刻在了自己的心版上，并日夜相伴。为人妻、母之后，我随夫携子离开北京，乘命运之舟远涉重洋，在美国东海岸的马里兰州，收桨上岸。

背井离乡的那一年，祖国山河大地的旧貌已经一点点在变换新颜，只是北方发展的脚步尚未迈开。长城内外，大河上下，房屋老旧，百姓布衣如常。而我的故乡，依然"沉睡"在昨夜的星空下。太阳从东山顶上升起时，乡亲们的生存重心，仍确立在田间地头上。面对着巍峨的昆嵛山和涛涛的清河水，乡亲们站在气象万千的自然美景中，日出而作，日落而息，春播夏忙，忙秋收冬闲，照例主宰着家乡人那一成不变的思维。

去国十八载之后，2004年霜寒枫红之时，应中国世界华文文学学会和山东大学的邀请，我赴威海参加第十三届世界华文文学国际学术研讨会。会开两天半，结束后，亲朋带我游览了威海市及其辖区。坐在崭新的轿车里,我把脑袋贴在车窗上,挤扁了鼻子地往外看。我惊讶,我赞叹,家乡啊,您咋变成这样啦!

威海,地处胶东半岛最东端,如今是国家级风景名胜区。辖下的成山头为北方的天涯海角,是中国大陆伸向海洋的最深处。与日本、韩国隔海相望,素有"中国好望角"和"天尽头"之称。

成山头是中国太阳最早升起的地方。公元前219年、公元前210年,秦始皇两次驾临那里,修长桥、寻找长生不老药,留下"秦桥遗址""射鲛台""神雕山"及中国唯一的"始皇庙"。公元前94年汉武帝东巡海上,拜成山,拓"日主祠",观日出,建"成山观",作《赤雁歌》。改革开放后,原景古迹修缮一新,八方游客纷至沓来。

登成山头,眺望无垠的大海,天尽头,高峰突兀腾伏,如巨龙吸吮沧海,气势恢宏,景象万千;天尽头,烟波浩渺,鲸逐鲛戏;天尽头,怒潮狂涛啸百里,巨浪冲天飞白雪;天尽头,万船千帆争流,远涉重洋竞渡。

触摸着历史的厚页,在秦王汉武的雕像前,手举摄像机的好友邵永良先生,全心为我录像。外甥王力军也忙着给我拍照留念。深谢亲朋,在先人的足迹上,让游子拥有了分秒的永恒。

走进西霞口,全村500户,村民1300人。曾经的穷乡僻壤,因改革开放所带来的变化,用惊天动地来形容绝无夸张之意。

小山村实现了别墅式、公寓化;实现了水、电、有线电视、直拨电话、宽带网络、硬化道路的六配套;实现了免费供粮、供水、供电和医疗保障制度;建立了完善的退休、养老和社会保障体系;完善了从幼儿到中学全免费的配套教育。

放眼如今的西霞口,山川秀美,草木华滋,处处整洁,处处剔透。感觉那里就是上天特地为人间打造的一处仙境。依青山,傍绿水,红瓦白墙,崭新的楼房掩映在枝繁叶茂的树丛中,倒映在碧波荡漾的海湾间……

昔日的残破老旧已经不见踪迹,转身看,看那个环围在村口的裕霞公园:蜿蜒的路,别致的凉亭,艳丽的花,绿油油的草坪上假山高耸、雕塑挺立……这是庄户人家的休闲场所?我本能地揉揉双眼:老大爷们在林荫间散步,老大娘们在花丛中谈笑,一群孩童正在池水边玩耍嬉闹。

山风追忆着村落的变迁,海浪抚摸着西霞口的灿烂,想坐下来,静静地坐下来,感受时光在这份恬美中流过。

迈进神雕山野生动物园,从前的荒山秃岭,今天已是令人流连忘返的新景区。抬脚踏上山中那高悬的铁桥,望一眼山下的飞禽走兽,让野生回归自然,让生态保护和旅游观赏融为一体,这是人与动物之间善意的双赢。

神雕山野生自然保护区占地 3800 亩,辟有猛兽区、草食动物区、海洋动物区、非洲动物区、熊乐园、百鸟园、猩猩园、豺狼山、猴子山、金丝猴馆、熊猫馆等动物栖息地,拥有国家一类、二类保护动物 100 多种。区内还有玉观音、关帝庙、秦始皇射雕遗迹及汉武帝霞主祠等旅游景点。

走遍神雕山,仰观巍巍群山,俯瞰茫茫沧海,感念上苍厚赐给这方土地的丰厚,更赞叹乡亲们用智慧和毅力在故乡的土地上续写出来的辉煌。

挥别神雕山,又见荣成在召唤!荣成是道教重要发祥地及著名的旅游避暑胜地。荣成历史悠久,文物古迹甚多,风光旖旎,景色宜人。在荣成 1000 华里的海岸线上分布着 10 个大港湾和 30 多个岛屿,如蜻江、石岛等 10 大海浴场,成山、桑沟湾、圣水观、石岛湾、铁槎山等 5 大风景名胜区和海驴岛、天鹅湖、花斑彩石、苏山岛等 50 多处景点,以及荣成博物馆、伟德将军碑廊、奇石馆等人文景观。不可否认,大自然的鬼斧神工、现代化的游乐设施及含有丰富文化底蕴的渔家民俗风情,构成了荣成独具魅力的"千里海疆文化长廊"。

聚焦荣成的天鹅湖,独特的沿海地貌和自然环境,适宜的气候,充足的食物,干净的水源和优美的环境,构成了世界著名的天鹅越冬栖息地,也是亚洲最大的天鹅冬季栖息地。

看,洁白的天鹅孤高、圣洁,或卧或立,或游或走,或翔或奔,嬉戏打闹,你追我赶,相互喙啄,交颈摩挲,鼓翼欢歌,诱人寸步难挪。

威海市乃外甥王力军一家三口的安身立命之地。父亲生前的第一选,就是在威海养老。一提威海,只觉远山近水都是情。

回威海,又回威海!

威海四季分明,气候舒适,年平均温度 12 摄氏度(华氏 54 度),年均降水近 800 毫米,平均相对湿度超过 60%,每年有近一半的时间空气质量达到国家一级标准(相当于自然风景区)。污水处理率达到 72%,垃圾无害化处理率达 100%。有位外国政要曾这样说:"威海的空气可原装出口。"

近年的威海,城市绿化覆盖率达 40%,人均占有绿地 17 平方米,人均居住面积 16 平方米,是中国第一个"国家卫生城市",第一个"国家环境保护模范城市",是"国家园林城市",是"中国人居环境范例奖"得主,并两度获得联合国颁发的"改善人居环境最佳范例"称号,是中国生态与人文环境最和谐的地方之一。

威海,陆上山清水秀林密,海滨滩平沙细礁奇。威海的岛屿数不胜数,驰名中外的刘公岛不仅流传着刘公刘母海上救险的神话故事,同时也是中国第一支海军的诞生地。中国甲午战争博物馆馆址,就是当年清朝北洋海军提督署,所管辖的 28 处文物建筑属全国重点保护文物。优美的风光、神奇的传说、厚重的历史,成为威海的标志。

游览观光,威海是当地首屈一指的胜地。威海的海边全部为公园所环绕,放眼望去,宛如大海的精美花环。威海公园面积近 70 万平方米,它以蓝天为背景,以大海为主题,设计精湛,风韵独到,创意无与伦比。看,那条人文与自然有机融合的海滨风景线,荣获了中国建筑最高奖——"鲁班奖"。漫步园中,花儿点头,鸟儿歌唱,清爽的海风轻抚着白色的浪花,与游人打趣、欢笑。

新建造的泛华高尔夫球场静卧山水之间,洞洞见海,杆杆越翠,天然海峡、峭壁、峡谷贯穿其中。至此挥杆,必心旷神怡。

威海国际海水浴场有一片2800多米长的金色沙滩,沙质绵软,且洁净漂亮,行走沙上有如足疗一般。浴场地处市区西北,因夏季多东南风,而极少有浪,加上坡缓水清,优质天然海水浴场的确名不虚传。

水是威海的灵,山是威海的魂。威海的昆嵛山方圆百里,重峦叠嶂,林涛波涌,有"海上仙山之祖"的美誉。昆嵛山林木茂密,泉水四季流淌,终年清澈,掬之可饮,身临其中,可体味原始,享受大自然的野趣。

昆嵛山也曾是父亲观天象、测风雨的天然气象站。多少个黄昏时分,他挺立房后,踮脚远眺西北方:山根澄清,明日艳阳高照毋庸置疑;山尖云遮雾盖,阴天下雨握有证据。

圣经山山顶有一块月牙形石刻,刻的是2000多年前老子写的《道德经》,山中有一块岩石酷似老人,传说那是老子的画像。圣经山,落日熔金,霞浸黄昏,该是最宜抒情的时刻。美景醉人,就连天上的仙女也乐不思归,索性以大海做软床,借夕阳为枕头,在海浪的低声细雨中渐入梦乡。

山仁,水智,生活在山水之间的威海人,平均预期寿命是75岁。长寿之秘诀,不仅与良好的自然环境有关,也得益于发达的卫生事业,尤其饮食搭配更利于延年益寿。威海盛产虾、蟹、参、蛤及鲜美鱼类,渔业年产量和年总产值连续多年稳居中国地级城市之首。威海还是中国重要的商品粮基地,胶东的大花生名扬四海,苹果、梨、桃、杏、山楂、无花果……无时不在充实着"北方水果之乡"的内涵。

威海民风淳朴,诚实守信,是首批"全国创建文明城市工作先进城市"之一。威海也是中国刑事案件案发率最低、社会治安情况最好的城市之一。当我们乘坐的汽车行驶在环海公路时,尽管天色已近灰暗,可在山陡水深的道路边,仍有人在遛狗、散步、打拳,也有坐在大石头上谈情说爱的姑娘与小伙子。

　　十几年后重览故乡新貌,我不免感慨万千。潜在心中的故乡山水静悄悄地恪守在各自的地理方位上,接受着风吹雨打,日晒雪压,历经了多少人世的沧桑变化。看今朝,山还是那座山,河还是那条河,一经开发,一经"整容",龙钟老态又再次焕发出貌美如花的青春。

吴玲瑶

西洋文学硕士。出版有《女人的幽默》《比佛利传奇》《幽默
酷小子》《明天会更老》《生活麻辣烫》《笑里藏道》等五十四本著
作,其中《美国孩子中国娘》上美国中文书畅销排行榜首。唯一
全部作品以幽默为主题的作家,也是幽默理论的研究者。曾任
海外华文女作家协会第十届会长,创办北美作家协会并任创会
副会长十年,现为海外华文女作家协会基金会 CEO。

走一趟云的故乡

爱我就泼我吧

选择在 4 月去云南,就是要去体验少数民族过泼水节的特别文化,分享清凉快乐的水世界。负责组织的朋友来信说,多带点防护装备,我赶紧特地去买了雨衣、雨伞、雨裤、雨鞋和雨帽,预备全副武装上阵,可以“百毒不侵”,没想到这样的准备闹了笑话。问当地人之后,所得到的回答是:“如果你穿成这个样子会被人笑死,泼水就是要让人家泼,是祝福的圣水。”原来“怕湿不要来,来了就不要怕湿”,信息错误后我羞愧不已,这些防湿的工具不敢 show 出来给人看,又嫌一站站带太重,偷偷地全扔在旅馆了。

我决心豁出去,不披挂雨具不做保护措施,要勇敢上阵同乐,掀起狂欢的浪花,要来个湿透的淋漓尽致,尽情与水亲密接触,要将水的快乐进行到底时,兴奋到不行地又问了当地人:“我们会被泼得多湿?”也许说老实话不是少数民族的传统,我得到的答案是:像你这年纪,很少人会泼您。但还没开始我就被泼了最冷的一桶水。

原来泼水嬉戏也是男女青年谈情说爱、寻找心上人的好时机。爱我就泼我吧,年轻的男子也会借“泼水”对心仪的女子一表衷情,倾诉爱慕之意,

240

水中订终身,欢乐升级。

傣家人常说:"一年一度泼水节,看得起谁就泼谁。"我又听说泼水节的泼水方式有文泼和武泼之分。对待长辈,通常是用柳条蘸一点带有香味的凉水轻轻泼洒,非常有礼节,意思意思;另一种则是疯狂型的大泼水,相互追逐,桶盆飞舞,个个水湿淋淋,越泼越起劲,被泼的人还不能躲,说是会躲掉福气,若被泼的全身湿淋淋的,处处能听见他们欢快又惊恐的尖叫,越湿越 high,开心到不行!

4月10日一大早,我们"严阵以待",坐着巴士到陇川县政府大楼前广场集合,要上山采花再泼水。不来不知道,来了吓一跳,不知哪儿冒出来这么多人,人山人海,对水和快乐幸福的向往,达到最高点。穿着各式传统服装,挤在漆得花花绿绿的敞篷货车上,还自备楼梯上下、耕耘机、推土机等所有能上山的交通工具都出动了。花车从一个街道开到另一个街道,人人手中端着唐瓷花脸盆,提着塑料水桶,扛着水枪,背着的水枪像电影里阿诺·施瓦辛格用的冲锋枪,附着自带水库弹药装备,一副备战的样子,都想尽情地在水中释放激情与活力,拿着手中"武器",用水传达着节日的快乐。

泼水节即傣历新年,求佛保佑傣家在新的一年里万事如意。水是纯净的象征,是生命的源头,是万物之神,因此人们在过年时除了一早起来沐浴净身,还得到佛寺中把佛像也请出来,在浴佛礼赞的过程之后,就开始持续好几天的泼水活动来庆祝新年,这也是人们一年来发泄郁积情感的一种健康的方式。

人们在这一天能打扮得多花俏就多花俏,一个村庄一个花色,最漂亮的衣服就在今天展示。上山的路要自己走,女人一排男人一堆。人潮汹涌万头攒动,随着音乐摆动柳腰,跳着舞、唱着歌、敲着锣、打着鼓,几个人抬着一种四个相连的鼓,敲一下能连锁反应响四下。各队伍鼓乐喧天,人们纵情歌舞。歌声笑声交织出一幅欢乐太平的节庆景象,以象脚鼓为前导,依次排成长队,缓缓上山,拥向树林,欢笑、跳舞,互相追逐,互相祝福。

吃着一种包在树叶里的糯米食物米粑,太阳太大,我们躲在山上的树荫下看少数民族表演,随意采着花叶捧在手中。沿路有卖烤野猪的摊贩,席地而坐就地啃起香滑的脆皮。我们都好奇当地人带什么来吃,他们都很友善地分享,大家又簇拥着下山,许多人已经迫不及待地泼起水来。

龙陵县广场上有金碧辉煌的金塔,也有五颜六色的大喷水池,更有临时搭建的建筑。一辆辆卡车又集中到这儿来了,找到了水源,找到了尽情释放激情的理由,摩托车骑士载人提桶泼了就跑,万人尖叫欢笑精彩不断。以水之名可以肆无忌惮,可以没大没小,可以傻傻痴笑,享受这没有约束的喜悦升级,狂欢共庆佳节。与泼水同时进行的是,几乎不曾间断的,为那些需要坐下,等身子晾干的人所表演的歌舞节目。

有人以"湿身"为荣,做个快乐的落汤鸡,让"心凉"和祝福洒满、陪满一夏;有人躲着走,因为我们没有反击的能力,躲进巴士看窗外互泼景象,地上留下一连串湿湿的脚印,人们互相追逐迎头迎脸地泼,这是一天中最热的时候;有人稍息片刻,忙着装水为下次的冲刺做"充电",随后又精力充沛地回去参加水战。只见大街小巷一片疯狂,每泼一次都夹带着一片笑声,都代表一段衷情、一心祝福,洗去一年的污尘,祝福新的一年幸福平安。

和顺侨乡图画中

也算是一种缘分,短短几年间,我又再度来到和顺侨乡。这个云南边陲小镇,这个被票选为中国第一魅力的名镇,有着"和顺人家图画中,花亭楼台笑春风"的美景。她深厚的文化底蕴与独特的自然景观形成绝美的生态文化村,让人流连忘返,来了还想再访,可游、可赏,可思,甚至可迷。

在春暖花开的四月,我随四海作家云南采风团又来此参访。车子穿过一座座山谷,来到这片翠绿的小平原。陆上惊起群群白鹭鸶飞起又落下,眼前的景物令人眼睛随之一亮，像是误入了书中桃花源，芳草鲜美，落英缤纷，居山面水柳堤莲塘，河边垂钓的渔夫，身边水鸟相伴，一派钟灵毓秀的田园佳境，远方的山云雾遮蔽，偶有阳光透穿。车子停在村口小镇的古石拱桥前，桥面的石缝窜出点点斑驳的青苔，说明了历史的源流。我们下车穿过牌坊，走进和顺侨乡——这个坐落于云南省保山市腾冲西南四公里的文化名镇。

被数不清的高山包围着的遥远村庄——和顺，藏在茫茫天地间，躲在中国西南边陲，远到只有云到得了的地方，以前很少为人所知，却是古代南方"丝绸之路"必经之地。就像晋太元武陵人无意中走进的桃花源一样，这个小镇早在大明王朝就有从中原来驻守边关的士兵，发现这高黎贡山下有阳光的小坝子，觉得真美，被这风光吸引，于是开辟屯垦，地老天荒一过六百年，如今宗祠里还供奉着当时的祖先。

六百年来祖先传下的汉文化传统被保留下来，加上地理环境的关系，生存发展的方式是走出去闯荡世界。"穷走夷方急走厂"，到缅甸、东南亚去闯荡，用有限的生命造就永远的历史，于是一代代乡民远走他乡。地杰所以人灵，在国外功成名就，往家中汇款盖屋，造桥修路建设乡里，带回异国文化与新知，和顺成了有名的侨乡。

走进和顺，就像经过了时光隧道，走进了另一个世界，一方古色古香的时间定格。白天鹅红面鸭水中游，古树下有老人乘凉，青葱的山岚，小桥流水，古老的宗祠，铺小石子的路，能走出历史。但有时走着走着，也糊涂不知自己身在何方。徽式民居、江南小桥、东南亚尖顶、欧陆圆柱仿罗马建筑在这儿都能见到，20世纪40年代的高尔夫球具、望远镜照相机、美国的派克钢笔、洋货处处，有道是："罗马的钟，英国的门，捷克的灯罩，德国的盆。"中原文化、外来文化、南亚文化、抗战文化、边疆文化、异域文化在这里交融，形成了独特的人文景致，蕴含着"和睦顺畅"的最佳境界。诚如乡人李根源先生所说:"十人八九缅经商,握算持筹最擅长。富庶更能知礼义,南州冠晚古名乡。"如今村里只有数千人,还有上万人仍在海外侨居,有成就的一个接一个。

坐上村里观光的电瓶车,往左弯一站站走去,古树参天,泉水清清,寨边三合河偕一条弯弯石径,呈弧形,路、河之交古榕间茂,石栏月台,随处可见,村子里还保存了不少古建筑,火山石镶砌的墙基、走廊、街巷,历经数百年风雨仍神韵依然。气候更像我居住了三十几年的加州般温和,清风徐来,真觉得"此景只应天上有,人间难得几回见"。怪不得 2003 年,和顺被《中国国家地理》《时尚旅游》等联合推荐为"人一生要去的 50 个地方"之一,2005年又入选"中国十大魅力名镇"。

车行过一座清瓦顶亭子,竟然是洗衣亭,真有女人美丽的洗衣身影,捣衣声声加上笑声,形成一幅美丽的乡村幸福图片。流过的水清澈见底,还有小鱼悠游其中,嬉戏的鸭群也来凑热闹。

走上坡,参观此乡名人艾思奇的故居。从台湾来的我对他不甚熟悉,本以为是个外国人,原来是位名叫李生萱的马克思主义哲学家。他生于腾冲和顺乡水碓村,青年时代,两次东渡日本求学。他的《大众哲学》《哲学与生活》据说帮了共产党的大忙,毛泽东说他是"党理论在线的忠诚战士"。他的住处是一幢中西合璧式砖木结构四合院楼房,有西式小阳台和雕花格窗,显得古朴典雅。

绕了一圈,我们走进建于 1928 年,有着"中国藏书最多的乡村图书馆"美名的和顺图书馆,匾额是胡适题的字。整栋建筑有一种中西结合的和谐美,巍峨高大,轩昂静穆,尖尖的飞檐是受东南亚影响形成的,半圆形的门窗有点欧式味道,但整体看来依然雕栏画柱,有中国味,难得见乡里的图书馆建得这样奢华,里面的藏书 90% 来自民间个人的捐赠。在这么个边远的农村建立一个藏书 7 万册的图书馆,是怎样的渊源?

海归华侨衣锦还乡，有些见识有些金钱，愿意为家乡做点事，造桥修路之外建图书馆，让族人可以吸收新知。这里的村民还真是酷爱阅读，人们向往的亦农、亦商、亦儒的生活，儒家文化独有的宁静与儒雅在此体现。经常有老人放牛，把牛放在山上吃草，自己跑去看书。书读得多了说话文绉绉，家家都有文房四宝，随手能写上几笔书法，文化修为高，因此出了不少人才。

沿着青石板铺就的小路走进村里欣赏民居，巷弄狭窄而幽深，许多人家的格扇门窗都经过精雕细镂，精致华美，门楣上高悬着多年烟尘遮掩不住的"书香世荫""诗礼传家"等匾额，居民和善地招呼我们喝茶坐坐。

引人注目的还有牌坊，有些似乎很宏伟，有些却很寂寥，更有些能看出静默中的历史沉淀和沧桑，所有牌坊背后都有一段凄苦的故事。"有女莫嫁和顺乡，一世守寡半世媚。"和顺男人每年要外出务工，"抛父母，别妻子，吞声独走，众亲友，相送到官坡路途"，不知何时能回乡，留给妻子的是无尽的担心，和苦苦挣扎的寂寞，水一样的青春年华就在期盼中流逝。贞节牌坊上"冰清玉洁"是赞誉这些忠贞的妻子们，但经年独守空房的无奈点滴在心头。

一代一代的侨居，走得远见得多，当初满怀梦想，希望能幸运地带回财富，变成房子田产和日积月累的历史，一间一间的老屋中也流传着不同的故事。据说有一则板凳的故事，先祖在家中椅子写了几行字："只准劈了烧，不准卖了吃。"原来其中藏了缅甸带回的珠宝玉石，为后代落魄时就急用。

"小小巷弄深几许，老屋苔色青，山村读书楼，古道风西亭。"不知从哪间老屋窗台流出这样的乐曲，这收藏着传说、兴衰历史的活古镇，以"山养心，水养性"的典雅，造就了现代桃源仙境。

夏维东

祖籍安徽。现居美国新泽西州,从事药物研发。大学时代开始发表文学评论与诗歌,出国后开始写作小说。迄今著有《纽约梦幻变奏曲》《危险的爱》《黎明太遥远》《预言密码》四部长篇小说,并有中短篇小说、文学评论、散文及诗歌发表于国内及海外报刊。目前致力于写作系列历史随笔"我的五千年",第一部即将出版。

福建:历史文化的榕树

一 丝 遗 憾

匆忙离开厦门去泉州的途中,我心里带着一丝遗憾。因为厦门太漂亮了,而我竟然没有时间在那儿多盘桓几日。

厦门是我在福建邂逅的第一个城市。车子一上海沧大桥,我的视线就收不回来了,大海、巨桥和城市构成迷人的现代都市景观,一下子让人对前面的一切充满憧憬。

在此之前,我见过最雄伟的大桥就是旧金山地标金门大桥,那座高大、笔直的褐红色悬索大桥美得就像一张明信片。我们眼前的海沧大桥,像一条盘旋的白色巨龙横跨在蓝色的海面之上,岂止是雄伟,简直是壮丽,桥长是金门大桥的两倍有余! 桥的对面就是厦门市区,高楼林立于海边,玻璃墙上倒映着碧波,美得如同海市蜃楼。

海滨的街道上,外观现代的高楼和高大挺拔、绿意盈盈的棕榈互为映衬,棕榈树顶的枝叶像一把把绿色的伞和天上的白云相映成趣,花圃里粉红色的三角梅娇美地点缀在棕榈之间, 干净的街道一下子有了田园的气质,于是现代都市的那种嚣张感便淡了许多。行人悠闲地在树丛和花丛中

246

散着步,以蓝天、碧海为背景,生活很美好、很和谐的样子。

我很想加入那些行人的行列,在这个城市里随意走走,看看大海,尝尝海鲜,吹吹海风。可我没有那么多时间,因为有很多有意思的地方需要参观,比如可以看得见的金门五通码头、比如钢琴之岛鼓浪屿,等等,我没有时间无所事事。

我对前来厦门跟我碰面的妹妹说,哪天哥有时间了,一定来厦门多住几日,骑辆自行车四处瞎转悠,看看大海,尝尝海鲜,吹吹海风,再尝尝海鲜。我之所以一而再再而三地提到海鲜,绝非因为嘴馋,而是因为在鼓浪屿上同行的一位姐们看到人家炒鱼圆,脱口就说:"炒蒜头。"我闻言捂着嘴,优雅地闪到一边去,表示不认识她,也不认识蒜头。我不希望自己有一天像粒蒜头被人闪了,当然我也确实嘴馋。

我还要去最美校园——厦门大学看看,海边的石凳上,一对对幸福的年轻情侣相依相偎。如果他们不反对的话,我想拍几张照片,照片的名字就叫"海枯石烂"。

我不知道什么时候可以再去厦门拍照片,所以在离开厦门的大巴上我狠狠地用手机拍了很多张照片,可惜那茶色的车窗和车辆行驶的速度,彻底毁了一个业余摄影师的念想。

好吧,那就去泉州吧。有一天,"胡汉三"会回到厦门的,谁劝都没用,海枯石烂。

泉州印象之一:九日山

来泉州前,我对它所有的认识便是此处农民企业家甚多,他们都迈着赵本山的小品步,倒是没戴鸭舌帽,因为热。

我们下榻的泉州宾馆在市中心,窗外的街道很宽敞,商铺林立,人流和车流交织,一派生意兴隆的景象。泉州只是个地级市,听导游说,泉州是"中国品牌之都",有"民营特区"之称,拥有国家驰名商标数目居全国地级市首位,难怪它的市政建设和经济规模远远超出同等城市的规模,这真是了不起的经济成就。

我们没有去了解泉州的经济发展历程,而是进入了泉州绵长的历史。那份厚重与深沉远比泉州发达的商业经济更令人动容,因为有些东西是无法用金钱衡量的,真正的好东西都是无价的。

我们首先去市郊的九日山。它位于福建省南安市丰州镇旭山村,晋江北岸。山是小山,其高度顶多算得上个小山丘,毫不起眼。朱熹《题九日山》中的两句诗"仰观天宇旷,俯叹尘境窄"有些夸张了,但那一面面红色的摩崖石刻太醒目了,乍一看简直像大手笔的书法展,山为背景,石为纸。

首先映入我们眼帘的"九日山"三个大字是由福建陆路提督马负书所题,笔力雄遒却又显得庄重,威武中透着典雅。纪晓岚在《阅微草堂笔记》中有段逸事:"(马公负书)一日,所用巨笔悬架上,忽吐焰,光长数尺,自毫端倒注于地,复逆卷而上,蓬蓬然,逾刻乃敛。署中弁卒皆见之。"不知道他题书"九日山"那日,毛笔有没有光芒四射。有没有无所谓,那三个字本身就足以不朽。

登山前,九日山的解说员给我们介绍九日山,解说员是返聘回来"发挥余热"的,工作热情极高,很健谈,恨不得把山上的七十五面石刻都介绍个遍。据他说,九日山原名"旭山","旭"字拆成九日。也许他说得对,因为此山所在地有个旭山村,很可能是因山得名。

解说员还在山下孜孜不倦地讲解时,我就伙同几个人先上了山看了起来。石刻年代从北宋到清代,大都属于应景之作,或纪游,或题名,或题诗,其余的有纪事及祈风志铭。对于我而言,石刻的内容不是主要的,好看的、难得的是那些千姿百态的字,被前人一笔一画用心、用力镂刻在石头上的字,有行书、楷书、隶书和魏碑等。现在的科技越来越发达,越来越实用,再

248

也不会有摩崖石刻了,就像再也不会有手写书信了一样。

最醒目的石刻位于西台(峰)东麓,字体二十厘米见方,奇特的是该题刻不是从右到左,而是从左到右,很"反潮流"。据说莫言给孔庙题词招来不少非议,后来孔庙管理处不得不把题匾摘了下来,其中最重要的"指控"就是题字是从左到右,不符合古人书写习惯。博览群书的莫言想必没看到九日山的这幅刻字,否则他就可以理直气壮地用高密普通话说:"去九日山看看蔡襄的石刻!"蔡襄与苏轼、黄庭坚、米芾并称"宋四家",他的反向书写挺任性,当时怎么就无人质疑呢?谁敢呀!大书法家,同时还是泉州的父母官,他那么写叫作有性格,莫言那么写叫不通,得了诺贝尔文学奖也没用。

蔡襄的字乍一看有"瑕疵",因为字的交叉处有点劈,稍显粗糙,但这恰恰显示了蔡襄的自信,因为他是直接在石头上书写,一般人都是写在纸上,然后拓到石头上,这才显得珠圆玉润,没有破绽。蔡襄艺高人胆大,随手一挥,便把洒脱留在石头上,千年之后风流如故,风吹不去,雨打不去。写下便是永远,写下便是历史,便是文化。

九日山是文化山,没有那七十五面石刻,它什么都不是。现在它什么都是,石与字相得益彰,人文和自然是可以和谐共处的。

我从山上下来,突然想知道为什么当初要把旭字变成九日。我去找那个解说员,可他已经不在现场了。我只好回来自己查书,大概有两种说法,一说过去有个道士,从德化戴云山走了九日来到此山,故名;另一说那些晋代避难的中原人,每年农历九月初九在此登高遥望故乡,故得名。

后一种说法和解说员的说法相近。我记得他当时站在九日山的入山口,手指着前方说附近的江叫晋江,晋代中原士绅避乱渡江,史称"衣冠南渡"。他们把江命名为"晋江",以此纪念故土晋地,或者不如说纪念一个逝去的时代,一个只能在梦中回首的时空。

泉州印象之二：南音

"衣冠南渡"的传说一下子让我喜欢上"晋江"这个名字,凡是跟历史有关的地方总能让我肃然起敬,因为历史是祖先的足迹,无论辉煌或是屈辱,都与我们有关。文化的传承和生命的延续一样,血脉相连。

南宋时期的福建地方志《三山志》里说:"永嘉之乱,衣冠南渡,始入闽者八族。"公元311年,以匈奴为首的"五胡"(匈奴、羌、氐、羯、鲜卑)先是破洛阳,杀晋怀帝。公元317年,匆忙建都长安的晋朝再为匈奴所灭,愍帝被俘,西晋遂亡。胡人在洛阳、长安两地大肆烧杀掳掠,繁华都市毁于一旦,成为焦土。永嘉之乱是华夏文明的灭顶之灾,故有"五胡之后无华夏"之说。

"无华夏"强调了一种悲怆感,但未免夸大其词,中华文明的生命力强着呢,西晋灭了,东晋再起,"西方不亮东方亮"。"衣冠南渡"最早指的是晋元帝率中原汉族臣民从京师洛阳南渡,那是中原汉人第一次大规模南迁。西晋渡江后,定都建康(今南京),是为"东晋",华夏文明的香火再次续上了。

在南迁的过程中,有一部分算不上名门望族的汉人没有在南京停下来,因为他们发现新都并没有为他们安排安身立命之地,只能继续"长征",一路到了蛮荒之地——福建。晋代是最讲门第观念的朝代,出人头地的前提条件是人才必须出身于世家大阀,否则便不是"人才"。

我们倒应该感谢晋代的"知识分子政策",否则南逃福建的"衣冠"就永远穿在了南京的身上,福建的蛮荒时代还要持续更长的历史,今天我们也就看不到灿烂的古文化在福建绽放,让福建仿佛一件被岁月洗练的华服。

对于福建来说,那些峨冠博带、风尘仆仆、九死一生的中原人是文明的播种机、宣言书和宣传队。他们不仅带来中原先进的生产工具和农桑技术,也带来悠久的文化——文字、典章、礼、乐等。

历史说起来有点枯燥,一旦活生生的事例与历史联系在一起,我们就会意识到历史没有死去,它仍然在现实中萌芽,只是它的根须扎得很深很深。让我重新审视"衣冠南渡"对于福建文化传承的意义的,竟然是"南音"。

从九日山回来后,晚上我们去了泉州锦绣庄民间艺术园。那时天色已晚,周围的一切都模模糊糊的,看不真切,我们被带进一个很大的餐厅,灯火辉煌,我们的圆桌正前方就是舞台。

我们一边就餐一边欣赏节目,开始的三个节目都是木偶戏,那滑稽的动作逗得满桌哈哈大笑。接下来一位一袭紫衣的长发女子抱着琵琶款款走上台,脸上带着恬淡的笑容,静静地落座,横抱琵琶,手指轻拨,旋律水一般流淌出来,大厅里顿时安静下来。那旋律极其简单,只有一两个音的过渡。女子随着旋律唱起来,她的声音是没有修饰过的,自然而然的,如泣如诉,低回处如风掠过草尖,高亢处如裂帛,清亮中带点藕断丝连的沙哑。她的唱词我一个字都听不懂,但那单纯的旋律和同样单纯的嗓音令我莫名感动,眼前出现一幅远古的画面,一个年轻女子站在芳草萋萋的山坡上望着苍茫的远方,心里哼着思念的歌谣。

我一直坐在地上听完那支曲子,直到她起身谢幕,才意识到一曲终了。我从地上站起来,感觉视线有些模糊,用手擦了擦眼睛,手背上湿漉漉的。我必须承认,那是 2014 年我听过最美妙的声音——南音。

南音的历史可以追溯到先秦,据《吕氏春秋》记载,南音的创始者是大禹的妻子女娇。大禹和女娇新婚没几天就因为忙于治水离开家了,一去数年未归。女娇是个有音乐天分的女子,她把相思寄托在乐曲当中,其原创歌曲只有四个字:候人兮猗。有效的字只有前面两个字,后面二字是虚词,相当于"啊,哎",表示叹息再叹息。女娇要"候"的那个"人"当然就是她的丈夫大禹。

据吕不韦说这四字短歌乃南音的起源,后来周武王的两个弟弟,周公和召公下乡采风,这哥俩收集整理的南音,便是《诗经》第一部《国风》里的首两卷"周南"和"召南"。我们耳熟能详的"窈窕淑女,君子好逑"即来自"周南"。所谓"采风","风"指的就是"国风",而国风与南音有关,多么悠久的南音啊!

《吕氏春秋》里有关于东、南、西、北音的来历,除了北音外,其余三音都是女娇和她的后人所作,西音据说便是秦腔的源头。北音过于神奇,东音过于离谱,只有西音和南音比较靠谱。我固执地相信女娇就是南音的开创者。我愿意相信南音就是那么单纯,单纯到只要两个字和几声叹息就够了。我甚至相信那个紫衣女子就是唱着女娇思念大禹的歌谣。

泉州民族民间文化工作研究会会长、泉州市南音艺术家协会主席陈日升先生是泉州民间艺术的专家,我们一边吃着美味佳肴,一边听他介绍南音和其他艺术形式一样,也不断地在演进成熟,它融合了秦汉时期的和歌,唐时的大曲、雅乐,元的散曲,等等。他说南音分无词和有词两种,无词的南音比较古老,大约是汉晋时期创作的,有词的则是唐宋。那天我听的是有词的南音,可我却不认为那是唐宋曲风,我觉得倒是有汉乐府的余韵,一咏三叹,柔肠寸断。

无独有偶,广东也有南音,但奇怪的是,广式南音与福建南音迥异。地水南音是广式南音的主打,红尘气息浓厚,里面有生活的无奈与辛酸;而福建南音则偏于抒情,有种没心没肺的一往情深,动人得没辙。

南音,这个源于中原最古老的乐种之一,在中原已经像恐龙一样消失了,却在福建和广州保存了下来,我们何其幸运!

泉州印象之三:开元寺

一粒种子落进土壤,能否长成大树,固然取决于土质、气候及水分,更少不了人的呵护。要摧毁一棵树苗很容易,伐倒一棵大树也不难。南音的种子在福建和广东萌芽、成长也应当归功于当地人的精心保护、扶持和推广。

福建和广东一样,直到明清都算是蛮荒之地,但当地淳朴的人民对文化存有敬畏之心,他们不仅学会了中原的生产技术,也热烈欢迎中原的艺术文化的到来,南音就这样缓缓生长起来,并且生生不息。

这些年因为受到各种现代娱乐方式的冲击,南音和各类传统艺术一样都有式微倾向。难能可贵的是,仍然有人站出来不遗余力地保护、传承南音,比如说陈日升先生对南音推广所做的努力,令我们非常感动。

在那天晚上我们近距离倾听南音之后,陈先生为我们介绍了南音喜人的"生存状况"。南音得以薪火传承的原因是从青少年抓起,通过在中小学举办南音歌唱比赛吸引青少年的注意与参与。南音歌唱比赛从1991年至今已经连续举办了24届!这种方式听起来不算什么奇思妙想,但是却非常有效,和20世纪相比,如今从事南音艺术的艺术家们不减反增,成效喜人。其实尽心尽力做出来的事,看上去都不会花哨,所谓"大巧若拙"莫过于此。

我们有幸通过陈先生了解到南音是如何被发扬光大的。我相信福建有很多陈先生的志同道合者,正因为他们,我们才能看见被完美地保存下来的传统文化。当我们欣赏古乐、石刻和古建筑的时候,沉浸于祖先的智慧结晶,发思古之幽情时,我们不应该忘记那些致力于保护古文化的人们。

想想那些在我们这一代被毁去的古迹,真是令人痛心啊!"文革"时造成的损失就不提了,可是现在我们依然在造着孽,这就过分了。曾经以革命的名义破"四旧",现在则以发展经济的名目理直气壮地毁坏古文物。

邯郸市为了修一条公路,竟然毁掉了战国时期的赵国城墙,那是全国仅存的一垛赵国城墙,就这样被一截公路埋葬了。同样的事发生在古都西安,也是为了修公路,居然把公路修在秦宫遗址上面,遗址上树立的国务院重点文物保护标识牌等同虚设。某瓷都的个别领导很有"经济头脑",看到古瓷卖价很高,竟然拍卖瓷器馆里的古瓷创收!钱很重要,可是有些东西是无价的,比如古文物,那是不可再生的东西,毁了就毁了。

我们有本事造出超级电脑、航天飞机,登陆外太空,可我们造不出一小片明青花和清珐琅。将来我们的子孙后代看历史书发现，少了那么多的文物古迹，他们一定会鄙夷地骂我们：败家的祖宗！

泉州人不用担心他们的后人骂他们，因为他们像爱护自己的身体一样爱护古文物。建于唐初的开元寺虽于南宋和元代被毁，但自明洪武以后重建和扩建，开元寺日臻完善，今天我们看到的开元寺宏大庄严，有破损处，但不是人为的，而是岁月的痕迹。它甚至躲过了"文革"的浩劫，仿佛超然于物外。可我相信，它的"无为"里有泉州人的有为。

开元寺里我最喜欢的是那两座八角五层阁楼式仿木结构石塔，简称东塔、西塔或者镇国塔、仁寿塔，分别建于唐咸通六年（865年）和五代梁贞明二年（916年），一千多年过去了，它们屹立不倒，石塔上精美的石刻依然宛若当初，虽风侵雨蚀，依然透着股穿越时空的古雅之气。

两座石塔的前面有面墙，墙上有鲜艳的三角梅。那天我站在墙外，端详着那两座石塔，三角梅突然跳入眼帘，如同梦境一般突兀而美妙，我的相机捕捉到了那个妙不可言的瞬间。我不知道妙在什么地方，那两座古老的石塔和鲜艳的红花如此格格不入又水乳交融，彼时彼刻我心里涌上一股莫名的感动，仿佛前世今生瞬间交汇，如同弘一法师在影壁上的题词：悲欣交集。

我不信佛教，对许多寺庙的做法也很反感，门票、香火钱倒也不算过分，毕竟和尚也要吃饭，不吃饭的和尚是佛。可是寺庙里浓重的商业气息实在让人不敢恭维，中国第一寺嵩山少林寺现在成立了股份有限公司，据说还要IPO上市，达摩祖师有知，当如何说？他会觉得现在的方丈很有本事还是干脆把他当IP（据说这两个字母的正确读法是：挨劈）？二者必居其一，考虑到达摩不是以创立公司IPO闻名，所以他老人家只能让现在的方丈董事长"IP"。

开元寺不收门票，香火钱随意，没有和尚追着游人卖香，甚至连庙里的纪念手册都是免费的，给或不给、给多给少随缘，大款并不会获得特别的尊敬,获得最终尊敬的是开元寺。走来走去的人都是尘土,无论风动或是心动,开元寺不动。

离开开元寺时,我看见山门内的石柱上刻着一副对联:"此地古称佛国;满街都是圣人。"此联由圣人朱熹所撰,充满了一贯的矫情与夸张。满街都是圣人绝对是灾难,做个心平气和、保持最初一丝善念的凡人就好,"圣人不死,大盗不止",这副对联我想改写一下:"此地古称蛮荒;满街皆是凡人。"

圣人贴在墙上,凡人走在街上,如此而已,如此也罢,如此甚好。

我在泉州不闻铜臭,但闻墨香与暮鼓晨钟。

福 州 印 象

开元寺是佛门净土,三坊七巷便是红尘深处的低回。

三坊七巷是福州的地标,但和别的城市地标不一样的地方在于,它一点都不醒目。纽约的帝国大厦或新世贸大厦,旧金山的金门大桥,上海的东方明珠,等等,全都一目了然,唯独三坊七巷你无法从远处观望,你需要走进那一片深深的街区——由三个坊和七个巷组成的纵深,你才能感觉它为什么成为一方历史的风景。

三坊七巷的渊源可以追溯到晋代的衣冠南渡,那批逃离中原的士人念念不忘故土,居然在"南蛮"之境复制中原的街道。街道关乎民生,是家庭与社会的脐带,在某种意义上,街道代表了文化的全部,建立街道,等于建立文化。当年那首批八姓衣冠尽一切所能把对故土的思念落实到对故土的临摹上,就像画家的风景写生,一笔一笔地画出记忆中的故园风物。

唐代"安史之乱"后,逃难而来的中原人更多了,昔日晋人前辈建造的地段吸引了他们,那里逐渐形成一个以官宦阶层为代表的知识分子集中的街区,相当高大上。"安史之乱"是未来"三坊七巷"复兴的契机。历史便是这般奇妙,此地的灾难有可能是彼地兴起的机遇,福州人抓住了难得的机遇,并且开始可持续性发展。

"三坊七巷"粗具规模要到五代时"闽王"王审知的治下。英雄不问出处,世代务农、出身草莽的王先生对知识分子礼遇有加,唐朝宰相王溥之子王淡,另一宰相杨涉之弟杨沂均曾在王先生手下任职。以讲究名分著称的司马光,没有追究王先生的"僭越"之罪,反倒在《资治通鉴》里给予极高的评价:"审知性俭约,常蹑麻屦,府舍卑陋,未尝营葺。宽刑薄赋,公私富实,境内以安。"王先生安民最重要的政绩便是罗城。罗城布局分明,城北是"好学区",即贵族居住区,理所当然成为政治中心;普通民宅及商业区在城南,以安泰河为界。罗城中轴对称,城南中轴两侧设分段围墙,这才有了坊与巷,三坊七巷的雏形终于像花一样开了,又谢了,但是"花圃"还在。唐时、五代的民居现在已经看不到了,那个时期的民居在任何地方都不见踪影,取而代之的是明清建筑。

这个坊巷纵横、石板铺地的街区,白墙瓦屋,曲线山墙,乍一看很像徽州的民居,正房、后房窗以双层通长排窗为多,底层为固定式,上层为撑开式或双开式。正房的主门朝大厅敞廊,多为四开门,门上的图案花饰繁复、气派,有的还缀以亭、台、楼、阁、花草、假山等,营造出江南园林式气象。我们下榻的宾馆在官巷内,由昔日民居改建而成,那天晚上我们坐在天井边的侧厅聊天,一边喝茶,一边品着加州红葡萄酒,不知今夕何夕。

事实上,三坊七巷的许多古建筑里,至今仍住着人家,看着那些居民在"某某故居"的门牌下进进出出,我忽然觉得历史与现实的关系是如此密不可分。忘记过去岂止是背叛,更是对自己的不尊重。现实是活着的历史,历史在现实中延伸,把握历史的脉搏,我们及我们的后人才能活得更好。

"谁知五柳孤松客,却住三坊七巷间。"历代无数著名的政治家、军事家、文学家、诗人从这些小巷走到大千世界扬名立万,仅在近现代就有林则徐、沈葆桢、左宗棠、林旭、林长民、林觉民、冰心、严复、郁达夫、邓拓……酒香不怕巷子深，何况人杰辈出的三坊七巷。难怪它在首届"中国十大历史文化名街区评选"中，以高票获选"中国十大历史文化名街区"之一，可谓实至名归。

三坊七巷的官方网站写着："古崇文重教，人杰地灵，文儒武将，俊采星驰。其雍容深厚的历史沉淀，让它独一无二地成为中国历史文化中一颗璀璨的明珠。"这是我见过最名副其实的广告词。

在三坊七巷步行约十分钟，奇迹一般地，街道消失了，面前是一座山：乌石山。乌石山和九日山高度相仿，最高峰都不到九十米。"山不在高，有仙则名"，乌石山和九日山一样，它们的"仙"都缘自书法以及点缀其间的亭榭，颇有点到为止的意思。

乌石山也是遍山石刻，和九日山相比不遑多让，其镇山之宝是唐代大书法家李阳冰的篆书"般若台"，它是福州现存最古老也是最珍贵的石刻，被誉为"人间至宝"。此外，还有李纲、朱熹、程师孟等历代名人的题刻，就历史长度和名人分量而比，乌石山的摩崖石刻比九日山更值得一书。在九日山题书的蔡襄为乌台山上的凌霄台题诗曰："缔结青云上，登临沧海滨。"句子倒是气派，但和朱熹一个毛病，都太夸张了，八十多米就"上青云"了，那他们面对武夷山五百三十米高的大王峰该怎么办？我替他们发愁。

福州人幸何如之，拥有三坊七巷和乌石山，他们配得上！导游说，福州某年修路，为了不伤一棵古老的榕树，他们不惜费时费力让公路绕行。

我看见了那棵榕树，枝繁叶茂，垂下无数根须，那些根须一旦接触地面就长出新树，所谓"独木成林"指的就是榕树。榕树是福州的市树，难怪福州别称"榕城"。

福建，在我的印象里就是一棵巨大的"历史文化的榕树"——不对，是一棵棵榕树，是蛮荒上长出的一片森林。

结束也是开始

在福州停留的时间也过于短暂,空闲的时间仅够我买些橄榄。

我嚼着在福州买的橄榄前往福建的最后一站武夷山。很远,我就看见了大王峰,一个远古的巨人落寞而倔强地躺在那里,望着辽阔的天空。

我在那个瞬间就喜欢上了武夷山和大王峰,不过那属于另外一篇文章了。村上春树说他决定出门旅游是因为他某日清晨醒来隐约听见远方的鼓声,于是他去了希腊和罗马。

在我的下一篇关于福建的文字里,也许我可以表现得文艺范一点,开头就这样写:我的耳边响起厦门的涛声和武夷山的风声,我想我该去那里看看了。

村上春树是希腊和罗马的过客,而我是福建的归人,榕树的根须似乎扎在我心里了。

橘子洲头怀屈原

湖南古称潇湘,两个字念起来很美,充满乐感,带着一股难以言表的诗意。潇与湘是湖南的两道水,潇是潇水,湘便是湘江。

湖南古属楚地,一直被中原王朝称为蛮荒之地,但是历史非常悠久,极具人文特色。湘江留下过动人的湘妃传说,可以追溯到上古的五帝时代。当年舜帝因故卒于苍梧,他的两位妃子娥皇、女英姐妹俩得知丈夫死讯后,放声痛哭,哭得竹子上都留下泪痕,"湘妃竹"的传说便由此而来。她们纵身入江追随丈夫化为湘江之神,楚地大诗人屈原的名作《九歌》中有《湘君》和《湘夫人》,那两首诗便是歌颂舜和两位妃子生死相依的爱情。

屈原后来也把自己永远留在潇湘,他决绝地选择了和湘妃同样的方式告别人世——投身汨罗江。湘妃投水是为了祭奠爱人，屈原也是为了爱：他爱自己的故国，愿意为之付出一切，当一切努力都付诸东流，他剩下的只有饱含着一腔热血和悲愤的身体。当他身裹石块，缓慢而决绝地走进滔滔的汨罗江时，那个悲壮的背影定格在历史的长镜头里，感动了无数后人。清朝末年，王国维和王懿荣眼见河山破碎、丧权辱国，他们选择了和屈夫子同样的方式离开人世，不能建功，只能成仁。

当我们一行人沿着湘江岸边行走时，那滚滚的江水，确实让人兴叹"逝者如斯夫"。但有些逝者只是离开了，他们没有死，千百年之后他们依然能够让后人触景生情并且肃然起敬，屈原就是这样一个人。

屈原出生于楚王族，如司马迁所言："屈原者，名平，楚之同姓也。"屈原生于寅年寅月寅日，大吉之日，屈原夫子自道时也颇为自豪："摄提贞于孟陬兮，惟庚寅吾以降。"他父亲觉得儿子的出生不同凡响，认真地给儿子起名为"正则"，字"灵均"（"名余曰正则兮，字余曰灵均"）。不过屈原显然颇有主见，成年后，他把名和字都改了，分别叫"平"和"原"。屈原知道自己是有天赋的，但他同样知道天赋并不意味着一切，如果不付出努力，那么天赋就是浪费，他说："纷吾既有此内美兮，又重之以修能。"

屈原自小酷爱读书，加上"内美"，他成为楚国的文坛翘楚几乎是命中注定的事。屈原在文辞上的才华简直惊人，楚地民歌经过他的改造之后，一种充满想象力、意象瑰丽、文辞清新的诗体——"楚辞"诞生了。毫不夸张地说，屈原以一己之力提高了中国古典文学的"段位"。没有楚辞便没有后来的汉赋，它甚至对散文和戏剧都产生了深远的影响。鲁迅曾言《史记》如"无韵之离骚"，这固然是对《史记》的称赞，同时何尝不是对屈原的盛誉呢？郑振铎用诗一样的语言高度评价屈原说："像水银泻地，像丽日当空，像春天之于花卉，像火炬之于黑暗的无星之夜，永远在启发着、激动着无数的后代的作家们。"

更为难得的是,屈原除了其高绝的文学才华外,还有不凡的治国安邦之术,以及一颗忠诚的爱国之心。

屈原一度深为楚怀王赏识,两人的关系不似君臣,倒似亲密的朋友。屈原给楚怀王写过不少美妙的诗篇,诗中花草锦簇,像是写给热恋中的情人。屈原喜欢用花来形容他心目中的君子。不幸的是,楚怀王不是君子,也不是小人,但是比小人更糟糕,他是个昏君。

屈原曾为左徒,相当于副宰相,主管外交。战国末年,最重要的国事便是外交,它关系到军事战略乃至国家存亡。屈原清楚地看到楚国若要生存、发展,唯一的出路便是和齐、燕、韩、赵、魏等五国合纵抗秦,于是他便和曾在秦国为相的公孙衍联手促成了六国联盟,并在楚国都城郢召开联盟代表大会,楚怀王成了联盟的领袖。楚国大大长脸了,可想而知楚怀王有多高兴,对屈原愈加信任,国家大事都放手交于屈原。屈原当然也高兴,自己的文学才华得到欣赏,政治抱负得以实现,没有比这更完美的人生了。那时的屈原意气风发,他一定觉得生于寅年寅月寅日的人是幸运而且幸福的。

有人高兴就有人不高兴,这个世界永远都不是完美的,只能为了完美而努力,努力之后即便失败了,也是悲壮,强似苟且。

楚怀王的儿子子兰对屈原羡慕嫉妒恨,联手楚怀王宠妃郑袖,使出种种诽谤、挑拨离间等下三滥手段。愚蠢的楚怀王听信谗言,逐渐不再信任屈原,把屈原从左徒贬为三闾大夫。

本来形势一片大好的合纵之策因而夭折,楚国不仅被秦国欺骗,还得罪了昔日合纵的盟友们,战场又节节败退。屈原多次劝谏都被把持朝政的子兰一党堰塞,于是心灰意冷的屈原自我放逐,离开楚国,去汉北流浪。

屈原身在异乡,对故土的思念让他度日如年。在《抽思》一诗中,他像一只受伤的鸟儿发出哀鸣之声:"心郁郁之忧思兮,独永叹乎增伤。思蹇产之不释兮,曼遭夜之方长。"在每个难以入眠的黑夜里,他盼望黎明的到来,可是每个黎明对于他、对于楚国都是另一种长夜,沉沦无望。

从公元前303年开始,楚国背弃盟约的后果持续发酵,先后遭到齐、韩、魏及秦的多次攻击,在战场上逢战必败,溃不成军,丢地失城,灾难像滚雪球一样越滚越大。公元前299年,秦军一举攻克楚国八座城池,秦昭王借机要挟楚怀王前往武关谈判。

当时屈原刚刚回到郢都,闻言急忙劝说楚怀王勿要赴会,他一语道破危险:"秦,虎狼之国,不可行,不如无行。"可楚怀王的儿子子兰完全不顾父亲安危,千方百计鼓动父亲赴会,生怕父亲拒绝秦昭王,而引来秦军的报复。楚怀王赴会时,应该会想到当年楚国作为合纵盟主时的风光,当他离开郢都时,心中只有绝望、凄凉和悲伤。他儿子子兰弄垮了合纵,现在又逼着他赴虎狼之约。可他当时已经没有选择了,他不去武关肯定会招致秦军屠城。楚怀王虽然百般不情愿,还是不得不拒绝屈原,踏上了一条不归路。

一切果如屈原所料,楚怀王一入武关,就被当作肉票扣起来,押往咸阳,秦国逼迫楚国割让重镇才肯释放楚怀王。楚国不肯交"赎金",秦国竟以此为借口,兴兵伐楚。楚国再次惨败,一下子丢掉十六座城池。

三年后楚怀王死于秦地。死讯传来,屈原放声痛哭。楚怀王屈辱地客死异乡,子兰这个不肖子当然负有不可推卸的责任,尽管子兰时已任令尹(宰相),权倾朝野,屈原仍然敢挺身而出,痛斥子兰。这位大诗人同样是位伟丈夫。恼羞成怒的子兰再次向新楚王顷襄王进谗言诋毁屈原,顷襄王的昏庸完全继承了其父楚怀王,他罢免了屈原三闾大夫之职,还将他流放江南。这还没完,后来屈原又被进一步"下放"到更为荒僻的地方,那相当于被第三次流放。

在长达十八年的颠沛流离中,屈原写下了很多动人的篇章。即使在那种恶劣的处境中,屈原首先考虑的依然是国运、民生,那些诗写得哀而不伤。《哀郢》便是写于流放途中,那是献给郢都的哀歌,诗中充满了对遭受苦难的人民的同情、对楚国命运的担忧以及对故土的眷念。诗的结尾柔肠百结:"鸟飞反故乡兮,狐死必首丘。信非吾罪而弃逐兮,何日夜而忘之。"读来催人泪下。司马迁读此诗,联想到自己所受的磨难,悲不自禁。

流亡在外的屈原一直渴望回到故乡,那个念想支撑着他疲惫的心灵和身体,是他活下去的信念,可现实把他的信念一点点撕裂。

公元前280年,楚国割让上庸及汉北;次年,楚国丧失邓、西陵等地;公元前278年,楚国丧失了国都郢。

屈原最后的希望也同郢都一样丧失了。郢都丧失的那一年,屈原自沉汨罗江以身殉国。公元前278年是楚国的国丧之年,他们失去首都,也失去了一位伟大的诗人和儿子。

传说当地的老百姓感佩屈原,在江上投下粽子喂鱼,希望鱼不要吃屈原的遗体,那便成为端午节的起源。无论传说真实与否,现在的赛龙舟则无疑是为了纪念屈原,后人正是用这样的方式纪念与缅怀一份刚烈的情怀。文化的传承往往和纪念有关,湘人性情里的勇敢、无畏大约也是有历史渊源的吧。

橘子洲头就在湘江中心,远远看上去,它就像一艘狭长的绿色游艇,停泊在江面上。它的地理位置太好了,四面环水,抬眼望去,西面是苍翠的岳麓山,东面则是繁华的长沙城,难怪人称橘子洲"一面青山一面城",当真名不虚传。

我们跟在年轻的导游身后,听她介绍关于橘子洲头的种种。这块并不大的江心陆地居然是世界上最大的内陆冲积洲,我闻言忍不住使劲在地上踩了几脚。我们脚下的这块土地其实还年轻,仅有一千六百多年的历史。屈原当年流放于湘江,那时还没有橘子洲呢,不过那时已经有了岳麓山和长沙城。

我们游橘子洲头那天,阴有小雨,雨丝不时凌乱地飘拂到脸上,天空似乎都低下来，唯有从远古而来的湘江依旧不知疲倦，雄浑地奔向看不见的远方。橘子洲头确实有很多橘子树，不时可以看到金黄的果实点缀于绿叶间，好像在告白传说的真实性。

那样的天气与氛围，恰适合怀古。

汨罗江在长沙东面，很可惜这次因为时间关系，没有来得及去那里凭吊屈原。好在汨罗江和湘江都属于洞庭湖水系，姑且就站在橘子洲头，在萧瑟的秋风秋雨里回望两千多年前的老夫子和大才子吧。

我们当时站在江边，其情其景甚合"独立寒秋，湘江北去，橘子洲头"之意。写下这些词句的作者就站在我们身后，那时他还年轻，他的头发被江风吹得有些凌乱，意气风发："指点江山，激扬文字，粪土当年万户侯。"

"问苍茫大地，谁主沉浮？"当年屈原在《天问》问过类似的问题。大地、天空苍茫依旧，湘江依旧汹涌北去，岳麓山依旧耸立，沉浮的其实是世道与人心。

愿屈老夫子安息！

张棠

台湾大学商学系毕业,南加州大学工商管理硕士(MBA)。曾任海外华文女作家协会副秘书长。现任北美作家协会诗歌版编辑,北美洛杉矶华文作家协会《洛城文苑》与《洛城小说》编辑顾问。著有诗集《海棠集》和散文《蝴蝶之歌》,整理出版父亲的自传《沧海拾笔》。《蝴蝶之歌》获 2013 年台湾侨联总会散文佳作奖。2016 年《母亲的钱塘吴宅》一文荣获《浙江日报》(海外版)"美丽浙江——记住乡愁"征文一等奖及"对外文化传播使者"荣誉称号。

源 远 流 长

据文献记载,张姓来自黄土高原。我 7 岁随父母到台湾,22 岁远去美国研究院,所以我小时候最向往的莫过于在书中读到近在咫尺却不能回去的故国。中国是一个想起来既叫人自豪,又叫人痛苦的地方。当我们读到清朝战败签订不平等条约时,我们中学生都会热泪盈眶,我们历史老师用苍老的声音讲到国父孙中山在临终时还不断地呼喊"和平、奋斗、救中国"时,同学都感动得哭了。

还记得读高三时的一个黄昏,下课后,我留在三楼教室读《正气歌》,正好一阵清风从窗口吹了进来,《正气歌》中的风骨——浮上心头:"哲人日已远,典型在夙昔。风檐展书读,古道照颜色。"风檐展书读,古道照颜色,是的,《正气歌》中的每一位哲人都是我崇拜的民族英雄!

1987 年两岸开放,我妈在红十字会放了一个寻亲启事。三十八年前两百万军民随国民政府来台,四十年前离家的青少年此时已白发苍苍,当年依门盼儿的老母都已八九十岁。四十年来,来自大陆的民众怀乡思亲之情绪已高涨到了极点。就在千万张寻人启事中,我的表弟(我妈妹妹的儿子)居然看见了我妈张贴的启事,我们这才和大陆的亲人联络上。其实这位表弟是我妈到台湾以后才出生的,我妈并未见过。从表弟那儿得知,外公已去世,但我妈的兄弟和妹妹还健在。四十年前,事出仓促,外婆为了照顾外孙就跟我们到了台湾,而我外公则随大舅去了昆明。后来外婆在台湾去世,我妈就把外婆的骨灰带回大陆,一家四兄妹将外婆的骨灰葬在杭州公墓,在外漂泊了四十年的外婆终于落叶归根、魂归故里了。

1991年,我第一次踏上我"知之甚详"的中华祖国,我的第一个行程是筑大水坝前的长江。《长江之歌》伴我一路前行,"你用甘甜的乳汁哺育了各族儿女"。我生在四川重庆,曾经被长江哺育过。4岁时,抗战胜利,我随父母搭轮船从四川回南京,当时年纪小,什么都不记得。有一个朋友比我长几岁,他还记得当年下长江过三峡的情景。他绘声绘色地描述,让我们羡慕不已。这次再过三峡,我四处观望,"两岸猿声啼不住,轻舟已过万重山"。影带倒转,逆流而上,一下子重庆朝天门到了,我回家了。

以后我年年去大陆旅行,连续去了十多次。我攀登过三山五岳,走遍大江南北。有一回来到湖南屈原的故乡,在那里屈原的诗都刻在石碑上,我从诗碑中,找到我最爱的一首——《国殇》。我请讲北京话的导游朗读,她大概没读过《国殇》,断句不对,听了难受。我回到家中,用我的国语一连读了好几遍才觉得舒畅。"诚既勇兮又以武,终刚强兮不可凌。身既死兮神以灵,子魂魄兮为鬼雄!"这是一首祭悼楚国阵亡将士的挽歌,将士们英勇作战,死得悲壮!只有屈原的天才,才能写得出如此悲壮的诗歌。

历史上汉民族和北部游牧民族交战不断,汉族人民被征往边疆守边抗敌,久而久之,边塞诗自成一派,我去新疆旅行,边疆风情一如前人所述。历代保家卫国牺牲性命无数,"可怜无定河边骨,犹是深闺梦里人",多么残酷凄惨的历史。

在新疆黄土废墟中,我们乘坐的小驴车突然来到了一个叫"交河"的地方,我跳下驴车,想起乐府诗《古从军行》:"白日登山望烽火,黄昏饮马傍交河。"

原来这里两河相交,所以叫"交河"。当年血腥的战场,现在黄土一片,已无人烟。想起当年烽烟四起,诗人写下"年年战骨埋荒外,空见葡萄入汉家"的悲叹。现在游客安坐葡萄棚下,享受着从棚上垂下来的马奶子葡萄,欣赏着新疆歌舞,只有这一首首战歌,还记载着血迹斑斑的战乱与杀戮。

近代的战争来自海洋。甲午之年,中国的北洋舰队被日军击败,全军覆没,许多优秀无奈的军官葬身海洋,这是一场最叫人心痛难忘的海战。看完博物馆海战的电影出来,人人心事重重,往事不堪回首。数月后,我的朋友寄来中国海军节的照片,白云蓝天下、大海之中一条条雄起起、气昂昂、整齐的舰队陈列海上,海上鲛龙也。此一时彼一时,想到不久前才看过的北洋舰队全军覆没的电影,我情不自禁哽咽起来。更想不到后来还看到辽宁号和自建的航空母舰。我不禁流下了眼泪,自豪的眼泪。

我的母亲2006年在台北去世,我在她的遗物中找到一份简明家谱。原来吴家家谱毁于动乱,我妈妈的堂兄吴廷瑜老先生凭记忆写了一份简明家谱,我才知我妈妈的家族是徽商,万历年间到杭州做盐与木材生意,而定居杭州。2014年,我参加洛杉矶作家协会与中国作家协会的交流,去游江南。在去之前,我特别把家谱拿出来看了一下,才知道我妈妈的吴氏家族来自安徽休宁。

从黄山下来,我们来到黄山市,也就是历史上的徽州。导游讲到徽商,我就说我祖先来自休宁,这才知道休宁这蕞尔小城,来头可不小,竟然是大名鼎鼎的"中国第一状元村"。历史上,此地一共出过十九名文武状元。只可惜,我们家还没出过状元,只出过榜眼。

到了杭州,我参观了母亲常提起的"祖宅",这所祖宅是皇帝赐给叔祖、云贵总督吴振械的退休宅第,目前是杭州规模最大、保存最为完整的明代古宅。

想不到,自此以后,一连串不可置信的事情接踵而来。江南游以后,我参加浙江省人民政府新闻办公室、浙江省人民政府外事侨务办公室、浙江省教育厅、浙江日报报业集团等四家单位联合举办的乡愁征文,我的一篇《母亲的吴宅》获头等奖。文章登出后,一位从未谋面,家住旧金山的表弟通过《浙江日报》(海外版)找到我,原来吴氏家族彼此之间已有微信往来。

自我加入后,吴家众亲戚在吴宅四轩堂开了第一次宗亲大会,六十六位亲人从世界各地赶来参加,在宗亲会上大家决议重修家谱,分头去收集祖上的书籍诗稿。据简明家谱记载,明万历年间,因横河桥塌,我家祖先恒吾公独捐资改建横河桥坝,被人称为"吴公新坝",自此定居杭州。从恒吾公迁杭到我外祖父,一共十二代,其中有过三代四进士、八举人的辉煌成绩。当时坊间曾有"学官巷吴家,门第为杭城之冠"的美誉。

在迁杭第六代祖先吴灏的领导下,吴家编过杭州诗人集——《国朝杭郡诗》,后由我叔祖云贵总督吴振棫编续集与第三辑。诗集跨越一个世纪,包罗清朝一朝杭郡八千诗人诗作,其中包括方家与闺秀诗稿。

如今在吴氏家人的共同努力下,我们正从各处找回在战乱中失去的书籍,故国故园的故事渐渐有了眉目。

寻寻觅觅,经过曲折长远的路,我,终于找到自己失落的血脉。在吴宅徽式牌坊上,我看到吴氏祖先留给子孙的话:"源远流长。"由是我写下《归家的路》一诗来回答祖先"源远流长"的呼唤。诗曰:

　　几度时空交错

　　我在海外漂泊

　　忽然听见

　　黄土高原上的

　　母亲河

　　在轻轻地呼唤我

祖先传我 DNA 密码

暗藏在我血脉深处

我是无可救药的鲑鱼

就是再过千生万世

我也认得出

那条归乡的长路

温 州 情 怀

我祖籍温州，然而我却没去过温州。我父亲的一位同乡在台湾高雄事业兴旺，常回温州。有一次他问我："你想回温州吗？"我马上回答："想。"

原来台湾高雄有座有名的半屏山，温州洞头也有一座半屏山，现在两座半屏山交流，合而为一，由高雄市两位市议员率高雄工商业者去交流访问。我听说要去温州，并访问雁荡山和江心屿，就很高兴地答应了。

洞头这个名字虽听上去怪里怪气的，却非常温州。洞头位于瓯江口外，原是一个岛系，2015 年改属为温州市直辖区。根据维基百科，洞头列岛现由 168 个岛屿和 176 座岛礁组成，其中有人居住的岛有 14 个。又因洞头位于闽南和东瓯文化的交汇处，所以当地人同时讲温州话与闽南语。风俗习惯亦温亦闽，所以这次两岸的半屏山交流，其实是很合情合理的。

因是交流之旅，在我去温州半屏山之前，特别要求去参观高雄半屏山，于是在父亲同乡的安排下，我先去参观了台湾半屏山。半屏山是一座呈东北往西南走向的小山，主要由石灰岩构成。半屏山这个名字的由来，在《凤山县采访册》里提道："平地突起，形如列嶂、如画屏。"因为半屏山其外形像被斧头削去一半,远远看去,也像展开的屏风旗帜,所以就有了半屏山的称呼。

半屏山曾是台湾重要的石灰矿区,经长期开采,原有的自然生态遭到破坏。在发生两次严重的山崩后,半屏山的采矿止于1997年,高雄政府将该区绿化,使它成为一座自然公园。

半屏山以前也是炼油厂所在,后来因为石油污染,民众抗议,便荒废不用了。但从所留下的花园,仍可见当年炼油厂的优雅气质。园中亚热带花木多种多样,虽然已久无人照顾,依然整齐翠绿,尤其一座美丽的荷塘,荷叶都枯烂了,但荷花依然挣出枯叶,开出艳红的花朵来。另一座秀丽的莲池,莲塘零乱,但白色的睡莲仍然神采奕奕地盛开着。

温州洞头的半屏山可就大不相同了,因洞头是百岛之乡,到处都是岩石丘陵。以前岛岛之间,想必是用小船连系。最近建了"七桥连五岛"的公路,将五座小岛连了起来,洞头几成半岛,可以直通温州。

洞头风景极美,我们到达时,正是落日时光,金黄色的落日,洒在海水、礁石和长桥之上,自然天成。不管如何拍摄,照出来的照片,张张都是美丽的沙龙之照。

洞头东岸沿海,犹如刀削斧劈,山成半片,直立千仞,连绵数千里,有如海上岩雕长廊,我们乘坐汽艇到石廊正前面,看到石刻行草"神州海上第一屏"七个大字。从石廊正面仰望大石,石高千仞,雄峙东海,气势磅礴。

高耸石墙之下,风平浪静,广大的海域已辟为海洋农场,种植大量的紫菜和羊栖菜。羊栖菜和紫菜都是海藻植物,只是羊栖菜比较少见,羊栖菜看起来像海带丝。根据最近的科学研究,羊栖菜含有人体所需的18种重要氨基酸,14种重要微量元素,具有很高的营养价值,深受日本人喜爱,称为"长寿菜"。可惜如此好菜,在国内名气不大。但常吃海产的温州人一般长寿,我爸活到92岁,我爸的妹妹活到103岁,都是长寿之人。

"半屏山,半屏山,一半在大陆,一半在台湾。"这是在温闽地区流行的民谣。据传说,古代温州半屏山曾被巨龙一劈为二,一半飞到了台湾。但事实上这两个半屏山并不相似,但因名同,两岸代表仍然兴致勃勃地在高山之上、蓝天之下,共同种植了一株"相思树"作为纪念。

植树完毕,我们旅程的下一站是位于温州乐清境内的雁荡山。诸山之中,我以为雁荡山的名字最美、最浪漫,据说因"山顶有湖,芦苇丛生,结草为荡,秋雁宿之"而得名。但以山形而言,雁荡山山石粗犷,没有山名那么浪漫好听。我之所以久仰雁荡之大名,是因为近代画家潘天寿的画作。潘天寿是浙江宁海人,生前一定常去雁荡山写生。潘天寿是天才型的花鸟画家,他的画气势夺人,无论矫健的苍松古梅、突兀的荷花巨石、高瞻的雄鹰秃鹫,无不惊心动魄。他常用几条简单的轮廓线画大磐石,占满整张画面,然后在画上加添一些翎毛花草,化呆板为灵活。

我在雁荡山博物馆看到一幅潘天寿的《大龙湫》真迹,隶书题字。潘天寿时常画雁荡山山花和小龙湫、大龙湫瀑布。雁荡的瀑布很有名,但并不雄伟。我走遍世界,看过各式瀑布,觉得只有潘天寿的画法,才能显得出大小龙湫的可爱。

潘天寿精通指画。指画是用手指作画,因为手指不吸墨,所以要快沾墨,快落纸。潘天寿生前,因为历经战乱,文具纸张不易获得,他就试用手指画画,发现指画,最能表现他画风的"刚、拙、辣、涩"的味道。目前他留下的精品中有四分之一是指画,都是他人生后期的作品。

潘天寿生不逢时,一再经历战乱。他的一生以教学为主,画作本不多,又遭逢种种国难,作品损失极多,所以市面上潘天寿的作品就少之又少了。以前中国政府严禁潘画出国,不知现在是否还是如此。

雁荡山是数亿年前火山爆发的结果。现在雁荡山是世界地质公园、流纹质火山岩的博物馆。雁荡山以"灵峰夜景""灵岩飞渡""龙湫飞瀑"三者最有名。雁荡山上的瀑布,细细长长,所以叫龙湫,不称瀑布。但相反的,山中岩石、石峰、石块都极为高大粗壮,所以石峰、石岩就成为雁荡山的一大景点。

在吃了晚饭后,大家不约而同地向山中走去。此时月光明亮,照在各式大小灵石之上,影影绰绰,有如皮影戏上演,有的巨石如夫妻相拥,有的如祖母抱孙……一出出动人的人间悲喜故事,在月光下上演,随着众人的走动,巨石黑影角度不断改变,故事也如连续剧般,不时变化。

第二日早起,我到旅馆"朝阳山庄"附近看山景。初春三月,雁荡山山花开得正盛,桃花红李花白,东一片,西一片,远远望去,十足的春到江南景致。路边粉红色的木兰花盛开,山花清新烂漫。

从雁荡山下来,我们造访江心屿。瓯江处处沙丘,其中最大、最著名的就是下游的江心屿。江心屿历史悠久,从南北朝至今已有1570年的历史,前人留下的足迹与诗词甚多。屿上最有名的是江心寺,寺院大门两边有宋王十朋撰写的叠字联。这叠字联是温州人的自豪,记得我小时候,父亲就教我们:"云朝朝朝朝朝朝朝散;潮长长长长长长长消。"这是副巧对,是利用破音字(同字不同音)的读法成句。同一字用不同读法混搭着念,就变成一幅云翻潮滚的连续镜头。这两句大致可翻译为"云天天都会出现,也会散去;潮水常常涨上来,也会消下去"。

在参观江心屿之后,半屏山交流的正式活动就结束了。我就去看我的堂姐,她比我大二十岁,目前住在江心屿对面。在谈话中,她忽然指着家前的瓯江说:"这是祖父当年卸货的地方。"我非常吃惊,听爸说,祖父在我出生前就走了,难道她见过祖父?

我祖父的父母在洪杨战争中双亡,他早年在瓯江靠划舴艋舟为生,后来白手起家,晚年在永嘉县开煤炭店。他生前行船载货到温州是有可能的。

堂姐我倒是见过,那时我才五六岁,她陪祖母到我们家住的庐山来玩。

回家乡后,由他父亲做主结了婚。堂姐夫去了台湾之后,堂姐为了照顾公婆就留在家乡。后来堂姐夫在台湾又结婚了,他们一家人为了感谢堂姐养育公婆之恩,堂姐夫的弟弟就把儿子过继给她,由她扶养成人。如今她的儿子在温州开建筑公司,堂姐夫也定时寄钱回去,她的生活过得很不错,只是堂姐一生独守空闺,与丈夫分离,这不就是"半屏山,半屏山,一半在大陆,一半在名湾"民谣的写照吗?

　　每个时代都有每个时代的苦楚,每一家人都有一家人的心酸。我经历过人生种种磨炼后,暮年归来,亲眼看到江心寺上的叠字联,领悟到温州人的智慧。人生无常,不就是"云的聚聚散散与潮的起起落落"吗?

张宗子

1983 年毕业于武汉大学中文系,1988 年秋赴美,学习英美文学。自 1990 年起,在纽约《侨报》担任编译和编辑。2006 年后,在纽约市皇后区公共图书馆工作。20 世纪 90 年代以后,写作以散文和读书随笔为主,同时进行中国古代诗歌研究,并翻译英文作品。作品散见于《读书》《散文月刊》《天涯》《光明日报》等海内外报刊。出版有散文集《垂钓于时间之河》《空杯》《一池疏影落寒花》,读书随笔集《书时光》《不存在的贝克特》《往书记》和《凡·高的咖啡馆》,译作有《殡葬人手记》。

印象杨家界

深秋十一月,北方已经红叶满山,南国的草木还是一片葱茏,峰尖岭表一些树的秒端,绿色中染了一层浅淡的黄色,然而给人的感觉不是黄,是绿色变得不那么沉着和踏实了,这就使得遍野的苍翠有了层次和变化。

沿途皆山,山是绵延和圆润的,近处所见的坡峦,由于树的浓密而显得毛茸茸。偶尔有赤裸的岩面,你会下意识地想到,这不是自然的结果,只能出于人力,因为环境规定了风景中什么样才是优美的自然过渡,任何微小的打扰便都鲜明昭著。

车一进入杨家界,便如手中的山水长卷缓缓地展开,突然灵境乍现,原本软绵绵懒洋洋的一味沉卧在青黛中的山体,应着鼓点逐次醒来,像春笋拔节,呼呼啦啦平地而起,像巨大的石柱,像磨圆了尖的金鞭,像大斧劈出的方墩,像门扇,像仙人掌。大约由于石英砂岩特别坚硬干脆,断裂处平直规整,凌厉果断,一层层叠起,方方正正,像精制的千层糕点,那种偏红的黄褐色,虽经千年万年,不觉苍老,而有着壮年人的豪迈。

杜甫形容西岳群峰,说"诸峰罗立如儿孙"。一峰傲然,众峰拱卫,像一个其乐融融的大家庭。杨家界景区的峰墙奇观,人或以长城喻之。想象夏日云缠雾绕,山气清凉,涧谷幽微,重峦隐现,大小高低,错落有致,虽有间隔而意断神连,也许真有一丝半缕长城的韵味。而在秋天相对澄明的晴日,岚气若有若无,在直射的阳光下,半透明的,隐隐带一分蓝紫色,极薄,极虚幻。群峰真容毕现,豁然于游人广阔的视野,那就不是老杜笔下的奔趋的儿孙,而是一群意气相投的朋友或联臂挽手的兄弟了。

山峰仰视,只觉其高,而且愈往上愈尖削。山腰以下,草木葱茏,把上半部裸露的岩体遮没,这样,整个山峰便被裹挟得严严实实,失去了峥嵘,纯然妩媚。换一个平等的视角,远近重叠的峰峦顿时面目大变:它们不再那么尖削,形状也不再那么规则,非得是一个尖锥或圆锥形,多半随意而为,或者参差不齐,或者轻重颠倒,或者扭曲欹侧,有时甚至是方方正正的;另一些则含含糊糊地连在一起,你没办法弄清楚它们是三个山头呢,还是四个或五个山头。由于平望,距离近了,你看得出大部分垂直的岩面是光秃秃的,只在石缝里顽强地斜伸出弯弯曲曲的枝丫。猜想那些枝丫一定特别坚韧,像我小时候常见的枸树,树皮比牛皮还柔韧,怎么撕拉也弄不断。

这是天波府奇境的风景。

这一带山路常有险峻陡峭之处,石壁中的夹缝,仅容一人通过。上下攀援的石径,即使添加了现代的护栏,还是有滑跌之虞。当年土匪出没,官兵难剿,很多地方,诚可谓"一夫当关,万夫莫开",于是便有了湘西剿匪的传奇。而乌龙寨景点确实也以"土匪文化"为吸引游人的招牌,设置了扮演男女土匪的舞台。花钱照相的人披上匪首的宽衣,若有女伴,一个两个,依偎在身旁,花里胡哨地当一回压寨夫人。

杨家界传说因杨家将而得名,故其最好的观景台名为"天波府",实是一突兀的崖头。类似的景点,如在别处,很可能被命名为点将台。因为前方视野一览无余,如蚁的官兵不可能麋集在涧底,只能排列在对面——也许不过百米远近,稍稍低一点,是理想的高度差和距离感。到达天波府,要经

274

过一段很短的陡下陡上的路,借助金属阶梯和攀附于石缝里的小树才能通过。不少游客畏难而退,他们留在原地,被崖头遮挡住最中间的远景,然而左右多跑几回,也能一览风景之大概。但站在天波府上,既向前突出,又高出几米,如果善于联想,可以体会一下指点江山的感觉。

若欲享受闲庭信步的逍遥,金鞭溪是上佳的选择。不仅溪水清可见底,小鱼与蒲荇悬浮如在空明,滩上水中,乱石磊磊,激起水花,使透明而在山影里看似幽黑的溪流,翻卷出成点成块成条的雪花白,愈发衬映出溪水的清澈与清凉。

沈从文先生 1982 年游览金鞭溪,在溪边与夫人张兆和有一张留影。那是一张难得的照片,两个人都笑得很开心。沈先生坐在大石头上,双手五指交叉,置于膝盖上。张兆和站在沈先生身后。背后溪水一片白亮,映得对面坡上的树木都黑乎乎的。

溪边这一路,如非游人太多,非常适合清晨和饭后悠闲漫步。家人朋友,边走边随意说些闲话,走累了,路边石上坐一坐,真是人生一大快事。可以想见,当春夏秋三季,时有鸟鸣,还可看见虫蝶蹦跳飞舞。

事实上,我们下午在金鞭溪,就捉到一只色彩艳丽偏红色的幼鸟,惊奇了半天,又任其翩然飞入林中去了。

沈从文钟情于家乡的山水,在《湘行散记》中以最清雅的笔致描写了沅水上游的风景,特别提到沿岸生根在悬崖罅隙间的兰科植物芷草。它们“长叶飘拂,花朵下垂成一长串,风致楚楚”,坐船的人“随意伸手摘花,顷刻就成一束”。

湖南的山水,都仿佛是从《楚辞》里出来的,带着袅袅升浮于人世之诸般浮躁和痛苦之上的洁净的远香。沈从文又提到常德的桃源县,认为那就是陶渊明笔下世外桃源的原型。《桃花源记》交代背景,点明武陵,后人因称桃花源为武陵源,这自然使得行抵张家界的游人,产生身在桃源的联想。其实桃源也不过一个心理譬喻,大地山河,风花雪月,使人愉悦,使人心静神安,则无时无地不是仙境。

沈从文写道:"那种黛色无际的崖石,那种一丛丛幽香炫目的奇葩,那种小小回旋的溪流,合成一个如何不可言说、迷人心目的圣境。若没有这种地方,屈原再疯一点,据我想来他文章就不能写得那么美丽。"这段话用于初凉未寒的杨家界,用于徜徉在此间,屦痕微茫却神思无限的我们,也是再贴切不过的吧。

赵淑敏

知名海外华文女作家，原东吴大学教授。15 岁起投身创作，以散文、小说、剧本为主，曾以"鲁艾"为笔名辟专栏数处。出版有学术专著《中国海关史》，小说集《归根》《恋歌》《离人心上秋》《惊梦》，长篇小说《松花江的浪》，散文集《多情树》《采菊东篱下》《水调歌头》《乘着歌声的翅膀》《叶底红莲》《肖邦旅社》《在纽约的角落》等 25 种。先后多次获颁文学大奖。

《松花江的浪》：以文学挑起历史的担子

隔了很多年，我又把这本《松花江的浪》拿来复习，虽然是我自己写的，但若干年没碰它，好像在读新书。因为虽然时代不同了，社会上的价值观也已迥异，但是个人的激情还是崭新的。假如再写一次，我还是会那样写，顶多笔触会更加细腻，不会快速结束，因为时间充裕了。

思潮每随着时空变迁，个人的情感似乎也会沾染上时代的风粉。可是我读这本书，心情却始终如一，激情、思念、感动、伤怀与对美的反应依然相同，与书中人同爱、同恨、同无奈、同伤痛的情怀不曾改变，因为真正发生过的历史已经定格，不会因俗世价值改换。也有人认为我还常常想起、提到这册在台湾该让它正式死亡的书，是很不识时务的。但不管什么样的客观环境，它已成为载录民族历史的一部分，岂可任其死亡？到今天为止我还是不后悔在那样艰难的情况下，接受委托写了这本书，欣慰当时曾感动那么多人，在那么多人心里唤醒他们对那段历史共同的感应，不管他们是否是东北的子民。

那年，最后还是在情不可却、使命感与良知的敦促下接受了那个任务，承接了将严肃纪史与文学浪漫书写结合的重担。我说服了自己便积极行动,除了做一些访问记录,力求其真其多;也为记忆做最琐碎的细节考证,回忆录、日记、会刊、年鉴、大事记、纪念集、照片簿,还包括伪满洲国地图,原以为不会费太多事,不过是让心中暂熄休眠的火山岩浆喷发出来而已;前期作业应该只是小序曲,重头活都在后面。不料过程正相反,后来的书写竟是不由自主的喷放,精神始终陷于亢奋。所以我必须也仅能承认,那仍是一个短痛的过程(为了稳定工作曾表示"创作"只可短程不宜长行)。的确如此,完稿了,有如释重负后的疲倦,但心理上轻松不少,至少写过了心里不会再有惭愧的压痛。当年,幼小的我偏爱躲在父母眠床大蚊帐角落偷听机密,这些片段,与记忆中模糊的影像及后来大人嘴里透露出来的点点滴滴串联起来,还没等到我完全长大,已解悟出整个故事。此后痛与重便长年压在心底,尤其后来历史教学与研究成了生活中的主业,得更深入地对时代与人性进行诠释,我觉得有责任让这些遭忽视、冷待、忘却的悲壮的事实重见天日,不过不宜采用正面述史的方法,那只能触动少数的人,冷心者也许还认为与他们毫无关联。况且教授的作业是应写严肃的论文,不许把个人感情掺入其中,那样会影响审断。但创作与论述是完全不同的,最重要的不是钻研,而是供应能与读者心灵共鸣的符码,用文学说出所思所构。不过虽想着要写,碍于现实,却不知何年何月才能下决心去实行,只能任"活火山"潜伏在心底,等待着有一天脱离现实的捆绑,可以有机会让岩浆冲出火山口把这样的史事还给全民。

我并不是好事的人,尤其在那个时期,也没有好事的闲心和时间,为写作不肯任专职,每天却忙得好似陀螺一般。多处专栏、许多邀稿、南北的演讲、各种的会议、各个文学社团的服务、在大学里已建立声誉的兼职两日的课程、偶然到电视和电台的论辩与受访……再多答应一件事,就要再克扣一些睡眠时间。堆积在身上的压力真已到临界点,可是最终还是答应了,更矛盾地违背自己订下的原则,为不影响工作与家事,曾声言只可短痛不愿长痛,不写长篇小说的,而我仍创作了那唯一的长篇。有人问我,为什么肯沦为食言之辈？我只能说为了彰显"东北精神"的题目太大,但亟盼为那片黑土地献出生命的前辈、牺牲家庭前程的优秀青年的事迹不被湮没,并且学长们为家乡欲竭诚出力的热情触动了我,乃决定以日本侵略那片乡土的"九一八事变"后,当地豪杰奋起反抗的过程与延续为经,以东北青年的各种方式献身牺牲的真实故事为纬,不但要为那段历史留下真实的记录,还要为那些进不了忠烈祠的、有名或无名英雄的抗敌模式做一点记载。真的！那些惨死与受牢狱酷刑之苦的伯伯叔叔们模糊的身影,在我稚幼的心灵中,一直留到我已老去的今天。幼儿不喜亲近王叔叔,因为怕他,我也不肯接近他,但那记忆中无比高大的身形,与相片中一身白西装戴着红领结(妈妈说领结是红的)的英俊形象重叠,竟印象很深刻。赵伯伯(东北话叫赵大爷)则完全只有照片上的小眼睛、剃平头、穿着缎马褂的半身像。哦！幸而家里还有他们的照片,不知自小看过多少遍,与逐渐在心里储存的故事交集,他们的形影就都立体鲜活起来,颇便于塑造人物形象。已品过人间世事滋味的我,想起他们赴死的壮烈,真是既痛又惜,所以最终还是勉强自己做了自己不想做的事。书中便把他们合成了主角的原型,以王大叔的神貌与真实事迹做主线,以赵大爷的能量发挥与行动马力丰富主角的影响面,铺陈中另外的几位就成了配角。开笔创作,不管个人面临的困难,写！写！再难也没有他们难！

记得很清楚 1984 年的 9 月 1 日(啊！逾三十年啦),旅行夜归的我,甫进家门,犹未放下行囊,家人就告诉我代我接了一个重要紧急电话,要我立刻联络来电者,竟是一个睽违多年的名字。联系过再进一步接触,终于弄清楚,原来几位籍属东北的学长,其中包括名导演白景瑞(听说近年已于长春故去),计议为"东北精神"拍一部影片,他们缺席裁判,指定我为乡人"贡献"作品,充当电影故事。游说良久,终激起了我的使命感,遂提出唯一的条件,是不肯只写电影"本事",宁愿写一篇小说;即使非用长篇小说来表现,情愿破自己绝不写长篇的例,接受这挑战。他们表示尊重我的创作意愿,欣然并且欣喜地同意我的计划,共约 1985 年元旦完稿。因而,就这样我把自己套上了。

十分惭愧,一向重然诺的我,即使利用所有可用的时间,到最后集中心力日夜赶工,还拖到元月十日方完成定稿。所以算来仍是"短痛"的产物。有的好朋友劝我为免狂妄之讥,宜乎宣称如何呕心沥血构思数载又撰写经年,我未敢撒谎。书稿完成,客观环境已经突变,因白导演牵涉到一桩大事,拍摄影片之议作罢,但我仍高兴向自己挑战胜利,总算克服了自己没有耐性和毅力的缺点。不过,虽可以算得急就章,创作的历程与心态却是认真、严肃而笃诚的,况且谁说我只写了不到百日,就等于我仅酝酿了不到四个月呢!我想了多少年了啊!

一向主张做人做事都该笃实诚信、当仁不让,然而在受托之初,却必须百般推托的原因之一,在于常戏称"五湖四海人"的我,生在外长在外,没有真正的东北生活经验。虽然抗战胜利后的第三年曾跟随父母到沈阳住过一年,领受过严冬酷寒的凛威,而大部分冰封雪困的日子,皆在暖室中度过,从未亲见过祖先用血、汗、眼泪灌溉成的大原野;不曾体验过一日典型的父母的故乡生活,例如火炕依然仅为常识中的一个抽象词语。这的确是无法解决的难题,难题!不过想到先人能在荒原中与参天老林、野火猛兽、雪地冰天、暑瘟疫病对抗,为子孙辟下赖以安身立命的家园,他们的后代似乎不该克服不了这一点困难。遗憾的是乡前辈们惜墨如金,广为搜集后,尽管因于本行的训练,处理分析资料数据比较熟悉,整理出来可用的东西,还是非常有限。所幸有很多热心的乡贤肯接受搅扰,容我访问、录音、做笔记,更替我画出街市、田宅、器物图,并随时忍受我的电话骚扰。此外,便只好揣摩、寻思、苦想,举一反三,暗暗模拟,战战兢兢地"创造"了。

写作的过程很痛苦！不全因资料与经验的欠缺,苦的是好些长期留在心底听来看到的人和事,都活了过来,在模糊的银幕上飞舞,一些零零碎碎的形影杂沓奔跃,跑进我布置的舞台。他们每跑一步、跳一下,都使我的心神受到震动,常常人掉在里头爬不出来。但是,不管怎么样努力涂画身貌、塑造型性,活化史实,一个后生晚辈,必然无法完全描绘出那个大时代的真正悲壮,毕竟所着墨界限出的年月,对于我大多是"史前史"。

在现实的功利世界,强调并记住别人的贡献,凭良知为真实作证,在今日社会已是太落伍的不智行为,可我宁愿有人批评我落伍,使出全部心力跟自己拼搏,在例行工作的夹缝中,硬把一本21万字的小说在不到100天的时间里完稿,以为它会长命百岁,结果……当年此书一经《中央日报》副刊连载便轰动一时,出版后立刻成为畅销书;然而终不能成为长销书,仅几年过去,社会的风向变了,很快退出了流行行列。也难怪,后来连成立于1928年的《中央日报》也关了大门,出版部连带打烊,他们抢过去的出版物(原另有纯文学、大地、道声三家出版社同时表示希望代为印行经销),便必不可免地同时被消灭。

不错！1988年国家文艺基金会赠给我一个大奖,包括一两重24K的金牌、授奖证书,还有可算优厚的奖金,但无法消除后来让心血之作短命而绝版的心伤。有人从纯利的角度着眼提醒,说:"你并非全无所得。"对！即或如此,但那不是我创作的初衷,我更希望的是细水长流,让后人能领略最可贵的那个时代不功利的东北人的气质与价值观,能见到那些青年才俊的形象和为桑梓早早献出生命的忠义。他们不一定特别高壮威猛,常放歌豪饮做英雄状,但有勇气做出那样的决定、那般的实践,那才是真正出彩的东北爷们儿。可叹很多新鸳鸯蝴蝶派的小说的寿命都很长,而这类作品顶多只有少数知识分子的研究报告还会偶然提及,大势所趋似乎也只能在现实下低头。黑龙江北方文艺出版社1987年也出版过,印制并非精良,是当时一般的共相,不能挑剔。有些地方错了、改了,对于东北知识的欠缺之处与笔误替我修正,非常非常感谢。但是核对原文之后,有的地方错漏令人沮丧,我多希望有机会校正一下!不幸那时与他们还不能直接沟通,书出后也是辗转收到,所以一切只能以体谅之心理解。可是最近看网上信息,他们还在售卖,为何不来跟我联络,听听我的意见,问问我的感觉,容我改正一下错误?想想,不无遗憾呀!

当时许多读者投稿表示,我对日本人狠毒残恶的侵略写得还不够。我想很够了。因为创作的是小说,不是记录"日寇侵华史",有些重要元素应从人物的行为、行动、思想中折射出来。也有人认为,书内不该引用那么多真实史事,引述根本不必认真,马马虎虎有点做背景就行了,毕竟是写小说,不是编历史书。这一点我不能苟同:衡评文学作品境界的三要素为真、善、美,但求真光有真情还不够,一部小说假如连真实的生命感都谈不到,还能谈什么?况且,我所描写的,不是虚无的时空,乃是一个无法杜撰的国土与乡土、个人与国家、现实与历史纠合在一起的时代;即或在感情与心理上可以做一个吉卜赛,实质上他仍无法脱逃。至少那时的东北人没有这么幸运,他们不是葛天氏之民,无法超脱于现实;就是他们不想做历史中人,历史也不容他们逃避,会找上他们!

不是要辜负一些人士的好意,承他们的厚情,虽素昧平生,连载中却极热心地来函提供很多意见;尤其是在特殊语汇与名词方面,认为我的批注还不够详尽,建议我依所寄来的材料加以增添修正。但是,一个脚注用上三四百字说明,在小说中是否合宜,颇值商榷,因此未曾尽从高见。实际上,亦有不少朋友根本反对列出批注,觉得该搬走这些绊脚石,甚多的行家均持此一论点。他们说的也没错,往昔许多广为人知的乡土小说,何尝都加上注释?那是读者该去揣摩咀嚼的功课和趣味,作者不该越俎代庖。我也没敢听从这样的高议,诚如一些人所形容的,工商业社会,用惯了机器,人都变懒了，谁耐烦去细细品味琢磨？所以，只能折中，保留简略而必要的批注，尽量少布绊脚石。

相识的朋友，或是本不相识因谈起这部小说才成为朋友的人士，都怪我把美丽的爱情缔造得凄惨而苦涩，甚至说我残酷；有人甚至怀疑我是否反对男女恋爱，否则为何专门制造遗憾。这一点确实冤枉了我，至今我还认为假使一个人一辈子未谈过恋爱，他的人生是有缺陷的。可是也认为人间的情爱，不只男女相悦一种，亲子、手足、师生、友朋，哪种不是？但会缠绵悱恻、痴迷至神昏智乱的，似乎只有两性相恋的一类。真正相爱的人，不必言词表达，更不用像流行于今日开门见山式的接触，仅眸传心会，就能"来电"；那种感受，与终生说不出"我爱你"的生死伴侣白头到老的依偎，有异曲同工的甘甜。一辈子没有过这样感应的人，岂不虚度此生？然而，生长在苦难年月中，个人的命运依附国运的轮轴转动，即便小儿女的感情，也免不了会受到大时代的影响。一些在历史隧道中来往穿行的人物，他怎会不沾染上同味的苦涩？

这本书对照近几年在华人地界畅行一时的所谓抗战影视剧集，似乎很不一样。那些流行娱乐之作的操刀者，全未曾经历过那段大历史，看来也是不曾读过史书看过翔实资料的"发明家"。常想，制作此类剧集，在保留娱乐价值的原则下，还可以贴近一下史实。对那些牺牲生命和个人幸福的前人，后来者至少该为他们保留一点事迹真实的尊严，以安慰那些久已埋骨的无声灵魂。一些东西看了之后，真会让人气得笑起来：有的所谓的敌后工作人员，愣给一张脸谱化的呆板面孔；有的只会背念宣传八股；有的已成荒诞无个性的样板人物，地下工作有那么容易？还有更奇特的，在炮火连天、血肉横飞的战场上，不管哪一级的指挥官，都身着高级将领的军礼服和大氅，戴着帅气的军服礼帽和洁白的手套在火线战壕里若无其事地散步，可能吗？就算他不懂战术，难道他不怕成为最显著的攻击目标？我请教过一位著名的剧作家,他尴尬地笑了,说已习惯如此创作。假如他们已定下这样的公式,就太令人同情了,还能说什么？至于史事张冠李戴,服装道具错了时代,故事错置空间,事件扭曲真相,铺陈情节畸形低俗到令人错愕愤怒,不管是蓄意臆造,还是驾驭不了史材,让为国人献出一切的先进或先烈九泉蒙羞蒙冤,岂能无愧？我们这些后生没有权利篡改历史啊！也有人说别太认真,不过是一时的娱乐商品,不必较真。呜呼！那样干脆换点儿别的来洒狗血,放过我们共有的历史吧！

这小说连载了将近半年,其间也发生过一些有趣的事。从开始就很受关注,最有趣的是在我收到的一把一把由报馆转来的读者的信中,有一位失联近二十年、已做了天主教修女的同学从修会来的信,她兴奋地说他们每天休息的时候,都有一位东北籍的修女用方言给大家朗读当日报上的一段,大家听后除了有聆听说书的享受,还有特别的感动。后来,犹未连载完毕,自称七十六叟,我高三时的国文老师,特填了一阕《浪淘沙》写在宣纸上,从美国的偏远小镇寄到报馆转交给我。我甚为感激,那位恩师曾对我期望甚深,我认为那也是一种肯定的奖励。对于我获国家文艺奖,很多人很诧异,为什么一个整天忙着找资料写 Paper(论文)的经济史教授会得到这文学大奖。我跟同事说,不用怀疑,首先那个奖是奖励近年发表的作品,不是我不得不转变生涯规划、到学校任专职后的成绩,非不务正业之作。但是即便如此,也是透支生命完成的,不曾耽误正职。书撰时期,我从每晚九点开始伏案工作到凌晨三点,次日有课时,准备好教学资料仍书写到凌晨,六时半我则已坐在公共汽车上,赶去城的另一方向,到兼课的大学上第一堂课。太累了,这也便是我到了交稿期限不肯继续写下去的原因。这样的做法确然在玩命,精疲力竭玩不下去了。不过拼了命卒能把自幼在父母身边听到的秘辛、见过的在我心里始终没死的人物和他们的事迹用信史来印证,笔之于大众都可接触的小说,确为一大安慰。

从少年时养成的习惯,在报上发表文章,从来不让父亲知道,但成为被关注的作家后,都有某些在他们"大院"工作的"读者",关心地把报纸留给他。几次获奖自然也都不曾禀告过父亲,因为那都跟"闲书"有关,我怕又因"专事外务"招来斥责,所以一切信息他都是从外面获得的。获得国家文艺奖那次,某日,老父问我,问得很有意思。他是说纯粹东北话的人,问我:"听人说你又得了一个什么'酱'(爸爸永远把得奖读成得酱,把跳舞读成跳雾)。"我因作品内容只含混说明搪塞过去。这次,大概因外界的风评让他特高兴(老人家是传统的东北父亲,绝不会当面称赞儿女),爸没斥责我不务正业,竟颇有悦色地问我得什么"酱"。我有点受宠若惊,但我始终没敢和盘托出。现在想想有一点后悔,我该坦承并说出一切,告诉他我写了他的好友跟他们共同的故事,说不定老人家会感到欣慰,终于有人让那些被遗忘的事迹出土。赵大爷得以送进忠烈祠,老爸不知奔走过多久,做过多少努力。王大叔由于没处理好自己的感情问题,自身被捕丧命也坏了大局,似乎不再提起,反而能抚慰忠良。爸妈都为他痛惜唱叹,也仅是为他死得不值叹息而已。啊!还有,爸爸其实也在书里啊!

父亲是严父,与文学艺术距离很远,一向不许儿女接近闲书,现在要把他至交的生命故事写在闲书里,还把男女爱情大量展示在里面(都是真事),不招致责骂才怪。因此最不敢请教的顾问就是他老人家,怕一提往事引他伤怀,更怕他横加干预甚至审稿,那还了得!因此原说这本书的写成,老爸帮忙不多,要不然也不会被人取笑,我把松花江流域的景象描写成了辽南的风情。不过,其实父亲的经验还是帮了大忙,如语言的习惯,还有早年双亲说起的一些家长里短、陈年往事,如父亲与赵景龙伯伯高中同班时,壮壮笨笨的傻大个却年年考第一;他的那支义勇军的组成是在我家热炕头商定的,因此爸爸也一同参加过惨烈的"江桥战"(嫩江桥),弹尽援绝缺乏冬衣,饥寒交迫须吃长了绿毛的馒头充饥。再有他们对马占山的不信任,认为马的降日是真降不是伪降,等等。江桥战是爸爸永远的记忆。战败后,为了不给家大业大的我们老赵家惹祸,爸和他的"战友"们都设法逃进关里。而这一走,便是永远。把姐姐和我生在北平,对父亲来说,终生的思念真是好惨! 此刻,忽然一个感觉萌生,以前我只想着要替乡人挑起这史学加文学的重担所以写了这本小说,细想想我何尝不也是为抛却亲长手足和财富家业的父亲选择了流亡的后半生做了批注呢?

赵淑侠

出生于北京,现定居美国。自 1970 年代开始专业写作。出版有长短篇小说《我们的歌》《落第》《春江》《塞纳河畔》《赛金花》《凄凉纳兰》《西窗一夜雨》《当我们年轻时》《湖畔梦痕》,散文集《异乡情怀》《海内存知己》《雪峰云影》《天涯长青》《情困与解脱》《文学女人的情关》《凄情纳兰》《忽成欧洲过客》等 30 余种。其中数种有德语译本并改编成电视连续剧。先后多次获颁世界华文文学大奖。创立并参与主持多个欧洲、美国和世界性华文作家团体,为海外华文文坛有终身成就荣誉的代表作家之一。

松花江畔有我家

故乡,故乡! 说起故乡,铁石心肠的人也会变得多情起来。文人歌颂故乡,画家描绘故乡,英雄征服了强敌之后回去建设故乡,没有人能忘记故乡。

疲马恋旧林,羁禽巢故栖。人没有不怀念故乡的,然而我的故乡在哪里?

对生于战乱长于战乱的人而言,故乡只是个影子,最神秘、最美丽、最亲切、也最企盼抓住的一个影子。

童年时代在四川,我的一口四川土话说得跟真正的川娃儿一样地道。长相和习惯跟本地孩子没有分别,担担面里的辣椒油不比他们少放一滴,如果冒充四川人,没有谁能挑出破绽。但是当真正的四川孩子跟我们吵起架来,仍要说:"下江人,跑到这里来做啥子? 朗个还不滚回去? "

当然那时大家都是小孩子,说的是无知话,今天想起来不值一笑。但当时,那些话却像锐利的刺一样,深深地刺痛了我,因此我渴望有一天能回到自己真正的故乡。

我知道故乡是在离松花江不远的县城,那里有我的祖父母、伯叔伯母、姑姑和众多的堂兄弟姐妹；知道那里有肥沃的黑土地、碧绿的山岗和"满山遍野的大豆高粱"。知道故乡的冬季寒冷，滴水成冰；也知道故乡人不全是念过书见过世面的，身上沾着浓厚的土气。但是，我爱故乡，梦想着若有一天能回到故乡该是多么好！我的家人会张开双臂欢迎我，我的祖父母会欢喜得落下泪来。在那里，我可以挺挺脊背，理直气壮地说："我是这块土地上的人，这儿是我的故乡。"

但故乡在日本人的手里。我能捕捉到的故乡的影子，只是从爸妈口里听来那一点点：长长的高砖墙，广阔的庭院，高高的门槛，重重的大木门，门里蹲着一条又肥又大的老黄狗。

对故乡的所知仅是如此可怜的一点点，对故乡的热爱却是深切而无限的。每听到"我的家在东北松花江上……"的歌声，都有种泪眼酸酸的感动。

渴望回故乡，永远只能停留在做梦的阶段。艰苦的日子过得慢，小孩子的日子过得更慢，十四年抗战有一世纪长。

胜利钟声使我欣喜欲狂，以为这下子可要回故乡了。哪知又打仗了，走到沈阳就无法再前进，我们又开始另一次流浪，到南京、上海，过了海峡到台湾，我个人又从台湾到欧洲。恍惚间三十年，少年人成了中年人，鬓角冒了白发，故乡的影子竟还是那么模模糊糊地留在想象中。

做梦也没有想到会真的踏上故乡的土地。六月末的故乡之行，是我整个生命中的高潮，坐在去肇东的硬座火车上，连"岭外音书绝，经冬复历春。近乡情更怯，不敢问来人"的诗句也不足以形容我的心情之复杂。

肇东是老黑龙江省的二等县，位于由哈尔滨到齐齐哈尔的铁道线，从哈尔滨乘火车不过两小时的车程。

这趟车没有软席，我原也没打算乘软席。也许我生平只有这次故乡之行，能和故乡的兄弟姐妹在一节车厢里聚上两个小时，是难得的缘分。

外县地方，外宾之类的人物来得少，为了不让故乡人把我看成异类，我是化了装去的。上面是和堂妹借的白衬衫,下面是肥肥的蓝布长裤,脚上是一双黑色的平底鞋。但外宾就是外宾,也不知怎么回事,走过的人都要回头看上几眼,他们都认定我和他们不一样。

车厢里很挤,背筐的,挑担的,穿蓝制服的,戴红帽的,不管哪种人,说的全是正宗乡音,把人叫"银",那"银"字使我感到很动听,很亲切。

我的心情可真异样,居然要回肇东老家了,该不是做梦吧?多么戏剧性啊!

座位靠边,正便于放眼窗外,我贪婪地注视着一景一物。无际无垠的绿色草原,迎风招展的大叶垂柳和穿天杨,草顶的圆柱形粮仓,矮矮的平顶小土房,袅袅炊烟,蓝得透明的远天,天上挂着火球似的大太阳。太阳下成群的农民在耕作,有的手把锄头,有的弓着腰好像在泥土里找什么。我被这一切感动着,真没想到故乡这么美。

这一带是松花江和嫩江沿岸最富庶的区域,俗称"松嫩平原",又号"东北的粮仓"。肥沃的黑土地有三尺深,高粱、大豆、玉米、洋山芋,丢下种子就会长出果实来。在一百多年以前,这里还是莽莽的原始森林,除了潮湿的沼地、吃人的猛虎和野狼之外,只有参天的古树和荒凉的天空。如果不是我的祖先那辈人凭着生命与血汗开辟了这块土地,就不会有今天的松嫩平原。

我的祖先是山东济南府人,因为黄河连年泛滥,盗匪作乱,宫廷腐败,没办法生活下去,便孤注一掷地来到关外开荒。身体衰弱受不住长途跋涉的,在逃荒的路上死去;能够支撑到目的地的,便披荆斩棘,餐风宿雪,冒着被野兽袭击的危险,以不怕苦不怕死的精神,在这块荒莽的土地上建立起家园。那些勇敢的开荒人,明明知道自身未必能享受到辛勤的成果,但为了后世的子孙,为了那些流离失所的贫穷乡亲,他们毫不吝啬地流着血与汗。

由于创业的过程太艰难,一般在东北被称为富户的人家,也和小户人家一样,过着克勤克俭的生活。我的曾祖父手帕破个洞还要叫媳妇缝补,伯父在十岁的稚龄就得负担赶牛喂猪的责任。我家由贫无立锥之地而能改善生活超过小康,变成富家大户,是靠吃苦耐劳、独到的眼光与魄力一点一滴建立起来的。

我曾经想:如果把我祖上那辈人早年开荒的经历写成小说,拍成电影,紧张刺激惊险和浪漫气氛,当不让美国的西部片。中国人并不全是文文弱弱,也并不是全服从命运,也有天不怕地不怕,用生命证实人定胜天的英雄。

列车在阳光普照中到了拥有 70 万人口的小城肇东,接待人员早等候在车站了。因为我是女性,还特意派了位女同志来陪伴。几个人笑眯眯地跟我攀乡亲,其中有个人说:"咱这地方还真出人才呢! 出了这么有名的作家。"言下之意是我给故乡增了光。

车站是一幢麦黄色的旧俄罗斯式建筑物,上面有个五彩的木质小楼,看起来蛮可爱。我问这是旧有的吧? 接待人员回答是后建的。站门外是片大广场,沙土地面,靠车站的一边停了几辆空大车,每个车板上摊着一块粗麻布,弄不清是用来拉货时垫在下面,还是蒙在上面的。拉车的毛驴闲得无聊,把眼睛半闭着养神。戴着八角帽的车夫蹲在台阶上,有的抽烟,有的嗑瓜子,谁也不跟谁讲话,就直朝前望着。站对面有两家商店,更远一点是一排排的平顶民房。房子是泥造的,连房顶都是泥。我问:"用泥做顶不会漏雨吗?"答说:"不会的,这种土是肇东的特产,叫碱土,用来造屋坚固耐用。既禁得住冰雪,又抗得住太阳,冬暖夏凉,咱们这地方多少代都是这么住着的。"

肇东只有一条柏油路,叫正阳街。这个名字对我来说可是太熟悉了,伯父和父亲不知对我形容过多少遍,他们就是在这条街上跑着长大的。

正阳街是小城的灵魂,路宽八米,道分三条,中间以两排白杨树相隔,街两边是店铺、机关办公室、两三家饭馆、一家旅馆、一家银行。有些年久失修的老房子,关紧着门,仿佛无人居住的样子。其中有排黄色的砖房,破烂不堪,上面"照相馆"三个字已经模糊,我立刻想起以前从长辈们的口里听到:"肇东只有一家照相馆,全县的人都是他的主顾。"当然我家的人也是这家照相馆的主顾,曾踩过这块土地,于是赶快让同去的小妹给我摄影留念。

小城的街道是宁静的,车辆行人不像北京、沈阳那么多,气氛也显得比那些地方安详,街边道旁是利伯维尔场,有不少支着帆布棚的街边小摊。小摊上卖的是零星杂物、地方小吃,什么大切糕卤猪脚之类。这一带是盛产玉米的区域,所以满街都是卖玉米制品的。街上最大的餐馆"肇东餐厅",门前的长杆上挂着画了双喜字的红色幌子,迎风动动荡荡地晃个不停,看着真是乡土得很呢!

我的那些故乡人,有的坐在街边上,有的蹲在门槛上,有的骑在脚踏车上,有的靠在大板车上,不管在哪里的,都用惊异的目光打量着我。一个跟了我们半天的小孩,像发现了新大陆似的跟他的小朋友们宣布道:"这个外宾可神,还会说咱们的话呢!"

他的话听得我感触深得到了骨头,真算是"少小离家老大回,乡音无改鬓毛衰。儿童相见不相识,笑问客从何处来"啊!事实上,我虽"老大",也无法"回",只是匆匆一瞥,再回头去做我的他乡客而已。

接待人员只晓得我是个做文章的,要回乡一行,但回来做什么,却是猜不透。当我坐在会客室里,提出要回到故居一行的要求,他们显然踌躇了。我很坦白地解释:"回乡大概也就这一次,只是想看看祖先留下的痕迹,寻一寻我的家人生活过的片段,描绘一番想象中的故园旧梦,除此之外没有别的意思。"

几个人商量了一阵,他们答应了我的要求,说是先坐下来谈谈,休息休息,下午将派车送我到故居寻旧,并陪我参观工厂。

我拜托他们在招待所餐厅里准备了一桌中饭,他们送了我一瓶肇东的特产白干"龙江液"。我向不善饮,但这酒是故乡人用故乡水造的,怎么能不尝,小小地品酌了一点,方知"龙江液"味美质纯。决定下午逛街时买一瓶,带回欧洲,送给替我看家管孩子的老公。

吃了一顿家乡饭,饮了小半杯家乡酒,喝了两杯家乡泡的茶,以为就可以到故居去了,没想到还得等。等到去故居跟住户们打招呼的人回来,派的车也到了,我的"寻根"行动总算开始了。

车子转了两个弯就到了故居门口。

天!这就是我的老家!好深好宽的大门洞,门和门槛全没有了,用砖砌的花门楼还在,旁边是两道长长的花砖墙,一边已经深深下陷,另一边灰皮剥落,上面绕着乱糟糟的电线。大门外两棵树,左边是穿天杨,细细的一根树干顶着数得过来的几片叶子;右手边不知是什么树,已经枯死了,只剩下短短的一截树干。

门前堆着乱砖头、破瓦片、碎木头、大小不等颜色各异的数堆干土。地面像是出过天花,遍是深深浅浅的坑。门洞里也堆着砖,也是灰皮全部剥蚀,布满水渍、蛛网、灰尘,地面如丘陵起伏。只消看外面,就知道这个曾经美丽的大院落,已然废墟的模样。

不管像什么,这个院落到底是我家四代同堂时居住过的地方,我不能不仔细地看看,永远留在回忆里。当我在那些断墙颓壁间浏览的当儿,大概附近人家已听到赵家某人从海外来寻根的风声,大门洞外人围得满满的,少说也有两三百。众人叽叽喳喳,有人说:"是从瑞士回来的!"另一个说:"你看,人家外国回来的,穿得比咱们还朴素呢!"

我跟他们微笑打招呼,他们也带着点"探险"性的微笑跟我打招呼,孩子们叫着道:"那个外宾在对咱们笑呢!"

我没白跑这一万里,到底见到一点祖先心血的结晶。这地方我会再来吗?怕是很难了。我包起了后院的一抔泥土,将带回异国他乡,并捎给在台湾的父亲,作为永久的纪念。

对故乡做了最后的一瞥,和围着看热闹的故乡人摆摆手,我们便登车离去,下一个节目是逛街。

正阳大街清洁幽静,气氛像极了二十多年前的台中。街上有五家百货商场,几家小摊贩。想在摊上买点故乡人做的手工艺品,看了看,不是自制的布鞋,就是锅碗瓢盆,或从外地来的日用小零碎,既非手工艺品,买了也无用处,小妹急着要看看百货商场里都有些什么货色。谁知刚一迈进去,售货员就宣布说在半小时内要关门。我们看看手表,问:"你们不是6点钟才关店门吗?"那女售货员说:"今天要开会,得提早关门,4点就关。"

后来到另一百货商店,也正在忙着关门。原来这天全城的百货公司售货员都要开会,一律4点打烊。

问了两家食品店,都说我要的"龙江液"缺货,只好买瓶"肇东特曲"充数,好不好总是故乡泥土里长出的高粱酿的。

可看的地方还有,譬如铁道东边,也算热闹区,我家最早是在那边住的。但我没精神也没时间去了,只站在天桥上居高临下地张望了一阵。成排的碱土小屋,红色的瓦顶砖房,高高低低的烟囱。一条碧蓝如洗的小河,居然也能清晰地看见,那是松花江的一条支流,名字被我忘记了,姑且就叫她"故乡水"吧!

接待人员热情至极,从下火车到火车开动,从头到尾的相伴。"亲不亲,故乡人",没他们的帮助,我绝达不到回故乡寻根的目的。

火车在黄昏前的暗淡中,缓缓地驶离肇东。我坐在人群中,望着渐浓的薄暮,回味着这不平凡的一天。

我想:我的故乡真的是很美、很可爱的,年代太平,倒真很适合居住。就算因为工作的关系,不能常留小城里,逢年过节回家团聚也是很好的。往昔,我的家人不就是那么生活的吗?

黄昏渐浓,幽暗像一层轻纱,漫漫地围绕着旷野,农田、土屋、炊烟、粮仓,一样样地溜进暮色里,大地苍茫,黑暗露出了狰狞面目。想着渐离渐远的故乡,念着祖先们赤手空拳用生命换取生存、搏斗的艰辛,望着深沉阴郁、找不着边缘的天和地,我终于无法自持地怆然泣下。

张奥列

澳大利亚知名华文作家,悉尼资深报人。祖籍广东大埔,生于广州,毕业于北京大学。1988年加入中国作家协会,曾任广东省作家协会副秘书长,1991年底移居澳大利亚。出版有文学评论《文学的选择》《艺术的感悟》,纪实文学《悉尼写真》,小说散文《澳洲风流》,评论随笔《澳华文人百态》,人物专访《澳华名士风采》,散文集《家在悉尼》,传记文学《飞出悉尼歌剧院》,文学评论《澳华文学史迹》,游记《故乡的云,异域的风》等。先后获中国作家协会庄重文文学奖,广东省首届文学评论奖等全球华文文学大奖。

穿行上海街头

去国近二十年,重临上海,总想找点当年上海的记忆。若干年前曾小住在里弄的民居,还是使用马桶呢! 如今住进豪华酒店,很难体验里弄风情。即使坐上旅游大巴,从南到北,从东到西,穿越了上海其中的十区一县,也满目尽是流光溢彩的摩天楼、纵横交错的高架桥、茏葱苍翠的生态园,哪儿还有一丁点旧时沪上的痕迹? 唯有走下巴士,漫步街头,也许还能触摸岁月的印痕,品味当下的沪上风情。

历史与当下

2011年应上海侨办之邀,参加了"品味上海"笔会,有意无意间,我穿行了上海三条标志性的马路,倒也领略了三种不同的都市情怀。

踏入浓荫静谧的武康路(曾称福开森路),徜徉于一幢幢欧陆风情的老洋房前,细听路边法国梧桐的婆娑絮语,终于闻到了一点怀旧、悠然的气息。这条保存尚好的百年老街,并非因汤唯主演的《色戒》在此取景而闻名,而是因其本身众多的名府及各异奇趣的古典西洋建筑而流芳。

巴金、唐绍仪、陈果夫、顾祝同、周璇等名人故居交叠盘踞,依然气韵飘

295

香。赵丹、秦怡、孙道临等影星曾居住的武康大楼,也称"诺曼底公寓",像一艘登陆的军舰,仍然昂首挺立在武康路口。走进翻修一新的黄兴公馆,它已变身为旅游咨询处及老房子艺术中心,里面展示着徐家汇的八大经典洋房。附近是武康庭老弄堂,红房子的面容虽露出岁月的疲惫,但与时髦的酒吧、咖啡馆、画廊、花店呼应,也装点出海派文化与现代审美的氛围。

转出武康路口,就是宋庆龄故居,红顶白墙的船形别墅,掩映在簇簇百年古树中,透出一种超凡脱俗的氛围。引起我注意的是故居展出的宋庆龄与孙中山的结婚证书,上面签名的是"宋庆林",再后来,则有"宋庆琳",什么时候改用"宋庆龄",不得而知,连讲解员也说不清楚。国共两党都尊奉宋庆龄为"国母",她晚年的情感生活更是一个谜。我在海外听过一些传说,但国内没有引证,故居也没有只言片语,年轻的女讲解员更一无所知。上海的驳杂历史,又有多少东西会被遗失?

从锦江饭店拐进淮海中路,即进入一个时尚商圈。这条时尚大街,延续了当年霞飞路的时尚风情,路旁的法国梧桐依旧,店铺林立依旧。装饰一新的世界名牌专卖店,只有醒目的英文招牌,连中文都省了,似乎显示着一种国际视野。

漫步街头,有种消闲、购物的轻快。一路上,见许多食品店门前都有长龙,是排队买月饼哦。中秋前夕,月饼旺销,但何至于排队呢?细看之下,许多人手中都执有票券,难道买月饼也要凭票?同行的加拿大作家陈浩泉好奇,上前探问,一位中年妇女支支吾吾,一脸警惕,顾左右而言他。倒是她后面的一位女青年爽快,连声说,是单位发的月饼票,过中秋的福利,也有些别人送的礼品券,排队是买新鲜出笼的鲜肉月饼。我不明白的是,就这么简单的好事,中年妇女还有什么好防范的呢?

历史的上海,当下的上海,不都是以其开放的姿态融入时代潮流吗?新一代的坦荡,延续了上海开怀接纳的精神;而那位中年妇女的遮掩,也许是畸变时代和畸变心态残留的一点旧渍吧。

到上海,南京路不能不去。这个殖民时期的"十里洋场",新中国的"中华商业第一街",记载着上海通商乃至繁华的历史。而我对南京路,也有一种说不清的感觉。

过去,我知道南京路四大百货公司永安、先施、新新、大新,这都是广东中山人开的,成了中国现代百货业的龙头。移居澳大利亚后,我才知道,这四大公司的开创者都是悉尼华人。他们经营水果蔬菜发家,于20世纪初,把现代百货业的理念带到了上海。政权易手后,四大公司收归国有,更名易主。我在悉尼结识了当年新新公司的少东家、总经理李承基老人。他说,全国人大常委会副委员长荣毅仁和他是上海圣约翰大学的同学,荣毅仁到访悉尼时,特邀他回去接手公司。他很感动,笑而谢绝:"都这么多年了,还是留给政府吧!"

当我来到南京路时,曾经辉煌的四大公司依然耸立,四座历史性建筑的塔楼,仍是这条历尽世纪沧桑的大街之特有景观。华联商厦已复名永安,它的塔楼,曾是上海解放时南京路第一面红旗升起的地方。上海第一食品商店(新新),曾设有中国首家商办广播电台,并率先向全市人民宣告:"上海解放了!"上海时装店(先施),则开办上海最早的屋顶花园和游乐场。而上海第一百货商店(大新),当年是远东最大的百货店,今天仍雄踞中国百货业榜首。

没有曾经的记忆,哪来今天的骄傲!

眼下的南京路依然热闹,名店如云。当年我曾出入这条路上的粤菜馆、西餐厅,听着看着叮叮咚咚的电车款款而过。但如今却找不到那些餐馆了,而大马路也变身为步行街,铁栅栏拦腰一断,少了点当年人车穿梭的喧闹和浪漫迷离的情怀。拆去老房子,街中心辟出闪亮的世纪广场,似乎也把历史的痕迹抹得一干二净。

南京路,是西方经济文化与中国生活习俗融合的亮点,是中国商业发展和上海城市繁华的地标。如今变成全国每座大城市千篇一律的商业步行街,到处似曾相识,哪还有自己的面孔? 要知道,时代变迁,是因循创化的过程,保留老房老街风貌,翻新如旧,是一种文化积淀、历史见证。若失去历史文化的记忆,岂不是时代的失忆与失落?

幸而南京路口的外滩,花岗岩石欧式建筑群,依然巍峨挺拔,与黄浦江对岸高耸的东方明珠塔,相映成趣。拓宽的江堤,更显包容的胸怀。放眼望去,既有旧十里洋场的影子,又有新上海滩的风姿。上海今昔,尽在不言中。

上 海 细 节

我们一到上海,当地名作家赵丽宏就提醒我们:"上海是一顿大餐,得慢慢品味!"但我们这些海外来客,行程匆匆,哪有时间慢慢品味。即便如此,走马观花,仍然能够感受沪上这顿大餐的丰盛。

无论是招商引资,改造城区,或改善民生,上海都显示出一种开怀接纳的气度和打造国际大都市的气派。经济数字、规划图景,固然令人振奋,但我更喜欢打量一些不经意的生活细节,或许叫大处把握,小处着眼,见微知著吧。

譬如说标语,南京路上有一幅很醒目:十里南京路,一个新世界。今日的南京路,新厦交叠,名店林立,确实焕然一新。中国是一个盛产标语口号的国家,狂热年代的红色标语,曾铺天盖地;新时期五花八门的标语,有些成为海外人的笑柄。但如今身临上海,"红标""怪标"我倒没见到,而南京路这条标语,却一改高调,平易贴实,展现上海人的一种自信和眼光。

类似的标语,也随处可见。在高架路收费站,闪亮的玻璃上贴着:擦亮窗口树形象。女收费员果然一脸温和,形象可亲。上海的高架路,从南到北,从东到西,贯穿城区,从市内到郊区嘉定、宝山,甚至崇明岛,也只是几袋烟的工夫。过去又坐车又乘船,累个半死;如今到吴淞口炮台、崇明岛生态园,已是上海市民周末休闲的常态。

不过,有条标语我却百思不得其解。在宝山罗店镇一个农家乐的园林式餐厅,长廊两边挂满小红布,上面写着:道德先行。从进门到餐室,满园都是鲜红的"道德先行"。美国作家陈谦问道:"什么意思?"我也莫名其妙。难道是对那些常来寻乐的官员、大款、情欲男女,先来个警示? 若如是,也不失为此假日田园的一番"红色幽默"。

中国的厕所,基本上不备厕纸,外国人如厕,常常弄出尴尬。这回在上海,我都准备了手纸上街,但几天下来,所到公共场所的厕所,都派不上用场,这是一个惊喜。在马戏城旁的绍兴饭店进餐,洗手间还备有湿毛巾擦手,这无疑是服务管理和市民素质的一大进步。在闸北临汾社区文化中心的洗手间,还看到一条有趣的标语:上前一小步,文明一大步。一改生硬警告,变为温馨提示,令人忍俊不禁。

在该文化中心的楼梯上,还有一条标语:你先走,是朋友。这是提倡文明礼让的社会风气。文化中心是退休、下岗职工的娱乐场所,唱戏、跳舞、阅览、上网、健身、练书画、学茶艺、做手工,大家在此和谐相处,称朋道友。一句朋友,带来一派祥和。

崭新的海上文化中心,是海派文化传承的多功能艺术殿堂。从节目牌上发现,上海芭蕾舞团《天鹅湖》等门票要一百多元;而瑞士钢琴大师的音乐会、德国著名音乐组合的票价,均为几十元,相差一倍。台湾作家陈若曦顿生感慨:高雅音乐反而便宜。剧场职员释疑:外国音乐是有国家补贴的,旨在推广,本地剧目则是商业运作。

原来如此,调节观众口味,提升艺术素养,也成政府一大作为。

有点意外的是,上海最大的古刹龙华寺门口,竟有一间"人道素菜"挡道。这家餐馆味道不错,能用素菜烹出五花八门的荤香味,不油不腻。敬香祈福后品尝素斋,也是一乐。但要闻着香味穿越餐厅进入佛门,总有点奇怪。

龙华寺已有 1760 多年历史,相传是三国东吴孙权,为孝敬其母而建造。寺内藏经阁,收有唐、五代、明、清经书珍本及金印佛像,不对外开放。因为住持方丈开恩,我们有幸大开眼界。登藏经阁前,穿越庙堂,竟有一些男女在唱京戏、吊嗓子。看模样,不是僧人,也许是借出场地吧。清静避俗之地,竟有凡音打扰,也是不解。当然,也可作为经济大潮下商品意识勃发的解读。

　　街边小事,行为细节,虽偏于一隅,但更具体,更真实,或许更能感受某种鲜活的沪上风情。

庄雨

华文作家、诗人。澳洲亚拉微型小说学会会长。诗歌和小说多次获奖。著作多部。定居澳洲墨尔本。

山泉湖河城

在我的家乡,水很多。可是大家不称她"水城",而称"泉城"。有秀气的,水从地下冒着气泡缓缓释放,优雅融入一池清水;有豪放的,从泉眼怒冲空中,形成著名的三股水,人称"趵突泉"。小时候不识字,以为"趵突"是豹子从水中跑出来的意思。实际"趵突"两个字是形容泉水跳跃奔突的样子,为宋代文人曾巩所起。

有趣的是,不同的泉水对应了不同风格的文人。宋词两大派的代表人物,婉约如李清照,豪放如辛弃疾,全是泉城的儿女,拜赐泉水的滋养。

地灵人杰,毫无虚言。

济南城内分布着久负盛名的趵突泉、黑虎泉、五龙潭、珍珠泉四大泉群。沿着老城的护城河,汇集大大小小一百多处天然甘泉,流淌到大明湖,与周围的千佛山和鹊山等构成独特的湖光山色。自古就有"家家泉水,户户垂柳"的说法,现在的护城河修成了环城公园,乘坐游船可以一路开进大明湖,沿途杨柳依依,奇景叠加,世上罕见。

家家泉水,户户垂柳,在我母亲的童年还是有的。据她回忆,那时有的小路是青石板铺成的,掀开石板,就会看见水慢慢从地下渗出,我想那一定是欣喜的享受。直到现在,我也很爱看泉水从地下冒出,形成一串串气泡,汇入池中,引得好奇的金鱼兜来转去。到我的童年,家家泉水成为往昔,只能吟诵"四面荷花三面柳,一城山色半城湖"了。

记得在趵突泉附近,我见过多处亭台楼榭立在水中。据说久负盛名的水城威尼斯不过如此,有半截房屋泡在水里,交通多靠船。那么为什么跑大老远去看威尼斯的水?家门口就有大明湖。水上泛舟是我们小时候必修的生活功课。划船的时候,有时竟会有鱼跃入船舱。在国际旅游业界,济南也许像一颗新鲜出水的珍珠,知名度不高,但这并不能减损她的美。

趵突泉泉水一年四季恒定在 18 摄氏度左右,严冬,水面上水气袅袅,像一层薄薄的烟雾,一边是泉池幽深波光粼粼,一边是楼阁彩绘,雕梁画栋,构成了奇妙的人间仙境。对的,冬天在趵突泉公园游灯会,穿着厚厚的羽绒服,人家三股水照样像开锅一样往外冒。以前学校组织学生游园,游园倒是开心,回来却开始头疼,因为要写作文!那时有种青蓝色的名贵菊种,远观颜色似水墨,所以称为墨菊。从假山上悬挂下来,犹如淡墨的水瀑细流。

黑虎泉有三个黑石雕成的虎头,泉水汩汩从张开的虎口中涌出。泉水甘洌,有口皆碑。夏季炎热的时候,只要走到泉水附近,立即感到清凉蔓延。有很多市民前往接水,回家泡茶饮用。这个习俗小时候似乎还没有,只记得以前和小朋友坐在泉边笑成一团,定格成黑白照片。

除市区四大泉群,在济南市市区周边还分布着另外六大泉群:济南东郊白泉泉群、章丘明水的百脉泉泉群等。"七十二名泉",即使是当地人也很难一一历数。除了冷泉,现在也发现了温泉,并建设了泉水浴场。

此地之所以泉水众多,是因为它的独特地形和地质构造。济南处在山东省的心脏地带,周围的丘陵造成高差达五百多米,市区的地势自然也就随之南高北低,利于地表水和地下水向城区汇集。

由于地下是可溶性灰岩,地质构造运动就形成了大量溶沟和地下暗河,形成复杂地下水管网。同时南部山脉大量的地下水一路向北,遇到质地紧密的岩浆岩的阻挡,仿佛被天然石墙拦住了去路。凭着强大压力,地下水从许多裂缝和通道天然涌出。

虽然泉城位于地震带上,但这样的地质构造和地下水却可以有效缓冲来自地下的震动。也就是说,泉水不仅美,还能救命!

记得唐山大地震后,周遭城市风声鹤唳,家家户户都竖几个空啤酒瓶,以备地震来袭,瓶子倒地碎裂的声音可以把人从睡梦中惊醒。时值夏季,许多家庭甚至在夜晚倾巢而出,在马路上搭起简易防震棚,风餐露宿。我们孩子们很高兴可以露营,数星星,大人们却提心吊胆。可是凭我的记忆,那段时间的济南没有发生造成严重伤亡的地震,虚惊一场,这一定是地下水的功劳。

泉城就是这样一个风水宝地,经常令她远行的儿女魂牵梦绕。

这也解释了为什么人们每隔一段时间就必须花上一笔钱,忍受飞行十小时的飞行综合征,不远万里返乡探亲。

返乡的人,实际上渴望返回的是一段记忆。

儿时的旧巷陌,古老的电影院,小伙伴玩耍时的老地方。好像时光倒流,过去的老景象重新出现。熟悉的人,亲人和朋友、邻居和点头之交都能见面相聚。

但是,我的故乡,她像骑上了飞快的骏马,以惊人的速度把我渴望的老景象抛在了后面,有些东西再也找不到了!

人们管那叫现代化。高楼大厦崛起,看得人百无聊赖。

据说被列为文物保护单位的梁思成和林徽因的旧居因为被视为危房而拆除了,你们的四合院还有什么值得惋惜?

可是,它盛载了我的童年。梦中萦回的院子里充满了儿时的欢声笑语。

两棵梧桐树开出满满的紫色花朵,散出淡淡的药香。藤架下的丝瓜和黄瓜既是美丽的观赏植物,又是盘中美餐,它们艳丽的金色花朵引来了蝴蝶和蜜蜂。这些小生灵舞姿翩翩,累了就轻轻落在花上休息。然后你知道,这些花朵会结出翠绿的果实。

我最感兴趣的是葡萄架。葡萄还未成熟,可是卷曲的青须可以嚼一嚼啊,里面的汁有点酸涩,还有点甜,味道还算丰富。总之,我和好奇的表姊弟们偷嚼了不少。

有时候街上会传来小贩的吆喝,卖豆花或爆米花。外婆总是会拿出钱、端出碗,满足我们小小的愿望,她那儿是我学龄前的幼儿园。

后来我离开家乡读大学,再后来移居海外。每次返乡都发现许多变化,终于有一天发现物人两迁,就像变化不定的世界格局。家乡红星电影院下面的那条叫道德里的街道早已乾坤大挪移、沧桑变幻。拆迁的掘土机已把外婆家的四合院从地上抹去,高楼大厦取而代之。说实话,那地方我一直没敢回去看。

外公外婆迁到了一户楼房的出租屋,陌生的墙壁再也找不到家的故事。

小院事小,为了城市改造的宏观布局,牺牲一己之私没什么。那么整个城市的大院呢? 它牵涉的可是上百万的人,上百万的记忆。

有朋友谈起罗马特别破的古建筑、斗兽场……但是它们吸引了众多的游客前来拜会,一波又一波,络绎不绝,这些破旧砖瓦甚至支撑起当地的经济。

我们的"罗马"呢? 中华民族拥有几千年浩瀚历史,我们的"罗马"何止十个百个?

北京作为几朝古都,它的魅力远远胜于罗马。紫禁城仍然巍然屹立,可是外围的城门和城墙没有了,据说古建筑学家梁思成夫妇为之痛哭,他们能做的就是在拆毁前跑去再看最后一眼。现在的人更觉痛惜,因为我们连看最后一眼都不可能实现,剩下的只有在想象和怀念中构建曾经的辉煌。

老济南本也是有城墙的,可惜在城市扩建过程中被拆除了。同样的悲剧也发生在老济南火车站身上。好在济南是座千年古城,还有很多老地方可寻。著名的景观自不必说,一些普通的地点也不普通。

大明湖对面的百花洲历史悠久,典故很多。因为保留了老胡同、墙上美丽的浮雕、旧宅院和散布其间的泉眼而闻名,因古老而豪华,简直就是一篇童话。现在那里是步行街,在里面漫步,仿佛小时候慢悠悠的时光再现。还可以到王府池子附近吃一顿私家菜,荷叶酥鱼、饺子、油旋、麻酱饼……不由感叹当年身在福中不知福。其实好吃的食品很多,其中之一是形似马蹄的烧饼。记得在清冷的冬天清晨,敲开一小扇窗户,里面的一对夫妇就会把一小筐刚出炉膛的烧饼端出来卖。薄的地方酥脆,厚的地方劲道,上面还沾满了芝麻。

还有著名的家乡菜,酥锅和甜沫。在澳洲碰到华人聚会,酥锅经常成为自己的拿手菜,也算是为弘扬家乡美食做出了一点贡献。

这世上很多东西可以复制,过去的时间却永远不可以。时间,在手中时,有人珍惜有人挥霍;一旦一去不返,所有人都顿足叹息,它就是这样弥足珍贵。

罗马之所以成为罗马,成为某种文明的永恒,就是因为它的古建筑承载凝固了一段厚重丰富的时间。我想,人类对历史的热衷,除了热爱文化的根,也许还有一份留住时光的盼望。

为了这份热爱与盼望,有时候需要回到一些老地方,重温一下老景象。

最棒的方式之一就是乘坐火车——草根火车。

旧火车站拆掉了,所谓现代化的车站附带庞大的广场,人流如鲫。我很满意地踱进售票大厅,仍然需要排队。早晨赶了一个多小时的路,我环顾四周,却没发现洗手间。别人告诉我,售票大厅是没有这个设施的,要么进站,要么去麦当劳,无奈穿过广场去麦当劳。

高铁开始突飞猛进,却突然想乘坐一次普通列车,重温一下苦日子。那时火车很挤,有人不得已从窗户里把自己塞进车厢。当然,我还有一个强烈的愿望:回到草根中间,看看青草生长的土壤是否不再那么贫瘠。

列车行驶,漫长的二十六小时。舒适大概谈不上,但是音乐悠扬,站票寥寥,有人吹牛有人侃大山,不知为何心里觉得很温暖。比起当年差点挤成罐头,现在的草根火车已经相当宽松了。

有人议论说:"过去打游击,现在不行了,卫星定位一下就能找到。"

为什么有这种规定呢? 禁止吸烟,违者罚款五百到两千元,根据情节轻重,罚款数额不等。这不是明显让人腐败吗? 塞点好处费就少罚款,没好处就罚两千元。

"不吃不知道,尝过才知味道好! 内蒙古特产,优质奶片,和我们列车联合推出厂家直销。一包十八,两包三十。"这个小伙子已经来过三次了。

"牛筋皮带,不怕拉不怕踹。十块钱一条啊,瞧瞧看看,十块钱买不了房买不了车。"这位阿姨也已经来过三次了。

对他们可爱的广告词,大家都报以温和的微笑。这趟南下列车的乘客多为打工者。有人快言快语:"已经买了一条,你再嚷嚷也不能买两条。"

"这么便宜多买几条,省得麻烦。"阿姨说完,自己也笑。其实,草根那么容易满足,因为他们并不贪婪。意识到这一点,我心里非常感动。

车站修建得亮闪闪,天空却灰蒙蒙,但愿只是阴天的缘故。座位本也不错,怎奈列车员频繁叫卖,什么"新鲜水果,最后一趟",总之不让你安生。然后不得已补了卧铺,您猜怎么着? 结果更糟,呼噜声此起彼伏,捂住耳朵也不灵,干脆睡意全无。

不禁怀念起硬座。在某站上来一位少女,请一位小伙子帮忙放行李:

"大哥帮帮忙。"他看她一眼,说:"你在哪里下?""深圳。"这大男孩莞尔一笑,说:"我也是。"两个人都穿白衣,凌晨一点多登车。因缘际会,好像挺有故事。两个人的笑容既充满好奇,又带了一丝甜蜜。接下来的旅程应该很愉快!想想也是,本来可以留在故事里,却来到漆黑一团的卧铺,听鼾声如雷,真是无趣。

为什么睡不着呢?因为喝了茶?在黑暗中无比清醒、痛苦,恨不得再溜回硬座。我满心欢喜地想知道那故事有多美好,但是又理智地提醒自己:你刚才的座位早已经被无座的旅客占领了。

吹牛党说起朝鲜,贩卖不知从哪里舶来的见闻:"内衣裤不准晾晒,因为影响市容。""说起金日成真掉眼泪,比亲爹还亲。"

他看到周围很多人支棱起耳朵,不禁也对自己产生了崇拜和敬仰之情。其实在火车上找感觉的不止他一个人。

我看到两个打工者喝雪碧可乐,喝完他们竟然用塑料瓶子装热水,以致瓶子被烫得变形。这样,塑料瓶会释放有毒物质。我禁不住吃惊地对他们进行科普教育。

"反正也不常喝……"他们好像有些气短。

打工者多少都有些知识欠缺。有个年轻人喝可乐喝了一年,结果得了糖尿病,靠药片维持。还有些人抱怨说,活不好找了。一位考取教师资格证的女孩要去一家学校面试,忧心忡忡,生怕不被录用。我告诉她,也许可以先做义工……

看我管闲事,终于有人问:"你是老师吗?"我点点头,算你蒙对了。这感觉找的,真是不错。

当然乘火车的人来自天南海北,很容易听见乡音。人漂泊在外,说不同的语言。朋友也是萍水相逢、聚散不定。即使乡音好改,乡心总是难变。如果能偶尔听到乡音,就如同唤醒沉睡的儿时记忆,足以令人动容、令人驻足,仿佛拥抱一段久违的时光,拾取几枚暗香沉静的朝花。

唐代诗人贺知章在《回乡偶书·其一》中写道:"少小离家老大回,乡音无改鬓毛衰。儿童相见不相识,笑问客从何处来。"

这首诗当然反映了离乡的愁苦,可是我一直纳闷:乡音怎么这样难改?后来思忖,想必唐代没有标准话。那时候以长安为都,皇城根儿的人都说陕西话。

现代人会说的语言渐渐多了,不过,乡音总萦绕在怀。每次回国探亲,孩子都问我:"怎么你一回到这里,就说好玩儿的话了呢?"所谓"好玩儿的话"是指我的山东乡音,听之似懂又非全懂。在听惯标准普通话的人的耳朵里,有些怪诞,有些土得掉渣儿,更有些难以言传的亲切。

除了乡音,还有土话,学名叫俚语,也是一绝。多从生活中听来,字典中也不一定收录。

一次我做事顺风顺水,有些得意。老爸说我"捡条干鱼儿"。急问什么意思。他说,还能有什么意思?说你在水边捡了条晒干的鱼呀!

回头静心琢磨,妙呀!这样形象的表达胜过"书中自有黄金屋"。也没见你织网、出海、日晒、风吹雨打,没见你打鱼撒网,你捡条干鱼,多大的运气!

又一次,表弟顽皮,顶嘴。他爸急了,说,你这样的倔强性格,永远吃不了"直立"黄瓜。我见过姥爷种的黄瓜,在院子里的秋千架旁边,有的笔直,有的则弯曲难受。直的当然好吃,脆生。弯的呢?洗时就费周折,吃起来也别别扭扭不爽口,因为生长不完全、不熟。也就是说:嘴强的人,以后赚不到什么便宜,因为不乖巧。(也不一定,也有人喜欢爱抬杠、爱辩论的人,喜其直率。)

山东话里有个词语"嗉易",形容人爱动,总是闹出声响,可能是取"窸窸窣窣"象声词之意。外省同学中有靓女找个山东籍男友,一次被男友批评"嗉易",她不解其意,问我。我忍俊不禁,想起"嗉易"这土词儿还有个后缀

"猴子"。解释给靓女听,有点不忍,又觉得她有点可爱。说实在的,这词有亲昵的意思,多指活泼、机灵、可爱的儿童。

"论堆"大概是"破罐儿破摔"的演绎,形容卖菜或其他货物时要收市了,商贩把货物论堆出售,急于脱手。因为论堆,价钱打了折,所以含有"不成器"的贬义。

另外,还有句话表达同样的意思,更形象,和"论堆"有一拼。那叫"老茄子不嫩",有双重否定和更强调突出的效果。反正就这样了,就是一句废话嘛,但是废话得幽默、洒脱、洞悉人情。它绝对没有讽刺年纪的意思,因为所有人都有变老的时候,它讽刺的是不思进取、昏昏度日的现象。

现代版的土话有"狗熊它爹是怎么死的? ——笨死的呀!"我和孩子则喜欢引用一个典故,形容彼此笨憨:"要不是我把自己缝在被子里了,非过去打你不可。"这个典故可能是大家都熟悉的段子:

一个女儿不知怎样和面。妈妈教说:"在盆里放面,再放水,揉。"女儿做了。半晌,说:"妈,面和硬了。""放水!"女儿又照做,半晌又问:"面又软了,怎么办?""放面!"得到指示,女儿埋头干活,半晌惊呼:"哎呀,盆装不下了!"

这时候母亲说什么?就说上面那句经典之语:"要不是我把自己缝在被子里了,非过去打你不可。"

过去人家都要自己做棉被,一针一线缝。偌大一床被子,人需要趴在上面缝,粗心的憨人真有可能把自己缝进被罩中。

和面的小桥段从一个侧面反映了中国文化:在没有一定之规的领域,比如家庭烹调,多数人不太在乎比例、菜谱之类,大家跟着感觉走,边走边积累经验,所谓"摸着石头过河"是也。

说了半天,似乎都是些贬义词。一个褒义的方言词"杠赛",出现在2013年的春节联欢晚会上,有"绝妙"之意,外带一点"令人喜悦"的意思。

这些方言典故都非常形象、亲切。因为是口语,有些只知道发音,至于怎样书写,多数人懵懂不知。

据悉,最新的《现代汉语词典》已经收录了东北方言"嘚瑟",形容爱炫耀的人,不稳重或胡乱花钱的人。山东话的"烧包"则和它有异曲同工之妙。这应该是一大进步,因为收录流行方言可以保留语言和文化的地方特色。

现在地方电视台增加了用地方话播音的节目,由于夸大了乡音的特点,带有一点表演的性质。有些人觉得难听,我这远游归来的人听着却是异常高兴。山东乃孔孟之乡、礼仪之邦,如果吟诵《论语》,可能还真得用山东方言才来得地道。

近年回国,看到国内的标语口号有很大变化。传统文化中的精华得以发扬光大,在许多公共场合,比如公交车上,随处可见宣传传统文化的标语。有时是一段《论语》,有时是一段《大学》。道路两旁,也画着梅兰竹菊,再写上"幸福快乐""家和万事兴"等字眼,增添了古雅,完胜以前简单刷上红字的方式。

我的故乡是座宝藏,在我根本不曾完全了解她之前我就离开了。每当我回乡发现她动人心魄的美,在惊喜的同时,也常常感到茫然失措。大明湖,自以为再熟悉不过,可是每次去,印象都有更新,花木扶疏,明亮的泉水透出地层深处的气息。每次去的心情都喜悦而明媚,更别说以前没有仔细参观的铁公祠、小沧浪、读书堂、浩然亭、明漪舫……少时无知,对这些楼阁不感兴趣。

一个人,不管他走多远,内心深处真正牵挂的是故土的亲人和山水,和一些童年往事联系在一起,并且因为超越了现实和距离的无奈,在记忆中不断呈现而愈加闪闪发亮。譬如一面明镜,几乎是纤尘不染。

人们常说,家乡最美。对身处异乡的人来说,家的感觉就是如此吧。

方丽娜

祖籍河南商丘,现定居奥地利维也纳。奥地利多瑙大学工商管理硕士,鲁迅文学院第十三届作家高研班学员。现为《欧洲时报》特约记者,欧洲华文作家协会理事。著有散文集《远方有诗意》《蓝色乡愁》,中短篇小说集《蝴蝶飞过的村庄》,并被选入《中国文学新力量:海外华文女作家小说精选》。小说和散文常见于《作家》《十月》《中国作家》《香港文学》等。至今发表文字60余万字,部分作品被收入《世界华人作家》及欧洲华人作家文集《对窗三百八十格》《欧洲不再是传说》等数种。

到 永 城 去

一

我从未想到,再次来永城,是缘于文学的牵引。

二十年前,作为商丘外事办和旅游局的工作人员,我曾数次到永城进行旅游资源和接待现状的考察。彼时的永城,是商丘下辖的一个县,也是八个县城中距离商丘市最远的一个,依照当时的路况,每次来永城,几乎要耗掉两三个小时,着实有些远。但是,永城是块风水宝地,芒砀山、梁孝王陵墓群、淮海战役陈官庄遗址等,都是响当当的旅游胜地,集自然和人文于一体,可谓得天独厚。除此之外,永城还是河南省东引西进的桥头堡,名副其实的"豫东门户"。所以,只要有重要客人来访,除了商丘古城之外,永城是必到之地。

然而,那个时候的永城,虽然旅游资源相当丰富,芒砀群山,胜迹遍布,人文价值毋庸置疑,而观赏性却十分贫乏,加上永城富含煤、铁等矿物资源,以及芒砀山肆无忌惮的采石所产生的粉尘,空气污染严重,城市面貌给我留下了灰蒙蒙的印象。

转瞬之间,二十年已经过去。时代变迁中的波光云影,给永城带来了山河巨变。如今,永城已不再是昔日的那个县城,它一跃成为河南省的直管市,不但彻底摆脱了"半城煤烟半城土"的旧面貌,而且享有"半城山色半城湖"的美誉。

细雨过后的初夏时节,阴霾散去,露出清新如洗的碧空。我从商丘乘高铁前往永城,路上只用了二十三分钟。风驰电掣的高铁车厢里,窗明几净,一尘不染,恍如在高空飞行。感觉还未坐稳呢,永城就已经到了!

二

从宽敞有序的车站大厅,步入阳光下的永城,仿佛穿过狭长的时光隧道,一下子步入透亮的现实。几乎是在下车的瞬间,我便感受到了永城的锐变,一股开阔疏朗的气象扑面而来。永城对我而言,如同久别重逢的老友,时隔多年,也许我也有必要向老朋友介绍一下自己的近况。20世纪末我离开商丘,只身踏出国门,远赴欧洲学习深造,在奥地利多瑙大学攻读工商管理硕士,期间邂逅了我现在的先生———一个奥地利绅士沃尔夫刚·斯蒂尔兹。成婚后,我和先生一直生活在奥地利首都维也纳。时光的铸造,异国他乡的自然风情与人文环境的陶冶,让我改弦易辙,除了教学之外,我把所有的精力都投入了文学创作。通过多年努力,我由一名普通的文学爱好者成长为一名半职业作家,不断在祖国的文学刊物上发表散文和小说,达60多万字。这次来永城,是受永城读书会之邀,参加我的新书小说集《蝴蝶飞过的村庄》的读书会。由此,我不仅见证了永城的巨变,也领略到永城难得的人文气息。

永城读书会副会长邵长军和文友们,手捧鲜花来车站迎接,让我这个移居海外多年的游子深深体会到来自家乡的热忱。读书会在永城新区的中原照相馆举办,这是永城文学爱好者自发组织的一场公益性文化活动。古朴的实木长桌,温馨素雅的环境,热烈踊跃的氛围,五十多名永城的作家和文友们捧着书让我签名时,脸上挂着谦和的笑容。读书会的特约嘉宾是本书的责任编辑、著名作家周瑄璞女士,她特地从西安赶来。作为一名资深作家,周瑄璞因长篇小说《多湾》而广受瞩目,前不久她的读书会也在永城举行。

能与家乡文友就文学的话题进行面对面的交流和互动,是我多年的心愿,也是我渴望已久的一件事。让我感动的是,永城的文友们在两个月前就已购买了我的书,于百忙中阅读了其中的作品,进而透过表象体味到小说的内在神韵。针对我的小说,文友郭今分析道:"作品中独特的人物设定、叙事把控和篇章结构,信手拈来,既显出作者创造性的思维特点,也忠实记录了她日常生活中对人性的思考。尤其作品中对异国旖旎风景的描绘,对跨国婚姻以及当代女性内心困惑与迷茫的刻画,现实气息浓郁,文笔清新自然,能够直面人性的深渊,有足够的客观和美感,让人在唯美的画面里看到中西方文化的碰撞与交汇,看到经历破碎与衰落后的坚定与希望。"

读书会的氛围和文友们的深情表述,让我感到文学的魅力在这个城市不动声色的延伸。作为一个写作者,我收获了付出之后的那份幸福。与此同时,我也看到了蓬勃发展的永城拥有一批可敬的作家和文学爱好者,他们对文学的挚爱和饱满的创作激情,是我所熟悉的,他们在文学道路上的艰难跋涉和执着坚守,我也正在经历着。会上我见到了永城作协主席陈玉岭先生,他的朴素、平实与温和,让我体会到一个永城作家的文人本色。

三

借助这次文学约会,我和文友们一道,重新走访了永城。

山还是那座山,水还是那片水,景致、面貌以及相关人员在游览中的规范操作,令人刮目相看。游览芒砀山之前,我们在山脚下的游客服务中心,恰与智利国家民俗芭蕾舞艺术团不期而遇。几十名智利艺人莅临永城,是

"2017中智文化艺术交流活动"在中国内地的延伸。除了观赏芒砀风光、品味中国汉文化的品质与魅力、与永城地方文艺团体进行广泛交流之外，智利艺术家们还在永城举办了一场盛大的艺术表演。永城是他们继广州、北京之后参访的第三站。永城的对外形象和内在吸引力，由此可见一斑。

永城众多的景区当中，首推芒砀群山。今日的芒砀山，已是国家5A级旅游景区。芒砀山，八百里平川唯一的一座山，是当之无愧的汉兴之地。刘邦曾在此起家，进而走向他的繁盛时期。作为汉兴之地，永城堪称汉文化比较集中而又颇具代表性的圣地。汉朝的物质财富和精神财富，如同珍珠般散落在群山之间。

著名历史小说家二月河先生，看过永城之后说："永城是刘邦'斩蛇起义'的地方。我们现在说汉民族，就是由刘邦建立的国号而来。所以，到中国不来河南，等于没有来中国，到河南而不到商丘，你不算是汉族人。"

眼下，芒砀山已经有了直通景点的专业游览车和训练有素的导游队伍。山道上林荫密布，青草蔓延，群山之中有孔夫子避雨处、中国第一位农民起义领袖陈胜之墓、汉高祖刘邦斩蛇碑、三国名将张飞屯兵的张飞寨，以及汉代陵墓群等。伴随部分景点，坐落着与那个时代相得益彰的建筑、庭院，花木扶疏，曲径通幽。

永城汉代墓群是迄今为止中国发现的西汉时期遗存的最丰厚的石崖王陵。虽然打着汉代王室生活的烙印，却是一个强盛的诸侯王国的历史见证，也是汉王朝的文化、哲学及意识形态的缩影。墓穴天顶，有年代最为久远的西汉彩绘壁画——四神壁画，被誉为"敦煌前的敦煌"。斩山作廓，穿石为藏，其发掘的墓道、甬道内的封石，以及每块封石上刻下的位置、编号、石工姓名和干支纪年，对研究西汉的立法制度、书法艺术、古文字的演变，有着不可估量的价值。

芒砀山多石，因而芒砀石雕久负盛名。20世纪末我在芒砀山考察时，特地找到因石磨而远近闻名的芒山镇。在那里,我看到工匠们正在凿制的石磨,形形色色,十分可爱。我蹲在一个小巧玲珑的石磨跟前,百般摩挲,爱不释手,心一横就买下了。虽然特别费力,却满心欢喜地带回了家。出国学习之前,我时常用它来磨豆浆呢。

作为淮海战役的主战场,永城留下了难以抹去的历史印记。那个时候,不是永城选择了战争,而是战争选择了永城。国民党高官杜聿明被活捉的史实,就发生在永城陈官庄一带。隔着一片青葱,眺望淮海战役烈士纪念塔,那里安放着近三万烈士的英灵。在淮海战役纪念馆中,有配备精良的多媒体演示厅,利用声、光、电,恰到好处地还原了当年的战争场景,并通过永城艺术人员的表演,生动再现了那段岁月中的一幕幕。每一帧基于史实的旧照片,都在无声地诉说着那场战争的残酷、血与火的洗礼以及惊心动魄的瞬间。

淮海战役可谓世界战争史上的一个奇迹,这场战争不仅仅是武器的较量,也是智慧和意志的较量。新中国成立后,永城陈官庄一直作为红色文化的教育基地,引人注目。我从历史的巡礼中走出,仰望纪念馆前几位战争领导人的雕塑,内心充满了敬意。

四

雨后初晴的早晨,驱车穿行于永城的街道,我被一座别具特色的建筑吸引。便问开车的文友,原来是永城图书馆。作为一个县级市,永城拥有四座图书馆,并有 3 个 24 小时自助图书馆,藏书量达 27 万余册。这让我想起了维也纳大大小小的图书馆和阅览室,以及那些分布于大街小巷的朴素的小书店,当然还有随处可见的沉迷于阅读的宁静的维也纳人。

一座城市的建筑风格可以复制,而人的精神面貌和文化底蕴,却无法复制。一个城市的可爱,并不在于它的繁华与气派,而在于内在的精神特质。这种精神特质，与 GDP 无关，它综合体现于一个城市的人文、艺术和读书风尚。在日渐庞大的城市建筑群中，永城难得地保留着一隅书香气。文人书友避开喧嚣与浮躁，在自己营造的宁静里，读读书，聊一聊和文学有关的话题，真是一件美好的事。

台湾的台中市市长胡志强先生曾经说过："财富会消失，权力会交替，连生命也有终结，只有文化和美，才能永垂不朽。"

我喜欢永城作为生态园林的城市定位。永城的人均绿地面积达 11.55 平方米，城市公共绿地面积 445 平方米，建成区绿化覆盖率达 34.83%，公园面积 150 平方米，这是一组令人欣喜和乐观的数字。位于城市之间的日月湖，水面浩大、丰盈，在炫目的阳光之下，漾起一片潋滟之色。相信永城会再接再厉，真正为百姓打造一片秀美的绿洲。

欧洲城市在这方面的努力，是值得我们学习和借鉴的。德国柏林的城中绿荫、奥地利维也纳周边的森林、法国巴黎城市花园及市民墙壁屋顶的垂直绿色等，无不郁郁葱葱，恬静幽美。举目四望，既赏心悦目，又让人倍感惬意。大自然的存在，是城市魅力中不可忽略的一道风景。近年来，中国游客源源不断地涌入欧洲观光游览，他们最羡慕、最迷恋的就是欧洲城市中连绵不断的浓荫。视野里有了自然的韵律，触目为青山秀水，无处不朗然入目，生活就多了一份活力，时时如清风拂面，神清气爽。

印度人有"依神而居，傍圣而老"的习俗，永城人当以大汉雄风而自豪。这里曾经居住过一些英雄豪杰，栖息过一些高贵的灵魂，气象实在迥然有异。实际上永城是有来历的，永城乃"永久坚固，摧而不毁"之意。隋大业四五年间（公元 608—609 年），淮河、汴河流域连遭大水，多数城池被水淹没，隋炀帝乘龙舟顺汴河南下，一路上只见马甫城安然无损，他顺口道："五年水灾毁多城，唯有马甫是永城。"从此，马甫城就成了永城。

二十年前，我曾领略过永城人独特的个性。当年，我陪着领导们来芒砀山考察时,在下山的路上,我看到一位年迈的山民,手上举着雕刻精美的枣木花环。我当即付钱,买下一串。当我从山民手中接过那串带着红色流苏的枣木雕花时,见他脸上皱纹密布,满目沧桑,就多给了他一元钱。结果他脸一沉,硬生生把钱给挡了回来。他那瞬间流露出的倔强和不可冒犯之感,让我震撼,并引起我长久的思索。如今,这枚枣木雕花就挂在我维也纳的家里。每次看到它,我都条件反射般想起那位执拗而又饱经沧桑的老人。

五

岁月更迭,斜阳依旧。留在记忆里的东西很多,很多。

永城的辣椒、枣干和酥梨,还有糟鱼、豆粥和牛肉水煎包,这些曾一度伴随了我的成长,连同故土的印痕,已深深根植于我的生命。人在他乡,不可能常常回家,有道是"浊酒一杯家万里",便只能凭借记忆,自己动手来做。不管怎样,偶尔鼓捣一下,即便似是而非,解解馋也是好的。连我的奥地利先生也跟着吃上了瘾。维也纳的华人朋友说,我做的牛肉水煎包可以直接端出去卖。那是因为,他们没吃过地道的永城水煎包。

海德格尔说:"诗人的天性在于还乡。"里尔克说:"诗人的祖国是童年。一个人的味觉与口感,连同思维惯性,都不可避免地带着原乡的气质,这是骨子里的东西。"

今天的永城,不断刷新着我的记忆。永城,我将再去。不仅因为它的街道、建筑和美食,还在于它有一批心怀梦想的文学人。这份相遇的美妙,时时刻刻召唤着我。

林祁

日本华文作家,北京大学文学博士,中国作家协会会员。日本华文笔会副会长。来往于中日之间,为中国华侨大学教授,厦门理工学院及厦门大学、暨南大学兼职教授。

鼓岭——古岭

我年轻的时候,就听说鼓岭很文学。那时大学的语法老师批评我:怎么能用"很"修饰名词呢? 三十年一晃而过,现在可是"很"到处飞了,可见语法是会变的。不过比起语法,我们这些写作的,总是更兴奋于"新的美学原则在崛起"。

那时,我们这些80年代"崛起派"文学青年,喜欢雄壮的崛起的山岭胜于悲凉的漂流的海洋,自然会喜欢雄伟的鼓岭,也没顾得考证一下,鼓岭为什么叫"鼓"岭,就像听了鼓声似的,紧跟省作协的领军人物袁和平,直奔鼓岭办文创班去了。而后《福建文学》刊有号称"三才女"的同题散文——《在鼓岭的日子》,可以为证。那时流行"号称",但绝不会号称"三美女"。换成当今,可就要号称"三大美女"了——管它美不美,"资深"就行。

三人中,郑最年轻,用现在的话说,属于"60后"。她是福建师范大学政教系毕业的,到文学界"串门"。我觉得,她的才气是飘逸的,就像鼓岭的风(风与她的名字同音),飘来飘去。但她说话语速极快,像政治宣传员,操起机关枪一扫就是一大片。我这人怕死,能躲就躲,只有袁大帅(和平)才"刀枪不入"。另一个"王"也不怕"枪",她的名字证明她生来就是作家,足以"唇

318

枪舌剑"。我曾和她相约母校开讲座,题目来点轰动效应:"两个半女人谈文学"。半个是谁? 也许是月亮。那年头我们每每视"六便士"而不见,深得孙大师(绍振)的"真传",爱月亮爱到"语不惊人死不休"也。

可惜最爱月亮的李白不曾到过福州,不见有诗篇留下,但照耀过李白的月亮很文学,此刻正在鼓岭缓缓升起。鼓岭的月亮很大,贴面而来。如果说一个女人脸盘大,未必美。但说月亮大却绝对美,即便它大而惨淡冷酷,也不管你"性冷淡"与否,就只管往你脸上沾抹,无限柔情地将你包裹。那份冰清可人,叫你怎能不倾心?

常说"三个女人一台戏",可什么"戏"一到月亮面前都"莫言"了。我曾自我调侃:"字,莫名祁妙,号,丰乳肥臀。"但比起身旁的"圆滚滚"(袁和平的外号),却只是"小巫"级别。你看他有如圆滚滚的月亮,一统鼓岭的"千军万马",气势不亚于"魏武挥鞭",更胜似他"知青"内蒙古的草原牧马。我最喜欢听他讲草原故事了。只见他用大手往胸前一比画,故事就像是从蒙古长袍掏出来似的,源源不断。如果说那时他的长篇还没冲出福建,但他长篇小说家的口才,却足以叫"大河上下,顿失滔滔"。

记得那一刻,他讲内蒙古清晨的洗脸:含一口水,往脸上喷,双手一抹,脸就算洗好了。他说普通话的时候,带有福州腔——福州人称这类外来者为"两个声"。我疑心这两个声里有一个音来自月亮,要不他明明说着遥远的故事,月光却只管往我们脸上喷呢。胜似清水琼浆,喷得我们一脸雾蒙蒙的,好个冰清感。

都说人的记忆是有选择性的。我们总是记住美好,更忘不了恐怖。那晚一住进招待所(现在叫民居),他就抓起棉被一抖,大喊"蛇"。吓得我们抱头鼠窜。他还在一边笑话我们:"怕蛇能算福建人吗?'闽'字门里就是一条蛇,要出了门才是龙。"

不久后,我们三人竞相"出门"去了,从福州出发,两人向西,一人向东,赶上出国留学的热潮。我想,且不管是否成龙,这"门"总是要出的。人生最难、也是最重要的事不过是"出门"。

那晚,招待所的门是柴门,一推,便听得岁月咯吱的响声,令鼓岭的夜晚愈加静谧。三个怕蛇的女人,战兢兢地踩响一路碎银似的月光,自以为敲响了鼓岭的鼓,若无悲壮可言,却也一路诗情乱撒。

不曾想袁大帅还是个算命大师,对《易经》了如指掌。他说,鼓在《易经》中为震、为东方。易经《震卦》象征震动的鼓声:可致亨通。震来,笑言哑哑。震惊百里,不丧匕鬯。其意思是,重雷发响,千里传声,有惊无险之象,亦有变动之意。那时代,大凡上过中国作家讲习所的作家都会算命,不管准不准,我学算也被算,却最甘愿被袁和平算。至少他算鼓山之"鼓"意义非常,我就愿意相信。

相传鼓山作为福州的青龙山,因其顶峰有一石鼓而得名,又相传石鼓是天上的擂鼓将军镇恶龙时特地留下的。每当风雨交加,石鼓便有簸荡之声,那就是鼓将军在山顶面对海上龙王进犯而击鼓。既然鼓岭与鼓山同名"鼓",其意义也就相同罢。何须再找一石鼓来传说,鼓岭自身不就是大鼓吗?

鼓,自有其使命。问题在于,既要闽人出门成龙,又要击鼓镇龙,岂不矛盾?

袁大帅无以解答。

我宁愿相信鼓岭又名古岭。1886年,鼓岭就由西方传教士开辟。即便中国学者极少为其树碑立传,但世界历史上还是留下了它的名字:鼓岭,英文译名"Kuliang",读音为福州方言。由于不懂福州话,竟然耽误了一对美国老夫妇圆"中国梦"。报载,加德纳的夫人伊丽莎白为了寻找"鼓岭"走遍长江两岸,直到1991年,中国留学生钟翰在她家中发现一个脱胎花瓶及盖有福州鼓岭邮戳的信封(鼓岭早在1902年就开办了夏季邮局,是中国最早的邮局之一),才认定加德纳是住在福州鼓岭。而这则美国故事直到2012年,被习近平发现并加以传播,"鼓岭"才大大感动了中国。

似乎比语言更能留下历史事实的是石头建筑。早在1886年,外国牧师任尼就建造别墅,为鼓岭留下了一座最古的"石碑"。此后外国人竞相效仿,到光绪二十五年(1899年)已盖别墅80栋,到1935年竟达366栋,蔚然成为"别墅群"。

可惜历经风雨,很多别墅已成"别野"。一百年在历史上似乎弹指一挥间,而我们这些活不过百年的人,哪敢挥得如此潇洒一如月光? 面对挥不动的石头,语言又是何等无力? 默默地在别墅群里漫步,我们一脚高一脚低,跟随月光走向宜夏别墅及相邻一百米的老教堂。教堂老矣,不如现代教堂气势恢宏,但石头砌成的厚墙,宽大的走廊,传达出厚重的历史感。历史是否可以趴在石头缝里瞧呢?

郑趴着在石缝抠青苔,王爬上半墙石壁瞧古井,月光在井口打战,透出深处幽幽的阴气,莫非这就是文学中的古岭? 很想"穿越"回去。

最容易穿越的应该是离我们最近的中国现代文学了。20世纪30年代,郁达夫任职福建省府期间曾到鼓岭小住,曾在《闽游滴沥》里写道:"自鼓岭至鼓山的一簇乱峰叠嶂,或者将因这一篇小记而被开发作华南的避暑中心区域,也说不定。"郁达夫似乎对文学的作用力充满自信,以至于我们也不得不信,看当今文化鼓岭的开发,就与文学有关;而我们对文学的情有独钟,也与他有关。还有,他在散文里说福建之美当为:"第一山水,第二少女,第三饮食,第四气候。福建的山水,实在也真美丽;北峙仙霞,西耸武夷,蜿蜒东南直下,便分成无数的山区。地气温暖,微雨时行,以故山间草,一年中无枯萎的时候。最奇怪的,是梅花开日,桃李也同时怒放;相思树,荔枝树,榕树,杜松之属,到处青葱欲滴,即在寒冬,亦像是首夏的样子。"我们算是看到首夏的绿了,不由得伸手去摸它的"青葱欲滴",欲滴就滴在月光里。

可惜郁达夫只是"滴沥"福建而已，福建本来就微不足道，边缘得连山也靠在海边，在福建的海边把帆升得再高，北方也看不见的，所谓"天高皇帝远"。加之郁达夫在现代文学史中的边缘地位，可以说是"双重边缘"了。边缘自有边缘的美吧？

福建文学并不安于边缘，总想北上觅食。倒是鼓岭安于边缘地位，自古自顾郁郁葱葱，花开花落。小王喃喃念道："永恒是生生死死，永恒是花开花落。"

现在想来，这感叹还只是"少年不识愁滋味"。而只有当你亲眼看到身边的"花儿"悄然败落，你才能听到她沉重的叹息。

世纪之交，我从日本去澳大利亚看望王、郑二友。和鼓岭的绿有所不同，那里的海水特别蓝，阳光特别灿烂。但我看到的黑眼睛正溢着忧伤：郑疯了，她把自己和孩子都锁在家里，谁也不见……据说她是被北京的帅哥伤了，据说……一大堆的传说起哄，我却只听到鼓岭的风来来去去，却什么也没说。

也许因我远道而来，才被允许进入她家：澳洲政府给的简易住房，凌乱得没有客坐之处，睡床上一塌糊涂，一摊血迹……那胖乎乎的小男孩，怯生生地望着我。她也怯生生地迎向我，但没有拥抱，没有像这片国土到处是拥抱一样。我真想夺门而逃，我不敢相信这就是当年最酷的花儿！

离开她家的时候，我最后看了一眼她的小窗。它就像嵌在监狱大楼里的一个洞眼，虽不会传出机枪扫射声，我的心却已被狠狠地击伤。有人说，她要是不去澳大利亚留学就好了……我却想说，我要是不去鼓岭就好了，就不会认识她。但，我这一生就能不被风吹到？就能不伤心吗？

当我翻开三女同题于福建文学的散文——《在鼓岭的日子》，那名字依旧，笑声依旧，花朵依旧开在鼓岭，风来风去，咳，她要是不叫"枫"多好！还有，我那文章的开头几行依稀可见："就这样远去了"，那"轰轰烈烈的光芒"……

远去的除了她,还有他呀——圆滚滚的笑声。袁大帅倒是真的走得很远很远了。愿鼓岭的月光陪伴他,一路走好!

日前,想约小王(从她的憔悴,可以想见自己的衰老)一起去鼓岭看看,却总也不得空。也许早就被八十年前的郁达夫不幸而言中:"但因尘事的劳人。"其实,我心里明白,有时忙是借口,真正的原因是怕,怕时间触痛心尖尖那块脆弱!

只有鼓岭——古岭不怕时间,浸透时间的月光,柔情地拥抱着文学的鼓岭。

我有时候会留一点激情给自己,比如写诗:护照是我的最后一片国土,当夕阳西下,总会有月亮升起。

依然相信鼓岭很文学。今夜枕着涛声,记忆里的鼓岭又绿了,那种郁达夫所说的青葱欲滴的绿。

弥生

全名和富弥生,曾用名祁放。出生于山东。1984 年留学日本。日本中央大学文学硕士。厦门大学博士课程在籍。2000 年出版了诗集《永远的女孩》,2016 年出版诗集《之间的心》。现任东京外国语大学中文系兼任讲师,日本华文文学笔会副会长。

那个曾有钟楼的地方

一

明湖,曲水亭街,青石板,珍珠泉,罗列的这些名称,一下子就能明白这些地方的人不会有很多。但一下子就明白了的,就一定是很久以前生活在这个城市的人,我相信。

这是一个城市的精华,也曾经是一个城市的灵魂,尽管小时候我不知道。

20 世纪 90 年代,喜欢《还珠格格》里的小燕子和紫薇的人,或许还依稀记得这个地方是紫薇母亲夏雨荷的家,当然夏雨荷不会住在大明湖里,她住在有大明湖的这个地方,城市的名字叫济南。

济南原是个很有文化气息的地方,至少在那个德国建筑师赫尔曼·菲舍尔在 19 世纪末盖的那个有着高高的塔尖的钟楼和有着巴洛特建筑风格的老火车站被拆之前,我都这么想。

那是一个多么美丽的建筑啊!那个曾是亚洲最大的火车站,那个曾是清华和同济建筑教科书范例的建筑,竟然从地图上消失了。

那个火车站,承载了很多人的记忆,很多的生离死别,很多的梦幻和眼泪,很多的爱情和远方。

或许因为它,那个在北京读大学的父亲才会到这个城市来,才会在这个城市出发寻找到他的爱情。那个钟楼守望着他进进出出,虽然没有坚守到最后。

妈妈说,她抱着我第一次看到钟楼的时候,我小小的手伸出去,吱吱呀呀地说了许多。高高的钟楼在湛蓝的天空下,庄重而温和,那一瞬,它记下了我看到的短短一秒。后来我无数次地出入火车站,潜意识里也都是为了获得再一次被注视的瞬间。

我离开家来日本留学时,钟楼一如既往地给了属于我的一秒,它看到了我的简单的行李和帆布箱里的词典,看到我在1984年的那个冬天无比寒冷和卑小,也看到了我失去了母亲和离开它的守望的慌乱。

钟楼消失的时候,远方的我,心很痛很痛,再没有什么能够牵引这颗漂泊和孤独的心了。那片天空,说不出的寂寞与伤感。

那个城市的标志和骄傲,被粗鲁和野蛮折断了。

二

这个城市,曾经是细致和有韵味的。

有涌泉,有垂柳,有湖水,有荷花,有青石板的小街,有弯弯曲曲的水流。

古代就有很多名人,南宋词人辛弃疾和李清照,是这座城市历史中最为值得骄傲的部分。

大明湖,说是让乾隆皇帝下江南时必得停留的地方。

真有没有夏雨荷这个人我不知道,但辛弃疾(1140—1207)这个南宋的词人,只要点一下百度,你就会看到他满腔激情的对国家兴亡、民族命运的关切忧虑的词作。而宋词,又是中国诗词艺术的巅峰。

辛弃疾的这首《青玉案·元夕》是我喜欢的：

> 东风夜放花千树，更吹落，星如雨。宝马雕车香满路。凤箫声动，玉壶光转，一夜鱼龙舞。
>
> 蛾儿雪柳黄金缕，笑语盈盈暗香去。众里寻他千百度，蓦然回首，那人却在，灯火阑珊处。

让人至今难以望其项背、无法超越的不仅仅是词文与意境。时光穿越了九百年，我们竟没有明白这词直入人心的功力究竟来自哪里。

还有一首《鹧鸪天·送人》：

> 唱彻《阳关》泪未干，功名余事且加餐。浮天水送无穷树，带雨云埋一半山。
>
> 今古恨，几千般，只应离合是悲欢？江头未是风波恶，别有人间行路难。

每每念到最后一句，我都会为自己孤身投入另一个国家另一个社会的艰辛感叹和感到辛酸。"别有人间行路难"，生存难，努力难，上坡难，下坡也难。难为了一个身无分文的女孩，只能把所有的泪水藏在心里。

辛弃疾最被推崇的诗作当然更多的是他的表现英雄壮志的诗词，我没有他的大丈夫胸怀，我更喜欢他的柔肠百转，黯然神伤。大明湖里，有一个稼轩祠堂，也曾是我喜欢去的地方。

三

若一直追寻水的源头,大明湖的水,应该是来自这个城市百泉之首的趵突泉。趵突泉的名字,是宋代曾巩为其定名的。在趵突泉的旁边,有柳絮泉,以"泉沫纷繁,如絮飞舞"而得名。漱玉泉,因李清照的文集《漱玉集》得名,充满了一代女词人的少女情怀。

> 蹴罢秋千,起来慵整纤纤手。露浓花瘦,薄汗轻衣透。
> 见客人来,袜刬金钗溜。和羞走,倚门回首,却把青梅嗅。
>
> ——《点绛唇》("蹴罢秋千")

如此的美丽娇羞,如此的清纯清秀,如此的如画似歌。

那枝曾被她嗅过的青梅,或许已随着岁月变成化石,她的来自宋朝的描述,却在我的眼前清晰如清晨。

李清照的白玉塑像,立在漱玉泉边、清照祠前。而泉清石青、垂柳茵茵、水波荡漾、微风拂拂的景致,也才适合李清照梳妆打扮,低吟浅唱,写辞歌赋,弹琴饮酒。

> 昨夜雨疏风骤,浓睡不消残酒。试问卷帘人,却道海棠依旧。
> 知否,知否? 应是绿肥红瘦。
>
> ——《如梦令》("昨夜雨疏风骤")

她在词里所写的宋代生活里的情景,或许是直到现在我们都在憧憬的生活,而在将近一千多年前,清照小姐就如此小资地青春过了。我一直都在想,我们追求的美好其实也不过是这种情致,这与金钱有点儿关系,却也没太大的关系。

李清照中年孀居后的"寻寻觅觅,冷冷清清,凄凄惨惨戚戚"的心境,她的"物是人非事事休,欲语泪先流""小风疏雨萧萧地,又催下千行泪""浓烟暗语,天教憔悴度芳姿"的词句,又让那时似懂非懂的我,在大明湖畔的图书馆里无比伤感和难过。

后来我写过一首关于李清照的三千多行的长诗《人杰之歌》,河北的一本文学杂志节选了其中的两大段刊登了几百行,其余的就不知去向了。那时没有复印机也没有电脑,每个字都写得呕心沥血。之后,总傻傻地去李清照祠里的玻璃展柜那儿,去看有没有摆放自己的诗作。那段时光,已恍如梦境了。

四

大明湖畔的图书馆,曾是 20 世纪 80 年代的我做文学梦的地方。省图书馆的后门面对着大片的荷花和芦苇,夏天的风从那里穿过,偶尔下雨,雨珠在荷叶上圆滚滚的,从黄豆般大小慢慢变大,直到荷叶承受不了重量,脖子一歪,便一滴不剩。

从大明湖出来,穿过马路,原来的小河弯曲,青石板路和街柳茵茵的曲水亭街就可以看见了。据说街上原有三间草房,名曲水亭,坐东朝西,房前屋后,小溪弯弯,流水潺潺,垂柳依依,亭门悬挂着郑板桥撰写的对联:"三椽茅屋,两道小桥;几株垂柳,一湾流水。"街以亭而得名,亭以水而命名,水以曲而著称。

曲水亭街连接大明湖、百花洲、王府池子、芙蓉街。从珍珠泉和王府池子而来的泉水汇成河,与曲水亭街相依,一边是青砖碎瓦的老屋,一边是绿藻飘摇的清泉,临泉人家在这里淘米濯衣。当然,这都是《老残游记》中描写的景象,现在还能有这段袖珍小街,也实属不易。只是小街上的茶座,现今每每被停在街中的汽车遮挡。那茶,那泉,在汽车发动机的噪声和尾气里,也就消失了早先的味道,美好的感觉也打了折扣。

水是从珍珠泉流过来的,沿着这条弯曲的小河,与趵突泉和其他的泉水一起流向大明湖。大明湖的水由甘甜透明的泉水汇聚而成,大明湖有了"三面荷花四面柳,一城山色半城湖"的名句。只是,随着如今急速的发展和建设,千佛山的山色已被各种高楼遮挡,湖在城市中的比例逐渐变小,倒影也早就看不见了,千佛山的半城更是早已不再名副其实了。

其实,以前的老济南,城里到处都是这样的小街和小河,那时走累走渴了,在小街掀动一下青石板,就可以看到清洌的泉水汩汩冒出,双手掬起一捧,先喝一口滋润肝肺,再洗把脸,清凉舒服,无论是赶路出差的外地人,还是担菜卖米的乡村人,都曾经获得过这样的"接待"。泉水滋润着这个城市,也滋养出辛弃疾和李清照这样的词人。

穿过曲水亭街,就到了珍珠泉的后门,门口站着警卫,出入需要证件。现在,这个城市最好的地方是省政协的办公大院,曾是民国时期的省政府大院。

"文革"前,珍珠泉是可以随便来玩的,我有一张小弟三岁时在珍珠泉的假山上拍的照片。假山石是一整块的太湖石,上面有很多天然的洞眼,孩童的我们常把脸贴上去,互相喊叫。

五

很多年过去了,这个城市已经变化得让在这里长大的我认不出来,恍惚间,自己早已经成了外人。成了外人的好处是能很客观地重新观察和认识这个地方,城市里有新的建筑和街道,陌生的楼群挂着很久以前的牌子,牌子有时竟会让人感到一点亲切。

亲切,自然是因为,曾经有一个年轻的母亲牵着我的手,告诉我柳絮,告诉我荷花,告诉我清泉,告诉我唐诗和宋词;亲切,是因为曾有个喜欢拍照的父亲,留下了几张湖边柳树假山的照片帮我回忆。

还有一个地方是童年的小伙伴们都知道的——大明湖里的北极庙。

北极庙是一座道教庙宇,最早建于元代初期,庙基为 7 米长的青石镶土台,门前有一面 36 级青石台阶,是大明湖最高的一处地方。要看庙的朱红色大门,脸几乎要扬到脖子后面去。

孩子们对庙里的真武大帝或者风伯雷公的塑像其实不感兴趣,他们和去庙里看热闹的大人不同,气喘吁吁地爬上青石的台阶,却是要一鼓作气地从台阶两边长长的青石板上平整的边石部分——长长的斜坡滑下,以至于两边的青石被历代的孩子们当滑梯玩,已经滑得跟屁股的模具一样,中间留着一小溜鼓起的部分,坐下屁股的两边是凹进去的。

那是很刺激和开心的一瞬,掌握不好平衡时,会从上面滚下来,但孩子们滚下来也还是会再来一次的。因为会磨损裤子,孩子们会被大人骂。这个欢笑与哭声同在的地方,是那个时代这个城市不多的可玩的场所。而我,总觉得那凹下去的青石板,神秘地让自己和古人能够在那里相遇……而这里的人们在确认儿时的共同回忆时,北极庙的青石超长滑梯成了不可缺少的一个元素。

现在这个石阶的两边被拦上了铁栏杆,庙门还是高高在上,却没有了孩子们的欢笑,独有长长的石板寂寞地望着天空。那两溜光滑的凹痕,曾记忆了这个城市很多代很多孩子的童年。

六

我离开这里很久了,东京的繁华和繁忙一直都让我无暇回头去好好地舔一舔自己的青春时光。青春是一条结了痂的伤口,有时会在家乡明亮的太阳下发光。那时的我,曾像个与自己妈妈赌气的少女一样,头也不回地一直往外跑。外面有什么,那时完全不重要。

匆匆三十年,铅华洗尽,锐气不再。我有了一颗平静且宽容的心,我站在已经完全陌生的街头,温和地望着匆匆过往的人们,我认不出他们中间是不是还有儿时的玩伴、青春的初恋、中学或大学的同学。我也不再去确认过去的时间。

火车站的钟楼消失了,我把那些时间留在记忆里。

大明湖畔的图书馆消失了,我把那些青春留在文字里。

辛弃疾,李清照,或许已经在血液里了,稍一走动,全身就会发热。

我在夏末秋初的季节,看到为生活匆匆奔忙的乡亲,看到悠闲地坐在湖畔喝茶的外地人,看到中学生叽叽喳喳地说笑,看到一群跳广场舞的大妈,看到几位大爷在下象棋和玩手机。

没有人顾得上我。对比游客,我看到的除了风景,还有他们看不到的什么。

还需要一些日子,这个城市会重新再温婉和湿润起来的,我想。

那时,现在的这些自以为是的建设会被另一种客观和冷静的眼光打量,不是商业的,不是政绩的,不是短视的。

诗与远方,都在你的心里的时候,脚下的土地也一定充满了浪漫和美丽。

泉水,依旧在喷涌,就好。

解英

出生于北京,世界华文微型小说研究会理事,日本华文文学笔会会员。曾任电台编辑、记者、音乐节目主持,现执教于日本某私立大学。作品在中国、日本、美国等多个国家和地区报纸杂志上登载,并在《人民文学》、世界华文微型小说大赛中多次获奖。作品被译成日文,发表在当地媒体。

重返什刹海

我的童年,有几年在北京什刹海的一个大院儿中度过。

虽曰"海",实则是个水域面积 30 多万平方米的湖。小时候听老辈儿人说,什刹海,最初写作"十刹海",因为湖的周围分布着十座古寺庙,如广化寺、护国寺、万宁寺、大藏龙华寺……

年幼的我,听一会儿就跑开了。外面的世界才精彩:迷宫般的胡同,原汁原味的四合院儿,破败寺庙里的观音菩萨,烟袋斜街上的泥娃娃、冰糖人,河水中蹦来蹿去的小鱼小虾,像一粒粒宝石,等着我去拾捡。日积月累,宝石悄悄埋入心底,随着时光的打磨,愈发璀璨,五颜六色的光,一圈圈肆意荡漾,在筋骨,在血脉,雀跃流淌,催我踏上久违的故土。

绝对的久违。我虽然生长于古老的京城,因旅居海外多年,忙工作忙生活,像断了线的风筝,对京城日新月异的飞速发展和巨大变化,陌生多于熟悉。于是给自己放个长假,追寻梦中的童年,感受今天的巨变。

查线路,看地图,我惊喜地发现,昔日与母亲常坐的 13 路公交车仍然运行,便毫不犹豫地跳了上去。夏日的晨风,透过敞开的车窗,在耳畔呼呼作响。风声中,我像一个虔诚的朝圣者,充满了激动和期待,怀揣着忐忑不安。

期待着快快找到童年居住的院落,读书的学校,熟悉的胡同,游玩的湖水。志忐着,成为北京市著名旅游景点的什刹海,白天有白天的热闹,夜晚有夜晚的喧嚣,往昔的清悠宁静和纯朴民风,是否仍在?

跳下车,我如同钻进时光隧道,霎时回到了童年。还是那片水,辽阔宽广,碧波荡漾,野鸭嬉戏,荷花清丽。河沿上,草木葱郁,绿树成荫,很是亲切温馨。然而又有不同,两株参天柳树下,赫然耸立着一块巨石,巨石上刻的"什刹海"煞是眼生。

询问遛鸟的大爷,说是建成十多年了,他指着巨石说:"这仨字,明代大书法家严嵩的手笔,您细瞧瞧,一勾一提都透着老什刹海的范儿!闺女,头回来吧?什刹海分为前海、后海、西海三部分,这前海是什刹海的正门脸儿。"

也不容我插话,大爷指着荷花市场的牌坊又说:"您打那儿进去,慢慢儿溜达,先看恭王府、郭沫若故居。前海逛完了,过银锭桥到后海,那儿有醇王府、宋庆龄故居、烟袋斜街。咱什刹海,一步一个景儿,一天逛下来,保您过瘾。"

我忙说,小时候在前海住过,搬走多年了,现在"回家"看看。

大爷愣了一下,"敢情是老街坊呢!"他竖起拇指,"不忘老家不忘本,好,好!"他放下鸟笼子,指着四周说:"这些年政府下大力气整修人文古迹,维护自然景观,民间人士也兴建了许多酒吧、餐厅、民宿,什刹海变化可大啦。"

说着他从挎包里掏出张纸,布满皱纹的脸上挂着羞涩的笑,挠着光头说:"在这儿住了一辈子,每条胡同,每个犄角旮旯,心里门儿清。快入土的人喽,总琢磨着干点儿积德的事儿,就画了这个。"他把纸递给我:"您拿着,兴许有用。"

低头细看,是张手绘游览图,工笔画般规整细腻。绿色的湖水是主调,让人对前海、后海、西海一目了然；水边密密麻麻的黑线是一条条胡同，胡同中布满了红色小圈儿，清晰标出某某名人故居，某某王府宅院；还有十个金黄色三角，代表十座寺庙。

"时候不早了，您快逛去吧，甭谢甭谢，回见！"大爷说罢摆摆手，拎着鸟笼转身走了。

阵阵晨风拂过，清新，舒爽。美好的清晨，古道热肠的大爷，让我感到善良淳朴的民风，依旧紧紧萦绕着这片土地，来时的忐忑不安荡然无存。

进入荷花市场，我才真切感到了巨变。记得从前这里是片荒草地，河边的树木七斜八歪，密密麻麻的柳枝像刚昏睡醒的姑娘的长发，杂乱无章；一条光秃秃土路，沿着杂草向前伸展。而眼前，青砖铺地，平坦宽敞，新建的牌坊两旁，左侧是一溜个性鲜明的商店餐厅酒吧，右侧水畔护栏杆古色古香。柳树高大粗壮，晨光透过纤纤枝条，落在红红绿绿的遮阳伞和咖啡座上，浪漫，惬意。

持着大爷手绘的地图，我很快找到了儿时的住处——前海北沿。院门依如从前，紧紧锁闭，敲了几次无人应答，便倚着门栏细细回味往事。

儿时住的是个大四合院儿，分前、中、后三道院落及前门儿、后门儿。我家住在中院儿，院中有棵大枣树，还有桃树、海棠和几株葡萄。虽然住的年头不长，留下的全是快活的回忆，尤其夏季和冬季。

夏日暑热的晌午，一群孩子常偷偷溜出前门儿，跨过三米半宽的街，就是"海"了，无论会不会游泳，统统跳进去，扎猛子、打水战。这事儿不敢让家长知道，知道了难逃挨骂挨揍，大人们边揍边骂："海里淤泥杂草多，常常淹死人，小兔崽子，看你还敢去！"我们哭喊着"不敢了，再不敢了"，转天照样偷偷溜出去，玩个爽。

冬季来临时，水面刚结起薄冰，爹妈就动手做冰车了。数九寒天冰冻结实了，大哥哥大姐姐背着冰鞋出门后，我们也麻利地飞奔出去。有冰车的滑冰车,没冰车的就死拽住哥姐们的衣角,跟在屁股后面打出溜儿,少不了经常跌倒,摔得鼻青脸肿,却淌着鼻涕笑得前仰后合。

春秋季节,学校开课了,刚背起书包入学堂的我,途中瞪大眼珠子四处张望。先看左边,一座高墙大宅,厚实的木门顶天立地,没见过有人进出,偶尔看见一辆小轿车驶入,不知里面住的是啥神秘人物。再向右看,情景截然相反。先是玉器加工厂,门口永远堆着残破的石块,放学回来见没人看管,我就跑去胡乱扒拉,偶尔能寻出个丰腴的观音玉手或是小猫小狗。与玉器厂毗邻的是个高台阶粮店,不光卖米面,也顺带卖油盐酱醋。过了粮店是条胡同,从这里右拐,穿过几条大大小小的胡同,就到达我的学校——大翔凤小学。

丁零零——清脆的铃声切断了我的回忆。一溜三轮车飞驰而过,脸膛黑红的车老大操着流利的英语,指指点点讲着。金发碧眼的游客不停笑着,拍手叫好。早听说"什刹海胡同游"做得有声有色,风生水起,亲眼所见,不由得为现代"骆驼祥子"们默默点赞!

享受着故地重游的欢乐,回忆着无忧无虑的童年,我阔步前行。

沿途变化更大。玉器厂、粮店已不见踪影,取而代之的是鳞次栉比的饮食店礼品店。昔日威严的大宅门也敞开了,木牌高悬"郭沫若故居""涛贝勒府""恭王府",迎接天南海北的游客。尤其北京保存最完整的清代王府——享有"一座恭王府,半部清代史"的恭王府门前,更是游客如梭,人流熙攘。

宽宽窄窄的胡同,挤满了手持相机的游客,稍不留神,便与喜滋滋笑脸撞上,与匆匆步履磕绊。美颜,倩影,高跟鞋的嗒嗒声,像一幅幅光艳绚丽的3D彩图,频频刷新着我脑海中悠远清雅的水墨画。彩图与水墨画紧紧缠绕,纠结着我的魂灵,分不清心欢还是心疼。

还是免不了心疼。无论怎样寻找,就是不见从前的小学,空气中蒸发掉一般,干干净净,无影无踪!

路边晒太阳的母女见我丢魂失魄相，问清缘由，说早与柳荫街小学合并了。

"您以前在大翔凤小学读书？"女儿问。我点头答，三年。接着把语文老师、算数老师的名字和偷偷起的外号念叨了一遍。

"呀，咱俩同年级！你在二班，我在一班。"女儿一把搂住我，对老母亲高声喊，"妈，她是我小学同学呢！"

如果说千百度思念的小学没了是我心头一大遗憾，那么在茫茫人海中巧遇同学，该是上苍慷慨赐予的恩惠了。所谓因果缘起，不正如此吗？在你千回百转、努力付出却毫无收效，正无精打采、准备转身时，蓦然发现，一株纯净玉立的莲花，冥冥中正向你绽放。

老太太更加欢喜："缘分，缘分哦！走，咱回家包饺子去，茴香馅儿的。"说罢起身，率先拐进一条小胡同。静谧的胡同，青砖墙，石台阶，木板门，牵牛花，丝瓜藤，门口停放的自行车，手挽手往家走的学生，馋出口水的茴香馅儿饺子……我的心呐喊：这才是我的什刹海！永远无法忘怀的什刹海！

当你挤过熙熙攘攘人群，当你穿过灯红酒绿酒吧，老北京的情，老北京的景，老北京的人，依然默默守候在这里，老情人般痴痴地等你归来，等你投入他忠贞不渝的怀抱。你不得不感慨，浮华的纸醉金迷与浓郁的老北京民情在这里相安共处；你不得不赞叹，这是大千世界中的一片净土。

推开木门，迎面影壁上的"福"字苍劲有力。转过影壁，眼前是一座标准的四合院儿。院子挺大，住着三四户人家，见来了客人，沏茶倒水，搬桌拿凳，和面拌馅，然后坐在树荫下一边包饺子，一边拍黄瓜拌凉菜。

重返什刹海之前，我脑中不断闪出小时候大院儿里的老照片：张姨做菜没葱了，李姨递过去两根儿；王叔炖了红烧肉，给赵叔的小儿子端去一碗；起风了下雨了，院子里晾的衣服被子，甭管谁家的，大爷大妈们抢着收了叠好，衣物主人回来，挨家挨户寻找……那些充满浓郁人情味儿的照片，如今在钢筋水泥高楼大厦里，难得再看到了。

然而此刻，走进窄小的胡同，跨入普普通通的四合院儿里，吃着热气腾腾的饺子，跟善良热情的邻里们七七八八聊天，我的心浸泡在蜜水中，眼角潮湿温润。老照片没褪色，还是那么质朴无华，还是那么恬淡温馨。它们，完好地保存在这里。

告别时，老太太紧紧攥住我的手，千叮万嘱："再来啊，一定再来啊，咱还包茴香馅儿饺子。"

"茴香"等于"回乡"。多么简单的食物，竟有如此美妙酣畅、情浓意切的关联。让在异国他乡奋斗拼搏的人，心存五彩斑斓的梦幻。无论漂泊多久，无论相隔多远，你的中国胃，都会牵扯你回来，回到生养你的故乡，吃遍儿时馋嘴的零食，找遍儿时玩耍的故地，寻遍儿时打闹的伙伴……这情，这缘，存活在细胞里，溶化在血脉中，剥离不掉，割舍不断。

步出胡同，我又回到了儿时常常玩耍的水边。举起相机，调好光圈，努力捕捉日新月异与时共进又历经沧桑亘古不变的美妙光阴。

记得《帝京景物略》中这样写道："西湖春，秦淮夏，洞庭秋。"区区九个字，将什刹海的神韵风光，描述得淋漓尽致，栩栩如生。

是的，什刹海的水很美，什刹海的景很多，什刹海的韵很神。日夜奔流的水，高墙大门的房，记载着北京的风风雨雨，战火硝烟，过往烟云。翻开这本大书，北京几百年的历史浮在眼前。

13世纪蒙古灭金后，京城原有的宫殿皆毁于大火。踌躇满志的元世祖忽必烈，下令兴建一座更加气势恢宏的新大都，什刹海就成了新都城规划的依据之一，依托这片辽阔水域，在东岸建设新都城的中轴线。从此，什刹海不仅成为元、明、清三代王朝城市规划和水系的核心，也成为皇亲贵族们建宅造府的首选地之一，因此民间有"先有什刹海，后有北京城"之说。

沿着绿柳成荫的河沿，望着波光粼粼的水面，我边翻动悠远的大书，边信步悠悠奔往后海,继续我的朝圣。

漫步到银锭桥,惊讶得不敢相认。记得小时候来这里,一群孩子总是蹦着跳着,比赛谁先看到层峦叠嶂的西山。看够了,噼里啪啦朝烟袋斜街跑,身后扬起一阵尘土,使本就灰不溜秋的桥,更加灰头土脸,不讨人喜。

而眼前,桥面、栏柱,全用汉白玉石改建,冰肌玉人般横卧在前海与后海的交界处,碧绿的湖水映出她的倩影,弯弯垂柳妆点她的俏颜。

立于桥头,我浮想联翩。明代人建造它时,特意建成一个倒置的银锭,是否藏有更深的含义?因为过了桥,是店铺毗邻、买卖兴隆的烟袋斜街,生意人谁不祈盼银子哗啦哗啦滚进腰包。心存善,财源到,洁白的银锭桥,你是否有此寓意?

随着缥缈的思绪,我像儿时一样引颈西望,只见水的尽头是高楼,高楼的尽头是苍天。层峦叠嶂的西山呢,你藏在高楼后,还是躲入云层间?"银锭观山",是当年大名鼎鼎的燕京小八景之一,如今银锭尚在,观山不见。罢罢罢,社会的发展,总有一些东西被打破、被牺牲,谁也无法抗拒。

过了桥,我没去繁华旺盛、生意兴隆的烟袋斜街凑热闹,而是左折右拐,步入僻静的鸭儿胡同。"广化寺",今天行程的最后一站,无论你怎样变迁,我都要来,来睹你"殿堂廊庑,规模宏大"的风貌,来了却一位老人的夙愿。

这是我第一次来广化寺,由于不逢初一、十五,没有法事活动,大部分寺堂院落没开放,香客也不甚多。我没能观赏到规模宏大的庙堂,没领略到香客摩肩接踵顶礼膜拜的盛况。然而在香火缭绕、烛光摇曳和万籁沉寂中,我的心,充盈,恬淡,沉静。

请了香烛,我轻轻步入天王殿,映入眼帘的是一尊金灿灿簇新的弥勒佛坐像,慈眉善目,笑容醘然。看着看着,我也不由得笑了起来,尘世间的烦恼杂念,不过是瞬间的烟云。无论世间多么险恶艰辛,终将混沌散开,污浊逸去。沉淀下来的是真,是美,是善。这就是佛祖给人们最高境界的劝谕。

再看弥勒佛两侧的四大天王,青面獠牙,威风凛凛,神采奕奕,他们紧握手中的神器,认真掌管着"风调雨顺",忠诚守护着"国泰民安"。

步出天王殿,善男信女们拜俸后匆匆回去忙生活了。晚风习习,四周更加静寂。坐在新修缮的石阶上,儿时的情景跃然眼前:邻院吃斋念佛的老婆婆,一旦空闲下来,做几样斋点,煮壶清茶,燃柱檀香,娓娓述说她心目中的神殿。

传说广化寺是元代一位高僧所建,他每日在街头托钵化缘,每诵一句经文,得施主一粒米,这位高僧诵经二十年,积米四十八石,终于建起了寺庙,故名"广化寺"。到了清朝,广化寺成为京城影响力极强的佛门净地,香火鼎盛,高僧云集;十里八乡的百姓,携妻带儿赶来祈求阖家团圆,健康平安。就连恭亲王奕䜣,下朝后也常去那里喝茶休息。清末民初,广化寺一度成为京师图书馆,张之洞将个人藏书存放在寺中,鲁迅先生也曾在这里工作过。

那时我刚看完鲁迅先生的《从百草园到三味书屋》,听到这里,跳起来拉着婆婆的手央求,咱们去广化寺吧,您烧香拜佛,我找花草虫鸟玩儿。婆婆叹口气:"去不成啦,这几年搞运动,寺庙里众神被砸被毁,破败潦倒,早没模样喽。孩子,你还小,能等到寺庙修建复原的那天,到时别忘了,替婆婆烧炷香,磕个响头,拜一拜哦。"

谁曾想,一晃竟是二十年,虔诚的婆婆早已驾鹤西去。

立起身,我又请了三炷香,深深叩拜,心中默默道:"婆婆,我来了,替您还愿来了,虽然晚了许多年,但您会被保佑,我会被原谅,因为我坚信,宽宏大量,善以待人,是佛之宗旨本源。"

踏着晚霞,我再次来到前海,河水映衬着夕阳,金灿光艳,我伸出手,同孩童时一样,嬉笑着划乱金波。金波悠悠荡开,荡入我的血,荡进我的心,给心底深藏的宝石又镀了一层辉煌灿烂。

披着满身金辉,我拿出纸笔,记下这一天,记下什刹海的绮丽风光,记下老北京的质朴风情,记下美好难忘的故里之行。

朱颂瑜

祖籍广州。现为瑞士华语作家、华人头条瑞士站站长、瑞士官方媒体中文记者、瑞士商业媒体英法语记者、欧洲华文作家协会会员。17岁始在中国大陆期刊发表文章。作品曾获首届全球华文散文大赛二等奖、首届全球华人中国长城散文大赛金砖奖、澳门散文奖等共计十个全球华文重要文学奖项。作品散见于《人民日报》《文学报》《广州文艺》《香港文学》《山西文学》《散文》《散文海外版》《文综》等。

挥春,游子红色的梦

在辞旧迎新的流年时光里,春联像坚守在故乡大地的一位民间守护神,站立在乡村屋宇从门枕到瓦面的一方天地间, 历经上千年的栉风沐雨,改朝换代,却依旧撑天驻地,悦容不改,站成汉字文脉在九州大地上最阳刚也最妩媚的一种姿态。

只有六尺大小的春联是中国汉字文化的一种专利,它俗称门对、对联、对子或春贴,雅称楹联。我们乡下的人更雅,称它"挥春"或者"晖春","挥"与"晖"通假,可以望文生义而一语双关。

在我童年的回忆里,挥春是儿时幸福生活的底片,能冲洗出许多乡村旧事。

按照祖先传承下来的习惯,我们村里的人一直沿袭着在除夕当日贴挥春的传统。过去,他们购买挥春都只光顾集市上即席挥毫的挥春摊。我们粤人自古爱用挥春图吉利,乡下人更是如此。一年一次的年关大事,村里人都执拗地认为,只有亲自求购于读书人才显得郑重。乡村生活不像城里那么匆忙,年幼时跟着祖母去镇上,集市上写字的先生除了泼墨挥毫,也乐于和前来求购挥春的乡亲们闲搭家常,嘘寒问暖。那种情景,乐也融融,最怡我情，最入我心。

　　三十多年后，祖母已驾鹤仙去。我穿越时光，穿越国界，穿越多年漂泊海外的苍茫，带着两个孩子回到故乡的挥春街上，忆念起昔日的故人旧事。那些由一纸挥春所折叠的回忆和思念，竟如街上烹煮出来的年味，一路铺开，似乎可以一直延续下去。

　　在街上观看即兴创作是一件赏心悦目的事。我留心观察过，挥春街上专业写字的先生写一副挥春都有如下几个步骤：摊纸、丈量、对折、打字格、挥毫、风干。在这个次序里头，先是红纸登台，然后毛笔、镇纸、界尺、砚台、黑墨或者金水一一出场。排次有序，气势隆重，有点像在泛着木光的桌面上上演一场先拔头筹的新春好戏，除了书写的雅兴，还有文化的古意和传统的温度。

　　大年前的挥春街上铺满了各式各样的挥春，铺天盖地，密如瓦群，形成一片整齐统一的红。这种红不是玫红，也不是橘红，而是一种既乡土又温暖的中国红。它属于龙族后人对于理想生活在色彩上的一种最高契合，任何一个中国人看到挥春的六尺红纸都会联想到幸福或如意，如一席新娘的嫁衣或一片浓缩的祥云。

　　在淳朴而清朗的乡村，中国红不仅是吉祥的符号，也是龙族文化的图腾和精神的皈依。不信你看，漫漫长街，除了一路扑面的挥春，从红包到鞭炮，从窗花到年画，在喜气洋洋的年货队伍中，无不是用中国红布喜的信物。它们游走在乡村的时光里，如春的血液在民间流动。

　　挥春是一副年味之语。街上写字的先生告诉我们，按照张贴的不同方位，挥春包含斗方、门心、春条、横批以及一副首要的框对。框对是挥春的灵魂，配有言简意深的联句，贴于大门两侧。联句不仅在书写上要对仗工整，而且语感上还要平仄协调，声韵铿锵。好联在意境上讲求天地融合，阴阳平衡，如中国传统文化里的龙凤呈祥一样和谐统一。

中国人自古就有祈福纳祥的民俗传统。听村里写过挥春的二伯说，在文字还没有被搬上红纸的年代，古人过年会在红色的桃木板上刻画桃符，悬挂在大门两侧做镇邪驱鬼之用。到了公元 700 多年的五代，蜀后主孟昶亲手写下"新年纳余庆；嘉节号长春"的联句，成就了中国最早的一副挥春。之后到了明代，明太祖朱元璋在民间的一声呼吁，像一双推向文脉河流的手，轻轻地把中国文字拨上了一卷朴素的红纸，从此打开了全民以纸代符书写挥春的局面，形成汉字文脉的一条重要文化支流，由北至南涌入千家万户，从此永不涸竭。

在我幼年的印象里，挥春是乡间陇亩生活的唯一汉字面容。时至今日，我依然记得幼时在乡下，父亲用挥春上的联句教我认字的情景。那时他拖着我的手在村里散步，边走边用软糯的乡音把路上的挥春一一吟哦给我听，语气深切，娓娓不倦，仿佛要把他少年时没有完成的文字理想移植入我的生命。我昂着头跟在父亲的身后，用始顿初开的目光投向挥春上工整典丽的骈文，把那些方块字一一溶入心底，汇成启蒙的河流，并从那里出发去感触中华文化的水温以及涵泳古典汉字的情怀。

好的联句都是民间带脚走动的诗，在时光的缝隙里延伸与流传。浩繁联句当中，村里面的乡亲最喜欢的一副联句是"天增岁月人增寿；春满乾坤福满门"。幼时在祖母家生活，对屋亲戚家的大门上就常年挂有这对联句，正对着我床边的木窗户，无论是长夏午寐之余还是隆冬霜降之夜，均垂挂在一双眼皮底下，成为我儿时记忆底层高于时间、高于现实的一种诗意启蒙。

很多年后，我离开故土定居欧洲。每年岁末，当墙上的农历又唤起一泊莼鲈之思，我在书房的案头前铺开一卷红纸，每每跃然纸上的，还是沉淀在童年记忆里的这对联句。那些温暖的汉字啊，像从盛唐诗句里出走的星星，粒粒金光熠熠，温软伤怀，披着故乡的月色一路西行，向我靠拢，最后垂落在彼岸寒冷的冬夜里，落在我案头的红纸上，落在我的心中。

在乡村,挥春更是一种对大地的坚守和执着。它像垂挂在四季时光里的方言,既蕴含天地灵气和日月精华,也储存墨香、古语、人情、记忆和思念。从它走入农家屋舍的那个晚上开始,星光下垂,露水上升,一年的时光便在故乡布满蛙声的夜里悄悄启程了。此后,从黎明到子夜,从立春到大寒,它们举头望天空,低头看大地,在乡村流星纵横的夜空里用能与月光对语的高度去丈量时间。看到年少的我焦急地离开故土,从南走北驰到漂洋过海,挥春站在那里一言不发,它若有所思,它欲说还休。

时间一页一页地翻过,当电子技术缔造了科学的神话时代,一切均以光速为标准,文脉的痕迹和温度也像人的情感一样迅速在城市淡薄和退化,唯独古韵遗风依旧留守在乡村,经久未颓。

此刻暮晚,飞鸟至倦,游云思返。站在故乡的夕阳里我蓦然回首,儿时村里的很多景物已经不复存在,然而洋楼错落、榕须轻拂的新乡街头,挥春依旧,喜气如昔。它们怔怔地看着我,像故乡一方方红色的灯盏,为游子的乡归之路照亮起一箔小小的光明。我也怔怔地看着它们,似有一帘红色的幽梦在心湖里荡漾,投影出一片悠悠的乡愁。

邹璐

满族,祖籍辽宁,现定居新加坡。主要从事文学创作和文史研究。创作题材包括现代诗、散文、随笔、纪实文学等。新加坡首个华文文化网站随笔南洋网联合创办人。新加坡教育部受邀"驻校作家"。已出版诗集《时间,一条美丽的河》、文集《爱在他乡》、纪实文学《感动的旅程——重走南侨机工滇缅路》、人物专访《金禧缤纷——新加坡50位知名艺术家访谈录》等。

棠棣花迟

5月中,我匆匆的行程终于回到遥远北方。从新加坡直飞北京,再由北京转机到沈阳,朝发夕至,时间一点也没耽搁,可是我还是迫不及待,因为我归心似箭,算一算,我已经五年没有回老家了。

就在这里,一个关外游牧民族成就了他们民族史上最伟大的功业,缔造并终结了中华大地上最后一个王朝;就是这里,我的祖籍地,父母诞生成长的地方,祖父母辈安息长眠的地方。每当提起北方,我便有油然而生的豪情,想用清朗豪迈的声音说,我的故乡在东北,我,是一个北方人。

久别的家人早已等候在机场,拥抱的瞬间,也把多年漂泊在外的牵挂暂时释然。我们的车子轻快地离开沈阳桃仙机场,沿着从沈阳往丹东的高速公路飞速行驶。想说的话很多,所以反而不想说话。我倒希望车速不要那么快,我倒希望能把窗外微雨黄昏的故乡景致看得更真切一些。

姚千户屯、杨千户屯、连山关、下马塘、火连寨……这些听来有些熟悉却是如此陌生的地名,我并不确定它们准确的方位,但我知道它们就在我现在重返的这片土地上,我开始一遍一遍重复地在心里念叨这些名字,仿佛在唤醒沉睡的记忆,又好像在叫醒那个童年的自己。我告诉自己,今后无论我走再远的路，无论我走到哪里，我要记住这些名字，如同记得自己的姓氏、自己的民族、自己的族人一样。

在这个世界上，我们每个人都有来处，都有归处，隔着再远的旅程，都有一个起点叫作家乡。我喝过这里的地下水，吃过这里的野山菜，我已经不会说这里的乡音，可是，我要珍惜地记得这些地名，记得它们，记得曾经我的父母在这里成长。

已是5月，山色一片翠绿葱郁，我们的车子在群山之间飞弛道路沉默而阔达，伸向无尽的远方，如同这片土地上的人们的某种性格，一样的沉默，一样的阔达。在这群山之间，我看见远处时隐时现的铁路线，但是已经看不到从前的绿皮火车了，看不见火车时而呼啸而过，时而钻进山洞消失不见。

记得年少时常听父母提起这条铁路线。那一场"跨过鸭绿江"的战争早已结束，曾经无数抗美援朝的"英雄儿女"就是沿着这条铁路线，隆隆奔赴战火纷飞的前线，王成和王芳们是父母他们那一代人少年时的英雄和偶像，"向我开炮，向我开炮！"是他们那个时代的豪言壮语。终于，绿水青山将曾经发生过的一切蜿蜒成往事，沧桑成昨天，荡气回肠的历史挽歌依然是那首百听不厌的《一条大河》。我不禁由衷地感激我的父母，感激他们在我年少时讲过的那些故事。他们不厌其烦，他们津津乐道。我以为我没有听进去，我以为我早已忘得一干二净。此情此景，曾经的记忆瞬间回来，并且如此清晰。大时代中的小地方，大背景中的小人物，我又再次和故乡，和故乡历史深处的某段往事相联系。

从祖父母辈到我的父母，到我这一代以及我的后代，短短几十年时间，单是我们这个家族的成员就一直在迁徙，以至于我们每一代人都离开了自己的家乡，自己成长的地方，远走他乡，成为异乡人，成为异乡的主人。我并不惧怕这样的迁徙，我是担心这样的迁徙带给我失忆，我的历史记忆常常会出现大片空白,有关祖先的历史模糊一片,无从追溯,无从说起。父母在我小时候给我讲故事,可是我却没有故事讲给我的后代。

看到了吗?那片房子!那背后有一个高台,那里曾经有个大庙,有间"大庙小学",你妈妈小时就在那里读书。坐在身边的姨妈絮絮叨叨地说着,我内心兴奋不已,但却是沉默的,像少年时偶尔回到故乡,不爱说话,安静,内心却一直不肯停歇地翻腾着。这是一个深山里的矿山,看得见山脚下的村庄、道路、河流,看得见半山坡上开垦出来的一行行田地,还有深山沟里隐约的房子、隐约的人家聚落。

南芬露天铁矿,据说这是亚洲最大的露天开采矿山,我的祖父母辈从20世纪中期辗转迁徙落户在这里,从此和当地数万的矿山居民一样,靠山吃山,生息终老在这里。今天所见,这里已经发展成为满山满谷遍布楼宇街市的繁华市镇,有一条公路和一条铁路由山里一直延伸出去,奔向另一个群山环抱的山外,也带走很多山里的孩子,矿山的孩子。他们永远离开矿山,离开家乡,就好像我的父母这样。

我想起多年以前,那时候奶奶家就在铁道下面,每晚入睡,听得见火车隆隆的声音。南北大炕总是烧得很热,每逢过年,全家人聚在一起,热闹得像是甜蜜地挤在一起的糖葫芦串。而今老屋早已在市镇规划下夷为平地,让我无处找寻曾经的景象,那景象只有在记忆深处寻回了。

老屋的前面有一个小小院落,院落的中央有一棵粗大的山楂树,老屋的背后还有一个小院,围墙内有一棵苹果树。我有点儿想不起来那时候我究竟有多么小,依稀记得小小的我欢天喜地地在过年时换上崭新的衣裳,站在挤满家人的小小院落,拍着手,期待爷爷点燃挂在窄小院门上的一串长长的鞭炮。那串鞭炮要响多久呢,跨过子时,迎来新年,剧烈而热烈的炸响长久地回荡,小小院落弥漫着喜庆的硝烟。然后,仰头望一眼山楂树,高高的树端挂着一盏红灯笼,那融融的红色光芒就在北方寒冷的腊月的夜空里温暖而长久地亮着,亮到今天,照见我眼角泛起的晶莹泪光。

父母少年时家境清贫,他们需要到山上耕种,并且每天往返很远的山路,去残缺不全的庙里的小学校断断续续读书。但他们也是幸运的,读到了更多的书,从此远离家乡。我的父母是离乡背井远走他乡的人,落地生根留在南方的长江边上,他们常在嘴边念叨的就是他们的故乡,因此我知道他们有多么热爱自己的故乡。

可是,留在家乡的人可能更加热爱自己的家乡呢。那天下午,等我到对面山梁上祭拜过我的外公外婆,我来到舅舅在半山坡上自建的房子。他特别留我坐在烧得温热的炕上喝一杯茉莉花茶,他说他要上网给我一个惊喜。然后开始在网络中搜索卫星拍照的他的家乡,当然,那也是我的故乡。我不知道这个在矿山工作超过三十年,从来不曾离开过矿山土地的电器技工,居然对于他日出而作、日落而歇数十年之久的这块土地有着如此深厚的感情。他一遍一遍在屏幕上放大那张地图,直到可以清晰辨认出他家门前的那条山路和门口面对的高高山峦。

他的这个小小热情感动了我,我不禁啧啧称奇于电脑上的清晰地图,电脑上无法显示他家屋后山坡上种下的近百棵果树,而我则啧啧称奇于他的这片自有地房产和包括山楂、李子、栗子、葡萄等在内的近百棵果木树。他对于土地的热爱使他的生活如土地一般丰厚富足。我就在想,每当初春时节,从他家的后面山坡看过去,是不是如歌中所唱:亭亭白桦,悠悠碧空,微微南来风,木兰花开山岗上,啊,北国之春已来临。

《北国之春》,这首歌也是父亲生前深爱的歌,尽管这是一首来自东瀛的歌,可是那"残雪消融,溪流淙淙"的歌词中却是唐宋的意境,民间的情怀,质朴的亲情,温暖的乡谊。

棠棣花开,朝雾蒙蒙,水车小屋静,传来阵阵儿歌声,啊! 北国之春已来临。

我在歌声中回家了,歌声中故乡成为沉甸甸的牵挂,在乡间,在山边水湄,真的就让我看到一株正在盛开的棠棣,五月花迟,那满树繁花无声无息却又喧嚣热闹,在满目翠绿山谷中绽放。故乡再远,她在天涯游子的心里。又是一年春去春来,棠棣花开花落,不是不想家啊,只是家乡太遥远。

　　只是啊,无论以后因为岁月,因为距离,家乡有多远,那一树缤纷白花永远盛开。